Das Blut der Templer II
Die Nacht des Sterns

WOLFGANG & REBECCA
HOHLBEIN

Das Blut der TEMPLER II

Die Nacht des Sterns

vgs
EGMONT

Bibliografische Information der Deutschen Bibliothek

Die Deutsche Bibliothek verzeichnet diese Publikation
in der Deutschen Nationalbibliografie;
detaillierte bibliografische Daten sind im Internet über
http://dnb.ddb.de abrufbar.

© RatPack Filmproduktion
Lizenz durch: RatPack Filmproduktion GmbH
© 2005

Ein Roman von Wolfgang und Rebecca Hohlbein
angelehnt an den TV-Film »Das Blut der Templer«
nach Grundideen von Stefan Barth, Kai-Uwe Hasenheit, Christian
Zübert und Werner Possardt

© der Buchausgabe: Egmont vgs verlagsgesellschaft mbH, Köln 2005
Alle Rechte vorbehalten.
Lektorat: Bettina Oder
Produktion: Sandra Pennewitz
Umschlaggestaltung: Danyel Grenzer
Titelfoto: © ProSieben
Satz: Greiner & Reichel, Köln
Druck: Clausen & Bosse, Leck
Printed in Germany
ISBN 3-8025-3478-6
Ab 01.01.2007
ISBN 978-3-8025-3478-2

Besuchen Sie unsere Homepage
www.vgs.de

September 1999

Es hätte schlimmer kommen können, entschied Sascha, als sein Handy an diesem Mittwochmorgen seinen seifigen Händen entglitt und Miriam sich mit dem, was sie ihm nach siebeneinhalb Monaten Beziehung noch zu sagen hatte, ohne es zu ahnen an den Waschhandschuh am Grund der Badewanne richtete. Zumindest nahm Sascha an, dass sie vorgehabt hatte, mit ihm Schluss zu machen. Denn Sätze, die mit »Ich habe über uns nachgedacht ...« oder »Weißt du, wie ich mich fühle, wenn ...« begannen, waren in aller Regel – das wusste er aus vielfacher Erfahrung – der Anfang vom Ende. Und Miriam hatte eine ganze Reihe solcher Sätze gesagt, bevor sie – reichlich erschöpft und Saschas geduldiges Schweigen möglicherweise als Desinteresse interpretierend – zum finalen »Ich glaube, es ist das Beste, wenn ...« übergegangen war.

Der Rest ihres Satzes ging in Klaviergeklimper unter, als seine kleine Schwester Charlotte (ihres Zeichens beste Freundin von Miriam und mit an Sicherheit grenzender Wahrscheinlichkeit lange vor ihm über das Scheitern seiner Beziehung informiert) im Nebenraum beschloss, den Liebeskummer, unter dem er ihrer Meinung nach jetzt garantiert litt, mit Simon and Garfunkels »Bridge

Over Troubled Water« zu betäuben. Bei den ersten Schallwellen kündigte eine leichte Vibration des Amalgams in seinen Backenzähnen schon nahendes Unheil an; beim ersten Vers flutschte dann das Handy aus seinem Griff und damit fand die eher einseitige Unterhaltung ein jähes Ende. Sascha fluchte, doch seine Verwünschungen kamen nicht von Herzen. Er hätte schließlich auch vor Schreck ausrutschen und sich die Stirn anschlagen oder sich im Duschschlauch verheddern und damit strangulieren können – *das* hätte er als echtes Unglück bezeichnet. So aber verspürte er lediglich eine Art leicht schmerzender Erleichterung über das unkomplizierte Ende des Gesprächs und seiner Beziehung. Er war schließlich noch jung – gerade erst neunzehn Jahre alt – und ihm fielen die Worte ein, mit denen sich sein Vater vor nunmehr fünfzehn Jahren für ein Leben aus dem Koffer entschieden hatte: Andere Mütter haben auch schöne Töchter.

Sascha wickelte das kleine Mobilfunkgerät, das noch ein letztes Mal piepste, ehe das Display in Unheil verkündendem Grün aufflackerte und schließlich gänzlich erlosch, seufzend in ein Gästehandtuch, trocknete sich zügig ab und schlüpfte in Jeans, T-Shirt und Schuhe. Nein, tröstete er sich im Stillen, Miriam brach ihm nicht das Herz, es zwickte nur ein wenig. Eigentlich hatte er insgeheim nur auf einen günstigen Zeitpunkt gewartet, um dieses nervtötende Hickhack taktvoll zu beenden. Voller Optimismus gedachte er nun als frisch gebackener Single in den Tag zu starten. Er wähnte sich auf der sicheren Seite.

Das Handy war vermutlich sündhaft teuer gewesen: ein Weihnachtsgeschenk seines Vaters, um dessen schlechtes Gewissen zu beruhigen. Es war, so wie alle anderen Briefe und Päckchen, die für Charlotte und ihn in den vergangenen anderthalb Jahrzehnten in ihrem bescheidenen Häuschen angekommen waren, aus Furcht vor etwaigen Unterhaltsforderungen ohne konkreten Absender, nur dieses Mal mit kanadischer Briefmarke versehen. Mehr Pech, glaubte Sascha jedenfalls, konnte ihm an einem einzigen Tag nicht widerfahren. Vielleicht ließ sich das Ding sogar noch reparieren, wenn er es nur schnell genug zu einem Fachhändler brachte.

Er stopfte das Handy samt Handtuch in das Handschuhfach seines orangefarbenen Golfs, startete hastig, gab Gas und eilte, nachdem er die Innenstadt erreicht hatte, im Schnellschritt durch die Fußgängerzone.

»Versenkt«, erklärte er zerknirscht, während er das Handy auf der gläsernen Theke des kleinen Fachgeschäfts ablegte.

Ein flüchtiger Blick in das geheimnisvolle Innere des mobilen Telefons genügte seinem Vertragshändler für die schlichte Diagnose: »Kaputt.« Er hätte es sich sparen können, sogleich ein halbes Dutzend kleiner Kartons auf dem Tresen auszubreiten, einen nach dem anderen mit geübtem Griff aufzuklappen und Sascha mit den revolutionären Neuerscheinungen auf dem Telekommunikationsmarkt vertraut zu machen. Es war Ende September und was von Saschas Lehrlingsgehalt übrig war, reichte nicht einmal für eine gemeine Buschtrommel, geschweige denn für irgendwelchen Schnickschnack mit GPS, Infrarot und polyphonen Klingeltönen, mit dem man unter Umständen sogar telefonieren konnte.

Also verließ er den Laden mit der abgegriffenen, aber höflichen Ausflucht, sich nicht entscheiden zu können und sich die Sache noch einmal durch den Kopf gehen zu lassen. Allerdings dachte er keineswegs über Ratenzahlung nach, während er zum Parkplatz zurücktrottete, sondern bemühte sich darum, schnellstmöglich zu akzeptieren, bis auf Weiteres wieder jener SMS-freien, zwangsisolierten Fraktion unter seinen Altersgenossen anzugehören, die – wenn überhaupt – zu allerletzt erfuhr, wann und wo was los war.

Nach wie vor bemühte er sich, allem Übel etwas Positives abzugewinnen. Er würde wieder durchschlafen können, stellte er fest und brachte sogar ein sachtes Lächeln zu Stande. Wenn er jetzt weder Handy noch Freundin besaß, konnte ihn auch niemand mehr mitten in der Nacht aus den süßesten Träumen klingeln, nur weil die Dachbalken komisch knirschten oder die Heizung so unheimlich gluckerte. Seine kleine Schwester konnte ihn nicht mehr während der spannendsten Szenen aus dem Kino kommandieren, damit er sie irgendwo auf der Landstraße auflas, weil ihr Taschengeld nach der Disko nicht mehr für den Sprit gereicht hatte und ihr Mofa auf halber Strecke in den Streik getreten war. Es war also alles nur halb so schlimm.

Richtig schlimm war, dass sein Auto nicht mehr da war, als er den Parkplatz erreichte, den ein blau rotes Schild, das seinem Blick zuvor mit List und Tücke entkommen war, als Be- und Entladefläche und absolutes Halteverbot für Nicht-Lieferanten enttarnte. Abgeschleppt!, stellte er entsetzt fest, während sein Herz vor Schreck eine Sekunde aussetzte. Dann ließ er sich mit einem fassungslosen Kopfschütteln kraftlos auf einen Mauervorsprung sinken. Offensichtlich konnte es immer *noch* schlimmer kommen – insbesondere und vorzugsweise dann, wenn er fest davon überzeugt war, dass dies ein Ding der Unmöglichkeit war. Nur mit Mühe konnte er sich selbst davon überzeugen, dass eigentlich alles halb so schlimm war. Schließlich war er am Leben und unversehrt. Das war doch schon mal was, oder? Wenn er zum Beispiel auf der Flucht vor einem Rudel aus dem Zoo entflohener Löwen von einem LKW erfasst und vor einen Zug geschleudert worden wäre, um schließlich – irrtümlicherweise für tot erklärt – in der Pathologie zu erfrieren, dann hätte er sich guten Gewissens auf den Weg in den Himmel begeben dürfen, um seinem unnützen Schutzengel die Hölle heiß zu machen.

Aber dieses Mal gelang es ihm nicht ohne weiteres, sein Schicksal als vergleichsweise gnädig anzusehen. Sein Herz bestand wider besseren Wissens darauf, im bedauernswertesten Wesen dieser Galaxie zu pochen und schien auch nicht damit aufhören zu wollen.

Es begann zu regnen. Sein Parka lag im Kofferraum ...

Sascha investierte zwölf sauer verdiente D–Mark in eine Telefonkarte und verschaffte seiner Schwester einen groben Überblick über seine Lage.

»Und jetzt?«, glückste sie voller unverhohlener Schadenfreude, als er seinen Bericht beendet hatte.

»Ja, Chili, lach nur«, seufzte er gereizt und verfolgte mit zunehmend schlechter Laune anhand der Digitalanzeige, in welch atemberaubendem Tempo ihr Gespräch an seinem Guthaben zehrte. Der Umstand, dass die rostige Telefonzelle keine Tür und zwei Scheiben zu wenig hatte und er längst nass bis auf die Haut war, trug auch nicht gerade zu seiner Erheiterung bei. Man musste nicht zu übermäßigem Stolz neigen, um sich als Bittsteller vor der eigenen kleinen Schwester in seiner Eitelkeit verletzt zu fühlen. »Wenn du dich lange genug über mich lustig gemacht und deine Freundinnen angerufen hast, um alles weiterzuerzählen, hätte ich nichts dagegen, wenn du mich abholst«, sagte er schließlich.

»Motorisierte Fahrräder sind nur was für kleine Schwestern und Pastoren«, zitierte Charlotte. Er konnte sie geradezu grinsen hören.

Sascha überging ihre Anspielung. »Und frag Mama, ob sie dir 100 Mark für neue Schuhe und den Friseur gibt«, trug er ihr stattdessen auf. »Ich muss meinen Wagen auslösen.«

»Sie gibt mir bestimmt auch Geld, wenn ich ihr die Wahrheit sage.« Charlotte klang empört.

»Ja. Aber so muss ich es ihr nicht zurückgeben. Also mach schon«, drängelte Sascha. Er begann zu frieren. »Und bring eine Jacke mit. Mir ist kalt.«

»Schon gut, ich komme.« Chili gab nach und Sascha atmete auf. Seine Schwester war ein herzensguter Mensch, der niemandem eine Bitte abschlagen konnte, was zur Folge hatte, dass es kaum einen gemeinnützigen Verein in diesem Bundesland gab, den sie nicht schon wenigstens vorübergehend mit ihrer Mitgliedschaft beehrt hatte. Chili war nicht wählerisch, wenn sie glaubte etwas Gutes tun zu können. Ihren vorläufigen Höhepunkt hatte ihre Weltverbesserer-Karriere erreicht, als sie sich vor einigen Wochen einer Truppe verwirrt wirkender langhaariger Wanderprediger angeschlossen hatte; Leute, die Buttons mit Dornenkronen trugen und auf deren T-Shirts Sprüche wie »Jesus Rocks« und »Handmade by God« zu lesen waren. Sie nannten sich Jesus-Freaks und Sascha hatte sie nach eingehender Untersuchung für nicht ganz dicht, aber freundlich und harmlos befunden. Kurz gesagt: Er bezweifelte kaum, dass seiner Schwester der Schritt zur Seligsprechung noch in diesem Leben gelingen würde. Aber obgleich ein Großteil ihrer Gene unbestreitbar auf ihre Großmutter – eine Gleichstellungskriegerin der ersten Stunde – zurückzuführen war, steckte auch ein Quäntchen der dazwischenliegenden weiblichen Generation in Charlotte – und dieses bisschen Ella Claas genügte, um Chili mit einer nicht zu unterschätzenden Portion Unberechenbarkeit auszustatten.

»Ich mach es wieder gut«, versprach Sascha ihr erleichtert, nachdem sie einen Treffpunkt im Trockenen vereinbart hatten. »Ehrenwort.«

Charlotte ließ sich Zeit. Sascha nutzte diese, um sich einen Platz in dem kleinen Café, in dem sie sich verabredet hatten, freizukämpfen und einen weiteren für seine Schwester zu reservieren, indem er seinen Rucksack darauf abstellte. Damit aber waren seine Möglichkeiten in dem hoffnungslos überfüllten Laden ausgeschöpft, denn der Regen hatte weiter zugenommen; niemand, der 1,30 Mark für ein bescheidenes Glas Mineralwasser in der Tasche trug, hielt sich noch im Freien auf. Sascha teilte sich einen großen runden

Tisch gleich am Fenster mit einem offensichtlich frisch verliebten Pärchen und einem ebenso verzweifelt wie vergebens um die ungeteilte Aufmerksamkeit seiner turtelnden Mutter kämpfenden etwa dreijährigen Bengel.

Als Chili den Motor ihres quietschgrünen Mofas endlich vor der großen Glasfront des Cafés abwürgte, hatte Sascha bereits anderthalb Gläser Wasser geleert, obwohl er überhaupt nicht durstig gewesen war. Seine Klamotten trieften nicht mehr vor Nässe, sondern klebten nur noch klamm auf seiner Haut. Das Ungeheuer in Menschengestalt zu seiner Rechten war inzwischen dazu übergegangen, seinen Frust über das in seinen Augen maßlos egoistische Verhalten seiner Mutter an demjenigen auszulassen, der in seiner Reichweite saß. Sascha hatte also bereits zweimal zur Toilette eilen müssen, um aufgeweichte Keksreste aus seiner schulterlangen nachtschwarzen Haarpracht zu sortieren und Nicoschätzchen hatte einen allerdings wenig erfolgreichen Tadel eingeheimst. Im hinteren Teil des zunehmend stickigen Cafés hatte es derweil eine lautstarke Auseinandersetzung gegeben, die jetzt von zwei herbeigerufenen Polizeibeamten protokolliert wurde.

Trotz alldem war es Sascha gelungen, einen wesentlichen Teil seiner Frohnatur zurückzugewinnen. Er war hart im Nehmen. Das musste er auch sein, denn seine Mutter litt seit vielen Jahren unter Depressionen. Seiner Meinung nach gab es dreierlei Möglichkeiten, mit Selbstmitleid und Weltschmerz fertig zu werden: Man trug die Dinge mit Humor und Frohsinn, man lief vor ihnen weg oder man ging daran ein. Da er nicht vorhatte, sich von irgendetwas unterkriegen zu lassen, und Weglaufen wegen Charlotte nicht in Frage kam, blieb ihm also gar nichts anderes übrig, als optimistisch zu bleiben.

Er begrüßte sie mit einem Kuss und einem tapferen Lächeln, hob seine Tasche vom konsequent verteidigten letzten freien Platz, ließ sich darauf nieder und rückte ihr einladend den Stuhl neben Engel Nico zurecht.

»Denk dran: Dafür bist du mir was schuldig«, mahnte sie, während sie vier feuchte Scheine aus der Tasche ihrer Jeansjacke nestelte, um sie ihm in die Hand zu drücken, aber ihre Augen sagten: *Freut mich, dass ich etwas für dich tun konnte.*

Sascha winkte einen Kellner herbei und bestellte, angesichts dieses Geldsegens von einer plötzlichen Spendierlaune beflügelt, je einen Cappuccino für Charlotte und sich. Klein-Nico maß Chili von der Seite aus skeptisch zusammengekniffenen Augen und fragte sich wahrscheinlich, ob sie ihm möglicherweise mehr Aufmerksamkeit widmen würde als seine nur unwesentlich ältere Mutter, die ihren Freund gerade kichernd mit Kuchen fütterte.

»Hat sie sich sehr angestellt?«, fragte Sascha, als er den wehmütigen Blick bemerkte, mit dem seine Schwester den Banknoten auf dem Weg in seine Börse folgte.

»Das kannst du laut sagen.«

»Danke.« Sascha fuhr Chili mit der Hand durch die dichten, dunklen Locken, als tätschelte er einen Hund, der artig apportiert hatte. »Ich bin stolz auf dich. Ehrlich.« Das entsprach der Wahrheit. Wenn Ella in allen anderen Dingen auch noch so nachgiebig war und gemeinhin über das Durchsetzungsvermögen eines neugeborenen Lämmchens verfügte, konnte sie dennoch sturer als alle Esel der Welt zusammen reagieren, sobald man ihr ans Portmonee wollte. Er konnte es ihr kaum verübeln. Als freischaffende, verkannte Künstlerin bewegte sie sich schließlich sowieso schon ständig am Rande des Existenzminimums und hatte noch dazu allein zwei Kinder durchbringen müssen.

»Ach, dazu besteht kein Grund.« Chili winkte ab. »Der Mann vom Finanzamt war gerade da. Sie hätte mir nicht mal was geben können, wenn sie es geschafft hätte, eine Minute lang aufzuhören zu heulen.«

»Aber –« Irritiert griff er nach der Geldbörse, die er in die Tasche seiner Jeans zurückgeschoben hatte.

»Das ist nicht von Mama.« Chili schüttelte den Kopf. Sie genoss es, ihren Bruder zu überraschen und ein bisschen schmoren zu lassen, aber dann konnte sie es sich, ganz wie erwartet, doch nicht verkneifen, ihm freiwillig alles zu erklären. »Das ist von Miriam«, sagte sie und grinste stolz.

Sascha verschluckte sich an seinem Wasser. »Was soll ... Du hast mich bei meiner Ex verschuldet?«, hustete Sascha eher, als dass er es sagte.

»Ex?« Charlotte gab sich ahnungslos. »Wie – Ex?«

»Na, ex und hopp halt, tu nicht so, als hättest du das nicht gewusst!« Sascha merkte, dass er sich schon wieder aufregte, atmete bewusst tief ein und aus und maß seine kleine Schwester schließlich eher besorgt als verärgert, so als suchte er nach der undichten Stelle, durch die ihr Verstand sickerte. »Was hast du ihr erzählt?«, seufzte er schließlich.

»Nichts«, antwortete Chili mit einem Schulterzucken. »Nur, dass du Geld brauchst. Und sie sagte, klar, kannst du haben, und dass du alles von ihr haben könntest, ganz egal was, den Rest hättest du ja auch schon, also ihr Herz. Und ihre Seele. Und ihren –«

»Schon gut, schon gut!«, fiel Sascha ihr ins Wort und errötete.

Nicos Mutter wandte sich kurz von ihrem Liebhaber ab und musterte Sascha mit einem abschätzigen Blick.

Chili hob besänftigend die linke Hand, während sie mit der rechten in ihrer Jackentasche nach einem Bonbon für den gelangweilten Knaben in seinem Hochsitz tastete. »Miriam meint es nicht so, du kennst sie doch«, beschwichtigte sie. »Morgen ist alles wieder Geschichte. Im Grunde genommen hat sie nur ein schlechtes Gewissen, weil sie aus einer blöden Laune heraus Schluss mit dir gemacht hat – und das auch noch am Telefon. Und wenn du ihr Geld schuldest, hat sie einen guten Vorwand, um morgen wieder auf der Matte zu stehen, ohne über ihren eigenen Schatten springen zu –«

Der Rest ihres Satzes verklang in der akustischen Kulisse des Jüngsten Gerichts.

Nicos Mund öffnete sich, er begann zu husten und Sascha sah einen undefinierbaren Klumpen wie in Zeitlupe am rechten Ohr seiner Schwester vorbei- und auf sich selbst zufliegen, während Charlottes Mofa die Frontscheibe des kleinen Cafés mit irrsinnigem Getöse durchbrach, dicht gefolgt von dem dunkelblauen Geländewagen, an dessen Stoßstange es zuvor geklebt hatte. Glassplitter schleuderten durch den Raum, dann kam der wuchtige Pajero mit quietschenden Reifen an genau der Stelle zum Stehen, wo die Mutter des Jungen noch vor Sekundenbruchteilen mit ihrem Liebsten geknutscht hatte. Chilis Mofa sauste über die Köpfe mehrerer Gäste hinweg und verhakte sich, bis zur Unkenntlichkeit lädiert, zwischen der Theke und einem verchromten Hängeregal. Zwei stark geschminkten Damen mittleren Alters war mit Hilfe eines geistesgegenwärtigen Kellners in buchstäblich letzter Sekunde die Flucht von ihren Barhockern gelungen.

Sascha stürzte samt Stuhl hintenüber, als der tonnenschwere Geländewagen ihm die Tischplatte so tief in die Magengrube rammte, dass er schon befürchtete, sie würde ihn zweiteilen. Er schlug hart auf dem gefliesten Boden auf und registrierte gerade noch, dass sowohl Charlotte als auch Nico ein ähnliches Schicksal ereilte, während er rücklings durch den Raum schlitterte und schließlich zwischen diversen Einrichtungsgegenständen liegen blieb, die teils durch seine eigene unfreiwillige Show-Einlage umgefallen waren, zum größten Teil jedoch von in Panik schreienden, Hals über Kopf davonstürzenden Cafébesuchern und Angestellten umgeworfen wurden. Frauen und Kinder kreischten, Männer brüllten, einer der Polizisten schrie, mit der plötzlichen Extremsituation überfordert, unsinnige Anweisungen, die niemand zu beachten in der Verfassung war. Glas und Porzellan klirrte. Taschen, Aschenbecher und nasse Jacken flogen zu Boden. Das Geräusch hektischer, zielloser Schritte wurde vom Dröhnen des ohrenbetäubend lauten Motors übertönt. Die Luft war erfüllt von aufgewirbeltem Staub, Glassplittern und blanker Panik; sie roch nach Dieselkraftstoff und Todesangst.

Sascha bemühte sich verzweifelt, seine zusammengedrückten Lungen mit aus dem Staub- und Splittergemenge gefiltertem Sauerstoff aufzupumpen und sich aus dem Alugeflecht zu befreien, in das sich ein Tisch, mehrere Stühle und ein überladener Kleiderständer über ihm verwandelt hatten und das jeder modernen Kunstausstellung zur Ehre gereicht hätte. Gleichzeitig versuchte er, seine Schwester in diesem Chaos ausfindig zu machen und nach ihr zu rufen, bis er sich auf den Umstand besann, dass Mutter Natur ihn wie die meisten anderen Normalsterblichen mit nur einem Gehirn und einer begrenzten Anzahl von Gliedmaßen ausgestattet hatte, sodass er sich auf maximal zwei Unternehmungen beschränken musste, sofern auch nur eine einzige von Erfolg gekrönt sein sollte. Notgedrungen entschied er sich fürs Atmen und den Kampf gegen die Leichtmetallkonstruktion, die sich wie ein Dinosaurierskelett über ihm ausbreitete.

»Charlotte!«, keuchte er, als er sich auf Hände und Knie aufgerappelt hatte und sich hektisch nach allen Seiten hin umblickte. Sein Magen fühlte sich an, als steckte noch immer eine Tischplatte darin fest. Irgendetwas süßlich Riechendes tröpfelte ihm in den Kragen und verbrühte ihm den Nacken, doch Sascha hatte das sichere Gefühl, dass noch eine geraume Weile vergehen würde, ehe er Gelegenheit fand, seine Wunden zu lecken – wenn er überhaupt jemals dazu kam. Dem Geräusch einer hastig aufgestoßenen Autotür, das den allgemeinen Lärm unheilvoll übertönte, folgte ein Schuss, was dieses Gefühl auf brutale Weise verfestigte.

»Chili!« Saschas Stimme war ein schrilles, hysterisches Kreischen. Er hatte seine Schwester erspäht. Aber ihr Anblick vermochte ihn keineswegs zu beruhigen.

Charlotte stand dem Amokfahrer, der den Pajero mittlerweile verlassen hatte, Auge in Auge gegenüber. Sie hielt das Kind fest, das weinend versuchte, sich aus ihrem Griff zu befreien, um zu dem leblos unter dem linken Vorderreifen des Geländewagens klemmenden Körper seiner Mutter zu gelangen.

»Gib mir den Bastard!«, fauchte der Fremde, der, obgleich schätzungsweise drei Jahrzehnte älter als der Junge, eine erstaunliche Ähnlichkeit zu diesem aufwies.

Er untermauerte die Entschlossenheit, die aus seiner Stimme sprach und aus seinen funkelnden Augen sprühte, mit einer unmittelbar auf Chilis Stirn gerichteten Handfeuerwaffe. Sascha bezweifelte nicht, dass der Mann seine unausgesprochene Drohung in die Tat umsetzen würde, wenn Charlotte sich nicht schnellstens besann, dass sie dieses Kind nicht retten konnte. Unmittelbar neben der offen stehenden Fahrertür lag in eigenartig verrenkter Haltung der Freund von Nicos Mutter. Eine mächtige Glasscherbe hatte sich auf Nierenhöhe durch seinen Leib gefressen, sodass sie blutig unter seiner Brust wieder hervorgetreten war, doch er hatte mit Sicherheit keinen Schmerz mehr verspürt: Der Wahnsinnige, der in diesen Sekunden auf Saschas Schwester zielte, hatte ihn aus nächster Nähe mit einem Schuss in die Stirn hingerichtet. Das aus den Wunden ausgetretene Blut vermischte sich mit dem durch die nun offene Front des Cafés eindringenden Regenwasser zu einer schnell anwachsenden schmierigen Lache, die sich wie ein bitterböses Omen auf Charlottes Fußspitzen zuarbeitete.

»Sofort!« Der Irre trat einen halben Schritt auf Chili zu und fuchtelte drohend mit seiner Waffe. Er würde mit ihr kurzen Prozess machen, begriff Sascha entsetzt. Wo waren eigentlich diese dürftig ausgebildeten Polizeibeamten? Bereiteten sie etwa in Ruhe die Aufnahmeprotokolle vor oder hatten sie sich hinter der Espressomaschine versteckt, um den Rosenkranz zu beten?! Auf jeden Fall konnte Sascha sie nirgends ausmachen – von hier unten aus schon gar nicht.

Seine Panik mutierte zur Hysterie und die Hysterie zum kopflosen Wahnsinn. Mit einem Kampfschrei sprang er auf die Füße, wobei er den Rest des Dinosauriers mit von Angst beflügelter Kraft in hohem Bogen von seinen Schultern schleuderte, und stürzte mit einem entschlossenen Satz auf seine Schwester und ihr Gegenüber zu, um sofort wieder vornüber im Dreck zu landen, weil sich sein Fuß in etwas verfing, dessen Existenz als Schirmständer ein jähes Ende gefunden hatte. Glas- und Holzsplitter bohrten sich schmerzhaft in seine Haut an Knien und Ellbogen. Sascha stöhnte auf und der Fremde drückte ab.

Der Schuss dröhnte in Saschas Ohren wie ein Kanonenschlag und betäubte ihn für einen Moment so sehr, dass die Schüsse, die dem ersten folgten, dumpf wie Silvesterböller aus der Ferne zu ihm durchdrangen. Charlotte fiel und riss den Jungen mit sich zu Boden. Eine der Kugeln, die durch das sich trotz oder wegen der allgemeinen Hektik nur langsam leerende Café flogen, hatte ihre Schläfe gestreift. Nico schrie, Chili war völlig stumm und blieb mit vor Schreck weit aufgerissenen Augen wie versteinert dort liegen, wo sie zu Fall gekommen war. Der Schock lähmte ihre Glieder, während dickflüssiges Blut aus der länglichen Wunde über ihrem rechten Auge pulsierte.

Inzwischen lieferten sich die beiden Polizisten aus ihrer Deckung hinter dem Tresen heraus über Saschas und Charlottes Köpfe hinweg ein filmreifes Feuergefecht mit dem Amokläufer, der mit dem Glück des Teufels nach wie vor gänzlich unversehrt auf beiden Beinen stand.

Er schien fest entschlossen, den Jungen, für den Chili um ein Haar ihr Leben gelassen hätte, eher mit in den Tod zu nehmen als ihn zurückzulassen. Er schoss abwechselnd auf das Kind und die Beamten. Zwei, drei Kugeln schlugen Funken sprühend kleine Krater in Nicos und damit auch Charlottes unmittelbarer Nähe in die steinernen Bodenplatten. Sascha wollte aufspringen, sich schützend über seine Schwester werfen, jedenfalls *irgendetwas* tun, aber sein Knöchel hing fest. Er streckte die Arme aus, um Chili zu sich heranzuzerren, doch er vermochte lediglich eine Schnalle ihrer Jacke zu ergreifen, die riss, als er daran zerrte.

Plötzlich wuchs zu seiner Linken ein Schatten in die Höhe, eine Gestalt, die etwas Kleines, Glänzendes unter ihrer dunklen Gewandung hervorzog. Noch bevor sich Sascha mit einem Blick versichern konnte, dass es sich nicht etwa um Gevatter Tod handelte, der seine Sense schwang, hatte sie dieses Etwas in einer lässigen Geste fortgeschleudert. Es blitzte inmitten des Bleiregens, der die Luft erfüllte, auf und der Fremde brach vor der Stoßstange seines Wagens zusammen, als sich ein rasiermesserscharfer, mit äußerster Präzision auf die Reise geschickter Wurfdolch bis zum Heft in seine Kehle bohrte.

Die Beamten schossen eine Salve weiterer Kugeln in die Luft, ehe sie begriffen, dass sie keinen Gegner mehr hatten. Chili löste sich endlich aus ihrer Erstarrung, richtete sich mühsam auf und blickte aus blutunterlaufenen Augen an Sascha vorbei in die Höhe. Auch Sascha sah auf und erspähte nun die markanten Züge und den dunklen Teint eines schwarz gekleideten Arabers.

»Keine Bewegung!«, befahl einer der Uniformierten, die schließlich über den Tresen sprangen. Wahrscheinlich wusste er selbst nicht, an wen genau er diese Worte richtete, jedenfalls reagierte niemand darauf. Wer sein Heil bis zu diesem Moment noch nicht in der Flucht gefunden hatte, der nutzte die plötzliche Stille, um sich davonzumachen. Und wer sich tatsächlich nicht rührte, der tat dies nicht etwa infolge einer unsinnigen Anweisung, sondern weil er schon die ganze Zeit über nichts anderes getan hatte, als das Ende des Irrsinns zitternd in irgendeinem vermeintlich sicheren Winkel des Cafés abzuwarten.

Der Araber betrachtete Charlotte kurz mit regloser Miene und dennoch erkennbar bedauerndem Blick, wandte sich dann von dem Mädchen ab und verließ das Café ruhigen Schrittes durch das zerstörte Panoramafenster.

Sascha befreite sich endlich aus dem Schirmständer, robbte zu Charlotte hinüber, presste ihr eine herumliegende Kindermütze auf die Stirn, um die Blutung einzudämmen, und drückte sie an seine Brust. Er hielt sie fest, bis zwei Sanitäter sie – Jahre später, wie es ihm schien – mit sanfter Gewalt aus seiner Umklammerung lösten. Zum ersten Mal in seinem Leben gelang es ihm, an einem einzigen Tag mehr Tränen zu vergießen als seine Mutter für gewöhnlich in einer ganzen Woche. Er heulte wie ein Schlosshund, noch lange nachdem der Notarzt ihm versichert hatte, dass seine Schwester außer Lebensgefahr war. Er schluchzte sich zitternd in einen traumlosen Schlaf, nachdem man ihn schließlich an einen Tropf angeschlossen hatte, der eine undurchsichtige, aber ungemein beruhigend wirkende Substanz in sein Blut pumpte.

Er hatte sich nicht geirrt, dachte er mit letzter, trotzig gegen die betäubende Flüssigkeit aufbegehrender Bitterkeit, ehe ihn sein Bewusstsein verließ. Es konnte immer irgendwie noch schlimmer kommen.

Februar 2000

Sind Sie sicher, dass wir hier richtig sind, Chef?« Sascha stellte die beiden je zwanzig Liter fassenden Farbeimer, mit denen er sich mit von Schritt zu Schritt zunehmender Kurzatmigkeit hinter seinem Meister herschleppte, auf dem marmornen Boden ab, kaum dass er die Rotunde betreten hatte. Zweifelnd blickte er sich in dem durch seine außergewöhnliche Bauweise noch größer wirkenden Raum um, während er sich mit dem Handrücken den Schweiß von der Stirn wischte. Viel gab es nicht zu sehen: Gegenüber des Eingangs gab es eine weitere hölzerne Tür, hinter der vermutlich eine Treppe auf die steinerne Empore hinaufführte, auf der man in einigen Metern Höhe um den ganzen Saal herumlaufen konnte. In der Mitte des Rundbaus befand sich ein marmorner Altar mit einem recht verloren wirkenden modernen Kreuz neben einer dunklen Säule aus Granit, auf der ein kleines Schälchen thronte. Ansonsten war der Raum vollkommen leer. Es gab weder Gebetsbänke noch Stühle oder anderes Inventar. Selbst ein Weihwasserbecken suchte man vergeblich, aber das war es auch nicht, wonach sein Blick in seiner Funktion als Anstreicherlehrling forschte.

»Das frage ich mich spätestens seit dem zweiten Weltkrieg«, antwortete Meister Klaudat und zog eine Grimasse. »Meine Urgroßeltern mütterlicherseits, Junge, die sind irischer Abstammung. Weiß der Geier, welcher Teufel sie geritten hat, ausgerechnet hierher auszuwandern. Und frag mich bloß nicht, warum ich noch hier bin. Wollte immer weg, immer in ein anderes Land, aber irgendwie hat sich nie der richtige Zeitpunkt –«

»Die Wände sind doch blütenweiß, Chef«, fiel Sascha in Klaudats Redefluss ein. »Ich meine, es kann höchstens ein halbes Jahr her sein, dass sie gestrichen wurden. Eher weniger.« In diesem Moment erspähte er den wahrscheinlich einzigen Makel des ansonsten augenscheinlich einwandfreien Gebäudes, das Teil eines klösterlichen Komplexes war, der sich aus einem halben Dutzend sehr verschiedenartiger Bauten, die aus unterschiedlichen Epochen stammten, zusammensetzte. Sein Weg durch die gesegnete Parkanlage war ihm wie eine Reise durch eine fremde, vollkommene Welt vorgekommen. Sascha vermutete, dass der Rasen mit Hilfe einer Schieblehre gestutzt und der Grünspan auf den Dachziegeln von einer mit Schwingkopfzahnbürsten ausgerüsteten Mönchsdivision bekämpft wurde. Das kleine Loch in der von Säulen gestützten Kuppel etwa zehn Meter über ihm weckte widersprüchliche Gefühle: Einerseits wirkte es fast wie eine Beleidigung, doch andererseits – und Sascha zog das Andererseits für sich vor – vermittelte es, obwohl perfekt kreisförmig, auch etwas beruhigend Unperfektes.

»Ein Zimmermann oder ein Dachdecker wären dringender nötig«, stellte er stirnrunzelnd fest und deutete mit dem ausgestreckten Arm auf das Loch, durch das ein schmaler Strahl der blassen Wintersonne in die Rotunde einfiel und in gewissenloser Dreistigkeit eine allzu weltlich wirkende Staubsäule über der Granitschale kreierte. »Da regnet's bestimmt rein«, bemerkte er und wandte den Blick schnell wieder ab, als er spürte, wie sich seine Lochallergie – seine neueste Errungenschaft aus dem Atelier Claas – sachte, aber bestimmt in sein Bewusstsein zu schleichen begann.

»Gib dir keine Mühe – das sind Pfaffen, die versteht sowieso kein Mensch«, winkte der Malermeister ab, legte die Abdeckfolie, die er sich unter den Arm geklemmt hatte, auf dem Boden ab und nestelte eine Zigarre aus der Brusttasche seiner Latzhose. »Im vergangenen Jahr war ich dreimal hier. Hab mich gewundert, dass die nicht schon längst wieder angerufen haben«, fuhr er fort, ohne auf Saschas Hinweis einzugehen. »Dachte schon, die haben die Konkurrenz bestellt. Irgendwelche Billigarbeiter ohne Meister, ohne Ahnung und ohne Achtung vor ordentlichen Betrieben wie unserem. Aber die alten Korinthenkacker in der Komturei wissen seriöse Arbeit noch zu schätzen, Junge. Und ich stelle keine Fragen, ich mache meinen Job.«

»Vielleicht heiratet irgendein hohes Tier«, überlegte Sascha laut. Sein Blick wanderte ein weiteres Mal an den unbefleckten, strahlend weißen Wänden zu der von sechs ebenfalls marmornen Säulen getragenen Empore hinauf. Im Gespräch mit seinem redseligen Boss witterte er die Chance auf eine kleine Verschnaufpause, ehe er zum Transporter zurückgeschickt wurde, um die Leitern und was sie sonst noch benötigten herbeizuschaffen. Abgesehen davon, dass er sich vom Eimerschleppen ausruhen musste, verspürte er seit jenem verhängnisvollen Mittwochvormittag kurz nach seinem neunzehnten Geburtstag im vergangenen Jahr einen erhöhten Bedarf an geistigen Auszeiten. Sicher, er hatte trotz Ausbildung und obwohl Charlotte nach dem Anschlag auf ihr Leben von anhänglich zu – bei allem Verständnis – *lästig* mutiert war, mehr Zeit, das Geschehene zu verarbeiten, als ihm lieb war. Aber einsame Stunden, in denen er an die Decke über seinem Bett starrte, zu vergessen versuchte und sich wunderte, was genau seine Mutter dazu bewogen haben mochte, seit dem Unglück ein außerordentliches Faible für schwarze Löcher an den Tag zu legen, waren nicht das, was Sascha brauchte. Und auch mit Reden, das hatte er nach drei quälend langen Therapiestunden entschieden, war ihm nicht geholfen; wenigstens nicht mit dieser Art von Reden nach Wochenplan und auf Kommando.

Nein, am wohlsten fühlte er sich in Augenblicken wie diesem, in denen er – nicht ganz allein, aber auch nicht von Menschenmengen umgeben – mit einem Menschen wie Klaudat, der ihm vertraut war, aber nicht allzu nahe stand, über Belanglosigkeiten plaudern und über Banalitäten wie einen offensichtlich unnützen Anstrich nachdenken konnte.

»Mag sein.« Sein Ausbilder zündete, offenbar entschlossen, die erste von vielen Pausen, die er sich selbst zuzugestehen pflegte, gleich jetzt in Anspruch zu nehmen, seine Zigarre an und hob eine seiner dichten Brauen, während er den Altar in der Mitte des Raumes betrachtete. Hätte das Kreuz eine Christusfigur getragen und wäre diese plötzlich zum Leben erwacht, hätte

Klaudat dem Messias zweifellos zum Gruß auf die Schulter geklopft und ihm eine Kubanische angeboten. Sascha war sicher, dass der Sohn Gottes gern eine mit dem Endfünfziger geraucht hätte – Offenheit und Natürlichkeit machten nun mal unwiderstehlich sympathisch.

»Heiraten«, grummelte Klaudat. »Wer heutzutage noch heiratet, ist selbst schuld. Weißt du, was mein alter Herr immer gesagt hat, bevor er den Löffel abgegeben hat? Er hat gesagt, einer der größten Fehler unserer Gesellschaft sei es, dass wir aus der Ehe eine Liebesangelegenheit machen. Und eins kann ich dir nach achtundfünfzig Jahren sagen, Junge: Der alte Knacker hatte Recht.«

»Ihr Vater war doch evangelischer Priester!« Sascha kannte sich aus in Klaudats Familiengeschichte. Jeder, der mehr als eine Woche mit dem dicklichen, schnauzbärtigen Kleinunternehmer zusammengearbeitet hatte, kannte sowohl sein Stammbuch als auch seinen Lebenslauf in- und auswendig. Also wusste Sascha nach sieben Monaten Ausbildungszeit beispielsweise, dass sein Chef mit Vornamen Georg Hans-Joseph hieß, lieber Schorsch genannt wurde, den Spiegel las, an den Wochenenden Billard spielte und in den vergangenen vierzig Jahren jeden Abend pünktlich um viertel nach zehn zu Bett gegangen war.

Anfangs hatte Klaudat Sascha mit seinem unablässigen Gequatsche amüsiert. Zwischenzeitlich, als sich die Themen zu wiederholen begannen, hatte er ein Repertoire von Pauschalantworten und -kommentaren ausgearbeitet, mit denen man auch dann nichts verkehrt machte, wenn man überhaupt nicht zugehört hatte. Mittlerweile hatte es etwas Wohltuendes. Es lenkte seine Gedanken auf angenehme Weise von dem kreativen Tief ab, das seine Mutter in den Ruin zu treiben drohte. Was genau sie in die tiefste Krise seit ihrer Trennung von seinem Vater getrieben hatte und warum ihre derzeit einzige Inspiration ausgerechnet in schwarzen Löchern bestand, konnte Sascha bestenfalls erahnen. Aber seine Mutter verwendete den größten Teil der Tage und oft auch ganze Nächte darauf, sie auf riesige Leinwände zu malen, zu töpfern, aus Speckstein zu schlagen und manchmal auch einfach in eine leere Konservendose zu bohren und selbige mit einer entsprechenden Betitelung zu versehen. Verständlicherweise hielt sich die Nachfrage der kulturell gebildeten und Ästhetik in Öl, Holz und Stein liebenden, zahlungsfähigen und vor allem -willigen Kundschaft seit geraumer Weile in noch engeren Grenzen als sonst. Dafür war der Ansturm der zunehmend ungehaltenen Gläubiger enorm. Vergangenen Monat hatte Sascha seinen geliebten Wagen abgemeldet, sodass der Betrag, den sonst Steuer, Versicherung und Treibstoff dahinrafften, nun (immer öfter in Form von billiger Tiefkühlkost) ihre Teller füllte. Charlotte hatte es ihm in einer eher symbolischen Geste gleichgetan und das, was einmal ihr Mofa gewesen war, für 50 Mark an einen Liebhaber verkauft, aber es reichte trotzdem vorne und hinten nicht. Der Siebzigerjahrebau, den sie zu dritt bewohnten und der auch das kleine Atelier seiner Mutter und damit die dürftige Basis ihrer Existenz beherbergte, stand mittlerweile kurz vor der Zwangsversteigerung und die Almosen, die Ella von einer Hand voll haltloser, nicht minder therapiebedürftiger Seelen für ihre eigentümlichen Werke bezog, würden sie nicht mehr allzu lange vor dem Offenbarungseid bewahren können.

Sascha hielt sich jedoch tapfer und beharrte vor einem kleinen, jammernden Teil seiner Persönlichkeit darauf, dass er weder Grund zum Verzweifeln noch zum Klagen hatte, weil es schließlich ganze Staaten voller Menschen gab, denen es deutlich schlechter ging als ihm. Sie hatten Schreckliches überlebt und dafür war er dankbar. Dafür, und auch für seinen geselligen Meister, der ihm täglich ein paar Stunden lang das Gefühl gab, ein ganz normaler junger Mann zu sein, mit dem man über ganz gewöhnliche Dinge wie den Sinn oder Unsinn ehelicher Gemeinschaft philosophieren konnte.

»Siehst du«, antwortete Klaudat lächelnd, sodass seine falschen Zähne sichtbar wurden. »Ein Priester wird wohl wissen, wovon er spricht.« Er deutete kopfschüttelnd auf die Farbeimer auf der Schwelle. »Aber jetzt verschwinde«, fügte er mit einer scheuchenden Handbewegung hinzu und beendete damit Saschas geistigen Müßiggang. »Mit zwei Eimern kommen wir hier nicht weit.«

Sascha schlenderte durch die Parkanlage zurück Richtung Hauptgebäude. Die Rotunde, die heute sein Arbeitsplatz war, lag etwas abgelegen und verfügte über keine eigene Zufahrt, sondern war ausschließlich über einen schmalen, mit akribischer Genauigkeit gepflasterten und absolut moosfreien Weg erreichbar. Dieser schlängelte sich an mehreren architektonisch wertvollen Nebengebäuden und kleinen Gemüsebeeten vorbei durch einige selbst im Februar schon saftig grünen Wiesen. Er gestaltete seinen Marsch zu einem gemütlichen Spaziergang und genoss die ersten Sonnenstrahlen des Jahres, die in den Kampf gegen den ungemütlichen, nasskalten Winter zogen.

An einer Gabelung kreuzte sein Weg den eines Mönches, der trotz seiner augenscheinlichen Gebrechlichkeit einen kindersarggroßen, von Basiszutaten für die deftige altdeutsche Küche schier aus allen Nähten platzenden Weidenkorb schleppte. Seine Wangen waren rosig, aber Sascha stellte anerkennend fest, dass der Farbton eher von dem eisigen Wind herrührte, der durch den Park wehte, als von übermäßiger Anstrengung, denn der in der Kälte wie Rauch vor dem Gesicht des Alten schwebende Atem ging ruhig und gleichmäßig. Deshalb und im Hinblick auf die Plackerei, die ihn selbst noch erwartete, verkniff er es sich, dem Mann seine Hilfe anzubieten, sondern beließ es bei einem grüßenden Nicken, das der Mönch frohgemut erwiderte. Er wäre kaum verwundert gewesen, wenn der bucklige, aber agile Klosterbruder in der knöchellangen Kutte das erstaunliche Bild, das er abgab, mit einem fröhlichen Lied abgerundet hätte. Tatsächlich schien dieser etwas Derartiges vorzuhaben. Doch in der Sekunde, in der er den ersten Ton einer nie vollendeten Melodie pfiff, verweigerten einige wichtige Ruten des Korbes endgültig ihren Dienst. Es knackte deutlich vernehmbar erst einmal, dann ein zweites Mal, während der Alte innehielt und – offenbar auch geistig noch lange nicht zum alten Eisen zählend – schnell reagierte, indem er versuchte, seine Last noch schnell auf dem Pfad abzustellen. Doch er schaffte es nicht: Mit einem hässlichen Geräusch wie dem eines gewaltsam auseinander gerissenen Reißverschlusses gab der überlastete Korb nach. Begleitet von einer Salve ganz und gar unchristlicher Flüche polterten mehrere Dutzend Kartoffeln, Karotten, Zwiebeln, Lauchstangen und andere Bestandteile diverser Küchenspezialitäten zu Boden.

Sascha streckte geistesgegenwärtig beide Arme aus und bewahrte eine leicht angestaubte Flasche 1977er »Klosterseele« vor dem tragischen Ende, das im nächsten Sekundenbruchteil eine weitere Flasche des guten Tropfens ereilte, die klirrend auf dem Pflaster zerschnellte.

»Jesses, Maria und Joseph! Ein einziges Mal will ich es schaffen, meinen Brüdern ihren Eintopf pünktlich auf den Tisch zu stellen«, schimpfte der Mönch, während er sich in die Hocke sinken ließ, mit der Linken nach dem Saum seines Gewandes griff und mit der Rechten begann, Knollen und Gemüse in das aufgeraffte Leinen zu schaufeln. »Nur ein einziges Mal auf meine alten Tage ...«

Sascha erlag nun doch seinem Mitgefühl und überwand seinen an diesem Tag außerordentlich faulen inneren Schweinehund. Die »Klosterseele« unter eine Achsel geklemmt, kam er dem Alten zu Hilfe, welche dieser verlegen, aber dankend annahm.

»Und ich sag's dem alten Christopher doch immer wieder: Schick mich in die Gärtnerei. Dem Johanniskraut ist's gleich, ob es um zwölf gegossen wird oder um zehn nach. Muss ja nicht pünktlich zum Gebet, das ganze Grünzeug«, moserte der Alte vor sich hin. Sascha bemerkte eine gewisse Ähnlichkeit mit seinem Chef.

Vielleicht waren die beiden ja um ein paar Ecken und Gemeindehäuser verwandt, überlegte er amüsiert. »Bin halt nicht geeignet für die Küche. War ich nie«, schloss der Mönch seufzend, während er den letzten Kohlkopf in seine Kutte plumpsen ließ.

Sascha nickte höflich und wollte seinen Weg fortsetzen, doch schon sah sich der Geistliche mit dem nächsten Problem konfrontiert: Mit dem gesamten Inhalt des demolierten Korbes im Rock bedurfte er mindestens einer dritten Hand, um sich zu erheben, ohne dass alles aufgesammelte Gut sogleich wieder aus dem Tuch kullerte. Also half Sascha ihm mit einer Hand auf und ergriff mit der anderen ebenfalls einen Zipfel des Saumes. Er verkniff sich ein Grinsen, als zwei dürre, unbehaarte O-Beine darunter zum Vorschein kamen, die einem fußballbegeisterten Storch gehören könnten, und ging langsam und darauf bedacht, dass nichts aus dem Rock fiel, ohne ebendiesen in gar zu beschämende Höhe zu ziehen, dicht neben dem lebhaften Greis her, bis sie das Wohngebäude der Glaubensgemeinschaft erreichten. Doch seine respektvolle Vorsicht erwies sich als überflüssig: Nicht eine Menschenseele kreuzte ihren Weg, obgleich dieser sie durch mehr als die halbe Anlage führte.

»Fast alle in der Bibliothek«, erklärte der Mönch, der sich zwischenzeitlich als Bruder Paul vorgestellt hatte, auf Saschas Nachfrage hin munter und bedauerte zumindest für den Augenblick nicht mehr, derweil in der Küche schuften zu müssen. »Evangelien kopieren, Verse interpretieren – alles intellektuelle Eitelkeit. Gott ist's eh gleich, ob du Kartoffeln schälst oder das Neue Testament auswendig lernst. Hauptsache, du tust es reinen Gewissens und bist fleißig bei der Sache.«

Er schob die nur angelehnte Tür des Hintereingangs mit der Fußspitze auf. Nebeneinander zwängten sie sich in die altmodische, aber weitläufige Küche, die direkt dahinter lag. Aus dem einzigen angrenzenden Zimmer drangen gedämpft Stimmen zu ihnen hindurch.

»Na, scheinen ja doch nicht alle der Eitelkeit zu –«, setzte Sascha zwinkernd an, aber Paul unterbrach ihn mit einem zischenden Laut und widerstand sichtbar mühsam der Versuchung, mahnend einen Zeigefinger vor die Lippen zu heben, der momentan anderenorts unentbehrlich war.

»Cedric Charney! Dass ich dich noch einmal zu Gesicht bekomme!«, stellte eine der Stimmen im Nebenzimmer fest. »Ich kann's noch immer kaum glauben, aber ich sehe dich tatsächlich vor mir. Zwar nicht mehr so scharf wie noch vor neun Jahren, aber doch ganz eindeutig. Du hast dich nicht verändert.«

»Christopher«, flüsterte Paul und schlich auf Zehenspitzen durch die Küche, um mit einem schelmischen Aufblitzen seiner klaren Augen ein Ohr an die geschlossene Tür zum Speisesaal zu drücken, wie ein Schuljunge, der am Direktorzimmer lauscht. Sascha, der noch immer den Saum der Kutte hielt, wodurch sein Arm zunehmend lahm und schwer wurde, hatte keine andere Wahl, als dem Geistlichen zu folgen. »Der Abt hat Besuch. Davon hat er ja gar nichts erzählt …«, raunte der Alte.

»Was hast du erwartet?«, gab eine zweite, deutlich jüngere, aber nicht jugendlich klingende Stimme aus dem Saal zurück. Sascha musste sich nicht anstrengen, um sie zu verstehen, denn das Gebäude war recht hellhörig. Wahrscheinlich hatte Bruder Pauls Gehör das vergangene Dreivierteljahrhundert nicht ganz so unbeschadet überstanden wie der Rest seines Organismus. Der Unbekannte hinter der Tür seufzte. »Obwohl ich mir manchmal fast wünsche, es wäre anders. Aber sag mir: Wie laufen die Vorbereitungen?«

»Seit einem knappen Jahrzehnt wie am Schnürchen.« Abt Christophers Stimme klang ein wenig gequält. »Du hast es mir nicht gerade leicht gemacht. Ich musste doch jederzeit damit rechnen, dass es plötzlich so weit ist. Aber ich wusste ja, es ist für euch und eure Sache. Also war es mir die Mühe wert. Und das ist sie –«

Zum zweiten Mal binnen kurzer Zeit polterte das unfertige Mittagessen der Brüder zu Boden, als einer der Rockzipfel den knochigen Fingern des neugierigen Alten entglitt. »Jesses, Maria und Joseph!«, entfuhr es dem unfreiwilligen Chefkoch wieder, während er seine Zutaten erneut auflas und auf der Arbeitsplatte ablegte. »Habt Dank, dass ich es bis hierher geschafft habe«, fuhr er fort, während die Tür, an der er gelauscht hatte, aufgestoßen wurde. »Gelobt seien der Vater und der Sohn und der Heilige Geist!«

Sascha hatte das sichere Gefühl, dass das nicht die Worte waren, die dem Mönch wirklich auf den Lippen brannten, aber er sagte nichts und wich nur eilig einen Schritt beiseite, um nicht von der Tür erschlagen zu werden.

»Bruder Paul!«, erhob sich die Stimme desjenigen, der nicht mehr so klar sah und alles für eine gute Sache getan hatte. Mehrere Zentimeter Eiche rustikal, gehalten von rostigen Scharnieren, verhinderten, dass sich Sascha ein eigenes Bild von Christopher machen konnte, aber er bedauerte diesen Umstand nicht. Es klang nicht so, als sei dem Häuptling der Gemeinschaft gerade danach, sein soziales Umfeld zu erweitern. »Darf ich fragen, was –«

»Huch!« Der Mönch stieß wie versehentlich mit der Ferse gegen eine Kartoffel, ließ sich auf die Knie fallen und robbte der Knolle, die scheinbar zufällig über die Schwelle zum Speisesaal kullerte, auf allen vieren nach. »Ha!«, hörte Sascha ihn triumphieren, während der Abt zurückwich. »Hab ich dich doch, du widerspenstiges Ding! Oh ... Seien Sie gegrüßt. Herzlich willkommen.«

»Bruder Paul!« Der Abt betonte jede Silbe mit unmissverständlichem Nachdruck. Sascha hörte, wie der Ermahnte sich aufrappelte und rückwärts gehend in die Küche zurückkehrte.

»Verzeihung. Ich wollte wirklich niemanden stören«, entschuldigte sich der Alte, während er die Durchgangstür mit gesenktem Haupt, aber spitzbübischem Lächeln wieder zuschob. »Nur eine Verkettung unglücklicher Missgeschicke, frei von üblen Absichten ... oder gibt es ein elftes Gebot, das besagt: Du sollst nicht lauschen?«, zischte er Sascha grinsend zu, kaum dass das Schloss klickend eingerastet war.

»Ich bin zwar kein eifriger Kirchgänger«, untertrieb Sascha, »aber ich glaube nicht. Kann ich sonst noch was für Sie tun?« Er hielt Paul die Weinflasche hin, die er unter der Achsel getragen hatte. Der greise Ordensbruder hatte ihn während der vergangenen Minuten ausreichend amüsiert, um ihn vergessen zu lassen, was ihn eigentlich in dieses Kloster verschlagen hatte. Klaudat wartete sicher schon ungeduldig auf die Arbeitsutensilien, die er holen sollte. Und so freundlich sein Meister im Allgemeinen auch war, so ungehalten konnte er reagieren, wenn er seine Autorität untergraben glaubte.

»Behalten Sie die ruhig, junger Mann.« Paul machte eine abwehrende Geste. »Wenn Sie mit dem Rundbau fertig sind, werden Sie einen Schluck gebrauchen können. Und wenn Ihnen nach Gesellschaft ist«, fügte er fröhlich hinzu, senkte die Stimme und bemühte sich während der folgenden Worte um eine verschwörerische Miene, »dann kommen Sie um zehn zum Mariendenkmal. Hinter der Bibliothek über den Friedhof bis zum Bach. Und dann immer flussabwärts. Ich drehe jeden Abend noch eine Runde vor dem Schlafengehen.«

»Mal sehen.« Tatsächlich erwog Sascha, ernsthaft über die Einladung des Alten nachzudenken. Warum auch nicht? Der Mönch war ihm sympathisch und er hatte das Gefühl, dass ihm Pauls Gesellschaft auf die gleiche Weise und aus denselben Gründen behagen könnte wie die Klaudats – und er musste dafür nicht mal einen einzigen Farbeimer schleppen. Er schob die »Klosterseele« in die Innentasche seiner Jacke, bedankte sich und wandte sich zum Gehen.

»Ich danke *Ihnen,* junger Mann«, entgegnete Bruder Paul betont, ehe er sich endgültig verabschiedete. »Und denken Sie über mein Angebot nach. Ich bringe eine zweite Flasche mit. Sie schauen aus, als könnten Sie ein wenig Entspannung vertragen.«

Es sollte keine Beleidigung sein und Sascha fasste die Worte des Bruders auch nicht als solche auf. Offenheit machte nun mal wirklich sympathisch.

Charlotte hatte vielleicht noch nicht alles versucht, um ihren Retter ausfindig zu machen, aber es gab auch nicht mehr allzu viel, was noch nicht in Erwägung gezogen und schließlich in einen mehr oder minder tollkühnen Plan umgesetzt worden war – selbstverständlich immer darauf bedacht, ihre Detektivarbeit hinter einem Vorhang von Ausflüchten und Notlügen zu verbergen, damit Sascha oder ihre Mutter sich nicht unnötig Sorgen machten. Das Geschick, das der Fremde mit dem Wurfdolch demonstriert hatte, hatte sie auf einen Artisten schließen lassen. Deshalb gab es keinen Wanderzirkus, über dessen Standort am Tag des Amoklaufes sie nicht informiert war. Drei von ihnen waren in der Nähe, das heißt, in einem Umkreis von 100 Kilometern, zu Gast gewesen, und Chili hatte sie alle längst auf Herz und Nieren überprüft. Der einzige vermeintliche Araber, auf den sie dabei gestoßen war, hatte sich schnell als griechischstämmiger Zeuge Jehovas erwiesen, der vorübergehend das Kassenhäuschen hütete, weil die für diese Aufgabe zuständige Gattin des Direktors sich in einer Reha-Klinik von der Attacke eines wetterfühligen Braunbären erholte. Das war nur eine von einer ganzen Reihe eigentümlicher Geschichten, auf die Charlotte im Rahmen ihrer privaten Ermittlungen gestoßen war, und vielleicht würde sie sie alle irgendwann in einem Buch festhalten, das sich für einen guten Zweck verkaufen ließ. Für den Moment jedoch konnte sie nichts damit anfangen.

Ungeachtet des mulmigen Gefühls, das sie dabei empfand, hatte sie das Café, in dem sie um ein Haar ihr Leben verloren hätte, regelrecht beschattet. Aber der Araber ließ sich dort nicht mehr blicken. Sie hatte eine Menge neuer Bekanntschaften geschlossen, denn es gab keinen Zeugen des Unglücks mehr, der noch nicht von ihr befragt worden wäre; die meisten von ihnen vergebens. Lediglich eine ältere Dame mit einer dicken Hornbrille glaubte, der Messerwerfer sei möglicherweise in einen silberfarbenen Passat gestiegen, der vor dem Unglück in der Nähe des Cafés geparkt hatte und hinterher verschwunden war.

Das war der Punkt, an dem sie Miriam in ihre Nachforschungen mit einbezog – was eigentlich längst überfällig war, denn die Ex ihres Bruders (ihr Plan war fehlgeschlagen: Sascha schuldete ihr noch immer Geld und wollte sie nach wie vor nicht zurückhaben) hatte einen Onkel bei der Kriminalpolizei. Dieser riskierte es schließlich, gegen eine Menge Dienstvorschriften zu verstoßen, und händigte seiner Nichte unter dem Siegel größter Verschwiegenheit eine ellenlange Liste sämtlicher im Kreis gemeldeten silberfarbenen Passats aus. Gegen die Tränen einer hoffnungslos verliebten Nichte, deren große Liebe nach nur einer Nacht in ein Auto gestiegen und fortan verschollen war, war er schlicht nicht angekommen. War sie nicht kürzlich erst von diesem langhaarigen Taugenichts so bitterlich enttäuscht worden, dem Sohn dieser Irren mit den schwarzen Löchern?

So weit jedenfalls war Charlottes Plan aufgegangen. Aber Silber war keine allzu seltene Autofarbe und VW eine populäre Marke. Außerdem war sie auf Bus und Bahn angewiesen, seit der Rest ihres Mofas für jämmerliche 50 Mark in den Besitz eines pickeligen Bäckergesellen gewechselt war. Darum hatte Charlotte gerade einmal einundzwanzig von einigen hundert Passathaltern aufgespürt und ausgeschlossen, als der Zufall ihr helfend unter die Arme griff.

Sie begleitete ihre Mutter an diesem sonnigen, aber kalten Morgen Ende Februar zur Bank, um ihr als Nervenstütze, zumindest aber als guter Grund, sich zusammenzunehmen, beiseite zu stehen. Der Geldautomat zog Ellas Karte nach wiederholten Hinweisen, dass der Dispo längst überschritten sei, endgültig ein. Also reihten sie sich Seite an Seite in die Schlange der Wartenden vor dem Schalter ein, um – wie sich später herausstellen sollte, vergebens – auf das Mitgefühl der Angestellten zu pochen.

Der Araber stand kaum drei Schritte weit vor ihr. Dennoch hätte Charlotte ihn um ein Haar übersehen.

Diskretion! Abstand halten!, mahnte ein neongelbes Schild am Schalter, hinter dem eine dauergewellte Dame Anfang vierzig mit einer filigran wirkenden vergoldeten Lesebrille freundlich lächelnd einen ganzen Batzen Geld vor einen Kunden blätterte. »Vierunddreißig, fünfunddreißig, sechsunddreißig«, dokumentierte sie ihr Tun mit klarer Stimme und in auch dem letzten Wartenden in der Reihe gut verständlicher Lautstärke, »... siebenunddreißigtausend Mark, bitte sehr. Haben Sie sonst noch einen Wunsch?«

Der Angesprochene deutete ein Kopfschütteln an und verstaute das Geld zügig, aber ohne Hast in einem ledernen Beutel. Chili konnte ihn lediglich von hinten sehen. Er trug einen schwarzen Pulli mit einer Kapuze, die er weit ins Gesicht gezogen hatte, schlichte Jeans und Stiefel und sah, soweit sie es beurteilen konnte, eher wie jemand aus, der mit vorgehaltener Pistole eine Bank überfiel, als jemand, der siebenunddreißigtausend Mark von einem Konto abhob. Charlotte war nicht wie Sascha, der das Leben als einziges Blind Date ansah und kaum eine Gelegenheit versäumte, unvoreingenommen und voller Neugier auf fremde Leute zuzugehen, um neue Freundschaften zu schließen – trotzdem brannte sie darauf, diesen ungewöhnlichen Menschen von vorne zu sehen. Wer er wohl war? Ein ganz normaler Reicher – so wie sie sich reiche Leute vorstellte – war er jedenfalls nicht. Ein Künstler wie ihre Mutter vielleicht, nur mit etwas mehr Glück? Oder ein Rockstar? Oder nur ein armer Schlucker, der einen Kredit aufgenommen hatte, an dem noch seine Enkel zu knabbern haben würden?

Ihr Standpunkt war ungünstig und der Fremde ging gesenkten Hauptes und schnellen Schrittes in Richtung Ausgang, so als legte er keinen großen Wert darauf, beachtet zu werden. Kein Wunder angesichts der Tatsache, dass er knapp vierzigtausend Mark mit sich herumschleppte. Als Chili endlich einen kurzen Blick auf sein Profil erhaschte, setzte er bereits den ersten Fuß über die Schwelle und mischte sich im nächsten Augenblick unter die Passanten vor der Bank. Dennoch bestand nicht der geringste Zweifel: Es war der Araber, der Messerwerfer, der Fremde, dem Charlotte ihr Leben verdankte und nach dem nicht nur sie seit Monaten vergeblich fahndete!

Sie fühlte sich wie in einem Krimi, als sie sich für einen Moment, dessen Dauer sie nicht im Entferntesten abschätzen konnte, von ihrer Mutter verabschiedete, die Beine in die Hand nahm und eine Salve Gebetsfetzen gen Himmel sandte, während sie dem Araber nacheilte. Dieser jedoch schien es seinerseits nicht weniger eilig zu haben. Als Chili aus dem kalten Neonlicht der Bank in das nicht minder kalte Licht des hellen, aber eisigen Tages trat, musste sie sich erst einmal suchend umblicken, da sie nicht gesehen hatte, ob er sich nach rechts oder links gewandt hatte. Schließlich erspähte sie ihn in einiger Entfernung nahe der nächsten Kreuzung. Er hatte die Strecke im Schnellschritt zurückgelegt und selbst die rot leuchtende Fußgängerampel auf der gegenüberliegenden Straßenseite, auf die er nun ungeachtet seiner Vorbildfunktion als erwachsener Mensch zusteuerte, beeindruckte ihn nicht. Charlotte rannte. So viel Zeit und Mühe hatte sie darauf verwendet, ihn zu finden, weil sie das Gefühl hatte, in seiner Schuld zu stehen. Es gab kaum etwas, was ihr weniger behagte, als jemandem etwas schuldig zu bleiben, auch wenn das niemand begriff, nicht einmal ihr Bruder, der doch sonst für nahezu alles Verständnis hatte, und streng genommen nicht einmal sie selbst. Aber so war sie nun einmal, und deshalb stürmte sie dem Araber nach und tat, was sie noch nie getan hatte: Sie überquerte die Straße ebenfalls bei Rot, obgleich mehrere Kleinkinder sie dabei beobachteten.

Als sie den Mann fast erreicht hatte und gerade außer Atem den Mund öffnete, um etwas zu sagen, hielt er abrupt inne, entriegelte per Fernbedienung die Tür eines dunklen Alfa Romeo und stieg in der nächsten Sekunde in den Wagen, während Chili noch mit offenem Mund überlegte, was sie überhaupt sagen wollte.

»Warten Sie!«, keuchte sie schließlich, als der Fremde den Motor bereits angelassen hatte und mit quietschenden Reifen anfuhr, wobei es wohl eher Glück als Geschick war, dass er dabei niemanden *über*fuhr. »Warten Sie! Ich ... Ich habe jedenfalls dein Kennzeichen«, sagte sie an sich selbst gewandt, während der dunkelblaue Alfa hinter der nächsten Kurve verschwand. »AL 2000 ...«

Niemand wusste genau, woher der Araber kam und was ihn zu ihnen, zur Prieuré de Sion, verschlagen hatte. Streng genommen war Ares nicht einmal sicher, ob der Araber tatsächlich ein Araber war – ein Umstand, der normalerweise genügt hätte, ihn vom Söldnerdienst der Prieuré auszuschließen, denn ihre Sache war von größter Bedeutung und höchster Vertraulichkeit, sodass sie niemanden aufnahmen, dessen Lebenslauf sie nicht gründlich untersucht und durchleuchtet hatten. Dieser Mangel an Intimsphäre wurde einem jeden, der für sie lebte und im Zweifelsfall auch starb, teuer bezahlt. Die Männer kamen, schworen einen Eid vor Ares' Schwester Lucrezia, der Herrin der Prieuré, sobald er, der Schwertmeister, sie für geeignet befunden hatte, ließen sich von ihm ausbilden und wussten, dass ihre Angehörigen im Gegenzug für ihre Dienste und ihre Verschwiegenheit ein sorgenfreies Leben führen konnten. Aber mit dem Araber verhielt es sich anders.

Shareef war nicht einmal volljährig gewesen, als er als angeblicher Kriegsflüchtling arabischer Abstammung um einen Söldnerposten in Lucrezias Devina – so lautete der Name der Festung der Prieuré – gebeten hatte. Allen Bemühungen zum Trotz hatte Ares nicht mehr über den schweigsamen Jungen mit dem versteinerten Gesicht herausgefunden, als dieser ihnen freiwillig offenbart hatte. So wie sich Ares und die übrigen Ritter der Prieuré – und leider Gottes auch die abtrünnigen Templer – für die direkten Nachkommen der Kinder, die Jesus einst mit Maria Magdalena gezeugt hatte, hielten, hielt sich Shareef für einen Urururenkel jener Assassinen, die sich bereits vor vielen Jahrhunderten mit ihnen verbunden und an ihrer Seite gekämpft hatten. Vielleicht war er das tatsächlich.

Jedenfalls hatte irgendetwas Ares davon abgehalten, ihn gleich wieder fortzuschicken oder gar zu töten – Intuition, Bauchgefühl … wie auch immer man es nennen wollte. Unter besonderer Beobachtung hatte er ihn in ihren Kreis eingeführt und letztlich war es genau seine außerordentliche Schweigsamkeit gewesen, die für Shareef gesprochen hatte. Er redete nicht viel, sprach eigentlich fast ausschließlich nur, wenn man ihn etwas fragte, und selbst dann brachte er nur wenige Worte hervor. Oft wurde man auch mit einem bloßen Nicken oder Schulterzucken abgespeist. Aber was er sagte, entsprach ausnahmslos der Wahrheit, und nicht nur Ares hatte seine Skepsis dem jungen Mann gegenüber bald abgelegt. Shareef gehörte zu den wenigen Menschen, denen man uneingeschränkt Glauben schenken konnte. Umgekehrt konnte man ihm getrost auch das größte Geheimnis anvertrauen. Er nahm es zur Kenntnis und verlor nie wieder ein Wort darüber. Und das waren nur zwei von vielen Eigenschaften, mit denen Shareef sich schnell unentbehrlich gemacht hatte. Er besaß keine Familie, für die er sein Leben der Prieuré verschrieb, wie es die Regel unter den Söldnern war. Aber er gehörte auch nicht jener seltenen Spezies ungewöhnlicher junger Männer an, welche die Überzeugung und den unerschütterlichen Glauben der Prieuré-Ritter teilten und voller Hoffnung auf eine bessere Welt und ewiges Leben eifrig nach den Insignien suchten, die der Schlüssel zum Heiligen Gral waren, der all dies Wirklichkeit werden lassen würde.

Shareef wollte keinen Reichtum und niemand wusste so genau, woran er glaubte. Mittlerweile hatte er die Dreißig überschritten und war Ares noch immer ein Rätsel, vor allem aber war er nützlich. So, wie Ares die Prieuré-Ritter und -Söldner im Kampf mit dem Schwert trainierte, war Shareef unverzichtbarer Lehrer im Umgang mit Wurfdolch, Armbrust und Schusswaffen jeglicher Art. Während all der Jahre, die Shareef in der Devina verbracht hatte, war ihm nie der geringste Fehler unterlaufen. Bis zum vergangenen September …

Ares verstand noch immer nicht, wie es so weit hatte kommen können – ja, er fasste Shareefs Fehler beinahe als persönliche Beleidigung auf, denn immerhin belegte dieser seit jeher einen besonderen Platz unter den Söldnern, die Ares im Allgemeinen so gleichgültig waren, dass er sich kaum die Mühe machte, sich ihre Namen zu merken. Der Araber hatte ihn enttäuscht und obwohl sein Verhalten bislang keinerlei Konsequenzen für die Prieuré gezeigt hatte, würde es noch lange dauern, bis er ihm wieder so bedingungslos vertrauen konnte, wie er es noch vor wenigen Monaten getan hatte. Natürlich würde es Shareef niemals gelingen, ihre Sache ernsthaft zu gefährden, aber er hatte eine Menge Ärger auf sich genommen – sogar riskiert, dass sie die Devina würden aufgeben müssen –, nur um einem Mädchen zu helfen, das in einer misslichen Lage war. Einem ganz gewöhnlichen Mädchen, in dessen Adern ganz gewöhnliches, vergängliches Menschenblut floss, das nicht dazu bestimmt war, sie länger als weitere sechs, wenn es Glück hatte, sieben Jahrzehnte am Leben zu halten.

Der Schwertmeister hatte ihn nach seinen Gründen gefragt, aber Shareef hatte lediglich mit einem Schulterzucken reagiert. Ares hatte ihn seinen Groll deutlich spüren lassen, aber der Araber ertrug es mit versteinerter Miene, so wie er alles mit versteinerter, schier totengleicher Miene ertrug. Irgendwann hatte Ares aufgegeben und dem Himmel – wer oder was auch immer darin über die Prieuré de Sion wachte – dafür gedankt, dass die Polizei nicht in das Anwesen eingefallen war, um Shareef zu verhaften und dabei unter Umständen ein ausgeprägtes Interesse an ihnen und ihren Aktivitäten zu entwickeln. Es wäre nicht das Ende gewesen, nichts konnte sie aufhalten. Aber er hätte ein großes Blutvergießen auslösen und ihnen eine Menge Schwierigkeiten einhandeln können.

Dennoch oder eben deshalb wollte Ares, dass Shareef ihn heute begleitete – mehr noch: dass er es *selbst* tat. Der Araber hatte unerwarteterweise eine menschliche

Schwäche gezeigt. Das durfte nie wieder geschehen. Er würde van Dyck aus dem Weg schaffen, den Verräter, dessen Schwächen deutlich schwerwiegender und gefährlicher für sie waren als Shareefs.

Es war nicht Freude am Töten, die dazu führte, dass Ares gewisse Aufgaben gern selbst übernahm, sondern sein Verantwortungsbewusstsein. Wer durch seine Klinge starb, war zweifellos tot, und er traute niemandem so sehr wie sich selbst – nicht einmal seiner geliebten Schwester. Heute aber war Shareef an der Reihe und Ares würde sich mit einem Logenplatz begnügen. Van Dyck war ein langjähriger Gefährte des Arabers, was allerdings nicht bedeutete, dass er ihm nahe stand. Niemand stand Shareef *nahe*. Doch in seiner Funktion als Lehrer hatte er van Dyck Zeit und Mühe gewidmet und sie hatten seither oft Seite an Seite gekämpft, stets zu Ares' Zufriedenheit. Aber van Dyck war ein Verräter. An einem der seltenen Abende, an dem es ihm erlaubt war, die Devina zu verlassen, war er schwach geworden und hatte geredet. Ares hatte etwas Derartiges befürchtet und ihn verwanzt, ehe er das Anwesen verlassen hatte. Zum Glück hatte die junge Frau, der er sich anvertraut hatte, dem Belgier kein Wort geglaubt, aber das bedeutete schließlich nicht, dass sie es nicht doch weitererzählen würde. Und deshalb war sie dem Schwertmeister noch gestern Nacht vors Auto gelaufen. Shareef ahnte es noch nicht, aber um van Dyck würde er sich heute eigenhändig kümmern. Er sollte aus nächster Nähe *erfahren*, was mit jenen geschah, die ihre Triebe nicht unter Kontrolle hatten und dafür konnte er dankbar sein. Niemand war bislang in den Genuss einer Warnung gekommen.

Im Augenblick stand Ares an der Seite seiner Schwester und wartete auf den Araber, der auf irgendeinem illegalen Basar um einen Neuwagen feilschte. Lucrezia betete stumm. Hin und wieder öffnete sie die Augen und blickte zu dem gläsernen Schrein empor, der ihre größte Trophäe barg, gehalten von zwei stählernen Ketten und beleuchtet von einer Hand voll weißer Kerzen, den ersten Schritt auf dem Weg zum Heiligen Gral, dem Grab des Herrn: das Grabtuch Christi, das Acheiropoieton – *nicht von Menschenhand geschaffen* ... Wenigstens diese eine Reliquie hatte ihren Weg zu ihren wahren Eigentümern zurückgefunden, war dort, wo sie hingehörte. Viele Jahrhunderte lang hatte die Prieuré danach gesucht, bis sie es schließlich in Konstantinopel wieder an sich nehmen konnte. Ares lächelte matt. Sie hatten es schlicht ausgetauscht – durch eine sehr wohl *von Menschenhand geschaffene* Kopie. Und niemand hatte es gemerkt. Ihre Attrappe war von solcher Perfektion, dass viele noch heute auf ihre Echtheit schworen. Längst war sie in einer Weise geschändet worden, die am echten Grabtuch unverzeihlich gewesen wäre. Sie hatten es mit Flicken versehen, Stücke herausgeschnitten, daran herumexperimentiert, -mikroskopiert, -analysiert und doch nichts bewiesen.

Ares' Ahnen waren klug gewesen, doch Intelligenz allein hätte für diese Meisterleistung nicht ausgereicht, dessen war er sich sicher. Gott, Jesus Christus oder wie auch immer man diese alles bestimmende Macht über ihnen nennen mochte, *wollte*, dass sich das Grabtuch in ihrem Besitz befand. Es war keine jener handelsüblichen Reliquien, mit der sich Touristen locken und Pilger ausplündern ließen; keiner der schätzungsweise zwei Dutzend Arme des Heiligen Andreas, die in verschiedenen Kirchen verehrt wurden, keiner der zahlreichen Splitter des Christuskreuzes, die – zusammengesetzt – einen ganzen Wald ergeben würden. Es war so viel mehr. Man spürte seine Macht, ohne es zu berühren. Gott hatte dem Tuch seinen Weg zu ihnen gewiesen, und wenn die Zeit reif war, dann würde er die Prieuré auch vorbei an den verdammten Templern zu den übrigen Reliquien führen. Zum Heiligen Gral, zur Unsterblichkeit und zu einer besseren Welt ...

Lucrezia würde glücklich sein. Nie wieder würde sie noch einen Gedanken an diesen verdammten Wechselbalg vergeuden, den sie sich von von Metz hatte anhängen und gleich wieder wegnehmen lassen.

Ares seufzte lautlos und wandte sich leise zum Gehen. Er begriff nicht, wie ihr so viel an einem Kind gelegen haben konnte, das zur Hälfte ein verfluchter Templer gewesen war. Er spürte, dass sich seine Schwester immer tiefer in ihren Schmerz hineinsteigerte, je länger sie dort stand und betete, unablässig betete ... Lucrezia litt seit annähernd fünfzehn Jahren unter dem Verlust ihres Kindes; seit dem Tag seiner Taufe, an dem von Metz es getötet hatte, um zu verhindern, dass ihm sein Sohn als Templermeister nachfolgen und damit die Tempelritter und die Prieuré-Ritter wieder vereinigen würde. Dennoch ertrug Ares es nicht, wenn sie weinte. Er liebte sie. Sie war alles, was er wirklich liebte.

Er schlich aus dem Keller, schloss die Türen hinter sich und näherte sich dem Saal, in dem sie ihre Schwertübungen abzuhalten pflegten. Er schickte Simon nach zwei Söldnern, bewaffnete sie wortlos mit rasiermesserscharfen Einhändern und eröffnete den Kampf. Ares war nicht sicher, ob es ein Versehen war, dass er einen der beiden tödlich traf.

Gegen Ende des Nachmittages hatte Charlotte ihr Problem gegen ein anderes eingetauscht und etwas Wichtiges dazugelernt: Es gab ein kleines Repertoire von Sätzen, die man niemals, und saß die Verzweiflung noch so tief, aussprechen sollte. »Ich tu alles, was du willst!« war einer davon.

Miriam hatte sich verdächtig schnell für eine Bedingung entschieden, die zu erfüllen Chili sich für eine weitere Räuberpistole dem hilfsbereiten Onkel auf dem Polizeipräsidium gegenüber bereit erklärt hatte. Jetzt, als sie unruhig in ihrem Zimmer auf und ab ging und ihr Blick immer wieder auf der Digitalanzeige des Radioweckers verharrte, beschlichen Chili ernsthafte Zweifel, ob sie ihr Versprechen würde halten können. Miriam war nicht fair gewesen, fand sie im Nachhinein, da sich die Erregung des Vormittags einigermaßen gelegt hatte. Zugegeben: Sie hatte viel von ihr verlangt. Es fiel ihrer Freundin bestimmt nicht leicht, ihren Onkel ein zweites Mal weich zu klopfen. Vielleicht hatte sie sogar ihr hübsches Gesicht mit Zwiebelscheiben einreiben müssen, damit die Tränen in diesen Sekunden in einem staubigen Büro des Kommissariats glaubwürdig kullerten. Dennoch hatte Charlotte nichts *Unmögliches* von ihr verlangt!

Sie würde eine Menge Zeit und mindestens ebenso

viel Kreativität wie Miriam benötigen, um die Mühen ihrer besten Freundin wie verabredet zu vergelten, und alles, was sie daran hinderte, den ganzen Deal mit einem reumütigen Anruf aufzulösen, war der Fluch, im Tierkreiszeichen des Löwen geboren zu sein. Es lag einfach in ihrer Natur, bis zum bitteren Ende für ihre Ziele zu kämpfen; und sie hasste es mindestens ebenso sehr, in jemandes Schuld zu stehen, wie sie es liebte, andere glücklich zu machen.

Schuld ... Das war es, was sie die ganzen Monate über am meisten belastet hatte. Der Fremde hatte ein Menschenleben auf dem Gewissen. Er hatte einen Mann getötet, um sie zu retten. Nun verspürte Chili das dringende Bedürfnis, ihren Retter kennen zu lernen, irgendetwas für ihn zu tun – und sei es nur, ihm und sich selbst zu beweisen, dass sie sein Opfer wert war.

Sie hätte es sich leichter machen können. Hätte sie im Rahmen ihrer Vernehmung kurz nach dem Attentat zugegeben, dass ihr das Antlitz des Messerwerfers so gegenwärtig war, als sei es in ihre Netzhaut eingebrannt, hätte man vielleicht mittels Phantombild nach ihm gefahndet und ihn möglicherweise längst gefunden, sodass sie sich nun nicht den Kopf darüber zerbrechen müsste, wie man zwei Menschen miteinander versöhnte, die froh sein konnten (und es zur Hälfte sogar waren), dass sie einander los waren. Aber Charlotte hatte angegeben, nicht gesehen zu haben, wer den Wurfdolch geschleudert hatte. Obwohl sie froh war, geschwiegen zu haben, wusste sie bis heute nicht mit Sicherheit, warum sie die Beamten damals belogen hatte. Aber schließlich kannte sie vieles von dem, was sie erzählt hatte, sowieso nur aus der Lokalzeitung, denn ihre Erinnerungen an die Tage nach dem Unglück waren wirr und trübe, als hätte jemand einen Teil ihres Hirns erst betäubt und anschließend durch einen Mixer gejagt.

Niemand hätte es ihr verübelt, wenn sie sich nachträglich für den einfachen Weg entschieden und ihre Aussage korrigiert hätte – wahrscheinlich nicht einmal Monate danach. Ihre Erfahrungen mit dem engsten Familienkreis hatten sie gelehrt, dass es kaum eine eigentümliche, für Außenstehende nicht nachvollziehbare Verhaltensweise gab, die sich nicht mit etwas rhetorischem Geschick auf ihre überstrapazierten Nervenbahnen zurückführen ließ. Aber sie war davon überzeugt, dass der Fremde nicht erkannt werden *wollte*; das stand für sie fest wie Saschas Neujahrskater. Anderenfalls hätte er den Ort des Geschehens nach seiner Heldentat nicht so zügig verlassen und es wäre ihm wohl auch kaum gelungen, dabei eine so gelassene, regelrecht unbeteiligte Haltung an den Tag zu legen, während zwei mit durchgeladenen Waffen ausgestattete Polizisten ihn Zeter und Mordio schreiend zur Umkehr aufforderten. Vielleicht war er ein Verbrecher oder aber eine Berühmtheit, die keine Schlagzeilen machen wollte, vielleicht aber auch einfach nur jemand, der keine Lust auf Behörden und Papierkram und ein mögliches juristisches Nachspiel hatte. Egal, was seine Gründe waren, Charlotte hatte sie zu respektieren und war froh, dass das Personengedächtnis ihres Bruders kaum mehr als ein Strichmännchen hergab. Letztlich hatte sie es auch ohne die Polizei geschafft. Das hoffte sie zumindest mit zunehmender Ungeduld.

Im Flur klingelte das Telefon und noch bevor sich der Durchgang, der von der Küche ins Atelier führte, öffnete, notierte sie voller Erregung eine Anschrift etwas außerhalb der Stadt auf einem kleinen gelben Zettel und würgte Miriam im Anschluss mit gehetzt hervorgebrachtem Dank ab, ehe diese auf die Idee kommen konnte, sie schon jetzt wegen ihrer Strategie in Bezug auf die Versöhnung mit Sascha zu befragen. Sie würde es fraglos wieder gutmachen. Doch nun stand erst eine andere offene Rechnung aus.

Im Laufen schlüpfte sie in ihre Daunenjacke und stolperte auf den Stufen vor der Haustür über einen ausgetretenen Schuh, der am Fuß ihres Bruders hing. Sascha streckte im Reflex einen Arm aus und verhinderte damit zwar, dass sie sich langlegte, trieb ihr aber dafür geräuschvoll die Luft aus den Lungen, sodass ihr der Zettel aus der Hand fiel. Chili fluchte nicht, sondern hustete nur eine Entschuldigung hervor, der dank ihrer Atemnot einige entscheidende Silben fehlten, las den Zettel auf und wollte weiterlaufen, aber Sascha hielt sie am Handgelenk zurück.

»Wohin so eilig, Mutter Teresa?« Seine Stimme klang belustigt, doch aus seinen Augen sprach Sorge.

»Ich ... ach ... Bin verabredet und schon spät dran ... Nathalie... ähm, Miriam wartet.« Nathalie war in Berlin, Charlotte war eine erbärmliche Lügnerin und der Umstand, dass sie sich dessen nur allzu bewusst war, machte sie noch nervöser.

Sascha legte den Kopf schräg und kniff die Augen zusammen, um die Buchstaben auf dem Schmierzettel zu entziffern, den sie gerade in diesen Sekunden möglichst unauffällig in der Jackentasche verschwinden zu lassen versuchte. »Ist Miriam umgezogen?«, fragte er kopfschüttelnd.

Charlotte kam nun doch nicht umhin, einen stummen Fluch auszustoßen, mit dem sie sich selbst dafür verdammte, dass ihr eine so gestochen scharfe, gut leserliche Handschrift zu eigen war, und ihren Bruder dafür, dass er ausgerechnet jetzt mal wieder seinen Beschützerinstinkt entdeckte. Dabei hatte sie doch so gut vorgebeugt! In praktisch jeder Sekunde hatte sie sich an seinen Rockzipfel geklammert und ihm mit allen möglichen Belanglosigkeiten in den Ohren gelegen, damit er gar nicht erst auf die dumme Idee kam, sich um sie zu sorgen oder ein Interesse an dem zu entwickeln, was sie in ihrer Freizeit tat. Sie wusste, dass er ihre Detektivspielchen nicht gutheißen würde. Nun aber half wohl nur noch Ellas Strategie. »Bitte ...«, jammerte sie mit flehendem Blick, während sie versuchte, sich sanft, aber bestimmt aus seinem Griff zu winden.

»Ich wusste nicht, dass wir Geheimnisse voreinander haben.« Sascha hob die Schultern, ließ ihr Handgelenk aber los und wandte sich ab. Chili schickte ein Dankgebet gen Himmel und verabschiedete sich mit einem erleichterten Nicken. Sobald sie zurück war, würde sie ihm erklären, wo sie wirklich gewesen war. Dann hatten sie wirklich keine Geheimnisse mehr voreinander und alles würde wieder wie früher werden. Ganz bestimmt.

Sie ahnte nicht, wie sehr sie sich in diesem Punkt irrte. Ebenso wenig wie sie damit rechnete, dass Sascha das Haus sofort wieder verließ, kaum dass er es betreten hatte, um ihr zu folgen. Was ihn dazu trieb, war das

Stückchen Ella Claas, das kleine bisschen Wahnsinn, das seiner Schwester in den Augen gestanden hatte, als sie ihn anflehte. Es verhieß nichts Gutes. Sascha machte sich Sorgen.

Ich bin fünfzehn! Ich brauche keinen Babysitter mehr!«, zischte Charlotte wütend, während sie mit spitzen Fingern nach einigen stacheligen Zweigen griff, sie auseinander bog und auf leisen Sohlen weiter durch das kleine Waldstück schlich, in das sie mittlerweile gelangt waren. Sie bemühte sich, die beiden Männer einige Dutzend Meter weiter vor ihnen im Zwielicht der Abenddämmerung nicht aus den Augen zu verlieren, ohne dabei selbst gesehen oder gehört zu werden. Verflucht und zugenäht, dachte sie bei sich. Sie rauchte nicht, trank nicht, nahm keinerlei Drogen und bemühte sich nach Kräften, ein *guter* Mensch zu sein – hilfsbereit, aufmerksam, zuvorkommend, ja, nahezu selbstlos, wie sie fand. Warum hatte Gott sie nur mit diesem Bruder gestraft?!

Allem Anschein nach bekam sie ihre Chance, ihre Schuld ihrem Lebensretter gegenüber auszugleichen, schneller als erhofft und deutlich drastischer als erahnt – aber der liebe Gott hatte offenbar nicht kapiert, dass dies ganz allein ihre Aufgabe war. Sascha hatte nichts damit zu tun!

Um keinen Preis wollte sie ihn mit in den Schlamassel ziehen, in den sie sich soeben sehenden Auges gestürzt hatte. Sie musste ihn unbedingt dazu überreden, sich schleunigst in das Nichts aufzulösen, aus dem er sich materialisiert hatte. Aber wie sollte sie ihn davon überzeugen, dass er ruhigen Gewissens kehrtmachen konnte, wenn sie nur fähig war, im Flüsterton zu sprechen, und ihre Knie so sehr zitterten, dass sie ihre Schritte nur mit Mühe zu kontrollieren vermochte?

Irgendetwas würde gleich passieren. Etwas ganz und gar nicht Gutes ...

Es bedurfte keiner ausgeprägten Intuition, dies zu erkennen. Der Araber hatte die gewaltige Villa, zu der die Anschrift auf dem Schmierzettel Chili geleitet hatte, gerade in dem Augenblick verlassen, als sie nach einem kilometerweiten Marsch dort angekommen war, denn die nächste Bushaltestelle war gleich zwei Ortschaften weit entfernt. Er war nicht allein gewesen: Ein ebenfalls dunkelhaariger, enorm gut aussehender Mann, bekleidet mit einem knöchellangen, ledernen Mantel, begleitete ihn. Charlotte hatte ihre Schritte beschleunigt, um die beiden Männer abzufangen. Doch bevor einer der beiden sie gesehen hatte, musste sie voller Entsetzen registrieren, dass für einen Moment etwas Kleines, Metallisches aus der linken Manteltasche des Dunkelhaarigen hervorlugte, das sie für den Griff einer Pistole hielt. Chili war erschrocken stehen geblieben. Die Lust auf ein Gespräch war ihr vergangen, aber sie konnte auch nicht einfach wieder nach Hause gehen, als ob nichts geschehen sei. Also hatte sie die Männer verfolgt.

In den nächsten zwanzig Minuten hätte Charlotte alles für ein Handy gegeben. Aber die Straßen, die sie passiert hatten, waren menschenleer. Es gab weit und breit keine Telefonzelle und ihre Situation wurde zunehmend schwieriger, zumal die beiden in einen finstern Waldstreifen eingebogen waren. Was sollte sie nur tun? Hilfe zu holen, ohne die Männer aus den Augen zu lassen, war nicht möglich, also war sie ihnen weiterhin leise gefolgt.

Der Dunkelhaarige bestätigte ihren Verdacht, etwas Böses im Schilde zu führen, mit kleinen, aber untrüglichen Gesten: Er gab sich betont gelassen, maß den Araber aber einige Male mit einem verächtlichen Seitenblick, tastete hin und wieder mit einer scheinbar zufälligen Bewegung nach etwas, was er unter seinem Mantel verbarg (einer weiteren Waffe vielleicht), und spähte immer wieder über die Schulter zurück, sodass Charlotte es nur einer gelungenen Mischung aus Glück und Geschick verdankte, dass er sie noch nicht entdeckt hatte. Vielleicht war es ihr Schicksal, ihre Prüfung, die Chance, die sie sich gewünscht hatte. Möglicherweise musste ihr Retter gleich selbst gerettet werden – ein winziger, irrsinniger Teil ihrer selbst wünschte sich aller Hilflosigkeit und Furcht zum Trotz genau das, auch wenn sie es sich niemals eingestanden hätte.

Sie war kaum zehn Schritte weit durch das Unterholz geschlichen, als Sascha zu ihr aufgeholt und sie zur Umkehr aufgefordert hatte.

»Warum folgst du ihm? Du weißt doch, wo er wohnt«, stellte ihr Bruder nun fest und zog sie an der Schulter ein Stück weit zurück. »Komm mit.«

Charlotte presste erschrocken den Zeigefinger vor die Lippen und schüttelte seine Hand energisch ab, nachdem sie sich versichert hatte, dass seine laute Stimme sie nicht verraten hatte. »Mensch, sei doch still!«, zischte sie verärgert. »Wenn du wirklich was für mich tun willst, lauf zurück und ruf die Polizei. Der Kerl ist *bewaffnet*!«

Einen Eimer eisigen Wassers über seinem Kopf auszuleeren, hätte einen ähnlichen Effekt gehabt wie Charlottes Worte: Sascha erstarrte für die Dauer eines Atemzuges zur Salzsäule. Ein Schauer rann von oben herab bis in die Zwischenräume seiner Zehen, während sein Herzschlag für einen Moment aussetzte, um Kraft zu sammeln für das Trommelfeuer, unter dem seine Rippen gleich darauf erzitterten. Taubheit begann sich in seinen Knien auszubreiten. Er kannte dieses Gefühl. Schließlich war es nicht allzu lange her, dass er zum letzten Mal um jemandes Leben gebangt hatte.

Er wollte erneut nach seiner Schwester greifen, sie stumm mit sich zurück durch das Gestrüpp zerren, aus dem sie gekommen waren, und die Zeit, bis sich die plötzlich eingetretene Trockenheit in seinem Hals wieder verflüchtigte, sinnvoll nutzen, um sämtlichen Gottheiten der Welt für seinen ausgeprägten brüderlichen Instinkt zu danken und sich ein paar passende Worte zurechtzulegen, um Charlotte gleichermaßen die Hölle heiß zu machen, wie auch seine Erleichterung über den glimpflichen Ausgang der absolut unnötigen Gefahrensituation, in die sie sich gebracht hatte, kundzutun. Chili hatte ihm und ihrer Mutter einiges zu erklären. Bruder Paul musste sich heute Abend wohl doch ohne ihn betrinken: Sascha hatte noch viel vor.

Aber sein Plan scheiterte bereits im Ansatz.

Sascha hielt inne, als er registrierte, wie der Begleiter des rätselhaften Arabers, den seine Schwester aus schwer nachvollziehbaren Gründen verfolgte, plötzlich seinen

Mantel zurückschlug. Dabei blitzte im schwachen Schein der letzten Sonnenstrahlen etwas auf. Der Mann trug ein Schwert!

Der neuerliche Schrecken hielt kaum so lange an, wie die beiden Männer benötigten, nach rechts hin aus seinem Blickfeld zu verschwinden. Das war also die Waffe, von der Charlotte gesprochen hatte! Ein harmloses Spielzeug für große Kinder, die die Tristheit ihres Alltags auflockerten, indem sie mit stumpfen Klingen und Gummiknüppeln auf Gleichgesinnte eindroschen! Seine Angst schwand sogleich dahin; um ein Haar hätte er laut aufgelacht. Durchgeknallte Rollenspieler ... Wahrscheinlich waren Chili und er geradewegs in so ein Fantasy-Rollenspiel gestolpert.

Da löste sich unmittelbar neben seiner Schwester eine Gestalt aus dem Schatten einer Kastanie. Noch bevor Sascha den Irrgang seiner Gedanken korrigieren und entsprechend sinnvoll reagieren konnte, wurde er selbst von einer riesenhaften Pranke im Nacken gepackt und vornüber auf den Waldboden geschleudert, der sich als nicht halb so weich erwies, wie man ihm nachzusagen pflegte. Mit einem schrillen Schrei, der jedoch sogleich in einem erstickten Gurgeln versiegte, als die Hand, die sie zu Boden geworfen hatte, sich um ihren zierlichen Hals schloss, landete Charlotte unmittelbar neben ihm. Sascha spie Laub und Erdklumpen aus, wälzte sich ungeachtet dessen, dass sein Angreifer sein linkes Handgelenk erwischt hatte und ihm den Arm verdrehte und dass damit ein reißender Schmerz in der Schulter verbunden war, herum und trat nach dem schwarz gekleideten Koloss. Er traf ein Knie seines Gegners, nahm wahr, wie

Chili neben ihm ihren Zweikampf aufgab, noch ehe er wirklich begonnen hatte, und sich wimmernd den Fesseln beugte, die ihr Angreifer ihr ungeschickt, aber mit brutaler Entschlossenheit anlegte. Sascha nutzte die winzige Lockerung des Griffs, die sein Treffer bewirkte, um seinen Arm zu befreien, und sprang auf. Noch während er herumwirbelte und zum Sprint ansetzte, fuhr seine rechte, unversehrte Hand unter seinen Parka. Ein Druckschmerz in der Rippengegend hatte ihn daran erinnert, dass er eine Chance hatte – schließlich war er bewaffnet!

Mit einem wütenden Fluch setzte der Koloss ihm nach und bewegte sich schneller, als seine enorme Masse es erahnen ließ. Sascha war ein ebenso guter Läufer wie Chili eine Meisterin in der Kunst des Lügens. Zweige peitschten in sein Gesicht, Dornengestrüpp zerrte an seinen Kleidern, Stämme versperrten ihm den Weg. Sascha wagte es nicht zurückzublicken; die Gefahr, durch die kleinste Unachtsamkeit zu stürzen, war einfach zu groß. Aber es war auch nicht nötig: Er hörte, wie der Mann unerbittlich zu ihm aufschloss. Drei Schritte, zwei, anderthalb ...

Sascha wirbelte auf dem Absatz herum und zerschlug die gute 1977er »Klosterseele« auf dem Schädel des Hünen.

Der Moment hatte etwas von einer Schiffstaufe. Das dunkelgrüne Glas zerschellte auf dem kahl geschorenen Haupt seines Gegners. Ein Dreiviertelliter süßen Rotweins triefte, vermischt mit deutlich weniger Blut als erwartet, über das narbige, fleischige Gesicht des Mannes und durchtränkte das Oberteil seines schwarzen Overalls, aber er wankte nicht einmal. Er blinzelte nur kurz und ein gehässiges Grinsen umspielte seine Lippen. Dann schnellte eine geballte Faust nach vorne und traf Saschas Nasenbein. Ihm blieb nicht einmal genügend Zeit für einen Schreckenslaut, ehe er das Bewusstsein verlor.

Einige Dutzend Meter Luftlinie von ihm entfernt gewann Charlotte den Kampf um ihr Bewusstsein nur knapp. Der erste Angreifer hielt ihre Kehle umklammert, bis er ihre Handgelenke mit seiner freien Hand und unter Hinzunahme eines Knies mit einem Plastikband gefesselt hatte. Dann packte er sie unter den Achseln und stellte sie mit erniedrigender Leichtigkeit auf die Füße, um sie grob vor sich her zu stoßen, bis sie den Waldrand erreichten, der dort direkt an eine Landstraße grenzte. Ein dunkelblauer Alfa Romeo wartete, chauffiert von einem weiteren Fremden, mit laufendem Motor auf sie. Der Wagen, den der Araber gefahren war! Charlotte war sich ganz sicher, denn er trug zweifellos das Kennzeichen dieses ominösen Said Rahman, dessen Namen und Anschrift sie auf dem Zettel notiert hatte. Ehe ihr die Idee kommen konnte, dass diese Verbrecher ihm schlicht sein Auto gestohlen haben könnten, stiegen der Araber und sein Begleiter schweigend zu ihr auf die Rückbank.

Aber warum das alles?! Sie begriff überhaupt nichts mehr. Sie war gekommen, um dem Mann zu danken, der ihr das Leben gerettet hatte. Sie war ihm gefolgt, um ihm zu helfen. Und dafür würgten seine Leute sie beinahe zu Tode und verschleppten sie brutal ins Ungewisse!

Und wo, um Gottes willen, war ihr Bruder?

Die Türen schlugen zu, der Alfa fuhr an. Im Rückspiegel sah sie den zweiten Angreifer aus dem Unterholz brechen und auf einen weiteren, etwas abseits geparkten Pkw zueilen, ehe sie hinter der nächsten Kurve verschwanden. Er trug den schlaffen Körper ihres Bruders über der Schulter.

Der Raum, in dem Sascha erwachte, glich einem Krankenhauszimmer in einer Privatklinik. Es gab ein einzelnes mit frischen weißen Laken bezogenes Bett, einen verchromten Beistelltisch, helle Lamellenvorhänge, wie er sie aus Zahnarztpraxen kannte, Halogenleuchten und einen professionell ausgeführten Latexanstrich. Man hätte tatsächlich glauben können, es sei ein Wunder geschehen, durch das er während seiner Ohnmacht gerettet und zur Versorgung seiner Verletzungen an Schulter und Gesicht (die bereits zu schmerzen begonnen hatten, noch bevor er die Lider gehoben hatte) in die Obhut medizinischer Fachleute gegeben worden war. Doch es gab ein paar Details, die diese beruhigende Illusion rasch zunichte machten.

Sascha lag nicht auf dem Bett, sondern einige Schritte weit davon entfernt auf dem hellblauen Linoleumboden. Seine Hände waren hinter seinem Rücken zusammengebunden und auch um seine Knöchel spannten sich reißfeste Nylonschnüre, die sich übel in sein Fleisch gruben. Chili lag, auf selbige Weise zur Reglosigkeit verdammt, nahe der gegenüberliegenden Wand und schluchzte leise.

Auch das Personal der vermeintlichen Klinik entsprach nicht Saschas Erwartungen von ansehnlichen Schwestern mit Häubchen und weißen Kitteln. Es waren nicht die Männer, die sie im Wald überfallen hatten, aber sie ähnelten ihnen. Mit vor der Brust verschränkten Armen hatten zwei mit offensichtlich maßgeschneiderten pechschwarzen Anzügen und reinweißen Hemden bekleidete Muskelberge rechts und links der einzigen Tür Aufstellung genommen, um aufzupassen, dass das Bett nicht weglief. Welchen anderen Zweck sollten sie wohl sonst erfüllen, dachte Sascha grimmig. Weder Charlotte noch er waren in der Lage aufzustehen, geschweige denn, zu fliehen. Die Augen der Männer wurden von den verspiegelten Gläsern der Sonnenbrillen, die sie – im Februar und in einem geschlossenen, künstlich erhellten Raum – wohl aus rein modischen Erwägungen auf der Nase trugen, verborgen. Dennoch attestierte Sascha ihnen spontan die Ausstrahlung von Gletschereis – allerdings ohne die Tendenz, bei Erderwärmung zu schmelzen.

»Chili?« Das leise Schluchzen seiner Schwester verstummte, als er sie ansprach. Erst in diesem Moment bemerkte Sascha, dass auch mit seinem Mund etwas nicht stimmte: Seine Stimme klang kratzig, er schmeckte Blut und etwas schnitt fies in seine geschwollene Oberlippe. Offenbar hatte er einen Teil seines linken oberen Eckzahns eingebüßt. Er überlegte einen Moment, was man in einer solchen Situation am besten sagte, und fragte dann etwas denkbar Bescheuertes: »Ist alles okay?«

»Klar. Und bei dir?«, antwortete Charlotte nicht weniger blöde.

Es war wie eine dieser unglaubwürdigen Filmsituationen, die jedermann mit einer viel sagenden Grimasse kommentierte. Mit einer hochgezogenen Braue beispielsweise, mit einem herablassenden Lächeln, einem Kopfschütteln oder Sich-selbst-vor-die-Stirn-Schlagen; einige Berufskritiker brachten das alles und noch mehr sogar in einem einzigen, lückenlosen Bewegungsablauf unter. Doch wenn das Schauspiel des Lebens einen selbst in eine solche Szene integrierte, musste man sich der Tatsache stellen, dass man ebenso aufgeschmissen war wie die Helden des Thrillers, über die man zuvor gespottet hatte. Dann fiel dem unfreiwilligen Protagonisten, und war er ein noch so kreativer, heller Kopf, in seiner Hilflosigkeit auch nichts Intelligenteres ein, als ein an Händen und Füßen gefesseltes weinendes Mädchen zu fragen, ob mit ihm alles in Ordnung sei. Und er heuchelte auf die nicht minder verzweifelte Gegenfrage hin ein gequältes »Ja, mach dir bloß keine Sorgen«, wie Sascha es in diesem Moment tat.

»He ... ihr da!«, wandte sich Sascha unbehaglich an die beiden Türsteher. »Habt ihr ... Könntet ihr vielleicht ... Ich meine, diese Fesseln sind wirklich nicht nötig. Ihr seid in der Überzahl ... äh, -*macht*.«

Die Einzige, die auf seine Worte reagierte, war Charlotte. »Gib dir keine Mühe«, flüsterte sie und zog die Nase hoch. »Sie können nicht sprechen.«

»Du meinst, sie reden nicht«, verbesserte Sascha sie. Eigentlich hatte er nichts anderes erwartet. Leute, die aussahen wie diese beiden Typen, kamen für gewöhnlich nur in Mafia-Filmen und Action-Streifen vor und sagten in aller Regel kein Wort abseits des Standard-Repertoires weniger Sätze wie »Vergiss es, Kleiner« oder »Wird erledigt, Boss«.

Aber das hier war kein Film, oder? Sascha gelang es

nur mühsam, die Realität als solche zu akzeptieren, und diese Akzeptanz schmerzte und vertiefte seine Verzweiflung. Was hatte das alles zu bedeuten? Wo, um alles in der Welt, waren sie da hineingeschlittert? Sie waren zweifelsohne gekidnappt worden – aber warum? Sie waren schließlich nicht die Kinder reicher Eltern, die es sich zu entführen lohnte, und sie waren auch nicht Zeugen eines Verbrechens geworden, das jemand vertuschen wollte.

Oder etwa doch?

Die Männer aus dem Wald … Was den Angriff auf Sascha und Charlotte anbelangte, übertrafen die Ausmaße eindeutig die Regeln jedes Fantasy-Rollenspiels. Aber gehörten der Araber und sein Begleiter auch zu diesen Leuten, die sie hier (und wo war eigentlich *hier*?) festhielten? Hatten sie wirklich nur stumpfe Spielzeugschwerter bei sich getragen oder war etwas ganz anderes, Abscheuliches in dem kleinen Wald geschehen, und diese Leute befürchteten, dass sie es bezeugen könnten?

So musste es sein. Auf einmal ordnete sich ein wirres Durcheinander hinter seiner Stirn zu einem sinnvoll gegliederten Mosaik. Die beiden hatten jemanden verletzt oder gar getötet und es war *geplant* gewesen – daher die Gorillas, die dieses Gebiet bewachten und seine Schwester und ihn außer Gefecht gesetzt hatten. Sie hatten irgendetwas Grässliches zu verbergen, von dem er nichts wusste, was aber nichts daran änderte, dass seine Schwester und er bis zum Hals in Schwierigkeiten steckten. Es war eine Sache zu beweisen, dass man etwas gesehen hatte. Jemanden davon zu überzeugen, dass man *nichts* gesehen hatte, war eine ganz andere.

Ein leises Knistern war zu vernehmen und einer der beiden Aufpasser zog ein kleines Funkgerät aus der Tasche seines Jacketts und verließ den Raum. Seine Stimme klang gedämpft und unverständlich zu ihnen durch. Einen kurzen Augenblick später öffnete er die Tür wieder, aber nur, um seinem Gefährten mit einem Wink zu bedeuten, dass er ihm folgen solle. Ein mehrere Sekunden anhaltendes Klappern verriet Sascha, dass sie von außen abschlossen und den Schlüssel dazu mindestens dreimal im Schloss herumdrehten.

»Es tut mir Leid«, schniefte Charlotte hilflos, nachdem sich die Schritte der Männer entfernt hatten und sie unter sich waren. Mit mäßigem Erfolg versuchte sie den Schnodder, der ihr aus Nase tropfte, an ihrer Schulter abzuwischen und schämte sich gleich noch ein wenig mehr. Sie war nicht nur schuld an ihrer bedauernswerten, vielleicht sogar lebensgefährlichen Lage, sondern sah auch noch erbärmlich aus. Kläglicher als ihr Bruder sogar, wie sie annahm, und das, obwohl diese Verbrecher ihm wahrscheinlich die Nase gebrochen hatten. Seine Oberlippe erinnerte an ein Schlauchboot und war blutverkrustet, aber er hielt sich mit heldenhafter Tapferkeit, während sie, die Verantwortliche für alles Übel, das ihm widerfahren war und noch widerfahren würde, körperlich weitestgehend unversehrt geblieben war und trotzdem nicht länger als eine halbe Minute aufhören konnte zu heulen wie ein Baby.

»Ich wollte doch nur …«, begann sie, brach aber ab, als sie merkte, dass ihr längst nicht mehr klar war, was sie eigentlich vorgehabt hatte. Jedenfalls nicht klar genug, um es in Anbetracht des Preises, den sie dafür zahlten, plausibel zu erklären. Sie hatte sich verhalten wie ein unreifes kleines Kind und keine Entschuldigungsfloskel der Welt konnte das wieder gutmachen.

»Da hast du ja wirklich verdammten Mist gebaut«, bestätigte Sascha ihre Gedanken seufzend. Er kannte seine kleine Schwester gut genug, um zu wissen, dass er ihr ihre Selbstvorwürfe nicht ausreden konnte, wenn Charlotte sich schuldig fühlen *wollte*. Wenn sie fragte: »Meinst du, das ist meine Schuld?«, war das eine Fangfrage jener Natur, wie Miriam sie gern im Bezug auf ihre Figur angewandt hatte. Jede denkbare Antwort war falsch. Entweder er bestätigte sie in ihren Selbstzweifeln oder er wurde der Lüge bezichtigt und bestätigte sie damit erst recht. »Aber das ist jetzt nicht das Thema«, lenkte er ab. »Viel spannender ist: Wie kommen wir hier wieder raus?«

»Wahrscheinlich in einen Teppich eingerollt oder in einem Müllsack«, vermutete Chili bitter und wurde von einem neuerlichen Weinkrampf erfasst.

Sascha wandte den Blick ab, um nicht von ihren Tränen angesteckt zu werden, und sah sich suchend im Raum um. Es gab ein Fenster, doch was die Lamellenvorhänge durch schmale Spalten erkennen ließen, deutete auf ein stabiles Gitter auf der anderen Seite hin. Außerdem bellte ganz in der Nähe ein Hund. Es gab keinen einzigen scharfkantigen Gegenstand. Eigentlich gab es außer Bett, Tisch und Vorhang überhaupt nichts. Nicht einmal eine Vase, einen Aschenbecher oder dergleichen. Hier hatte der Regisseur seines Schicksals eindeutig etwas vergessen, fand Sascha.

Aber ein aussichtsloser Fluchtversuch versprach mehr

Erfolg als überhaupt keiner. Darum schloss er die Augen, konzentrierte sich auf seinen Körper, holte tief Luft und sprang aus der Horizontalen heraus mit einem einzigen entschlossenen Satz auf die Füße. Es gelang ihm tatsächlich, doch bevor er sich über diesen kleinen Teilerfolg freuen konnte, verabschiedete sich sein Gleichgewicht mit einem empörten Naserümpfen und Sascha schlug geräuschvoll vornüber mit dem Kinn auf dem Boden auf.

»Was machst du denn da?«, entfuhr es Charlotte erschrocken. Dann schüttelte sie heftig den Kopf. »Lass den Mist, Sascha! Du tust dir nur weh!«

»Leid ist ein unzweifelhaftes Symptom von Leben«, grollte Sascha. Sein Kinn pochte bestätigend und auch seine Nase stimmte dieser Behauptung mit heftigem, rhythmischem Schmerz zu.

Der gescheiterte Versuch hatte ihn spürbar Kraft gekostet. Sascha musste zugeben, dass es keinen Sinn hatte, so etwas noch einmal zu versuchen, und wechselte die Strategie. Er wälzte sich zum Bett hinüber, schob sich daran mit einiger Mühe in eine sitzende Position hoch, ruhte eine Minute aus und arbeitete sich dann langsam und in ganz und gar nicht heldenhafter Manier in die Höhe. Dann hüpfte er zum Fenster hinüber und schob die heftig gegen jegliche Berührung rebellierende Nase zwischen den Stofflamellen hindurch.

Das große Fenster war tatsächlich vergittert, was bedeutete, dass ihm ein etwaiger Versuch, es mit der unversehrten Schulter einzuschlagen, bestenfalls Kälte, keineswegs aber Freiheit versprach. Immerhin erkannte er nun, wo sie waren: Chili und er waren in das prächtige

Anwesen verfrachtet worden, aus dem der Araber gekommen war, während er – neugierig und besorgt, was seine Schwester im Schilde führte – im Schatten eines Transporters gelauert hatte. Er erkannte die Wiese, die das Gebäude von der Straße abgrenzte, und einen Stromkasten, der ihm vorhin (wie viel Zeit war eigentlich verstrichen?) ebenfalls kurzfristig als Deckung gedient hatte.

Sascha dachte mit einem flauen Gefühl daran zurück. Nein, entschied er, Chili war nicht verantwortlich dafür, was geschehen war. Sie konnte nichts für ihren zeitweiligen Irrsinn, es war einfach ein Fehler in ihrer DNS. Er hingegen tickte vollkommen normal. Es wäre seine Aufgabe gewesen, viel früher einzuschreiten und sie wohlbehütet nach Hause zurückzubringen, nachdem er seinem Vater vor zehn Jahren geschworen hatte, auf sie Acht zu geben. Aber er hatte nicht als Spion dastehen wollen, der sie erst verfolgte und dann auch noch bevormundete, darum hatte er sie weitergehen lassen. Viel zu weit ...

Nun musste er zusehen, dass er sie hier herausbrachte. Die Straße, die an den diversen Gebäuden des Anwesens vorüberführte, war noch immer wie ausgestorben – selbstverständlich war sie das. Wo bitte, außer auf der Reeperbahn, herrschte schon nachts mehr Betrieb als am helllichten Tage? Aber früher oder später *musste* einfach irgendjemand im gelben Schein der nur spärlich vorhandenen Straßenlaternen auftauchen. Ein Pärchen, das den Glanz des Mondes bewundern wollte, eine alte Frau mit Hund und ohne Zeitgefühl ... Ganz egal, wer kam, er würde die entsprechende Person auf sich aufmerksam machen. Sie brauchten dringend die Polizei. Oder noch besser: ein SEK.

Sascha wartete. Es gab *immer* einen Ausweg. Und die Hoffnung starb bekanntlich zu allerletzt.

Seine jedenfalls. Charlotte weinte sich derweil in einen unruhigen Schlaf der Erschöpfung.

Mit jeder Minute, in der sie diese dummen Gören im Gästezimmer festhielten, erhöhte sich die Chance auf einen Erfolg der Suche nach ihnen, die möglicherweise schon bald auf Hochtouren lief. Ein kurzer Ausflug in die Datenbahnen des Polizeicomputers hatte ihnen verraten, dass bereits vor einer halben Stunde eine Vermisstenmeldung eingegangen war. Nun war der Ernstfall also doch eingetreten, von dem Ares gehofft hatte, dass er ihnen erspart blieb. Und schuld daran war nur dieser gottverdammte Araber.

Offenbar hatte Shareef eine Spur hinterlassen, wie sie unverkennbarer kaum hätte sein können. Selbst einem fünfzehnjährigen Mädchen war es möglich gewesen, ihn zu orten. Es war nicht nachzuvollziehen, weshalb sie überhaupt gekommen war, aber wer bemühte sich schon ernsthaft darum, in den wirren Gedankengängen eines pubertierenden Kindes nach einem Sinn zu fahnden. Vielleicht war die Kleine einfach nur neugierig gewesen. Und jetzt war dieses hübsche Ding (war es das, was Shareefs Hirn für ein paar Augenblicke auf Eis gelegt hatte?) Zeugin von van Dycks »Kündigung« geworden.

Ares hatte gerade begonnen, mit dem Belgier zu kämpfen, als im Wald hinter ihnen Unruhe ausbrach. Er ließ sich nicht irritieren; schließlich hatte er im Rahmen der allgemeinen Sicherheitsvorkehrungen ein gutes halbes Dutzend ausgewählter Söldner um die Lichtung, zu der er den ahnungslosen van Dyck beordert hatte, postiert. Der Belgier glaubte immer noch, es handele sich um eine Übung, als er, übel getroffen, vor dem Schwertmeister in die Knie ging. Er war sicher kein intellektueller Verlust für die Prieuré de Sion und legte wohl Wert darauf, diese Annahme bis zuletzt durch sein Verhalten zu bestätigen: Van Dyck lächelte noch immer gequält, als Ares sein Schwert stumm an Shareef weiterreichte und ihm mit einem auffordernden Nicken bedeutete, zu Ende zu bringen, womit er selbst begonnen hatte. Anders als sein verräterischer Gefährte, der die Wahrheit erst erkannte, als die Hand des Arabers die Klinge des Schwertmeisters gelassen und zielsicher auf die Kehle des Verurteilten zuführte, hatte Shareef wohl längst verstanden, was sie wirklich in den Wald führte, und auch, dass dies *seine* Lektion war. Er wirkte geradezu unheimlich ruhig, fast unbeteiligt, aber Ares glaubte nicht, dass Shareefs scheinbare Resignation dem Selbstschutz diente oder dass sie etwa eine Trotzreaktion gegen seine kleine Bestrafung darstellte, mit der er dem Schwertmeister den Spaß verderben wollte. Nein, das war einfach Shareefs Naturell. Der Araber schien tatsächlich keine Gefühle zu haben und das war gut so. Alles wäre wieder beim Alten gewesen, wäre nicht ausgerechnet heute dieser zuckersüße Wechselbalg aufgetaucht, um das beinahe wiederhergestellte Vertrauen in seinen besten Schützen gleich wieder zu zerstören.

Shareef war stumm geblieben, als einer der Posten sie

über die Ereignisse hinter ihrem Rücken informiert hatte, was nichts Außergewöhnliches war, denn er redete bekanntlich nur selten. Ebenso hatte er geschwiegen, als er das Mädchen als jenes identifiziert hatte, das ihn dazu verführt hatte, sich fatalerweise in weltliche Lappalien einzumischen. Ares hatte ein kurzes Flackern in seinen dunklen Augen zu erkennen geglaubt, als er zu den Kindern in den Wagen gestiegen war, sich aber dann gesagt, dass er es sich nur eingebildet hatte. Doch dann klärte Kemal, der sich der Papiere bemächtigt hatte, die die Kinder zuvorkommenderweise bei sich trugen, Lucrezia und ihn über die Identität der Rotznasen auf und Ares wusste, dass er sich nicht getäuscht hatte.

Was nichts daran änderte, dass sie die Kinder loswerden mussten, und zwar so schnell wie möglich.

Ungeduldig blickte er über die Köpfe seiner Schwester, Shareefs und Kemals hinweg auf den Monitor des Computers, auf dessen Tasten die drei Genannten abwechselnd einhackten. Ares hielt sich zurück, denn in seinen Augen war das, was Lucrezia tat, reine Zeitverschwendung. Seit Stunden schwirrte sie im Technik- und Überwachungsraum hin und her und nutzte alle verfügbaren Medien und Kommunikationsmittel, um mehr über diese beiden Bälger herauszufinden. Dabei war es doch letztlich gleich, ob es die reine Neugier gewesen war, die die zwei hierher getrieben hatte, oder ob sie von von Metz geschickt worden waren, weil sie dank Shareef diesmal den Kürzeren in dem schon Jahrhunderte andauernden Katz-und-Maus-Spiel, das sie mit den Templern trieben, gezogen hatten und der Templermeister ein weiteres Attentat auf sie plante, um an das Grabtuch zu gelangen. So oder so lief es darauf hinaus, dass diese Kinder aus dem Weg geschafft werden mussten. Je weiter seine Schwester die Entscheidung, die eigentlich keine war, hinauszögerte, umso mehr wurmte es ihn, dass er die Angelegenheit nicht gleich selbst an Ort und Stelle geregel hatte. Aber man brauchte einen vernünftigen Plan, um eine Leiche so zu beseitigen, dass niemand auf die Idee kam, dass es eine solche gegeben hatte, und er hatte eine kleine Weile benötigt, um zwei weitere Pläne zu erstellen.

»Nichts«, wandte sich Kemal nach einer weiteren Attacke auf die Tastatur mit einem entschuldigenden Kopfschütteln an Lucrezia. »Es besteht keinerlei offensichtliche Verbindung zwischen diesen Kindern und von Metz. Die Einzigen, die wissen, was sie hier treiben, sind wahrscheinlich die beiden selbst.«

»Und Shareef«, ergänzte Ares gehässig und maß den Araber mit einem herausfordernden Blick. »Du kennst das Mädchen doch, oder? Mach mir nichts vor – du tötest nicht ohne Grund.«

Shareef stand wortlos auf und verließ den Raum. Ares hatte nicht ernsthaft auf eine Antwort gehofft, aber immerhin wirkte der Dunkelhäutige so betroffen, wie es eben möglich war, wenn man über keinerlei Mimik verfügte. Ares kniff die Augen zusammen. Ein böser Verdacht keimte in ihm auf. Dieser Idiot hatte sich doch nicht etwa in ein Kind verliebt?!

»Lass ihn«, bestimmte Lucrezia und wandte sich zu ihm um. »Geh und hol die Kinder. Ich will sie im Fechtsaal befragen.«

»Aber warum?!«, entfuhr es Ares. Er deutete anklagend auf die Tür, durch die Shareef soeben gegangen war. »Hat er dir einen Floh ins Ohr gesetzt, Schwester? Siehst du denn nicht, was mit ihm los ist? Er steht auf das Mädchen, das ist alles. Sie sind für uns völlig wertlos. Es ist reine Zeitverschwendung, Lucrezia. Und sie bringen uns in Gefahr.«

Lucrezia erhob sich und musterte ihn mit eisigem Blick. Ares hätte sich für seine Unbeherrschtheit am liebsten selbst geohrfeigt. Er benahm sich impulsiv und kindisch. Es reichte doch, wenn er wusste, dass er Recht hatte, und es war das Vernünftigste, einfach abzuwarten, bis sich auch seine Schwester davon überzeugt hatte. Sie war die Erstgeborene, sie war die rechtmäßige Herrin der Prieuré, und es lag an ihr, derartige Entscheidungen zu fällen. Auch wenn Ares diesen Umstand gelegentlich leidenschaftlich verfluchte, musste er sich eingestehen, dass sie ihre Sache bislang gut gemacht hatte. Er schuldete ihr Respekt und Gehorsam. Darüber hinaus lag sie, wenn er noch einmal über alles nachdachte und seinen Groll auf Shareef außer Acht ließ, vielleicht gar nicht so falsch mit ihren Sicherheitsmaßnahmen. Nicht zuletzt war es ihre Pflicht, keine Chance auszulassen, diese verfluchten Templer aufzuspüren und ihnen abzunehmen, was seit jeher von Rechts wegen der Prieuré zustand.

»Es tut mir Leid«, sagte er mit ergebener Stimme, aber erhobenen Hauptes. Immerhin war er ihr Bruder, nicht ihr Sklave.

»Es ist gut.« Lucrezia nickte und lächelte nachgiebig. »Geh nun. Und behandle die beiden gut. Wenn es doch von Metz war, der sie geschickt hat, dann sollen sie wissen, dass sie für den Falschen gestorben sind.«

Es gab eine Menge schöner Frauen auf der Welt und Sascha bildete sich ein, sich auf diesem Gebiet auszukennen. Es gab solche von natürlicher, ungeschminkter Schönheit, die überhaupt nicht zur Eitelkeit neigten, obwohl sie sich das durchaus leisten könnten. Mädchen wie Charlotte beispielsweise, trotz der Narbe, die seit geraumer Zeit über ihrer Schläfe prangte. Chili war für ihn das absolute Schönheitsideal. Dann gab es das ansehnliche Mittelmaß: Frauen wie Miriam, die morgens eine gute Stunde im Bad zubrachten, um als augenscheinliches Ideal wieder herauszukommen und mehr oder minder aufdringlich um Bestätigung zu betteln, dass ihre Maskerade gelungen war. Die meisten Männer erfüllten ihnen diesen Wunsch und in gewissen Grenzen war Sascha diesbezüglich keine Ausnahme. Mit anderen weiblichen Geschöpfen wiederum hatte es die Natur zu gut gemeint. Von solchen Frauen ließ man am besten die Finger. Sie waren so schön, dass sie keinerlei Bestätigung bedurften, und schminkten sich wohl einzig aus gehässiger Freude daran, die Mädchen aus der zweiten Kategorie zu ärgern. In ihrer Perfektion wirkten sie künstlich, führten einem die eigenen Makel vor Augen und verursachten so Befangenheit.

Jene Gestalt, zu der die Mafiosi Chili und ihn mitten in der Nacht führten, bildete jedoch eine eigene, Sascha bislang gänzlich unbekannte Kategorie. Sie war wunderschön, keine Frage. Auf den ersten flüchtigen Blick hin stellte sie die wandelnden Katalogbilder, denen man hin und wieder begegnete, schlicht in den Schatten. Auf den zweiten erst spürte man die ungeheure Kälte, die von ihr ausging. Sie war etwa so groß wie er und ausgesprochen hellhäutig, ja, beinahe bleich. Anthrazitfarbener Samt schmiegte sich um ihren schlanken Körper, als könnte er gar nicht genug davon bekommen, und sichtbar samtweiches goldblondes Haar wallte offen über ihre Schultern. Doch ihre Schönheit war die einer Eisskulptur, die man bestaunen, jedoch nicht berühren wollte. Im Gegenteil – Sascha wich so weit zurück, wie es die beiden Schlägertypen zuließen. Er hatte nicht das Gefühl, dass sie überhaupt menschlich war. Menschen strahlten etwas aus, in ihren Augen konnte man ihre Gedanken, ihre Gefühle lesen. Aber diese Fremde umwehte nichts als Kälte. Nicht Bitterkeit oder Bösartigkeit, ausschließlich Kälte. Sein Blick tastete über ihren Hals.

»Nun?«, hauchte die Schöne und maß seine Schwester und ihn kühl, aber nicht verärgert oder ungehalten. »Wollt ihr mir nicht verraten, was euch hierher verschlagen hat? Ich kann mich nicht erinnern, euch eingeladen zu haben.«

Nur makellose Haut, keine Bisswunde, stellte Sascha fest. Also war sie kein Vampir …

Ach, verdammt! Natürlich war sie das nicht. Seit wann glaubte er an Vampire? Und überhaupt – sie war schön, vielleicht sogar perfekt, und sie wirkte nicht sonderlich sympathisch. Das war alles. Kategorie drei. Dieser Schlägertyp musste noch einige Male heftig auf seinen armen Schädel eingeschlagen haben, nachdem er das Bewusstsein verloren hatte. Und jetzt setzte sein Verstand zeitweilig aus.

»Da täuschen Sie sich«, erwiderte Sascha so höflich, wie er nur konnte. Er hörte selbst, dass seine Stimme im Stakkato seines rasenden Herzens bebte. »Wir sind ganz sicher eingeladen worden«, setzte er trotzdem mutig hinzu. »Und zwar recht nachdrücklich, wie ich meine.«

Charlotte rückte etwas dichter an ihn heran, drückte mahnend seine Hand und warf ihm einen flehentlichen Blick zu. Aber sie musste ihn gar nicht erst stumm darum bitten, sich fortan etwas zurückzuhalten, denn er bereute seine eigene Courage, kaum dass er die Worte ausgesprochen hatte. Sie waren Gefangene, rief er sich ins Gedächtnis zurück. Einiges sprach dafür, dass ihre Entführer nicht einmal davor zurückschrecken würden, sie zu töten. Streng genommen war das Einzige, was dagegen sprach, der Umstand, dass sie es noch nicht getan hatten. Wenn er Wert darauf legte, diese Festung in einem Stück zu verlassen und vor allem seine Schwester lebend hier herauszubringen, sollte er seine Zunge im Zaum halten. Wenigstens so lange, bis er eine Idee hatte, was man vorzugsweise von ihm hören wollte. Ein leichter, aber bedeutungsschwerer Fausthieb in seinen Nacken unterstrich Saschas Theorie. Er keuchte erschrocken und geriet für einen Augenblick ins Wanken, obwohl der Schlag tatsächlich kaum mehr als eine Drohung gewesen war, aber die Prügel, die er im Wald bezogen hatte, wirkten noch nach. Es würde einige Tage dauern, bis er wieder ganz der Alte war. Sascha betete, dass ihm diese Zeit noch blieb.

Eine wahre Salve von Blitzen zuckte aus den Augen der Schönen. Sascha registrierte überrascht, dass nicht er ihr Ziel war, sondern der Goliath, der ihm den Hieb versetzt hatte.

»Behandelt man so einen Gast?«, fragte sie vorwurfsvoll und Sascha glaubte zu spüren, wie der Schläger hinter ihm um eine halbe Armeslänge schrumpfte. Warum nur?, fragte er sich. Sein Bewacher wog schließlich etwa dreimal so viel wie die junge Frau und war darüber hinaus bis an die Zähne bewaffnet. »Ihr habt unsere Gäste gut zu behandeln«, erinnerte die Fremde ihre Schergen.

Sascha brannte nicht darauf, zu erfahren, wie er aussehen würde, wenn er nach hier geltenden Maßstäben *schlecht* behandelt worden wäre. Die Eiskönigin bedeutete den beiden Schwarzgekleideten mit einer knappen Geste, den Saal, in den sie Chili und ihn geführt hatten, zu verlassen, und sie gehorchten demütig. Trotzdem und obwohl sie so etwas wie ein Lächeln zu Stande brachte, fühlte sich Sascha nicht erleichtert. Eine Pistole im Nacken hätte ihm nicht mehr Angst einjagen können als diese Frau. Er spürte, dass sie ihn mit bloßen Händen in seine Einzelteile zerlegen konnte, wenn sie wollte. Und die beiden anderen Männer, die sich außer ihnen noch im Raum befanden, wirkten auch nicht unbedingt liebenswerter: die Rollenspieler aus dem Wald ...

Den einen – er hatte sich halb von ihnen weggedreht und blickte scheinbar unbeteiligt aus dem Fenster an der gegenüberliegenden Seite des weitläufigen Saales – hatte Sascha bereits am Abend zuvor wiedererkannt. Es war der Messerwerfer, der Charlotte gerettet hatte. Er hatte dunkles, dichtes Haar und trug einen gepflegten Vollbart in seinem ausdruckslos erscheinenden dunklen Gesicht. In seinen ebenfalls dunklen Augen standen ein wacher Verstand und dumpfer Fatalismus in seltsamem Gegensatz.

Sascha warf Charlotte aus den Augenwinkeln einen Blick zu. Aller Furcht zum Trotz stand noch etwas anderes, seiner Meinung nach recht Unpassendes, in ihrem blassen Gesicht geschrieben, was niemandem entgehen konnte, der sie so gut kannte wie er: Chili war enttäuscht. Immer wieder schweifte ihr Blick an der Eiskönigin vorüber zu dem Araber hin. Sie schien noch immer nicht glauben zu können, was geschehen war, und dass ausgerechnet der Mensch, der ihr wenige Monate zuvor das Leben gerettet hatte, nun offensichtlich maßgeblich daran beteiligt war, ihr selbiges zur Hölle zu machen. Wahrscheinlich hatte sie sich einfach nur bei dem Mann bedanken wollen und war so in diese Sache hineingeraten. Das war mal wieder typisch.

Der zweite Mann hatte den Dunkelhäutigen begleitet, als Chili ihm gefolgt war. Sascha fragte sich, ob er auf Frauen wohl eine ähnliche Wirkung hatte wie die kalte Schönheit auf Männer. Er sah gut aus: groß, sportlich gebaut und dunkelhaarig, sehr gepflegt, nahezu steril. Seine Züge, seine gesamte Gestalt, wirkten ebenso befremdlich ebenmäßig wie die der Frau. Obgleich sie einander äußerlich nicht im Geringsten glichen, war ihre Ähnlichkeit unverkennbar. Unter dem Deckmantel der Schönheit lauerte tödliche Gefahr. Er wirkte allerdings ein bisschen ... *lebendiger*. Ja, das war das richtige Wort. Er vertrieb sich die Zeit damit, wie eine Raubkatze umherzustreifen, ergriff dann und wann eines der in verschiedenen Halterungen im Saal untergebrachten Schwerter, um mit den Fingern prüfend über die Schneiden zu fahren, und warf Chili und ihm immer wieder verächtliche Blicke zu. Möglicherweise überlegte er, wen von ihnen er zuerst vierteilen sollte, sobald er endlich die Genehmigung hatte.

Sascha widerstrebte es, sich wie Schlachtvieh zu fühlen. Er suchte verzweifelt nach etwaigen versteckten Kameras. Möglich war es doch, oder? Einige TV-Shows waren heutzutage wirklich makaber …

»Nun sind wir unter uns.« Die Fremde trat dicht an Charlotte heran und strich ihr durchs Haar, doch von ihrer Hand ausgeführt hatte diese an sich zärtliche Geste etwas Bedrohliches. Ihre Augen waren zu groß, zu klar, zu unschuldig, zu harmlos. Saschas Nerven waren aufs Äußerste angespannt. »Wir können also unbefangen miteinander reden«, sagte die Eiskönigin. »Warum seid ihr hier? Ihr habt meine Männer belauert, nicht wahr? Wer schickt euch? Hab keine Scheu, sag es ruhig. Dir wird nichts geschehen, wenn du nur ehrlich bist.«

Das war wohl Chilis letzte Chance zu lernen, wie man *richtig* log. Sascha hoffte, dass das Leben ihr noch ausreichend Gelegenheit bieten würde, das Erlernte auch anzuwenden. Er hatte das Gefühl, als legte ihm eine unsichtbare Hand einen Stahlriemen um die Brust und zurrte ihn fest. Chili selbst erging es wohl kaum anders, denn sie brachte keinen einzigen Laut hervor, obwohl sie sich sichtbar bemühte.

»Niemand schickt uns und das *ist* die Wahrheit«, kam Sascha ihr zu Hilfe, aber die Fremde beachtete ihn überhaupt nicht. Der Puma im Hintergrund quittierte seine Bemerkung mit einem spöttischen, aber seltsam zufriedenen Grinsen. Offenbar war das die Antwort gewesen, auf die er gewartet hatte. Die Blonde hingegen wirkte ganz und gar nicht zufrieden. Sascha fragte sich, wessen

Gunst zu gewinnen wichtiger sein mochte. Er war nicht sicher und entschied, einfach bei der Wahrheit zu bleiben.

»Sprich, Mädchen«, beschwor die Eiskönigin Chili unbeirrt weiter. »War es von Metz, der dich bat, uns zu beschatten? Hat er dich unter Druck gesetzt? Bezahlt er dich oder hat er dich mit seiner kranken Ideologie infiziert? Oder war er selbst dazu noch zu feige und hat einen seiner Bluthunde damit beauftragt, dich gefügig zu machen? Charney vielleicht? Menache, Montgomery Bruce … Wer war es? Ich werde es dir nicht verübeln, Kind. Ich weiß, wie hinterhältig von Metz ist, und wie schwer es einem jungen Ding wie dir fallen muss, sich gegen ihn zu behaupten. Er hat unseren Sohn getötet. Er ist der Teufel.«

Chili schwieg noch immer. Sie wollte etwas sagen, doch die Angst schnürte ihr die Kehle zu. Sie atmete schnell und flach.

»Lassen Sie sie in Frieden, verdammt noch mal!« Sascha konnte nicht mehr an sich halten. Weder Furcht noch Verstand vermochten seine Sorge um Charlotte und die Wut auf diese Frau, die sie bedrängte, zu unterdrücken. »Wir kennen keinen von Metz oder Cedric Charney und auch sonst niemanden von diesen Leuten! Genauso wenig wie euch! Meine Schwester wollte sich nur bei Ihrem Freund da hinten am Fenster bedan –«

Die Spitze eines kleinen, rasiermesserscharfen Dolches bremste das erregte Auf und Ab seines Adamsapfels. »Cedric Charney?«, fragte die Fremde ruhig. Der Puma ließ das Schwert sinken, mit dem er herumgespielt hatte, und betrachtete ihn mit einer überrascht in die

Höhe gezogenen Augenbraue. Sascha hatte auf einmal das Gefühl, etwas furchtbar Falsches gesagt zu haben. »Habe ich von einem *Cedric* Charney gesprochen?« Die Eiskönigin schüttelte den Kopf. »Nein, das habe ich nicht.«

Aber ich!, registrierte Sascha etwas später als die anderen im Raum. Auch der Araber hatte sich ihnen zugewandt. Sein Herz streikte für einen qualvollen Augenblick. Warum hatte er nicht einfach seine vorlaute Klappe gehalten?!

»Ihr kennt euch also tatsächlich«, stellte die Fremde fest, ohne den Dolch von seinem Hals zu nehmen. »Sprich.«

»Wir ... kennen uns nicht«, beharrte Sascha. Es war nicht einfach, angesichts einer tödlichen Waffe ruhig zu sprechen und dabei auch noch klar zu denken, aber er gab sein Bestes. Er hatte beschlossen, bei der Wahrheit zu bleiben. Alles andere erhöhte nur die Gefahr, dass er sich buchstäblich um Kopf und Kragen redete – wenn er das nicht längst getan hatte. »Nur seinen Namen ...«, stammelte er hilflos. »Ich habe seinen Namen gehört. Ganz zufällig.«

»Das Leben ist eine Aneinanderreihung von Zufällen«, bestätigte die Schönheit. »Erzähl mir davon.«

Sascha tat wie ihm geheißen. Sie wartete stumm, bis er seinen Bericht, angefangen bei den Ereignissen morgens im Kloster bis zum Abend im Wald, beendet hatte. Ganz bewusst ließ er den Moment aus, in dem er die Waffe in der Hand des Pumas erspäht hatte, doch ansonsten hielt er sich strikt an die Wahrheit.

Schließlich geschah, womit er am allerwenigsten gerechnet hatte: Sie schob ihr Messer zurück in einen der Fledermausärmel ihres Kleides, aus dem sie es hervorgezaubert hatte, trat einen Schritt zurück und lächelte verlegen. »Es ist gut. Offenbar liegt ein Missverständnis vor«, entschuldigte sie sich.

Sascha zögerte. Irgendetwas stimmte hier nicht. Es war zu *einfach*. »Heißt das ... wir können gehen?«, fragte er zweifelnd. Er hätte gern einen Blick in das Gesicht des Pumas geworfen, um die Situation besser einschätzen zu können. Aber der hatte ihnen den Rücken zugekehrt. Seine Haltung wirkte angespannt, aber das konnte täuschen, denn auf seinen Muskeln konnte man wahrscheinlich noch Ziegelsteine zerbrechen, wenn er schlief. Vorausgesetzt, man war des Lebens überdrüssig und strebte einen möglichst qualvollen Heldentod an.

»Ich möchte euch bitten, noch eine Weile zu bleiben«, antwortete die Fremde. Sie äußerte das in einem Tonfall, der darauf schließen ließ, dass sie es für selbstverständlich erachtete, dass Charlotte und er, nachdem man ihm die Nase gebrochen, ihm einen Zahn ausgeschlagen und die Lippen lädiert sowie seine Schwester für den Rest ihres Lebens traumatisiert hatte, ihre Einladung dankend annahmen. Die Erkenntnis, dass es sich bei der vermeintlichen Bitte bloß um die ausgesprochen höfliche Formulierung eines Befehls handelte, kam erst mit den Schlägern, die sie im nächsten Augenblick wieder in den Saal rief. Sie brachten Chili und ihn in das kleine Zimmer zurück und verriegelten die Tür hinter ihnen.

Wenigstens verzichteten sie dieses Mal auf die Fesseln.

Sascha war vollkommen erschöpft. Sein Tag hatte um sechs Uhr in der Frühe begonnen, er hatte Schwerstarbeit in der Rotunde geleistet und hatte eine Verfolgungsjagd quer durch die Stadt mit anschließendem Gewaltmarsch hinter sich. Außerdem hatte er sich das Gesicht zerschlagen lassen und war mindestens zweitausend sprichwörtliche Tode gestorben – dennoch war an Schlaf nicht zu denken. Zum einen hatte er vor ihrem Date mit der Eiskönigin, als sich Chili in unruhige Träume geweint hatte, während er am Fenster stand und in die Dunkelheit hinausstarrte, den Punkt überwunden, an dem die Müdigkeit einem Zustand überdrehter Wachheit wich. Zum anderen befürchtete er, die vielleicht einzige Gelegenheit zur Flucht zu versäumen, sobald er auch nur eine Minute die Augen schloss. Eine solche Einstellung war ein rundum neues Lebensgefühl, aber Sascha versuchte ausnahmsweise nicht, seinen Optimismus mit Zähnen und Klauen zu verteidigen, sondern überließ seiner heftig, aber vergeblich protestierenden Schwester das einzige Bett und bezog erneut seinen Wachtposten am Fenster. Besondere Umstände erforderten besondere Verhaltensweisen. Um seine charakterlichen Einbußen konnte er sich sorgen, sobald sie endlich hier herauskamen.

Er stand noch nicht lange da und blickte auf die ausgestorbene, beinahe gänzlich im Dunkel liegende Straße hinaus, als er hörte, wie sich der Schlüssel leise im Schloss drehte. Er wandte sich um und beobachtete im fahlen Schein der Straßenlaterne, wie die Klinke langsam hinuntergedrückt wurde. Sie bekamen wohl Besuch, aber dieser Gast bemühte sich darum, den Raum möglichst unbemerkt zu betreten. Er schlüpfte durch den Türspalt, kaum dass dieser ausreichend Platz bot, und zog die Tür leise hinter sich zu. Dann verharrte der Mann, in dem Sascha den Araber aus dem Café erkannte, mit dem Rücken zum Ausgang. Er sagte nichts. Auch Sascha schwieg und verharrte reglos, unschlüssig, wie er reagieren sollte. Der Messerwerfer musste ihn längst zur Kenntnis genommen haben, denn seine Konturen zeichneten sich deutlich vor dem Fenster ab, aber er schenkte ihm keinerlei Beachtung. Sein Blick ruhte auf dem schlafenden Mädchen.

Sascha spannte sämtliche verfügbaren und ihm nach allen Torturen noch gehorchenden Muskeln an, um sich unverzüglich zwischen den Fremden und Charlotte zu werfen, sobald dieser auch nur einen einzigen Schritt in ihre Richtung tat. Aber nichts geschah. Minuten, die sich wie Stunden anfühlten, verstrichen. Dann begann der Mann endlich zu reden.

»Djamila war siebzehn, als sie sie mir nahmen«, flüsterte er, ohne Sascha anzusehen. Im ersten Moment war dieser nicht einmal sicher, ob diese Worte tatsächlich an ihn gerichtet waren oder der Araber bloß zu sich selbst sprach. Dann fügte der Dunkelhäutige hinzu: »Sie war wie deine Schwester«, und Sascha wusste, dass er tatsächlich mit ihm redete.

Trotzdem sagte er nichts, sondern verharrte auf seinem Posten und blickte den Araber nur verwirrt an. Er trug keine Waffe bei sich, stellte er fest, jedenfalls nicht, soweit er erkennen konnte. Und er war allein. Ob er es riskieren konnte? War das die Chance, auf die er gewartet hatte? Nun, er war nicht in bester Verfassung und der

Dunkelhäutige wog mindestens dreißig Pfund mehr als er, aber er war *verzweifelt*. War nicht immer wieder davon die Rede, welche Bärenkräfte Angst und Lebensgefahr entfesseln konnten? Er könnte seinen Gegner überwältigen, Charlotte packen, hinausstürmen ... und sich damit wahrscheinlich einem der Gorillas in die Arme werfen, die mit Sicherheit draußen auf dem Flur lauerten. Noch vor wenigen Minuten hatte er ihre Schritte hören können. Darüber hinaus waren sie überall in den Gängen weiteren, teilweise sogar mit Maschinengewehren bewaffneten schwarzen Gestalten begegnet, als man sie in den großen Saal und zurück in ihr Zimmer geführt hatte. Sascha verwarf seinen lebensmüden Plan sofort wieder. Allein würden sie aus dieser Festung nicht fliehen können. Sie brauchten Hilfe, Verbündete ...

»Sie haben sie geliebt?«, fragte er leise und musterte den Araber aufmerksam mit schräg gelegtem Kopf, doch in dessen Gesicht zeigte sich keinerlei Regung.

Immerhin antwortete er. »Ja«, bestätigte er, nach wie vor flüsternd. »Sie war meinem Vetter versprochen. Aber ich habe sie geliebt. So wie sie mich.« Er legte eine weitere Pause ein, während Sascha nach irgendetwas besonders einfühlsam Klingendem suchte, das nicht allzu banal klang. Doch ehe ihm etwas einfiel, sprach der Fremde weiter. »Ich war der einzige Sohn meines Vaters. Meine Mutter starb, als ich zwölf war. Dann lernte ich Djamila kennen und wir verliebten uns ... Man drohte uns. Man verfolgte uns. Aber wir hatten Freunde. Wir flohen nach Ägypten. Neue Papiere, neue Namen, ein neues Leben. Es dauerte ein knappes Jahr. Ein Jahr des Glücks. *Unser* Jahr. Dann ... hat er sie gefunden. Er erschoss sie auf offener Straße. Auf einmal war er da und Djamila war tot ... einfach tot.« Der Araber schüttelte den Kopf, als könnte er so die Erinnerung an jene Zeit abschütteln. Während der letzten Worte war seine Stimme noch leiser geworden, sodass Sascha ihn kaum noch verstehen konnte. Als er schließlich weitersprach, hatte er sich wieder im Griff und sah Sascha direkt in die Augen. »Sie war wie deine Schwester. Sie sah ihr ähnlich.«

Die einzige sichtbare Regung in der Mimik des Arabers bestand in einem kaum merklichen Zucken eines Nervs neben seinem rechten Auge, aber Sascha spürte die Trauer, mit der diese schmerzliche Erinnerung sein Gegenüber erfüllte, fast, als sei es seine eigene. Wenigstens für einen kurzen Augenblick musste er sein Mitgefühl nicht mehr heucheln. »Das tut mir Leid«, sagte er aufrichtig. Es wäre anmaßend gewesen, zu behaupten, dass er nachfühlen könnte, was in diesem Mann vorgegangen war, als auf Chili geschossen worden war, aber es gehörte auch nicht viel Phantasie dazu, ihn zu verstehen. Auch ein Verbrecher war letzten Endes nur ein Mensch aus Fleisch und Blut, unter dessen Rippen ein gewöhnliches, verletzliches Herz pochte. Dieser Mann hatte ihn einen kurzen Blick in seine Seele werfen lassen und Sascha hatte – obgleich ihn sein Hirn vor List und Tücke warnte – das sichere Gefühl, dass nicht allzu viele Leute in den Genuss so offener Worte von diesem unnahbaren Mann mit den versteinerten Zügen kamen.

»Ich war es, der sie getötet hat«, erwiderte der Araber. »Ich habe Schande über sie gebracht. Und ich konnte ihr nicht helfen. Aber ich kann deiner Schwester helfen ... vielleicht.«

»Helfen Sie uns hier heraus?«, fragte Sascha hoffnungsvoll.

»Nein.« Der Araber schüttelte den Kopf. »Das wäre reiner Selbstmord. Es ist auch nicht nötig. Ihr könnt bleiben und bei uns leben. Es ist ein gutes Leben für eine gute Sache. Verbündet euch mit uns.«

»Das ... ist nicht Ihr Ernst!« Sascha schüttelte entschieden den Kopf. Sein Mitgefühl mit diesem Mann löste sich irgendwo zwischen den Synapsen seines Gehirns auf und ein Adrenalinschub verlieh ihm den Mut, seiner Wut Luft zu machen. »Sie haben uns gekidnappt, Mann! Sie haben uns verletzt, eingesperrt und gedemütigt! Ich habe keine Ahnung, was das hier für eine Irrenanstalt ist und woher sie ihre Existenzberechtigung bezieht, aber Sie können sicher sein, dass wir nicht eine einzige Sekunde freiwillig hier verweilen werden!«

»Bitte bleib ruhig.« Der Messerwerfer sah zur Tür zurück. Wenn auch seine Mimik kaum etwas über sein Befinden auszusagen vermochte, so kündete seine Gestik doch von Unbehagen. »Du hast keine Wahl. Sie werden euch nicht mit offenen Armen in ihrem Kreis begrüßen, aber noch habt ihr eine Chance.«

»Was ist *ihr Kreis*? Was sind das für Menschen?«

»Es ist besser für euch, nicht zu viel zu wissen«, antwortete der Araber. »Ich kann nichts für euch tun. Ich dürfte nicht einmal hier sein. Aber ich will nicht, dass deine Schwester stirbt, darum bitte ich dich, Ruhe zu bewahren und offen zu sein. Offen, aber nicht neugierig. Es sind gute Menschen. Lucrezia ist eine wunderbare Frau, die für eine großartige Sache kämpft. Es tut mir Leid, dass ich deine Schwester in diesen Kampf hineingezogen habe.« Er blickte wieder zu Charlotte, die immer noch schlief.

Ich will nicht, dass deine Schwester stirbt, hallte es in Saschas Kopf wider, *es tut mir Leid, dass ich deine Schwester in diesen Kampf hineingezogen habe …* Er musste wirklich aufpassen. Bisher hatte noch niemand gesagt, er wolle nicht, dass *er* starb. Vielleicht war er tatsächlich nur deshalb noch am Leben, weil dieser bedauernswerte Psychopath nicht wollte, dass Chili einen Grund zum Weinen hatte.

»Und wenn wir uns weigern?«, fragte er schwach, aber seine Frage bedurfte eigentlich keiner Antwort.

»Dann werdet ihr sterben«, sagte der Araber und bedachte ihn mit einem letzten eindringlichen Blick, ehe er sich umwandte und die Hand nach der Klinke ausstreckte.

»Warten Sie!« Sascha hatte noch unzählige Fragen. Er ahnte auch, dass er nicht allzu oft Gelegenheit bekommen würde, sich mit diesem Menschen zu unterhalten, der ihnen doch wenigstens einen winzigen Schritt entgegengekommen war. »Ihr Vetter … was ist mit ihm passiert?«, fragte er. »Sucht er noch immer nach Ihnen? Sind Sie hier, um sich vor ihm zu verstecken?«

»Ich habe ihn getötet.« Der Araber öffnete die Tür und verschwand ebenso leise, wie er gekommen war.

Irgendwann drehte sich Sascha wieder um und starrte weiter in die Dunkelheit hinaus. Er riss seine letzte Hoffnung am Schopf zu sich zurück, als sie, empört etwas von verpatzten Chancen blaffend, durch das Glas flüchten wollte, um sich irgendwo anders um einen lukrativeren Job zu bewerben. Schloss man einmal die

Wahrscheinlichkeit aus, dass Charlotte und er in dieser verteufelten Festung ihr Leben ließen (und er verspürte das dringende Bedürfnis, dies zu tun), so konnte man davon ausgehen, dass ihre Situation gar nicht mal so übel war.

Chili redete leise im Schlaf, sie hatte wahrscheinlich Fieber. Sein gebrochenes Nasenbein hatte erneut zu schmerzen begonnen und Ella kauerte sicher weinend im Atelier und brannte schwarze Löcher in Papiertaschentücher. Von nun an konnte es wirklich nur noch aufwärts gehen.

Verbündet euch mit uns, echote die Stimme des Arabers in seinem Hinterkopf. Es war eine Zumutung, eine Beleidigung seines Verstandes. Aber dieser Raum war so eng, kam ihm von Stunde zu Stunde immer bedrückender vor. Seine Schwester wälzte sich unruhig hin und her, zitterte am ganzen Leib, schrie dann und wann leise auf. Wenn es sein musste, entschied Sascha, ehe ihn bei Einbruch der Morgendämmerung die letzte Kraft verließ, sodass er mit dem Rücken zur Wand am Boden kauernd einnickte, wenn es wirklich ihre einzige Chance war, dann würde er sich selbst mit dem Teufel verbünden.

Shareef konnte also sprechen. Und wie er das konnte! In seiner ganzen Zeit in der Prieuré de Sion hatte er kaum ein Wort über seine dunklen Lippen gebracht, und mit diesem Milchgesicht plauderte er stundenlang. Das empfand Ares als persönliche Beleidigung. Dieser elende Mistkerl hatte ihn – sie alle! – jahrelang belogen.

Von wegen Kriegsflüchtling! Eine primitive Familienstreitigkeit hatte ihn in den Schutz ihrer Gemeinschaft getrieben, ein Mord und ein gebrochenes Herz. Noch gestern war sein persönlicher Schützling der letzte unter den Söldnern gewesen, dem er eine solche Geschichte zugetraut hätte, und nun fühlte sich der Schwertmeister hin und her gerissen zwischen Wut, Enttäuschung und Verachtung für den Mann, hinter dessen versteinerter Miene er nichts als ebenso nützlichen wie zuverlässigen Stumpfsinn vermutet hatte.

Nachdem Shareef das Gästezimmer verlassen hatte, war Ares drauf und dran gewesen, aus dem zweiten, ausschließlich Lucrezia und ihm bekannten und zugänglichen Überwachungsraum zu stürmen, der ihm zusätzlichen Einblick in jeden nicht durch die offensichtlichen Kameras einsehbaren Winkel der Devina gewährte – mit Ausnahme der Privaträume seiner Schwester sowie, selbstverständlich, seiner eigenen. Aber er hatte sich beherrscht. Abgesehen davon, dass es umso interessanter zu werden versprach, je länger er Shareef aus dem Verborgenen im vermeintlich unbeobachteten Umgang mit diesen Gören beobachtete, an denen leider auch Lucrezia einen Narren gefressen zu haben schien, könnte es für ihn selbst peinlich werden, wenn er ausplauderte, was er nun wusste. Wie war der Wortlaut gewesen? *Wir hatten Freunde ...* Shareefs Freunde waren bei der Beschaffung neuer Identitäten offenbar mindestens ebenso begabt wie Ares selbst. Damit hatte er nicht gerechnet. Er war mithilfe seiner eigenen Tricks an der Nase herumgeführt worden!

Nun, er würde die Dinge vorerst auf sich beruhen lassen – was blieb ihm schließlich anderes übrig? Aber er würde Shareef sehr genau im Auge behalten. Über kurz oder lang würde er einen Vorwand finden, ihn seiner gerechten Strafe zuzuführen. Er musste nur geduldig danach suchen.

Im Augenblick allerdings hatte er eine wichtigere Aufgabe zu erledigen. Ares wandte sich von den Monitoren, die eine ganze Wand des zweiten Überwachungszimmers einnahmen, ab und dem Schreibtisch zu, auf dem ein Grundriss des Klosters ausgebreitet war, den er sich von Kemal hatte besorgen lassen. Vielleicht war es vergebliche Liebesmüh, doch es war seine Pflicht als gebürtiger Saintclair, jedem Hinweis, der möglicherweise zu den Reliquien führen konnte, nachzugehen. Also setzte er kühn voraus, dass der Junge sie nicht belogen hatte und tatsächlich eine Verbindung zwischen dem Kloster am Stadtrand und den Templern bestand. Routinemäßig hatte er einige seiner Männer dorthin gesandt, die es ebenso aufmerksam überwachten wie er selbst Shareef.

Sein Handy klingelte. Ares meldete sich knapp.

»Alle Gemeinschaftsräume sowie das private Arbeitszimmer des Abtes werden abgehört«, meldete sich die Stimme des Söldners, der das Kommando über die kleine Truppe führte. »Sehr leichtgläubig, diese Leute. Unser Mann musste nicht einmal seinen Ausweis zücken.«

»In Ordnung«, antwortete der Schwertmeister kurz. »Ich erwarte einen Bericht über jedes Wort, das gesprochen wird – schriftlich, vollständig und unverzüglich. Verstanden?«

»War nicht sehr kompliziert, Boss.«

»Gut.« Ares beendete das Gespräch, warf einen Blick auf die Uhr, einen weiteren, letzten, auf die Karte und verließ den Überwachungsraum eher widerwillig. Nicht, weil es dort noch etwas Spannendes zu erledigen gäbe, sondern weil er keine große Lust verspürte, Shareef zu begegnen. Aber er tat gut daran, niemandes Misstrauen zu erregen, indem er ohne ersichtlichen Grund Abstand von alten Gewohnheiten nahm. Und eine davon bestand darin, den Araber, der doch bislang sein bester Mann gewesen war, persönlich zu Lucrezia zu begleiten, wenn sie nach ihm oder ihnen beiden verlangte.

In diesem Fall verlangte Lucrezia nicht nur nach ihnen beiden, sondern auch nach Simon, Kemal und Pagan. Offenbar gab es etwas Wichtiges zu bereden. Die meisten Entscheidungen traf seine Schwester allerdings eigenständig, ohne sich zuvor die Meinung ihrer Mitstreiter anzuhören. Ihre Anweisungen wurden dann durch Ares weitergegeben, der auch dafür sorgte, dass sie befolgt wurden. Lucrezia konnte die so eingesparte Zeit für wichtigere Dinge nutzen, wie beispielsweise die Finanzierung des Anwesens einschließlich des Unterhalts der Söldner; vor allem aber natürlich für die Suche nach den Templern, die den größten Teil ihrer Arbeit ausmachte.

Jedenfalls fragte sich Ares, während er den Trakt der Angestellten durchquerte, zum ersten Mal, wieso eigentlich Shareef, der doch trotz all seiner Vorzüge letztlich nichts als ein Söldner war – ein Werkzeug im Kampf um die Reliquien – zum wiederholten Male an einer Zusammenkunft teilnehmen sollte, zu der sich eigentlich für gewöhnlich nur die Ritter der Prieuré de Sion einfanden. Irgendwie hatte es sich im Laufe der letzten Jahre so eingebürgert. Er hätte nicht mehr sagen können, wann der Araber zum ersten Mal an einer wichtigen Besprechung teilgenommen hatte (oder besser gesagt, dabei anwesend gewesen war, denn er redete ja anscheinend nicht mit erwachsenen Menschen), aber er erinnerte sich sehr gut daran, dass sich nie jemand darüber beklagt hatte. Shareef fiel nicht auf, störte nicht und seine Anwesenheit ersparte Ares die Mühe, die sich für ihn aus dem Gespräch ergebenden Aufgaben zu erläutern. Es gab einfach keinen Grund ihn auszuschließen.

Ein Bolzen surrte um Haaresbreite an Ares' linker Schulter vorbei und nagelte eine gräulich glänzende Taube an den Rahmen der Hintertür, durch die er soeben die Devina verlassen hatte. Das aufgespießte Federvieh war vom Tod so plötzlich und zielsicher überrascht worden, dass es nicht einmal mehr zuckte. Der Schwertmeister hielt inne und bedeutete Shareef, der etwa dreißig Schritt entfernt mit einer Hand voll Mittzwanziger auf der weitläufigen Wiese, die zum Anwesen der Prieuré gehörte, Aufstellung genommen hatte und eigentlich auf eine der Strohscheiben am Ende des Grundstücks zielen sollte, mit einer unwilligen Geste, ihn ins Haus zu begleiten. Shareef gab seine Armbrust einem seiner Begleiter und folgte Ares mit einigen Schritten Entfernung durch die hell erleuchteten Gänge des Anwesens. Der Schwertmeister betrat Lucrezias Zimmer, ohne anzuklopfen.

Seine Schwester wartete hinter ihrem wuchtigen

Schreibtisch über einen Stapel Papierkram gebeugt, der noch nach frischer Druckertinte roch. Sie registrierte aus den Augenwinkeln, wie sie den spärlich, wenn auch luxuriös eingerichteten Raum betraten, blätterte ohne Hektik in ihren Unterlagen und erhob sich erst, als sie sich zu Kemal, Pagan und Simon auf die schweren, aber in der Weite des Raumes verloren wirkenden Sitzmöbel niedergelassen hatten.

»Nun sind wir also endlich alle beieinander«, stellte Lucrezia fest und maß einen nach dem anderen mit eindringlichem Blick. »Ich verspreche euch, was ich euch zu sagen habe, wird euch sehr interessieren.« Ares verwünschte im Stillen Lucrezias umständliche Art. Wenn es nichts Wichtiges zu besprechen gäbe, wären sie schließlich nicht zusammengekommen, aber so war seine Schwester nun einmal. Im Laufe der Jahrhunderte hatte sie einige Kleinigkeiten versäumt, wie zum Beispiel, dass die Menschen heutzutage schnell zur Sache kamen. »Ich weiß, ihr alle, meine geliebten Brüder, leidet wie ich unter dem Stillstand, der uns seit vielen Jahren die Hände bindet. Ich weiß, es drängt euch, in die Schlacht zu ziehen und zurückzuholen, was uns zusteht«, fuhr sie nach einer kleinen, von angespannter Stille erfüllten Pause fort. Ares konnte sich ein verächtliches Naserümpfen nicht verkneifen, weil sie auch Shareef mit dem ehrenvollen Titel ansprach, den er nicht verdiente. »Aber Gott ist auf Seiten derer, die in dieser verkommenen Welt für das Gute kämpfen«, sprach seine Schwester voller Überzeugung weiter. »Gott ist bei uns. Und er hat uns einen Wink gegeben. Er war es, der uns diese Kinder sandte, auf dass sie uns zu den Dieben des Grals führen, zu den Mördern meines geliebten Sohnes...«

Der Schwertmeister seufzte. Dieser Zusatz war hier nun wirklich fehl am Platz, fand er. Er erinnerte ihn nur erneut an Lucrezias tollkühnen, aber naiven Plan, dem Templermeister einen Erben unterzuschieben, der bei ihr gelernt hatte, für die Ziele der Prieuré zu kämpfen. Tatsächlich hatten diese barbarischen Tempelritter seinen Neffen an dem Tag getötet, an dem er in Avignon auf den Namen David getauft worden war. Aber sie hatten seinen Leichnam mitgenommen und darum hoffte Lucrezia gegen jede Vernunft insgeheim noch heute, dass der Junge am Leben war und irgendwann zu ihr zurückkehren würde, während dessen kindlicher Schädel wahrscheinlich an der Wand über dem Bett seines Vaters prangte.

»Wir sollten sie endlich beseitigen«, empfahl Ares, dessen Unwohlsein beim Gedanken an die Gefangenen im Laufe des Tages der Resignation gewichen war, sich nun bei deren Erwähnung aber wieder meldete. »Wir brauchen sie nicht mehr.«

»Die Polizei geht nicht mehr unbedingt von einem Verbrechen aus«, wandte Simon mit einem belustigten Zucken im Mundwinkel ein. Seine grünen Augen blitzten schelmisch auf. »Sie haben sich die Familie der beiden mal genauer angeschaut. Die Mutter ist zweimal geschieden, allein erziehend, seit Jahren in psychiatrischer Behandlung und selbst schon ein paarmal straffällig geworden. Einmal hat sie faule Eier vom Dach des Theaters auf das Stadtgründerdenkmal fallen lassen, ein anderes Mal ist sie nackt mit einem Schwein an der Leine durch die City spaziert. Aktionskunst schimpft sich das. Dafür hat sie Bewährungsstrafen kassiert. Mittlerweile ist sie aber ruhiger geworden. Die Polizei geht trotzdem eher davon aus, dass die Kinder ausgerissen sind.«

»Halte dich zurück und hör, was ich zu sagen habe«, wandte sich Lucrezia mit einem sanften Kopfschütteln an ihren Bruder, der Simons Bericht unbeeindruckt hinnahm. Auch nach Ausreißern wurde gesucht, das machte keinen Unterschied, fand er. Aber obwohl er wusste, dass er im Recht war, fühlte sich Ares durch Lucrezias Geste einmal mehr wie ein kleiner Junge, der von seiner großen Schwester zurechtgewiesen wurde. »Kemal war so gut, sich ausführlich mit dem Kloster zu befassen, von dem der Junge sprach«, erklärte die Herrin mit einem wohlgefälligen Blick in die Richtung des Genannten. »Ares lässt es rund um die Uhr bewachen, um jegliche Regung zu erfassen. Weder von Metz noch Charney scheinen dort zu sein, doch ich bin sicher, sie werden sich dort einfinden.«

»Also warten wir einfach ab?« Ares war Simon dankbar für diese überflüssige Frage, die er selbst sich gerade noch verkneifen konnte. Natürlich warteten sie nicht einfach ab, sonst hätte Lucrezia sie nicht hierher beordert.

»Kemal hat einige interessante Einzelheiten herausgefunden«, sprach seine Schwester weiter, ohne auf Simons Frage einzugehen. »Dieses Kloster birgt einen der Kulträume, die unsere lieben Freunde vor Jahrhunderten überall verstreut eingerichtet haben. Es geht um die Weisheit der Sterne …«, deutete sie an.

Ares nickte stumm. Niemand wusste, wie viele dieser Räume es gab oder wo genau sie sich befanden. Die Templer hielten in ihnen in offenbar willkürlichen Abständen ihre Rituale ab, deren Sinn niemand so recht verstand. Aber er brannte auch nicht darauf, die Tempelritter zu verstehen, sondern wollte sie nur finden, und so genügte ihm diese Aussage: Einer dieser Kulträume befand sich also in diesem Kloster. Wenn sich Charney in diesen Tagen dort herumgetrieben hatte, standen die Chancen nicht schlecht, dass er zurückkommen und seine Gefährten mitbringen würde, um den besagten Raum für was auch immer zu nutzen. Lucrezia hatte vielleicht Recht, als sie von einem Wink Gottes gesprochen hatte. Die Welt war groß und es gelang den Templern seit Jahrhunderten, sich vor ihnen zu verbergen. Aber nun hatte Gott dafür gesorgt, dass sie sich freiwillig in ihre unmittelbare Nähe begaben und die Prieuré rechtzeitig davon in Kenntnis gesetzt wurde. Wenn dem wirklich so war, dann brauchten sie nichts weiter zu tun, als die Templer im Auge zu behalten, sobald sie das Kloster verließen. Über kurz oder lang würden sie in ihr Versteck zurückkehren, in dem sie vermutlich die Insignien aufbewahrten. Dann konnten die Ritter der Prieuré ihnen folgen und sie mit einem Überraschungsangriff außer Gefecht setzen. Das war tatsächlich eine großartige Neuigkeit.

»Es gibt noch eine Reihe weiterer Hinweise, die den Schluss zulassen, dass eine Verbindung, vielleicht sogar weit mehr als das, zwischen den Gläubigen im Kloster und den Templern besteht. Die Brüder haben etliche der alten Sitten übernommen, ihr wisst schon: die Farben

Rot, Weiß und Schwarz in ihrem Stempel, der Armenplatz im Todesfalle eines Bruders … Ich bin sicher, dass Abt Christopher zumindest zeitweilig in Kontakt mit den Templern steht. Aber wir können nicht einfach nur abwarten, bis sie kommen, um sie dann zu töten. Nicht einmal im Angesicht des Todes werden sie die Reliquien an uns herausgeben. Sie alle werden sterben, doch zuvor müssen wir erfahren, wo die Reliquien verborgen sind. Es wäre auch sicherlich von Nutzen, etwas über die *Nacht des Sterns* herauszufinden. Die Bedeutung dieses uralten Ritus kann möglicherweise über den Verbleib des Grals Aufschluss geben.«

»Du willst sie also während ihres Aufenthaltes beschatten«, schlussfolgerte Ares. »Ich glaube nicht, dass es Sinn macht, diesen Abt zu foltern. Er hat womöglich keine Ahnung, was von Metz und die Übrigen in seinen gesegneten Mauern treiben, aber das macht nichts – alle Gemeinschaftsräume, auch dieser Rundbau, und Christophers Studierzimmer werden abgehört.«

»Das genügt mir nicht«, beharrte Lucrezia. Wir werden jemanden zu ihnen schicken, dem wir vertrauen. Jemanden, der herausfindet, was sie vorhaben und detailliert darüber berichten kann.«

»Womit jeder hier Anwesende ausfällt«, warf Simon ein. »Es sei denn, Dr. Langowsky absolviert schleunigst eine Fortbildung zum plastischen Chirurgen und verpasst einem von uns ein neues Gesicht.« Er wandte sich spöttisch an Shareef. »Wie wäre es, Kumpel? Eine hübsche neue Visage? Eine, die man *bewegen* kann?«

Lucrezia sagte nichts, ließ aber in Mimik und Haltung keinen Zweifel daran, dass sie noch längst nicht fertig war. Sie war von ihrer Idee überzeugt und würde sich durch nichts auf der Welt davon abbringen lassen. Sie wandte sich ab, kehrte zu ihren auf dem Schreibtisch wartenden Unterlagen zurück und beschäftigte sich einen Moment mit ihnen. Dann sah sie Shareef an.

»Bring mir die Kinder«, forderte sie ihn auf.

Ares rang mühsam um seine Fassung. Lucrezia hatte wohl den Verstand verloren! »Das ...«, flüsterte er ungläubig, verstummte aber sofort, als ihr scharfer Blick ihn traf.

»Das Mädchen ist krank«, erwiderte Shareef. »Sie kann sich kaum auf den Beinen halten.«

»Dann sorge dafür, dass es ihr bald besser geht«, bestimmte die Herrin der Prieuré. »Und haltet den Jungen bei Laune. Ich bin nicht sicher, ob wir ihn brauchen, doch sie soll sich wohl fühlen. Ares sorgt weiterhin für eine lückenlose Überwachung des Klosters. Simon, du bereitest alles für einen möglichen Angriff vor. Und du, Kemal, siehst zu, dass du weiteres Material über die Anlage bekommst – alles könnte von Bedeutung sein. Was nach dieser Aktion mit den Kindern geschieht«, setzte sie an ihren Bruder gewandt hinzu, »überlasse ich dir. Wenn ihre Aufgabe erfüllt und von Metz erledigt ist, mögen sie von mir aus in der Hölle schmoren.«

Ihre letzten Sätze sollten ihn wohl mit ihrer Idee versöhnen, doch auf Ares wirkten sie in diesen Sekunden wie blanker Hohn. Sie wollte das Mädchen nicht nur für eine unbestimmte Zeit am Leben lassen, sie wollte es bei einem äußerst riskanten Plan *benutzen*! Einen Söldner mit einer solchen Aufgabe zu betrauen, wäre schon wagemutig gewesen, aber ein wildfremdes Mädchen, das sich noch dazu unfreiwillig bei ihnen aufhielt und in diesen Minuten aus lauter Heimweh unter Fieber litt?! Ebenso gut könnte sie sich Robert von Metz gleich vor die Füße werfen! Aber sie war die Herrin der Prieuré; sie musste wissen, was sie tat, sie wusste es immer. Er wäre ihr allerdings dankbar gewesen, wenn sie ihm ihre Gründe nur ein einziges Mal erläutern würde.

»Warum, Lucrezia?«, fragte er in bemüht ruhigem Ton, nachdem die Übrigen begriffen hatten, dass die Besprechung vorüber war, und das Arbeitszimmer verlassen hatten. »Warum ein fremdes Kind?«

»Warum nicht?«, antwortete Lucrezia, ohne von ihren Unterlagen aufzublicken. »Wir haben keine andere sinnvolle Verwendung für sie. Und einen unauffälligeren Spion wirst du kaum auftreiben können.«

»Unauffällig«, wiederholte Ares zweifelnd. »Abgesehen davon, dass sie ohnehin nicht tun wird, was du von ihr verlangst, weil wir sie gegen ihren Willen hier festhalten und sie uns wahrscheinlich für eine kriminelle Vereinigung hält, glaubst du wirklich, ein fünfzehnjähriges Mädchen in einem Kloster, in dem das Durchschnittsalter der ausschließlich männlichen Belegschaft bei dreiundsechzig liegt, sei *unauffällig*?«

»Meinst du, dass jemand annimmt, wir wären so dumm, ein fünfzehnjähriges Mädchen in einem Männerkloster als Spionin einzusetzen?«, gab Lucrezia gelassen zurück. »Wohl kaum. Und sie *wird* tun, was ich ihr sage. Sie ist ein gutes Mädchen, und lernfähig. Und wenn nicht, dann wenigstens klug genug, um nicht das Leben ihres Bruders aufs Spiel setzen.«

»Das ist völlig verrückt. Du wirst sie nicht einmal am

Pförtner vorbeibekommen. Es ist ein *Mönchs*kloster. Sie leben im Zölibat, Schwester, und werden ganz gewiss kein Mädchen in ihrer Mitte aufnehmen.«

»Leider werden ihre eigenen Regeln sie genau dazu zwingen«, behauptete Lucrezia. »Weil du nämlich schon morgen dafür sorgen wirst, dass ein Armenplatz frei wird. Such dir einen von ihnen aus, aber achte darauf, dass es nach einem Unfall aussieht. Und sorge dafür, dass jedem Bettler oder Obdachlosen, der sich dem Kloster nähert, etwas Geld in die Hand gedrückt wird, mit dem er wieder ein paar Tage über die Runden kommt.«

Die Gastfreundschaft der Eiskönigin schien grenzenlos. Sascha und Charlotte verbrachten den Rest der Nacht und einen Großteil des nächsten Tages in dem kleinen Zimmer. Sascha fiel in dieser Zeit eine entscheidende Kleinigkeit bezüglich der Architektur ihres Gefängnisses wieder ein, die sein Gedächtnis ihm eine geraume Weile vorenthalten hatte: Das Fenster, hinter dem er stand und lange Zeit vergeblich darauf gewartet hatte, dass jemand die Straße passierte, war von der anderen Seite verspiegelt. Er erinnerte sich daran erst, nachdem eine Gruppe Schulkinder an ihm vorübergezogen war, ohne seinem verzweifelten Winken und Klopfen auch nur die geringste Aufmerksamkeit zu schenken. Der Einzige, der darauf reagierte, war einer der Schwarzgekleideten, die nach einem festen Plan gefährlich aussehende Rottweiler an der Leine um das gesamte Anwesen führten. Er stand ihm plötzlich nur durch die Glasscheibe getrennt Auge in Auge gegenüber und richtete eine kleine, aber alles andere als harmlos aussehende Handfeuerwaffe zwischen den Gitterstreben hindurch direkt auf seine Stirn. Er konnte nur geraten haben, wo genau sich diese Stirn befand, aber er riet gut. Sascha gab die Hoffnung, auf diesem Wege Hilfe rufen zu können, endgültig auf, als das Spiegelbild der Gebäude auf einem vorbeifahrenden Luxuswagen ihn endlich an die blickdicht getönten Fenster erinnerte.

Am frühen Nachmittag sank Charlottes Fieber; zumindest redete sie nicht mehr im Schlaf. Schließlich wachte sie sogar auf und es gelang ihr, sich aufzusetzen und sich mit trübem Blick in ihrem Gefängnis umzusehen. Ihre Haut war aschfahl und feucht vom Fieberschweiß. Dunkle Ringe lagen unter ihren braunen Augen, und als Sascha sich zu ihr auf die Bettkante sinken ließ, um tröstend ihre Hand zu halten, bildete er sich ein, dass sie nach Krankheit roch. Vielleicht war doch nicht bloß Stress der Auslöser des Fiebers, sondern seine Schwester war ernsthaft krank und er konnte nichts für sie tun. Er hatte nicht einmal ein tröstliches Wort für sie, geschweige denn Wasser, mit dem er ihre rissigen Lippen befeuchten konnte. Sie versuchte aufzustehen, sackte aber gleich in sich zusammen und schlief wieder ein, noch bevor Sascha sie auf das Bett zurückgelegt hatte.

Nachdem er nahezu alle Hoffnung und sein gesamtes Zeitgefühl verloren hatte, kehrte der Araber zurück. Seit dem Morgengrauen, als er sich mit einem flüchtigen Blick davon überzeugt hatte, dass sie noch waren, wo man sie abgeladen hatte, hatte sich niemand mehr dort sehen lassen. Als die Tür dieses Mal aufgeschlossen wurde, wurde Sascha von Hilflosigkeit und brennendem

Zorn überwältigt. Er warf sich kopflos in den Spalt zwischen Tür und Angel, noch bevor er erkennen konnte, wer dahinter stand. Es scherte ihn nicht. Tatsächlich aber schaffte er es nicht einmal unter Einsatz seiner gesamten Körpermasse, den Araber von der Tür wegzustoßen.

Der Dunkelhäutige wischte ihn mit einem Schlag vor den Brustkorb beiseite wie ein lästiges Insekt. Mit einem prustenden Laut taumelte Sascha zurück und war sehr dankbar für die Wand, gegen die er prallte, denn einzig ihr war es zu verdanken, dass er nicht hintenüber schlug und womöglich eine weitere unangenehme Kopfverletzung davontrug.

»Sie wollten ihr doch helfen!«, entfuhr es ihm, als er den Araber erkannte. Es sollte wütend und vorwurfsvoll klingen, doch seine Stimme wirkte beschämend schwach und weinerlich. »Sehen Sie sich meine Schwester mal an!«, setzte er trotzdem hinzu, wobei er anklagend auf Charlotte deutete, deren Haut mittlerweile so totenbleich war, dass sie kaum noch einen Kontrast zu den weißen Bezügen darstellte. »Sie braucht einen Arzt! Wie sollen wir uns mit irgendjemandem verbünden, wenn Sie uns hier elendig verrecken lassen!«

Der Messerwerfer würdigte ihn keines Blickes, sondern trat stumm an Chili heran und hob ihren zierlichen Körper aus dem Bett.

»Was tun Sie denn da!« Sascha stürzte der Hysterie nahe auf den Mann zu, wurde aber von hinten an den Schultern gepackt und unsanft zurückgerissen. Er hatte überhaupt nicht bemerkt, dass der Araber von den beiden offensichtlich persönlich für sie zuständigen Gorillas der gestrigen Nacht begleitet wurde. Nun befand er sich fest in ihrem Griff und sein übermüdeter Restverstand flehte um Gnade für die Schädelplatten, die die Natur zu seinem persönlichen Schutz eingebaut hatte. Immerhin war er so klug, darauf zu verzichten, sich gegen den Griff seiner Peiniger zu wehren oder wie von Sinnen mit den Füßen zu strampeln.

»Ich bringe sie zu einem Arzt«, antwortete der Araber, während die Männer – Sascha nach wie vor unter den Achseln gepackt haltend – zunächst in zwei unterschiedliche Richtungen beiseite zu treten versuchten und sich eine halbe Sekunde später, als seinen Sehnen lieb war, auf einen Platz links von der Tür einigten. Damit verschwand der Araber aus seinem Sichtfeld. Nachdem sich dessen Schritte entfernt hatten, ließen die Schläger Saschas Arme los und traten ebenfalls auf den Gang hinaus. Niemand verschloss die Tür.

Sascha benötigte nur Sekundenbruchteile, um sich, alle Loyalität mit seinem geschundenen Körper vorläufig auf Eis legend, für einen spontanen Fluchtversuch zu entscheiden. Seine Gegner waren in der Überzahl und wahrscheinlich besser ausgerüstet als die CIA, aber er war schnell. Er *musste* schnell sein. Er begriff die vermeintlich unabsichtlich offen gelassene Tür als Wink mit dem Zaunpfahl des Schicksals und sprintete aus dem Raum, ehe jemandem der Irrtum auffallen konnte. Er rannte einen der Schwarzgekleideten buchstäblich über den Haufen, was dieser mit einem wüsten Fluch quittierte, und verzichtete darauf, zu dem anderen zurückzublicken, während er zu dem Araber aufholte, der – Chili mühelos auf den Händen tragend – den hell erleuchteten Korridor entlangging. Sascha erblickte mindestens ein halbes Dutzend Türen und verfluchte den Umstand, dass er ohne Bewusstsein gewesen war, als man ihn hierher gebracht hatte. Der einzige Weg, den er kannte, war jener, der von der zweiten Tür links durch einen weiteren Gang zum großen Saal führte. Im Geiste hörte er bereits großkalibrige Geschosse an sich vorbeizischen und das Fenster am oberen Ende des Korridors zersplittern – eine Geräuschkulisse ähnlich jener, die gelegentlich noch immer in seinen Ohren widerhallte, wenn er zu lange mit sich allein und die Stille um ihn herum zu intensiv war. Doch nun gab es kein Zurück. Er vermied es, Chili anzusehen, während er an dem Araber vorüberstürmte, um sich nicht der Versuchung auszusetzen, dem Fremden eine runterzuhauen und mit dieser Aktion womöglich seine Schwester zu verletzen sowie diese großartige Chance, ins Freie zu gelangen und Hilfe zu rufen, zu verpatzen. Am Ende des Flures bog er ohne nachzudenken links ein.

Sein Instinkt leitete ihn richtig. Zwanzig Schritte weiter gab es eine Tür, die sich von den übrigen, ausschließlich blütenweißen und hölzernen Modellen unterschied. Stahl, registrierte er. Das musste der Ausgang sein, oder zumindest *ein* Ausgang. Warum sonst sollte dieser Durchgang besonders gesichert sein? Wenn es nicht noch ein paar andere Gefangene in dieser Festung gab, bestand wohl kaum ein Grund, einen grimmig dreinblickenden Wachtposten, dem das Format eines durchschnittlichen Bauernschrankes zu eigen war, vor dieser Tür zu positionieren. Aber ebenso wie die beiden Schlägertypen, die er hinter sich gelassen hatte, und der

Araber, verzichtete auch dieser Aufpasser darauf, von einer der Waffen Gebrauch zu machen, die er in verschiedenen Halftern trug. Sascha hatte keine Ahnung, wie er an dem Riesen vorbeigelangen könnte; die Zeit reichte für die Entwicklung gescheiter Ideen definitiv nicht aus. Er verließ sich auf das Glück, das ihn in letzter Zeit unverhältnismäßig oft im Stich gelassen hatte und ihm nunmehr ein paar Gefallen schuldete, sowie auf seinen Instinkt, der seiner geballten Rechten befahl, auf das Nasenbein des Mannes zuzuschnellen, als er nur noch einen halben Meter von ihm entfernt war.

Der Fleisch gewordene Kleiderschrank fing Saschas Faust mit Leichtigkeit kurz vor seinem Gesicht ab und nutzte den ausgestreckten rechten Arm und seine Körperfülle dazu, ihm den Weg zu versperren. Sascha prallte mit Wucht gegen geschätzte dreihundert Pfund Muskelmasse, taumelte keuchend einen Schritt zurück und setzte zu einer neuerlichen Attacke auf den Fleischberg an, doch dieses Mal beschränkte der sich nicht darauf, ihm bloß den Weg zu vertreten und sein Nasenbein zu schützen, sondern warf ihn mit einer geübten Bewegung kurzerhand zu Boden. »Hier geht's nicht weiter«, kommentierte er überflüssigerweise, während sich Sascha mühsam wieder aufrappelte.

Aus den Augenwinkeln sah er, wie der Araber einen Moment innehielt, kopfschüttelnd in seine Richtung blickte und sich dann mit ausdrucksloser Miene abwandte, um seinen Weg in entgegengesetzter Richtung fortzusetzen.

»Lass mich gefälligst durch, du blöder Mistkerl!«, fluchte Sascha in einer eigenartigen Mischung aus Empörung, Panik, Wut und Verwirrung. »Lass mich vorbei und ich lege bei der Polizei ein gutes Wort für dich ein. Es gibt nichts, was ein guter Anwalt nicht wieder –«

Schallendes Gelächter unterbrach seine wenig Erfolg versprechenden Bemühungen, aber es stammte nicht von dem Giganten, dem er gegenüberstand (dieser beschränkte sich auf ein Grinsen, welches vermuten ließ, dass er in der Lage war, Salatgurken quer zu essen), sondern von einem der Schwarzgekleideten. Die waren ihm ohne Eile gefolgt und an der Gabelung stehen geblieben, um sich hemmungs- und gnadenlos an seinem Anblick zu laben. Wenigstens verzichteten sie darauf, sich vor ausgelassener Freude auf die Oberschenkel zu klopfen, bemerkte Sascha, während sein kurzfristiger Todesmut seinen Platz wieder für die verzweifelte Wut räumte, die während des vergangenen Tages seine Verfassung bestimmt hatte.

»Ja, sehr lustig, lacht euch ruhig schlapp«, schimpfte Sascha, während sein Blick hilflos und mit zunehmender Panik zwischen den beiden Fronten, zwischen denen er sich befand, umherirrte. Hier ging es nicht weiter. Er saß ebenso in der Falle wie zuvor, als er mit Chili in dem kleinen Zimmer eingesperrt war. Es war keine Nachlässigkeit gewesen, verstand er plötzlich. Diese Sadisten spielten mit ihm, weideten sich an seiner Verzweiflung und an der Furcht, die mit jedem Schritt, den sich die beiden Schläger nun auf ihn zubewegten, wuchs, bis sie ihn zu zerreißen drohte. Zu gerne hätte er in diesem Moment das Bewusstsein verloren, damit sie mit ihm machen konnten, was sie wollten, ohne dass er Angst oder weitere Schmerzen ertragen musste. Seine

Situation war ohnehin ausweglos. Er konnte sich nicht retten und Charlotte erst recht nicht. Der Araber würde sie ganz gewiss nicht zu einem Arzt bringen, sondern bestenfalls zu einem Pathologen, und auch das erst, nachdem er mit ihr fertig war. Und die drei, die ihn nun in der Zange hatten, würden ihn nicht am Leben, geschweige denn gehen lassen, ganz gleich, was er sagte. Die Eiskönigin hatte ihr Fußvolk unter Kontrolle und der Pöbel ihn. Was auch immer sie ihnen für ihre Dienste gab oder versprach, war zweifellos reizvoller als ein reines Gewissen. Und ein neuerlicher Versuch, ihnen mit Gewalt zu entkommen, bedeutete nur zusätzliche Schmerzen für ihn und damit noch mehr Spaß für diese hirnlosen Gladiatoren.

Diese Freude gönnte Sascha ihnen nicht. Er ließ die Schultern hängen und ergab sich kampflos in sein Schicksal. Er würde niemals lebend hier herauskommen, aber er würde mit Würde sterben. Voller Stolz sollte sein Blick den ihren kreuzen, während sich die Kugel unerbittlich seiner Stirn näherte. Er kehrte dieser Welt vielleicht deutlich früher als befürchtet den Rücken, aber er tat es reinen Gewissens. Die einzige Schuld, die auf ihm lastete, bestand in hundert Mark, auf deren Rückzahlung Miriam schon seit geraumer Weile vergeblich wartete, und das würde sie schon verkraften. Trotzdem brannten seine Augen. Ach, verdammt, seine Schwester brauchte ihn doch noch und seine Mutter und Meister Klaudat und alle mehr oder weniger engen Freunde und Bekannten und Ex-Freundinnen und die hübsche junge Kassiererin aus dem Supermarkt und ...

Der erste der Schwarzgekleideten, ein rotblonder Typ,

der unangenehm nach billigem Rasierwasser roch und dessen Gesichtshaut von alten Aknenarben zusammengehalten wurde, erreichte ihn und klopfte ihm mit tränenfeuchten Augen auf die Schulter. »Das war doch nicht dein Ernst, oder?«, brachte er, seinen Lachanfall nur mühsam unter Kontrolle haltend, hervor.

»Die Jugend von heute«, ergänzte der Bauernschrank, noch immer grinsend. Er maß annähernd zwei Meter, sowohl in der Länge als auch in der Breite – so kam es Sascha jedenfalls vor – und hatte sein hellblondes Haar wie die meisten anderen Männer, denen er bislang hier begegnet war, auf Streichholzkopflänge gestutzt. »Reicht man ihnen den kleinen Finger, nehmen sie gleich die ganze Hand.«

»Übrigens – Jeremy steht auf romantisch«, höhnte der dritte mit einem Nicken in Richtung des Türstehers. »Wenn du ihn mit einem Anwalt locken willst, sieh zu, dass du einen erwischst, der knackig aussieht und auf Rosenblätter im Badewasser abfährt.«

»Badewasser?«, krächzte Sascha heiser. Hinter seiner Stirn schlugen seine Gedanken irrwitzige Kapriolen und sein Herz, das sich nicht entscheiden konnte, ob es nun vor Panik zerspringen oder im Abschiedsschmerz schwelgen sollte, trat für die Dauer einiger Schläge gänzlich in den Streik, um schließlich in einem schnellen Voodoo-Rhythmus weiterzupulsieren.

»Jeremy ist stockschwul«, bestätigte der Schwarzgekleidete.

Jeremy korrigierte, plötzlich sehr ernst: »Homosexuell. Schwul klingt so abwertend, das kann ich nicht leiden.«

»Soll ich dich an der Tür ablösen?«, fragte das Akneopfer, das Sascha so freundlich auf die Schulter geklopft hatte, dass er sich böse auf die Zunge gebissen hatte, was ihm übrigens erst jetzt bewusst wurde. Sie klemmte nämlich noch immer zwischen seinen Backenzähnen. »Dann kannst du dem Jungen das Haus zeigen und ein bisschen Toleranz predigen. Oder ihn in Sachen Frisur beraten«, setzte er mit einem belustigten Blick auf Saschas zum Zopf gebundenes, mittlerweile recht verfilztes Haar hinzu. »Von hinten siehst du ja fast wie ein Mädchen aus.«

»Das wird sich ändern«, antwortete Anabolikadepot Jeremy und trat beiseite, um das Angebot seines Gefährten mit einem dankenden Nicken anzunehmen. »Komm, Kleiner.« Er legte einen seiner gewaltigen Oberarme um Saschas Schultern und zog ihn mit sich von den beiden anderen fort in die Richtung, in die der Araber mit Charlotte verschwunden war. »Ich zeige dir dein neues Zuhause. Du wirst dich wundern – es ist gar nicht so übel, wie du vielleicht denkst.«

Die erste Räumlichkeit, mit der Jeremy den grenzenlos verwirrten und ihn widerstandslos begleitenden Sascha vertraut machte, war eine mintgrün geflieste Gemeinschaftsdusche in einem gesonderten Gebäudeteil, der, wie der Riese erklärte, den Wohnbereich der Söldner bildete. »Würde dir ja gerne erst die Kantine zeigen«, erklärte der Koloss mit bedauernder Miene. »Gibt bald Abendbrot und du siehst aus, als könntest du was auf die Rippen vertragen. Aber so wie du stinkst, nehme ich dich nicht mit. Außerdem klebt noch Blut in deinem Gesicht.«

Mit diesen Worten wandte er Sascha den Rücken zu und bückte sich nach einem Handtuch. Sascha witterte eine neuerliche Gelegenheit, sein Recht auf Freiheit zu verteidigen, als sich der Griff eines Revolvers unter dem Jackett seines Begleiters abzeichnete. Er musste nur noch einmal all seinen Mut zusammennehmen und …

Und sich vor allem beeilen. Sascha sprang vor, riss die Pistole in derselben Bewegung, in der er sich danach bückte, aus dem Halfter unter der Jacke hervor und entsicherte sie, als hätte er sein Lebtag nichts anderes getan. Er war stolz auf sich; wenigstens für ein paar Zehntelsekunden. Dann merkte er, dass es verhältnismäßig einfach sein mochte, eine Waffe an sich zu nehmen und zu entsichern. Deutlich schwieriger tat er sich damit, den Zeigefinger zu krümmen. Konnte er das wirklich tun? Bei aller abgrundtiefen Verzweiflung – konnte er einen Menschen töten, um seinem Gefängnis zu entfliehen und Charlotte zu retten? Seine Hand zitterte. Dennoch hielt er den Revolver entschlossen auf Jeremy gerichtet, der inzwischen aufgesprungen und zu ihm herumgewirbelt war und die Waffe in seiner Hand eher bedauernd als erschrocken betrachtete.

Nein, wahrscheinlich konnte er es nicht, stellte Sascha mit rasendem Herzen und schnell atmend fest. Seine Knie waren mit einem Mal butterweich und ein taubes Gefühl kitzelte seine Füße. Aber das musste dieser Mistkerl schließlich nicht wissen. »Die Hände über den Kopf!«, befahl er mit bemüht fester Stimme. »Wenn du tust, was ich dir sage, passiert dir nichts.«

»Wenn ich nicht tue, was du mir sagst, wahrscheinlich auch nicht«, gab der Riese in mitleidigem Tonfall zurück. »Und falls doch, dann bin ich gut dafür bezahlt worden.«

»Ich meine es ernst«, presste Sascha hervor, der sich mit jeder Sekunde mehr konzentrieren musste, damit das Zittern seiner Finger nicht außer Kontrolle geriet und er die Waffe letztlich fallen ließ oder gar versehentlich abdrückte.

»Ich auch«, antwortete Jeremy unbeeindruckt. Er schüttelte seufzend den Kopf. »Mir scheint, du musst noch eine Menge lernen. Das hier ist kein hohler Actionfilm, in dem pickelige Jünglinge über Nacht zu Helden werden und schöne Frauen retten. Das hier ist die Wirklichkeit. Du hast zwar keine Pickel oder so, aber du weißt schon, was ich meine. Das Leben ist härter, als du denkst.«

»Deines bestimmt«, bestätigte Sascha mühsam beherrscht. Vielleicht *konnte* er einen Menschen töten, wenn es gar nicht anders ging, überlegte er. Vielleicht musste er das, wenn er lebend hier herauskommen wollte. »Und jetzt nimm die Hände hoch und geh vor. Zum Ausgang. Mach deinen Jungs klar, dass sie uns durchlassen müssen, wenn du die nächste Nacht noch erleben willst.«

»Vergiss es«, seufzte Jeremy und hielt ihm unbeirrt das Handtuch hin, das er für ihn aus dem Regal genommen hatte. »Es interessiert niemanden, ob ich lebe oder nicht. Es macht keinen Unterschied. Es gibt genug von meiner Sorte.«

Taktik, schoss es Sascha durch den Kopf. Es war nur eine Taktik, mit der der Mann ihn verunsichern wollte. Aber auf solche Psycho-Spielchen fiel er nicht herein!

»Los jetzt«, zischte er und wedelte drohend mit der Waffe herum. Das brachte den enormen Vorteil mit sich, dass es das Zittern seiner Finger vertuschte. Sascha beschloss, immer dann mit dem Revolver zu fuchteln, wenn es brenzlig und seine Angst demnach größer wurde.

»Shampoo und so ein Krempel ist im Hängeschrank, Waschlappen auch«, erklärte Jeremy mit einem Wink zur entsprechenden Wand hin und schob ihn ein Stück beiseite, um den Raum zu verlassen. Unterwegs lud er das Handtuch auf Saschas Schulter ab. »Übrigens«, er hielt noch einmal inne, ehe er den völlig perplexen Jungen allein im Duschraum zurückließ und die Tür ins Schloss drückte, »Wasser bekommt der Pistole nicht besonders. Schieb sie einfach unter die anderen Handtücher, bis du fertig bist. Und am besten sicherst du das Ding wieder. Wäre doch blöd, wenn du dich damit selbst verletzt.«

Etwas Kühles schlich von ihrem Handrücken aus ihren Arm hinauf. Als Chili die geschwollenen Lider einen Spalt weit öffnete, erkannte sie eine Kanüle, die in ihrer Hand steckte und mit einem kleinen Pflaster gesichert war. Ein transparenter Schlauch führte von dort aus schräg in die Höhe und endete in einem ebenfalls transparenten Beutel an einem Metallständer. Ihr Mund war völlig ausgetrocknet und sie roch penetranten, alten Schweiß. Ihr Sweatshirt klebte feucht an ihrem Oberkörper und ihre Jeans war so nass, dass ihr Gewicht ihre ohnehin schon schweren Glieder zusätzlich auf die Gummiliege, auf der sie lag, hinabzudrücken schien. Vorsichtig drehte sie den Kopf, um sich in dem Raum umzusehen, in den man sie gebracht hatte.

Das Zimmer war nicht halb so groß wie jenes, in das man sie zusammen mit ihrem Bruder gesperrt hatte. Wo war er bloß? Panik stieg in ihr auf. Hastig blickte sie sich weiter um. Der Raum war mit allem erdenklichen wissenschaftlich aussehenden Kram regelrecht vollgestopft. Es gab einen feuerfesten Tisch, wie sie ihn aus dem Physikraum ihrer Schule kannte, auf dem eine Unzahl von größtenteils gläsernen Gefäßen abgestellt war: Flaschen und Becher, Kolben, Zylinder, Reagenzgläser, und inmitten des ungeordneten Sammelsuriums ein Bunsenbrenner und mehrere modern wirkende Mikroskope. Vitrinen voller etikettierter brauner Flaschen und luftdicht verschlossener Gläser säumten die gegenüberliegende Wand. In einer wuchtigen Apparatur am Fußende glaubte sie ein Rasterelektronenmikroskop zu erkennen und rechts der Liege befand sich nebst des Tropfes, der offenbar irgendein kreislaufstabilisierendes Mittel in ihre Adern pumpte, eine Reihe von Gerätschaften, die sie nicht im Einzelnen benennen konnte, die ihr aber aus diversen Krankenhausserien bekannt vorkamen: Geräte für lebenserhaltende Maßnahmen ... Mit einem Anflug von Beruhigung stellte Charlotte fest, dass sie ausgeschaltet waren. Ihre Lungenflügel hoben und senkten sich also noch aus freien Stücken.

Jemand trat aus dem toten Winkel zu ihrer Linken dicht an sie heran, schob ohne Vorwarnung ihren Sweater hoch und drückte etwas Kaltes auf ihre freie Brust. Charlotte wollte sich unter Protest gegen den Mann wehren, von dem sie aus ihrer Perspektive und mit noch immer nicht klarem Blick kaum mehr als einen zugeknöpften Kittel und einen drahtigen Arm unter einem halb aufgekrempelten Ärmel erkennen konnte, doch sie war fast zu schwach, um auch nur die Hand zu heben.

»Alles in Ordnung«, versicherte der Mann, während er das Stethoskop wieder absetzte und ihren Pulli zurückschob. »Ein bisschen Ruhe und viel Flüssigkeit, dann ist sie bald wieder auf den Beinen. War wohl alles ein bisschen viel für die Kleine.«

Niemand antwortete, obwohl Charlotte aus dem Gesagten schloss, dass sie mit diesem Doktor nicht allein war. Aber sie vermochte sich nicht nach der anderen Person umzudrehen. Die paar Minuten, in denen sie ihre nähere Umgebung inspiziert hatte, hatten sie zu sehr angestrengt, und nun kostete es sie bereits wieder größte Mühe, auch nur die Augen offen zu halten. Ihr Kopf schmerzte. Obwohl der Raum ausschließlich vom einfallenden Licht des ausklingenden Abends erhellt wurde, kam ihr das Licht grell vor. Ihre Augen begannen zu tränen und als sich der Arzt entfernte und der ihr mittlerweile fast vertraute Dunkelhäutige in ihr Gesichtsfeld trat, gesellten sich gleich noch ein paar Tränen der Hilflosigkeit dazu. Dass dies kein gewöhnliches Behandlungszimmer war, war ihr selbst in ihrem noch immer benebelten Zustand nicht entgangen, aber spätestens jetzt war ihr endgültig klar, dass sie sich noch immer in Gefangenschaft befand.

»Warum tun Sie das?«, flüsterte sie schwach, ohne den Araber direkt anzusehen. »Sie werden uns nicht gehen lassen. Ihr werdet uns umbringen, oder? Warum bringen Sie mich vorher zu einem Arzt? Warum haben Sie mir überhaupt erst geholfen? In dem Café, damals ...«

Der Dunkelhäutige antwortete mit einem eindringlichen Blick und wenigen Worten: »Ich habe dir das Leben gerettet«, bestätigte er. »Zweimal vielleicht. Nun liegt es in deiner eigenen Hand, so wie das deines Bruders.«

Charlotte verstand überhaupt nichts mehr. Streng genommen begriff sie gar nichts mehr, seit sie auf diesen Mann und den Fremden mit dem Schwert gestoßen war. Das Fieber, das noch immer nicht gänzlich von ihr abgelassen hatte, verpasste ihren Gedanken eine zusätzliche Dosis Schwerfälligkeit. Sein Leben in ihrer Hand? Nein, in ihrer Hand war nichts als kalter Schweiß. Sie fror. Sascha sollte herkommen. Was hatten sie mit ihrem Bruder gemacht? Was hatten sie ihm angetan?!

»Wo ...«, begann sie, doch dann versagte ihre Stimme. Schwäche überfiel sie wie ein gieriges Raubtier.

»Es geht ihm gut«, antwortete der Fremde trotzdem, als könnte er ihre Gedanken lesen. »Er erholt sich von den Strapazen der letzten Nacht, so wie du es auch tun solltest. Eine große Aufgabe wartet auf dich.«

Charlotte fühlte sich unendlich klein, bedeutungsloser als je zuvor im Leben und großen Aufgaben ganz und gar nicht gewachsen. Sie schüttelte schwach den Kopf. Er fühlte sich an, als hätte man ihn mit langsam aushärtendem Zement ausgefüllt, während sie schlief. Grellbunte Punkte tanzten vor ihren Augen.

»Ruh dich aus«, drang die Stimme des Arabers wie durch eine Wand gedämpft zu ihr hindurch, ehe das Fieber ihre Sinne wieder vereinnahmte. »Du bist in Sicherheit. Nie zuvor warst du sicherer als hier.«

Obwohl Jeremy ihm die Regeln freundlich, aber unmissverständlich erläutert hatte (wörtlich sagte er: »Du darfst überall hin, Kumpel, außer nach draußen und wenn sonst noch wo abgeschlossen ist.«), heimste sich Sascha noch ein paar weitere blaue Flecken ein, ehe er sie tatsächlich begriff. Am Abend hatte er sich zum Gespött der gesamten Belegschaft entwickelt. Die übrigen Söldner machten sich einen Spaß daraus, ihn aufzuziehen, indem sie die Augen weit aufrissen, die Hände vorm Schritt kreuzten und ein »Uff!« hervorpressten; ähnlich jenem Laut, der ihm beim letzten Zusammenprall mit einem der Schwarzgekleideten entwichen war, als sein Unterleib bei dem gescheiterten Versuch, ihm den Schlüsselbund abzunehmen, in derben Kontakt mit dessen rechter Kniescheibe geraten war. Nun war er immer noch hier, und das, obwohl Jeremy ihm die Pistole kollegialerweise überlassen hatte. Nachdem Sascha seine Verblüffung überwunden hatte und mit gezückter Waffe aus dem Duschraum gestürmt war, hatte er ihm Folgendes erklärt: »Du hast mich nicht richtig verstanden, Junge. Es sind noch drei Kugeln im Magazin. Wenn du ordentlich zielst, legst du drei Leute damit um und machst deren Familien sehr glücklich. Die Chefin zahlt großzügige Renten an die Hinterbliebenen, wenn sie denn welche haben. Wir sind aber mindestens dreißig – und zwar nur hier drinnen.«

Nichtsdestotrotz hatte Sascha einen Warnschuss abgefeuert, um Entschlossenheit zu demonstrieren. »Zwei«, lautete der schlichte Kommentar. »Und denk daran, dass du mindestens eine brauchst, um das Schloss aufzuschießen.«

Das war gelogen oder Jeremy, der zugegebenermaßen insgesamt einen sehr aufrichtigen Eindruck machte, hatte es nicht besser gewusst: Zwei Schüsse reichten gerade einmal, um das Schloss anzukratzen und eine unschöne Delle in der stählernen Tür zu hinterlassen. Außerdem verpasste ihm einer der in der Nähe postierten Männer, dessen Arm von einer der Kugeln gestreift worden war, eine Backpfeife, die noch eine geraume Zeit in Form von Ohrensausen nachhallte.

»Wenn du dich ausgetobt hast, können wir ja mal nach deiner Schwester sehen«, schlug ihm Schrankmutant Jeremy nach der blamablen Knienummer vor. »Kann mir vorstellen, dass man sich als Bruder Sorgen um seine Schwester macht.«

»Was habt ihr mit ihr gemacht? Wo ist sie?«

»Hat Shareef dir nicht gesagt, er bringt sie zum Doc?«, erkundigte sich der Söldner. »Versteh ich nicht. Uns sagen sie: Geht gut mit den Kindern um. Kümmert euch. Sollen sich wohl fühlen bei uns. Und selbst machen sie dann so was ... Kein Wunder, dass du voll neben der Spur bist. Komm, ich bring dich hin.«

Sascha folgte ihm widerspruchslos. Von Minute zu Minute fühlte er sich mehr wie in einer geschlossenen Nervenheilanstalt und mit diesem Gefühl stieg die Gewissheit, dass er tatsächlich dringend eine solche benötigen würde, sobald dieser Albtraum endlich vorüber war und er in Schweiß gebadet in seinem Zimmer daheim erwachte. Sein Kampfgeist war für den Augenblick erschöpft neben seinem Stolz in die Knie gegangen und entschuldigte sich schwach bei diesem. Trotzdem ... Es gab immer einen Ausweg. Wenn nicht mit Gewalt, dann vielleicht mit Köpfchen. Sobald er nach Charlotte gesehen hatte, würde er Jeremy bitten, ihn zu dieser Lucrezia zu führen, der Eiskönigin. Sie konnte seine Schwester und ihn schließlich nicht ewig hier festhalten. Er wollte sie fragen, was sie eigentlich damit bezweckte.

Jeremy wechselte ein paar Worte mit einem der patrouillierenden Brutalos und winkte Sascha dann in ein nicht weit entfernt gelegenes Zimmer. Es war ein fensterloser, hell erleuchteter Raum, der, mit einem Hochbett, einem schmalen Schrank und einem Waschbecken sowie einem schlichten Holztisch und zwei Stühlen ausgestattet, stark an ein Jugendherbergszimmer erinnerte. Charlotte lag auf dem unteren Bett und schlief. Man hatte ihr ein frisches Nachthemd übergezogen und ihre eigenen Kleider gereinigt und säuberlich gefaltet auf einem der Stühle abgelegt. Das Fieber schien zurückgegangen zu sein: Sie schwitzte nicht mehr, obwohl sie sorgsam zugedeckt worden war, und sie atmete ruhig und gleichmäßig.

»Das ist euer Zimmer«, erklärte Jeremy. »Ist jetzt nicht so der Brüller, aber ist ja auch nur vorübergehend, denke ich. Möchtest du gleich hier bleiben? Ich kann dir auch was zu Essen herbringen, ausnahmsweise.«

»Was soll das heißen, vorübergehend?«, fragte Sascha, ohne den Blick von seiner Schwester abzuwenden. Anscheinend hatte der Araber Wort gehalten. Anscheinend hielt hier überhaupt jeder Wort, was sicher nicht zu verachten gewesen wäre, wenn diese Worte bloß nicht alle so vollkommen hirnrissig gewesen wären.

»Weiß ich nicht.« Jeremy hob die Schultern. »Geht mich auch alles nix an. Normalerweise kommen die

Leute freiwillig hierher. Weil sie Geld brauchen oder weil sie ... Na ja, weil sie an den ganzen Kram glauben, von wegen Maria Magdalena und Heiliger Gral und so. Und wer freiwillig kommt, der geht nie wieder weg.«

»Wir sind nicht freiwillig gekommen. Wir wurden entführt.«

»Schon klar, bin ja nicht blöd ... Frag am besten die Chefin selbst.«

»Dann bring mich zu ihr«, verlangte Sascha.

»Geht nicht«, lehnte der Koloss entschieden ab. »Der Privatbereich ist tabu. Keiner, der nicht zum Wacheschieben dort eingeteilt wird, treibt sich da herum. Und ich habe vorhin mit Mike getauscht, wie du vielleicht mitbekommen hast. Gibt eh noch Ärger, ist eigentlich gar nicht erlaubt. Aber im Moment haben die sowieso alle etwas anderes im Kopf, habe ich den Eindruck.«

»*Die*«, wiederholte Sascha betont und verließ den Raum nach einem letzten sorgenvollen Blick auf Charlotte rückwärts, um die Tür hinter sich zuzuziehen. Er wollte sie nicht aufwecken. Nicht umsonst sprach man schließlich davon, sich gesund zu schlafen. »Wer sind *die*?«

»Die Prieuré de Sion«, antwortete Jeremy. Unüberhörbarer Stolz schwang in seiner Stimme mit. »Die Urenkel der Kinder, die Jesus mit Maria Magdalena gezeugt hat, sagt man.«

»Und daran glaubst du?« Sascha legte zweifelnd die Stirn kraus. Dass die hier alle nicht richtig tickten, hatte er schon bemerkt. Aber das ging nun doch etwas zu weit.

»Weiß nicht«, erwiderte Jeremy. »Aber ist ja auch egal.

Wenn Jesus Kinder gehabt hätte, wären sie jedenfalls bestimmt so wie die Chefin und ihr Bruder und die drei anderen. Was ganz Besonderes eben.« Sascha schüttelte verständnislos den Kopf. »Na, unsterblich halt«, setzte Jeremy hinzu.

Sascha maß den Koloss von Kopf bis Fuß. War es der Natur nun der Sparsamkeit halber eher positiv anzurechnen, dass sie so wenig Verstand auf so viel Biomasse verwendet hatte, oder als Verschwendung vorzuwerfen, so viel Biomasse für so wenig Geist zu verschwenden?

»Steht das Angebot mit dem Essen noch?«, fragte er schließlich resignierend. Es fiel ihm zunehmend schwer, sich auf den Beinen zu halten. Auch er brauchte Schlaf und da nicht damit zu rechnen war, dass er heute noch in sein eigenes Bett finden würde, blieb ihm keine Wahl, als jenes über Charlotte für sich zu beanspruchen, um Kraft für den morgigen Tag zu sammeln, an dem es ihm ganz bestimmt gelingen würde, mit neuem Mut, frischer Kraft und vielleicht einer sinnvollen Idee in den Kampf um ihrer beider Freiheit zu ziehen. Vielleicht nahm er ja auch Jeremy mit. Irgendwie tat er ihm Leid.

Und wenn er ganz großes Glück hatte, flüsterte eine schwächliche Stimme hinter seiner Stirn, dann erwachte er zwischenzeitlich in der Wirklichkeit, womit sich alle Sorgen – mit Ausnahme seiner Zwangseinweisung – erübrigten.

»Klar, Kumpel.« Jeremy grinste sein Salatgurkengrinsen. »Essen im Bett ist auch total romantisch. Bin gleich wieder da.«

Der Söldner benötigte kaum mehr als zehn Minuten, um mit einem reichlich gefüllten Tablett zurückzukehren, doch davon bekam Sascha schon nichts mehr mit. Er schlief wie ein Stein, kaum dass sein Ohr das Kissen berührt hatte.

Die Eiskönigin empfing ihn weder am nächsten noch am übernächsten Tag. Langsam, aber hartnäckig stieg die Befürchtung in Sascha auf, dass die Oberbefehlshaberin dieses Irrenhauses seine Schwester und ihn schlicht in der Obhut ihrer so genannten Söldner vergessen hatte, worüber sich aber niemand außer ihm beklagte. Ein jeder erfüllte gewissenhaft und zuverlässig die ihm zugeteilte Aufgabe und diese bestand wohl in allererster Linie darin, Chili und ihn keinen Moment aus den Augen zu lassen, sobald sie die ihnen überlassene tageslichtfreie Kammer verließen. Darüber hinaus verdienten diese Männer ihren Lebensunterhalt (oder besser gesagt: den Unterhalt für ihre Liebsten, denn in dieser Anlage war für alles gesorgt, und über Freizeit, in der sich Geld für privaten Luxus verplempern ließ, verfügten die Männer anscheinend nicht) damit, stumpfsinnig durch das Anwesen zu patrouillieren, als befürchtete man Tag und Nacht die Invasion einer Armee galaktischer Riesenheuschrecken.

Nicht einmal Charlotte, die glücklicherweise sehr schnell genas, schien allzu sehr unter ihrem Zwangsaufenthalt zu leiden. Während Sascha insgeheim noch immer nach einer Fluchtmöglichkeit oder einer Chance, die Polizei zu alarmieren, suchte, freundete sich seine kleine Schwester mit den Gegebenheiten und ihren Bewachern erstaunlich schnell an. Sie stellte Fragen und lauschte mit großen Augen, wann auch immer die Rede von dieser Prieuré de Sion war. Und sie bemühte sich nach Kräften darum, ihn mit ihrer ihm ganz und gar unverständlichen Euphorie anzustecken.

»Ich kann nicht glauben, dass du noch nie von der Prieuré gehört hast«, stellte sie am Morgen des dritten Tages einmal mehr fest, nachdem sie sich nach dem Frühstück für eine Weile in das Loch, das sich ihr Zimmer schimpfte, zurückgezogen hatten. »Ich meine, ich bin zwar auch nicht gerade eine Expertin, aber dieser Name ist sogar mir ein Begriff. Ich dachte, die Prieuré und die Tempelritter gehörten zusammen, aber da habe ich mich wohl geirrt. Kurz nachdem sie das Grab unter dem Tempelberg gefunden hatten, haben sich ihre Wege getrennt.«

»Ach was«, bemerkte Sascha ohne ehrliches Interesse. »Und woher weißt du das auf einmal so genau?«

»Shareef«, strahlte Chili. »Hat er mir gestern Abend erzählt, als er mich noch mal zur Kontrolle zu Dr. Langowsky gebracht hat. Er behauptet, dass sie immer noch existieren, sowohl die Templer als auch die Prieuré de Sion, und dass sie sich noch immer bekriegen, wegen dem Gral und so. Aber sie sind natürlich nicht wirklich unsterblich, so wie Jeremy und ein paar von den anderen behaupten.«

»Na, da bin ich ja beruhigt.« Er beneidete seine Schwester ein wenig um ihre Begeisterungsfähigkeit. So blieb ihr immerhin die permanente Entwicklung von im Voraus zum Scheitern verurteilten Fluchtplänen erspart und sie langweilte sich nicht.

»Nur fast«, nickte Charlotte fröhlich. »Stell dir vor: Sie werden Hunderte von Jahren alt und niemals krank. Es ist auch fast unmöglich, sie so zu verletzen, dass sie daran sterben. Und weißt du warum? Weil Gott es so will. Weil sie *mit Jesus verwandt* sind.«

»Die Enge bekommt dir nicht«, seufzte Sascha bekümmert und ließ sich neben Charlotte, die auf einem der beiden Stühle Platz genommen hatte, auf die Tischkante sinken. »Aber ich bringe uns hier raus. Ich verspreche es dir.«

»Wer sagt denn, dass ich das will?«

»Wie bitte?« Für einen Moment glaubte Sascha, sich verhört zu haben. Hoffen tat er es allemal.

»Na ja ...« Chili gestikulierte verlegen mit der rechten Hand. »Ich meine, uns geht's doch gut, oder? Klar, sie passen auf, dass wir das Haus nicht verlassen, aber sie haben ja auch ihre Gründe dafür. Es ist ein großes Geheimnis, ein gewaltiges Geheimnis ... Und wir wissen davon. Wir können *dazugehören*. Wolltest du denn nicht auch immer schon ein richtiges Abenteuer erleben? Eine solche Gelegenheit bekommst du nie wieder.«

»Will ich auch gar nicht«, widersprach Sascha energisch. Welche Flausen hatte dieser Shareef seiner Schwester da bloß in den Kopf gesetzt? *Verbündet euch ...* Als er im Gästezimmer eingesperrt und unter akuter Klaustrophobie leidend befürchten musste, dass Charlottes Leben in Gefahr war, war er an einen Punkt gelangt, an dem er dieser Aufforderung Folge geleistet hätte. Nun aber gab es tausend Möglichkeiten, hier herauszukommen. Chili war wieder gesund und auch er hatte sich von seinen Blessuren weitgehend erholt. Jetzt hieß es, eine passende Gelegenheit abzuwarten, die sich ganz bestimmt irgendwo auf den schmalen Korridoren, im Duschraum, in der Kantine oder sonst wo ergeben würde. »Ich war sehr zufrieden mit meinem Leben, bevor man uns hier eingesperrt hat«, behauptete er.

»Ja, wirklich?« Charlotte erhob sich und betrachtete ihn herausfordernd. »Jeden Tag morgens um sechs aufstehen, ackern wie ein Ochse, in einem Haus wohnen, das uns streng genommen überhaupt nicht mehr gehört, von Toastbrot mit Marmelade leben und für deine kleine Schwester verantwortlich sein, weil unsere Mutter nicht einmal für sich selbst sorgen kann – damit warst du zufrieden?«

Die Natur hatte davon abgesehen, ihr die Anlagen für laute Wutausbrüche mit auf den Weg zu geben, aber immerhin vermittelte das Funkeln ihrer dunklen Augen ihm einen Eindruck ernst zu nehmender Verärgerung und das war für Charlotte schon bemerkenswert. Sascha schrak unwillkürlich zusammen. Was war mit seiner sanftmütigen kleinen Schwester los? Es war nicht ihre Art, derart aufzubrausen und vor allem so unfair zu sein.

Aber war sie das denn wirklich? Nur, weil sie endlich einmal die Courage aufbrachte, die Dinge beim Namen zu nennen? Vielleicht nicht, musste er zugeben. Aber hier war nicht der richtige Ort, um darüber zu diskutieren.

»Ich habe mich immer gerne um dich gekümmert.« Er stand auf und zog sie zu sich heran. »Und alles andere ... Nun, so ist es eben. Das ist unser Leben und wir müssen zufrieden sein mit dem, was wir haben. Die Dinge annehmen und das Beste draus machen.«

»Blödsinn!« Chili wand sich aus seiner Umarmung. »Dich könnte man glatt mit zwei gesunden Beinen in einen Rollstuhl packen und sicher sein, dass du sitzen bleibst und wartest, bis der Pfleger kommt und dich weiterschiebt! Mach die Augen auf, Sascha! Das hier ist unsere Chance, etwas aus unserem Leben zu machen. Statt deine Energie darauf zu verschwenden, dich vor allen Leuten zum Affen zu machen, kannst du wirklich etwas erreichen!« Sie machte eine ausholende Geste, als wollte sie die ganze Welt umarmen und kraft ihrer Nächstenliebe vor der nächsten Sintflut auf der Zugspitze in Sicherheit bringen. »Etwas Großes, Bedeutsames, etwas, was –«

»Es reicht, Charlotte!« Sascha packte seine aufgedrehte Schwester bei den Schultern, schob sie mit sanfter Gewalt auf ihr Bett zu, drückte sie auf die Matratze hinab und versah sie mit einem Blick, in dem sich brüderliche Sorge und väterliche Strenge eine wildes Gefecht lieferten.

»Ich kann dir nicht verbieten, diese blödsinnigen Märchen zu glauben, die Shareef dir eintrichtert, und ich weiß, dass ich dich auch nicht mit Vernunft davon abbringen kann, wenn du an den ganzen Quatsch glauben *willst*. Aber ich kann dich daran erinnern, wie wir hierher gekommen sind. Sie haben uns gekidnappt und weißt du auch noch, warum? Weil sie jemanden getötet haben. Diese Leute sind Mörder – ganz egal, wie heilig sie sich sprechen! Der Zweck heiligt nämlich nicht immer die Mittel.«

»Hast du das vielleicht gesehen?« Charlotte verschränkte trotzig die Arme vor der Brust.

»Nein. Aber es kann keinen anderen Grund dafür gegeben haben, uns –«

»Kann es doch!« Chili stand wieder auf und wich sicherheitshalber zwei Schritte zurück, um nicht gleich wieder wie ein dummes Kind ins Bett gesteckt und von oben herab zugequatscht zu werden. »Das kommt davon, wenn man nie zuhört. Deshalb bist du auch nicht mehr mit Miriam zusammen. Deshalb bist du überhaupt nicht in der Lage, eine vernünftige Beziehung zu führen. Weil du nicht zuhören kannst, genau wie Papa. Du hörst nur, was du willst. Und wenn du nicht hörst, was du willst, dann ignorierst du es einfach oder läufst weg oder beides. Lucrezia hat uns gefragt, ob dieser von Metz uns geschickt hat, nicht, ob wir zufällig gesehen haben, wie ihr Bruder jemanden umgelegt hat. Das war der Grund, warum sie uns hierher gebracht haben. Sie glaubten, dass wir Spione sind, die von den Templern geschickt wurden, aber das sind wir nicht und das wissen sie nun. Sie wissen nur nicht, was sie mit uns machen sollen, weil sie nämlich sicher sind – und das zu Recht –, dass du Idiot als Allererstes zur Polizei rennst, wenn wir hier herauskommen, um zu erzählen, was du alles *nicht* gehört und *nicht* gesehen hast. Und dass sie uns entführt haben, was wohl stimmt, und was mir auch Leid tut für deinen Zahn und deine Nase, aber manchmal muss man eben Prioritäten setzen. Sie hüten große Geheimnisse – Geheimnisse, die wichtiger sind als wir. Das ist alles. Niemand wollte uns etwas Böses. Sie tun nur ihre Pflicht. Sie *glauben*. Sie kämpfen für eine bessere Welt –

und ich werde ihnen helfen«, setzte sie atemlos und mit Stolz hinzu.

»Du willst … du hast … Du hast wohl den Knall nicht gehört!«, formulierte Sascha mehr oder weniger taktvoll, was er – hin und her gerissen zwischen Wut und Sorge – dachte, nachdem er seine Schwester für die Dauer einiger Atemzüge regelrecht erschüttert betrachtet hatte. Da war er wieder, dieser Wahnsinn, der sie ebenso anstrengend wie einzigartig machte. Doch dieses Mal war es eindeutig ein bisschen zu viel des Guten. »Du willst … was?!«

»Ich will ihnen helfen«, wiederholte Charlotte fest entschlossen. »Shareef hat eine Aufgabe für mich. Ich schulde ihm noch einen Gefallen und bevor du versuchst, es mir auszureden, nur weil du das vielleicht anders siehst: Ich würde es auch tun, wenn ich ihm nichts schulden würde. Dieser Robert von Metz ist ein eiskalter Mörder, ein gemeingefährlicher Verbrecher, gegen den wir etwas unternehmen müssen. Er hat Lucrezias Kind getötet – seines und ihres – seinen eigenen Sohn! Natürlich hat sie Angst, natürlich fühlt sie sich verfolgt, natürlich hat sie geglaubt, dass er uns geschickt hat, das darfst du ihr nicht verübeln, Sascha. Aber er will nicht nur sie unglücklich machen, sondern die ganze Welt!«

Sascha beschränkte sich auf ein verständnisloses Kopfschütteln. Wahrscheinlich hätte er seine Schwester nicht einmal dann verstanden, wenn er sich wirklich Mühe gegeben hätte, aber das ersparte er sich. Ob sie ihr Drogen eingeflößt hatten?

»Die ganze Welt«, wiederholte Charlotte. »Alle Menschen auf der Erde. Er will den Heiligen Gral. Er will ewiges Leben und unendliche Macht nur für sich. Er will *Gott spielen*! Alles, was er dazu noch braucht, ist das Tuch. Es ist hier, Sascha, hier in diesem Haus! Sie haben das *Grabtuch Christi*!«

Damit mussten die Jesus-Freaks ihren ersten Platz in den Top Ten von Chilis Weltverbesserer-Karriere wohl abtreten. Sascha ließ sich auf die Bettkante sinken. Plötzlich fühlte er sich eigenartig kraftlos, obwohl der Tag gerade erst begann und nicht er, sondern sie es gewesen war, die sich so sehr in Rage geredet hatte, dass sich ihre Wangen röteten. Eine gewisse Anfälligkeit für sektenartige Gruppierungen hatte sie immer schon gehabt. Bisher hatte er darüber meistens lachen können; hier aber war der Spaß eindeutig vorbei. Diese Leute waren keine armen Irren, die barfuß durch die Fußgängerzone latschten und ein friedliches Miteinander und einen aufrechten Glauben predigten, wofür man im nächsten Leben mit der Existenz als glückliche Kuh belohnt wurde, die möglicherweise auf dem vergoldeten Teller eines noch viel glücklicheren atheistischen Software-Multis endete. Sie waren gefährlich. Gemeingefährlich. Und offenbar clever genug, um ein verboten gutmütiges, aber keinesfalls dummes Mädchen wie seine Schwester binnen kürzester Zeit zu durchschauen und geschickt zu manipulieren.

»Dieser Shareef hat dich in der Hand«, stellte Sascha fest.

»In der Hand hat mich nur mein Gewissen«, widersprach Charlotte. »Und das sagt mir, dass ich nicht wegsehen darf, jetzt, wo ich das alles weiß. Ich kann helfen, ich werde *gebraucht*. Lucrezia wird mir heute sagen, was genau ich tun kann.«

»Sie wird dir eine Schippe in die Hand drücken und du wirst ihr die Geschichte mit der Ölquelle noch immer glauben, wenn sie dich in das Grab schubst, das du dir selbst geschaufelt hast«, wetterte Sascha in bitterem Ton. Charlotte betrachtete ihn enttäuscht. Dann fuhr sie auf dem Absatz herum und stürmte aus dem Zimmer. »Alles klar, Chili, rette die Welt!«, schimpfte Sascha ihr zornig hinterher, doch dann erlangte sein über fünfzehn Jahre antrainiertes Verantwortungsbewusstsein wieder die Oberhand und er folgte ihr eilig.

Er musste nicht allzu weit laufen, um sie einzuholen, denn eine der Pranken des Arabers hatte sie auf dem Flur abgefangen und hielt sie fest.

»Dich wollten wir gerade abholen«, strahlte Jeremy, der Shareef begleitete. »Und deinen Bruder auch. Ihr kommt wirklich wie gerufen. Die Chefin erwartet euch im Fechtsaal.«

Dieses Mal fürchtete sich Charlotte nicht vor Lucrezia. Im Gegenteil: Nach allem, was Shareef ihr über die Herrin der Prieuré erzählt hatte, empfand sie nun aufrichtiges Mitgefühl mit ihr. Es war noch immer etwas in ihrem Blick, was Chili irritierte und verunsicherte, aber nun glaubte sie zu verstehen, was das war: das längst noch nicht verarbeitete Leid der vergangenen Jahrzehnte und Jahrhunderte.

Noch vor wenigen Tagen hätte sie jeden ausgelacht, der ihr eine solche Geschichte berichtet hätte, aber die

Dinge hatten sich geändert. Shareef log nicht, davon war sie überzeugt. Was er ihr erzählt hatte, war zu komplex, als dass es seiner Phantasie entsprungen sein konnte. Es gab keine Frage, auf die er nicht eine plausible Antwort parat hatte, ohne dass Chili den Eindruck erlangte, dass er ihr etwas einzureden versuchte. Und was ihn am glaubwürdigsten machte, war vor allem der Umstand, dass nicht alle Männer, mit denen sie in den vergangenen Tagen gesprochen hatte, seine Aussagen kritiklos bestätigten. Wäre dem so gewesen, hätte sie eine Absprache vermutet. Aber das Einzige, worüber sich hier alle einig waren, war, dass jeder seinen Job tat und sich gut dafür bezahlen ließ. Was aber beispielsweise Shareefs Erzählungen von der Nahezu-Unsterblichkeit Lucrezias und der Prieuré-Ritter anbelangte, schieden sich die Geister bereits wieder. Die einen hielten es für Geschwätz, andere behaupteten voller Überzeugung, bereits mit eigenen Augen gesehen zu haben, wie einer der Ritter von Schüssen durchsiebt worden sei und unbeirrt weitergekämpft habe, und wieder anderen war das alles vollkommen gleichgültig – Hauptsache, ihre Kinder waren gut versorgt. Ähnlich verhielt es sich mit allem, was Shareef ihr erzählt hatte, und genau diese Unstimmigkeiten machten Chili so sicher, dass der Araber die Wahrheit sagte. Warum sollte er lügen? Schließlich stand er auch dazu, dass es seine Pflicht war, sie beide umzubringen, falls es ihnen gelang, das Haus zu verlassen.

Nicht zuletzt hatte Chili nie an der Existenz Gottes gezweifelt. An der christlichen Lehre schon ab und zu – in diesem Zusammenhang nämlich trugen Widersprüche nicht unbedingt zur Glaubwürdigkeit bei. Aber nicht am Dasein des Allmächtigen oder zumindest einer höheren, alles bestimmenden und am Ende für ausgleichende Gerechtigkeit sorgenden Macht. Sie glaubte an Wunder, an Übernatürliches und daran, dass jeder verpflichtet war, während seines Daseins auf dieser Welt alles in seiner Möglichkeit stehende Gute zu tun, und dass auf jeden Menschen eine bestimmte Aufgabe wartete, die nur er erfüllen konnte. Lucrezia würde ihr heute zumindest einen Teil dieser Aufgabe, nach der sie schon so lange suchte, erläutern, das hatte Shareef angedeutet. All das hatte sie ihrem Bruder ruhig und vernünftig erklären wollen, als sie ihn in ihrem Zimmer angesprochen hatte. Aber Sascha war und blieb ein verbohrter Egoist wie ihr Vater. Wenn er sich einmal eine Meinung zu einer Sache oder einem Menschen gebildet hatte, dann konnte man ebenso gut mit einem tauben Maulwurf wie mit ihm über das betreffende Thema diskutieren. Außerdem verweigerte sein Gehirn komplett den Dienst, sobald es um etwas auch nur andeutungsweise Esoterisches oder Übersinnliches ging. Darüber hinaus hatte Lucrezia mit dem Irrtum, der ihr unterlaufen war und dessen Folgen sie nun alle miteinander ausbaden mussten, ausgerechnet den wunden Punkt ihres Bruders, die Marotte, die er eindeutig von ihrem Vater geerbt hatte, getroffen: Sie hatte sie eingesperrt (einsperren müssen, verbesserte sich Charlotte in Gedanken rasch), was seinem unbezähmbaren Freiheitsdrang zuwiderlief. Sie erkannte Sascha, der doch sonst stets den bequemen Weg vorzog und mit einem Lächeln abzuwarten pflegte, bis sich das Blatt wieder zu seinen Gunsten wendete, ja kaum noch wieder: Er aß fast nichts, sprach wenig, lachte nicht mehr und irrte tagein, tagaus durch die Gänge, immer auf der Suche nach einem Fluchtweg. Er sah einfach nicht ein, dass überhaupt kein Grund zum Weglaufen bestand. Er wechselte noch nicht einmal mehr seine Klamotten. Dabei legte man ihnen jeden Morgen einen Satz frischer, ihrer Einschätzung nach recht kostspieliger Kleidungsstücke vor die Zimmertür.

Er tat Charlotte Leid, obwohl sie bei allem Verständnis nicht nachvollziehen konnte, dass er sich ausgerechnet jetzt strikt weigerte, sich an seine eigene Lebensphilosophie zu halten und ihre Situation als ein Schicksal zu akzeptieren, das sich durchaus auch aus einer anderen, positiven Perspektive betrachten ließ: Sie könnten zusammenbleiben und bräuchten sich keine Sorgen mehr um ihre Mutter zu machen; Lucrezia sorgte gut für die Angehörigen ihrer Angestellten. Und vielleicht konnten sie gemeinsam mit der Prieuré de Sion sogar etwas erreichen, was größer und bedeutsamer war als alles, was Charlotte sich je hätte träumen lassen; etwas, was viele Menschen glücklich machte, vielleicht die ganze Welt veränderte …

»Es freut mich, dich gesund und erholt wiederzusehen«, begrüßte sie die Herrin der Prieuré, die zusammen mit dem Schwertmeister und einem anderen Ritter, in dem Charlotte dank Shareefs Erzählungen einen gewissen Simon erkannte, bereits im Fechtsaal wartete. Chili nickte dankbar. »Und deinem Bruder scheint es auch etwas besser zu gehen, wie es aussieht. Ich muss mich noch einmal für das rabiate Verhalten meiner Männer entschuldigen. Aber Shareef hat dich, wie ich weiß, bereits mit den Hintergründen für unser Fehlverhalten vertraut gemacht.«

Ares bedachte den Araber an Charlottes Seite unverhohlen mit einem überheblich-verächtlichen Rümpfen seiner wohl geformten Nase, enthielt sich aber jeglichen Kommentars. Er konnte ihn nicht ausstehen, registrierte Charlotte traurig. Aber sie. Sie mochte den Araber sehr. Eigentlich war ihr auch Lucrezias Bruder nicht unsympathisch. Nicht, dass sie Wert auf Äußerlichkeiten gelegt hätte, aber er sah schon enorm gut aus ... Shareef hatte ihr nicht gesagt, dass zwischen ihnen etwas im Argen war. Sie würde ihn danach fragen, sobald sie wieder unter vier Augen waren.

»Das hat er«, antwortete sie an die Herrin der Prieuré gewandt. »Und ich ... Ich habe mich entschieden, bei euch zu bleiben und euch zu helfen.«

»Ich bin gerührt«, höhnte Ares. »Endlich! Jahrhundertelang haben wir darauf gewartet, dass ein fünfzehnjähriges Mädchen vom Himmel fällt und den ewigen Krieg zwischen Templern und der Prieuré de Sion zu unseren Gunsten beendet. Wir sind gerettet!«

Simon und er brachen in schallendes Gelächter aus. Charlotte widerrief im Stillen ihren Gedankengang bezüglich seines Sympathiefaktors – ein hübsches Erscheinungsbild war eben tatsächlich nicht alles, ganz im Gegenteil.

Lucrezia ging in keiner Weise auf die undankbare Lästerei ein, sondern wandte sich Sascha zu – nicht ahnend, dass dieser gerade bemerkt hatte, dass einer der insgesamt vier je drei Klingen fassenden Schwertständer nur zwei Armeslängen weit entfernt war, und deshalb einen recht wagemutigen Gedankengang verfolgte: Wenn Jeremys Mannschaft sie ausschließlich festhielt, weil sie dafür bezahlt wurde, die Anweisungen der Eiskönigin um jeden Preis (und bestand dieser auch im eigenen Leben) zu befolgen, war die nahe liegende Konsequenz, das Übel anlässlich dieser vielleicht einmaligen Gelegenheit an der Wurzel zu packen und sie um ihre Arbeitgeberin zu erleichtern. Damit, so seine Hypothese, würde er nicht nur Charlotte und sich selbst befreien, sondern auch eine Reihe anderer, von denen er mittlerweile glaubte, dass sie ihren Job des Geldes wegen angetreten hatten und nunmehr allein deshalb blieben, weil im Vertrag keinerlei Rede vom Recht auf Kündigung war.

»Shareef teilte mir mit, dass du unserem Hausarzt misstraust«, lächelte die Eiskönigin.

Von Misstrauen war nie die Rede gewesen, dachte Sascha grimmig. Immerhin hatte dieser ominöse Doktor seine Schwester erstaunlich schnell wieder auf die Beine gebracht. Aber in diesem Fall war Sascha Kassenpatient aus Überzeugung. Er hatte sich strikt geweigert, sich auf Kosten seiner Peiniger in die Hände dieses fremden Mediziners zu begeben. Überhaupt hatte er in den Tagen seiner Gefangenschaft nichts angenommen, was er nicht zwingend zum Leben brauchte; nicht einmal den Nachtisch in der Kantine. Er blickte Lucrezia direkt ins Gesicht und malte sich im Geiste die folgenden Schritte aus: einen halben nach links und zwei kleine zurück, dabei eine halbe Drehung um die eigene Achse ... Konnte ihm das gelingen?

»Aber das macht nichts«, fuhr die Oberbefehlshaberin in einem Tonfall fort, der wohl fürsorglich klingen sollte. »Nicht einmal eine gebrochene Nase kann dein hübsches Gesicht verschandeln, selbst dann nicht, wenn du sie nicht richten lässt.«

Selbstverständlich konnte es das. Er war Malerlehrling. Er verdiente einen Großteil seines Gehaltes mit halben Drehungen und bückte sich dabei sogar noch, um den Pinsel einzutauchen. Aber war er im Stande, einen Menschen zu töten? Wieder einmal stand er vor dieser vielleicht alles entscheidenden Frage. Und wieder einmal neigte er in einem Moment dazu, sie zu bejahen, und im nächsten überfielen ihn Zweifel. Immerhin hatte er mit Jeremys Revolver geschossen und sogar jemanden getroffen – wenn auch nur am Oberarm und versehentlich. Der Söldner – sein Name war Hubert – hasste ihn noch immer dafür und Sascha hatte immer noch ein schlechtes Gewissen deswegen, was natürlich völliger Humbug war, aber er konnte es nicht ändern.

»Verzeiht, dass ich euch so lange im Ungewissen gelassen habe«, sagte die Eiskönigin, nachdem sie vergebens auf eine Reaktion gewartet hatte. »Aber ich habe lange über eine Lösung nachgedacht, die alle Parteien zufrieden stellt.«

Er könnte sich ja in Ruhe ihren Vorschlag anhören und seine Entscheidung davon abhängig machen ... Nein! Das war nur ein weiterer Vorwand, um das Unvermeidliche hinauszuzögern. Sie würde ihn niemals gehen lassen, nicht nach allem, was sie ihnen angetan hatte. Es konnte keine Lösung geben, die alle zufrieden stellte. Ihn jedenfalls nicht. Aber wenn sie vielleicht nicht ganz tot wäre, eher halbtot also, wenigstens bis auf weiteres außer Gefecht gesetzt ...

»Ich möchte, dass ihr in meine Dienste tretet. Genauer gesagt in die Dienste des Herrn.«

Jetzt stellte sie sich auch noch auf eine Ebene mit Gott! Also, eigentlich wäre es doch seine Aufgabe, mit ihr über den gebührenden Respekt zu diskutieren …

Sascha raffte all seinen Mut zusammen und sandte gleichzeitig alle seine Moralvorstellungen für einen kurzen Moment ins Exil. Er trat einen halben Schritt beiseite, zwei weitere zurück und schaffte die halbe Drehung. Mit einem kräftigen Ruck zog er die mittlere der drei Klingen aus dem Ständer. Er hatte noch nie eine solche Waffe gehalten. Sie war schwerer als erwartet, doch er stürzte voll unerschütterlicher Entschlossenheit und mit einem wütenden Kampfschrei auf den Lippen auf die Eiskönigin zu. Charlotte kreischte erschrocken auf, aber sein potenzielles Opfer blieb ungerührt stehen. Es waren nur vier Schritte, die sie voneinander trennten, aber Sascha kam die Strecke unendlich lang vor. Sein Herz vertrat die Überzeugung, dass es, wenn er ohnehin vorhatte, sich mutwillig in den Tod zu stürzen, auch gleich aufgeben könnte, und setzte für einen Augenblick aus. Er sah, wie Jeremy nach seiner vollautomatischen Handfeuerwaffe griff, aber zögerte, vielleicht auf einen entsprechenden Befehl wartete. Er sah auch, wie Shareef sich unverzüglich auf ihn zubewegte, aber noch gut eine Manneslänge von ihm entfernt war, als Sascha mit der Klinge ausholte, um sie Lucrezia geradewegs zwischen die Rippen zu bohren. Weiterhin bemerkte er, dass der Puma auf einmal eine mehr als armlange Klinge in der Rechten hielt und mit raubkatzengleicher Geschmeidigkeit und Geschwindigkeit an die Seite seiner Schwester trat, um seinerseits Gebrauch vom Schwert zu machen.

Sascha erkannte erschrocken, dass seine Sehnen und Muskeln nicht annähernd so geschwind wie sein Verstand arbeiteten, schaffte es aber trotzdem gerade noch, seine Attacke auf Lucrezia abzubrechen und sich ungeschickt gegen Ares zu verteidigen. Mit ohrenbetäubendem Scheppern kreuzten sich ihre Klingen. Der Aufprall war so heftig, dass ein übler Schmerz von seiner Schwerthand bis in seine Schulter hinauf vibrierte, aber er hatte den ersten Schritt getan und musste jetzt die Zähne zusammenbeißen und weitermachen. Nun, immerhin hatte sein Herz wieder angefangen zu schlagen, obgleich eher unregelmäßig und deutlich zu schnell. Kalter Schweiß trat auf seine Stirn. Als er tatsächlich verstand, was er gerade getan hatte und was wohl die Konsequenzen sein würden, wurde ihm schwindelig.

Lucrezia trat ohne Eile beiseite, als ihr Bruder sich zwischen sie und Sascha stellte und ein weiteres Mal ausholte. Sascha parierte den auf seinen Hals gerichteten Hieb mit einem Geschick, das er nach den ersten tollpatschigen Bewegungen von sich selbst nicht erwartet hätte. Er zielte noch aus der Parade heraus auf den Unterleib des durchtrainierten Schönlings. Er erwischte ihn tatsächlich – akustisch untermalt von einem zweiten Aufschrei seiner Schwester. Der rasiermesserscharf geschliffene Stahl schnitt mühelos eine klaffende Fleischwunde in den Bauch des Dunkelhaarigen. Der Schreck über die eigene Kälte, mit der er sich für den gelungenen Treffer lobte, war nur von kurzer Dauer und zog sich ins sichere Hinterstübchen zurück, um von dort aus eine Beschwerde an sein Gewissen zu verfassen, das ihn sicher noch mit einigen schlaflosen Nächten strafen würde, sobald alles vorbei war. Vorausgesetzt, dass es für ihn noch ein Leben vor dem Tod geben würde. Doch für den Moment fühlte sich Sascha von seinem kleinen Teilerfolg regelrecht euphorisiert, zumal er auch einen weiteren Angriff des Pumas mit wenig Mühe abwehrte. Zwei, drei Mal attackierten sie einander. Obwohl er vorerst keinen weiteren Treffer landete, führte er seine Klinge mit – wie er fand – zunehmender Sicherheit. Er drängte den Schwertmeister Schritt für Schritt zurück, ließ weder das Schwert seines Gegenübers noch seine eigene blutbesudelte Klinge auch nur für den Bruchteil einer Sekunde aus den Augen. Er konzentrierte sich ausschließlich auf seinen Gegner und seine eigenen, bald vor Selbstsicherheit strotzenden Bewegungen. Vorbei, schoss es ihm durch den Kopf. Endlich vorbei! Es war die richtige Entscheidung gewesen. Der Keulen schwingende Neandertaler in ihm wusste, dass er Ares überwältigen – besiegen! – konnte und blieb dabei von den unsinnigen moralischen Bedenken des zivilisierten jungen Mannes, in dessen Körper er gefangen war, verschont. Und wenn er mit dem Schwertmeister fertig wurde, dann schaffte er den zweiten Ritter erst recht, und alle anderen vermutlich auch ...

Seine Klinge schnitt in den Kampfarm seines Gegners – tief, sehr tief. Ares wechselte seine Waffe einfach in die Linke. Sascha kam nicht umhin, mit einem Hauch von Respekt zu registrieren, dass sein Gegner trotz allem und sogar während er diesen neuerlichen Treffer einsteckte, an seinem überheblichen Grinsen festhielt.

Egal. Ein Treffer noch, höchstens zwei. Keine der Verletzungen, die er Ares beigebracht hatte, war tödlich. Aber Kleinvieh macht bekanntlich auch Mist. Ares blutete stark, musste bald bis zur Kampfunfähigkeit geschwächt sein, wenn ...

Wenn er denn wirklich bluten würde! Die aktuellen Umstände hielten Sascha davon ab, sich in ungläubigem Staunen die Augen zu reiben. Es sah so aus, als ob sich die tiefen Schnittwunden, die er Ares eben erst zugefügt hatte, bereits geschlossen hätten. Aber das konnte nicht sein, es war unmöglich ... Darum verschwendete er keinen weiteren Blick und keinen weiteren Gedanken auf diese Wunden, sondern versetzte Ares einen neuerlichen Hieb. Das Schwert drang unter den Rippen des Schwertmeisters in den Körper ein und trennte wahrscheinlich einige Meter Darmtrakt vom Rest des Organismus, ehe die Spitze nahe der Wirbelsäule blutig wieder austrat.

Als Sascha – plötzlich vom Urzeitmenschen verlassen – am Griff des Schwertes zog, um es wieder an sich zu nehmen, rutschte ihm das glatte Metall aus den verkrampften, schweißfeuchten Fingern. Der Schwertmeister taumelte zurück, leicht vornübergebeugt und die Schneide der aus seinem Leib herausragenden Waffe mit der rechten Hand umklammernd. Sascha wollte rasch eine weitere Waffe aus dem Ständer reißen, um sich damit wahlweise auf Lucrezia oder auf wen auch immer zu stürzen, der sich ihm in den Weg zu stellen versuchte, als sein Blick erneut über Ares' rechten Oberarm streifte.

Die Wunde war fast nicht mehr zu sehen. Eingetrocknetes Blut klebte noch auf der Haut des Dunkelhaarigen, genau da, wo Saschas Schwert durch seine Muskeln geglitten war, bis der Knochen der Klinge Paroli bot. Aber es gab keinen Einschnitt mehr! Sein überreiztes Nervenkostüm hatte ihm also keinen Streich gespielt. Was er im Eifer des Gefechts für Einbildung gehalten hatte (hatte halten müssen, um nicht seinen Mut oder vielleicht sogar seinen Kopf zu verlieren), war *Wirklichkeit*. Die Wunden des Schwertmeisters schlossen sich beinahe so schnell, wie sie ihm zugefügt worden waren! Sascha wich entsetzt nach Atem und Fassung ringend nach hinten, bis er die kalte Wand im Rücken spürte, während Ares die Klinge – demonstrativ weiter grinsend – mit einem kräftigen Ruck aus seinem Bauch entfernte. Blut quoll hervor, doch es war in Anbetracht der schweren, wenn nicht gar tödlichen Verletzung unverhältnismäßig wenig, und der Blutstrom stoppte, noch bevor Ares' Beinkleider in Mitleidenschaft gezogen wurden. Und dann, während der Schwertmeister ihm seine gestohlene blutige Waffe mit einer kleinen Verbeugung zurückgab, sah er es ganz deutlich: Die klaffende Wunde schloss sich vor seinen Augen vollständig und verschwand binnen Sekunden nahezu spurlos. Zurück blieb nur getrocknetes Blut und eine kaum sichtbare helle Narbe.

»Ist dir die Lust etwa schon vergangen?«, spöttelte Ares vergnügt, während er provokativ mit seinem Schwert vor Saschas Nase herumfuchtelte, den das blanke Entsetzen jedoch gnadenlos lähmte, sodass er nichts anderes tun konnte, als mit kraftlos herabhängenden Armen und offenem Mund auf die unglaublicherweise bereits wieder verheilte Wunde zu starren. »Nun komm schon, Kleiner. Sei kein Spielverderber. Wir haben doch noch nicht mal richtig angefangen.«

»Ares – das genügt«, entschied Lucrezia und winkte ihrem Bruder zurückzutreten. Er gehorchte mit erkennbarem Widerwillen. Sascha vermochte seinen ungläubigen Blick noch immer nicht von seinem Gegner zu lösen. Wie war das möglich? Seine Sinne haderten mit seinem gesunden Menschenverstand. Er hatte diesen Mann mit seiner Klinge durchbohrt wie ein Stück Paprika mit dem Schaschlikspieß. Er sollte tot sein oder sich zumindest schwerstverletzt am Boden winden (was ihm eigentlich lieber wäre; denn der extremen Notlage zum Trotz verspürte er noch immer nicht das Bedürfnis, zu erfahren, wie es sich anfühlte, wenn man ein Menschenleben auf dem Gewissen hatte)! Sascha hatte gespürt, wie der Stahl Muskeln, Fleisch und Innereien durchtrennte; er hatte es sogar hören können!

»Kommt mit«, forderte Lucrezia Charlotte und ihn auf. »Ich möchte mit euch reden. Allein. Und ich möchte euch etwas zeigen. Etwas, das deine verständliche Skepsis vielleicht beseitigt«, fügte sie an Sascha gewandt hinzu und verließ den Saal, ohne sich zu vergewissern, ob sie gehorchten.

Er hätte ihr aus freien Stücken gar nicht folgen können, da die Verblüffung über das gerade Gesehene ihn noch immer zur Handlungsunfähigkeit verdonnerte. Charlotte hingegen zögerte keine Sekunde, ihn am Unterarm zu packen und mit sich zu zerren. Lucrezia führte sie durch eine ganze Reihe nahezu identisch aussehender Korridore und schließlich eine schmale Treppe hinab in den Keller der Festung. Diese machte dem Titel, den Sascha ihr insgeheim verpasst hatte, alle Ehre, als sie in einen rechteckigen Raum gelangten, der durch ein stählernes, wahrscheinlich düsenjägersicheres Fallgitter vom dahinter befindlichen Bereich abgetrennt wurde. Das Gitter glitt auf magische Weise in die Höhe, kaum dass die Herrin der Prieuré den vollkommen leeren Vorraum betrat. Sascha enträtselte das Phänomen beiläufig, als er die kleinen Augen mehrerer unter der Decke angebrachter Überwachungskameras erspähte. Es musste einen Kontrollraum geben, von dem aus es ferngesteuert wurde. Was auch immer sich dahinter verbarg, musste ungeheuer wertvoll sein, doch auf den ersten Blick hin sah er nichts als ein schwach beleuchtetes schlichtes Holzkreuz, das an der unverputzten Wand rechts hinter dem Durchgang angebracht war. Lucrezia ging wortlos vor und wandte sich nach links. Sie folgten ihr und blieben schließlich vor dem unzweifelhaften Beweis für die Existenz Gottes stehen.

»Das Grabtuch Christi«, flüsterte Charlotte überflüssigerweise. Eine plötzliche Ehrfurcht, gegen die sich auch Sascha nicht zu sperren vermochte, schwang in ihrer Stimme mit. »Es ist also alles wahr …«

Die Reliquie befand sich in einem gläsernen, schätzungsweise zwei mal vier Meter messenden Schrein, der an fingerdicken Ketten von der Decke hing. Mattes Licht strahlte von hinten auf das durchscheinende Objekt, wodurch Charlotte den Eindruck erlangte, dass das Tuch im freien Raum schwebte und von innen heraus strahlte. Die Umrisse des Messias waren deutlich auf dem weißen, in Anbetracht seines Alters erstaunlich wenig vergilbten Leinen zu erkennen. Jahrtausende altes Blut war für alle Ewigkeit in seinen Fasern versiegelt, wo die Dornenkrone seine Haut zerrissen, Nägel seine Hände und Füße und die Lanze des Longinus seinen Leib durchbohrt hatten. David erblickte auf dem Tuch das durch den Tod von großen Qualen erlöste Gesicht eines bärtigen jungen Mannes mit mehr als schulterlangem Haar, wohingegen sich Charlotte das Antlitz eines wahren Helden offenbarte, der voller Stolz und unerschütterlichen Glaubens einen schrecklichen Tod für die ganze Menschheit auf sich genommen hatte: das Gesicht von Gottes Sohn.

»Das ist unglaublich«, presste sie noch immer im Flüsterton hervor, aber das entsprach nicht der Wahrheit. Tatsächlich konnte sie überhaupt nicht anders als zu glauben. Ein ehrfürchtiger Schauer schüttelte sie, während ein widersprüchliches Gefühl von wohliger Geborgenheit gepaart mit an Furcht grenzendem Respekt ihr Herz erfüllte. Es schien ihr, als stünde sie Jesus Christus selbst gegenüber.

»Das finde ich auch«, bestätigte Sascha und sein Kommentar entsprach durchaus der Wahrheit. Jedes Kind wusste doch, dass das Grabtuch Christi in Turin untergebracht war. Bestenfalls sah er sich einem recht gut erhaltenen Relikt vergangener Zeiten gegenüber, wenngleich er nicht glaubte, dass es zweitausend Jahre alt war; einem Tuch, an dem vielleicht tatsächlich das Blut eines Menschen haftete, der grausam ermordet worden war – womöglich nur zu dem Zweck, eine möglichst realistisch wirkende Kopie der echten Reliquie herzustellen. Darüber hinaus war das Ganze in diesem ansonsten leeren und eher düsteren Raum mit den nackten Bruchsteinwänden in einer Weise in Szene gesetzt worden, die selbst einer matschigen Banane etwas Respekt Einflößendes, vielleicht gar Göttliches verliehen hätte. Er hatte nicht umsonst eine Künstlerin zur Mutter. Obwohl er sich nicht sonderlich für ihre Arbeit interessierte, wusste er doch, dass es oft erst die Umgebung war, die Kunst zur Kunst erhob. Ein abgenagter Hühnerknochen wurde zum Kunstobjekt, wenn man ihn an der richtigen Stelle der Ausstellung platzierte und mit einem Zettelchen versah, das einen völlig willkürlich ausgewählten Titel enthielt; »Urteil« zum Beispiel oder »Liebesleben«. Und schon scharten sich Dutzende Kenner um den Restmüll und fühlten sich aufrichtig berührt und beeindruckt.

In diesem Augenblick war Lucrezia die Künstlerin, das Grabtuch der abgenagte Knochen und seine kleine Schwester der begeisterte Kunstbanause. Er spürte, wie ihre zierlichen Finger, die noch immer seinen Unterarm umklammerten, vor Erregung zitterten. Ihre Augen glänzten staunend und ein sanftes, seliges Lächeln umspielte ihre Lippen. Lucrezia bekreuzigte sich.

»Das ist es, was Robert will«, sagte sie leise, ohne den Blick von der Reliquie abzuwenden. »Es ist der letzte Schritt auf dem Weg zum Grab Christi, zum Heiligen Gral. Er darf es niemals in die Hände bekommen.«

»Hat er Sie erpresst?« Die Ehrfurcht vermochte Chilis Neugier nicht zu zügeln. »Hat er gedroht, Ihren Sohn zu töten, wenn Sie es nicht herausgeben? Haben Sie ...« Sie suchte nach einer Formulierung, die ihre Vermutung auszudrücken vermochte, ohne vorwurfsvoll zu klingen, aber Lucrezia kam ihr zuvor.

»Ob ich das Leben meines Sohnes deswegen aufs Spiel gesetzt habe? Nein«, antwortete sie traurig. »David war auch sein Sohn. Unser beider Fleisch und Blut. Er war das Kind, das uns wieder vereinen sollte. Ich dachte, wir – der Templerorden und die Prieuré de Sion – könnten erneut ein gemeinschaftliches Ziel verfolgen, so wie damals, als wir gemeinsam unter dem Tempelberg gruben und das Grab fanden. Ich hoffte, ein legitimer Erbe des Templermeisters, der zur Hälfte ein Saintclair ist, in dem auch mein Blut fließt, könnte diesen ewigen Krieg beenden. Aber Robert wollte keinen Frieden. Am Tag der Taufe fiel er ohne Vorwarnung über David her.«

»Das tut mir wirklich Leid!«

»Sie hätten ihm den Lappen vielleicht einfach überlassen sollen, statt ihm ein Kind unterzujubeln, das er nicht haben wollte«, stellte Sascha trocken fest und erntete dafür von seiner Schwester einen empörten Blick. Ihre Fingernägel gruben sich mahnend in seinen Unterarm. Er schüttelte ihre Hand ab.

»Du verstehst nichts, mein Junge, absolut nichts!« Lucrezia wandte sich ihnen endlich zu und wirkte für die Dauer einiger Lidschläge ziemlich ungehalten. Aber als sie weitersprach, klangen wieder nur Ruhe, Bedauern, Ernsthaftigkeit und Sanftmut aus ihrer Stimme. »Wie solltest du auch ... Du weißt nichts von dem Erbe, das Jesus Christus uns hinterließ. Es heißt, er sei für die Menschheit gestorben – aber was hat sein Tod uns bislang eingebracht? Glaubenskonflikte, Krieg und Gewalt, Seuchen und Hungersnot! Derweil sitzt irgendein Scheinheiliger im Vatikan und bezeichnet sich in gewissenloser Anmaßung als Stellvertreter Gottes auf Erden, ohne das Geringste gegen das Leid auf der Welt zu unternehmen ...« Sie schüttelte den Kopf. »Das war es nicht, was Gott wollte. Das ist es nicht, was er *will*. Sein Tod«, sie deutete mit einer Kopfbewegung auf den Schrein, »sollte uns von all diesen Dingen erlösen. Er hinterließ uns den Gral, der unser aller Befreiung sein sollte, der denen, die ihn berühren, Glück, grenzenlosen Frieden und ewiges Leben bringt. Und die Macht, all das an die Menschheit weiterzugeben und eine bessere, eine wunderbare Welt zu schaffen. Aber dieses Erbe bleibt uns bis heute verwehrt, weil ein verbohrter Fanatiker den Gral gestohlen und ihn an einem uns unbekannten Ort verborgen hat.«

»Bestimmt ein Templer«, riet Charlotte.

»Ja, es war in der Tat ein Templer«, erwiderte Lucrezia und seufzte. »Als wir noch im Namen Gottes zusammenarbeiteten und dank seiner Hilfe zum Ziel fanden, waren wir alle Tempelritter. Auch meine Ahnen, die Saintclairs. Aber beim Anblick des Grals übermannte einen Teil dieser Gruppe die Furcht vor dem Unbekannten und vor der unvorstellbaren Verantwortung, die der Gral mit sich bringt. Es kam zum Kampf zwischen den Kopflosen und jenen, die das Erbe annehmen und die Aufgabe, die Gott uns stellte, bewältigen wollten – jene, die sich einmal die Prieuré de Sion nennen sollten. Die Templer stahlen den Gral und später rissen sie darüber hinaus den gesamten Salomonischen Schatz, der uns doch gemeinsam anvertraut war, an sich, ebenso wie einen großen Teil aller übrigen materiellen Güter. Mit unendlich viel Mühe und Geduld musste sich unser Orden wieder hochkämpfen. Wir hatten nichts als ein paar lumpige Goldstücke und kleinere Ländereien, nicht einmal mehr unsere Privilegien ...« Sie machte eine wegwerfende Handbewegung. »Irgendwann brachte René von Anjou den Gral an einen Ort, von dem selbst die übrigen Templer nicht mehr wussten, als dass nur das Schwert des Templermeisters, die Lanze des Longinus und das Grabtuch des Herrn gemeinsam den Weg dorthin zu weisen vermochten. Was zunächst die Angst vor Verantwortung war, verwandelte sich im Laufe der Zeit in eine krankhafte Ideologie, so wie sich der reine Glaube, mit dem wir ursprünglich gemeinsam für eine bessere Welt im Namen Gottes kämpften, parallel dazu mit immer mehr heidnischen und barbarischen Sitten vermengte. Wir haben lange vergeblich gehofft und gebetet, dass sie sich besinnen und samt dem Gral zu uns zurückkehren würden, aber die Zeit verging. Immer mehr Kriege, Krankheiten und Katastrophen rafften immer mehr unschuldige Menschen dahin. Also begannen wir, nach dem Gral zu suchen. Oder besser gesagt, nach den Reliquien, die den Weg dorthin weisen.«

»Also seid *ihr* diejenigen, die den Gral für sich gewinnen wollen, während die Templer lediglich dafür sorgen, dass niemand ihn in die Hände bekommt«, stellte Sascha fest.

»Menschen ändern sich.« Lucrezia schüttelte bedauernd den Kopf. »Anfangs war es möglicherweise so. Aber das Blatt hat sich gewendet. Mit Robert von Metz ist ein Mann zum Templermeister geworden, wie er eigennütziger, rücksichtsloser und blutrünstiger kaum sein könnte. Zugegeben: Einigen der Templer war lediglich daran gelegen, den Gral vor uns zu verbergen, obgleich wir doch nichts anderes wollen, als Gottes Willen zu erfüllen und Gutes zu tun. Doch von Metz will den Gral nicht schützen, sondern beansprucht ihn für sich. Er will seine Kraft ausnutzen, um Unsterblichkeit und grenzenlose Macht zu erringen, und alles, was ihm dazu noch fehlt, ist das Grabtuch des Herrn, das letzte Puzzleteil des Rätsels.«

»Während Ihnen ausschließlich am Wohle der Menschheit gelegen ist«, sagte Sascha skeptisch und war froh, dass Chilis Fingernägel in sicherer Distanz waren.

»Du musst mir nicht glauben«, gab Lucrezia gelassen zurück. »Du sollst nur verstehen, warum ich euch nicht fortgehen lassen kann.«

»Aber es ist nicht unser Krieg«, erwiderte Sascha entschieden. »Das geht uns alles überhaupt nichts an!«

»Wenn von Metz den Gral in die Hände bekommt, ist es auch euer Krieg, und ihr werdet ihn verlieren. Ich tue nur meine Pflicht. Niemand, der dieses Haus betreten hat, kann es einfach wieder verlassen.«

»Und sie hat sich jetzt wirklich oft genug dafür entschuldigt, dass sie uns hat herbringen lassen«, mischte sich Charlotte erneut ein. »Es war halt Schicksal und wirklich nicht ihre Schuld. Spätestens jetzt müsstest du das doch verstehen.«

»Muss ich nicht!«

»Aber akzeptieren«, schloss die Herrin der Prieuré. »Du hast keine Wahl. Ich will nicht unnötig Blut vergießen, noch dazu so junges … Du hast die Möglichkeit, dich uns anzuschließen und meinen aufrechten Dank und Respekt zu empfangen, oder dich weiterhin wie ein uneinsichtiges Kind zu verhalten und in der Söldnerkammer vor dich hin zu vegetieren.«

»Ich bleibe in der Kammer und helfe euch trotzdem«, bot Charlotte – die Grenze zwischen Hilfsbereitschaft und Selbstlosigkeit im Salto überspringend – an. Sascha hätte sie ohrfeigen können, aber er bezweifelte, dass körperliche Züchtigungen ihr Denkvermögen beflügelten und riss sich am Riemen.

Lucrezia lächelte. »Du bist ein gutes Mädchen«, stellte sie fest und streichelte sanft mit dem Handrücken über ihre Wange. »Ich habe nichts anderes von dir erwartet und ich weiß bereits etwas, was deiner Intelligenz und deiner Motivation gerecht werden könnte.«

»Wirklich?«

Wenigstens salutierte sie noch nicht, stellte Sascha zunehmend gereizt fest.

»Du wirst für ein paar Tage im Kloster unterschlüpfen und versuchen, etwas über den Grund für Cedric Charneys Besuch herauszufinden. Ich bin sicher, du wirst mich nicht enttäuschen.«

»Aber ich darf doch nicht –«

»Nicht ohne weiteres, natürlich nicht«, fiel Lucrezia ihr ins Wort. »Wir werden dich im Auge behalten. Und dein Bruder bleibt hier.«

Das war eine glasklare Drohung, aber Charlotte schien das überhaupt nicht zu begreifen. Sie lächelte noch immer selig vor sich hin, während Abenteuerlust und Neugier in ihren großen dunklen Augen aufflammten.

»Zunächst solltet ihr dafür sorgen, dass man nicht mehr nach euch sucht. Kemal hat einen Brief an eure

Mutter vorbereitet, den ihr nur noch zu unterschreiben braucht. Und neue Papiere für dich, Charlotte. Man würde dich nicht beherbergen, wenn du nicht volljährig bist. Sind wir uns also einig?«

Es war eine rhetorische Frage, aber Chili bejahte sie trotzdem, während Sascha es vorzog zu schweigen. Er hatte eine plötzliche Eingebung: Vielleicht hatte er seine Schwester ja unterschätzt. Mit ihrer Strategie der Einsicht und Nachgiebigkeit erreichte sie definitiv mehr als er selbst mit seinem kopflosen Kampf gegen Windmühlen. Lucrezia war bereit, sie unter gewissen Bedingungen hinauszulassen; vielleicht gelang es Charlotte dann, Hilfe zu rufen.

»Lasst uns nun in mein Büro gehen. Während wir uns um den Papierkram kümmern, wählt Shareef einen größeren Raum für euch aus. Ich bin sicher, er wird deinen Geschmack treffen; ihr habt einander ja mittlerweile kennen gelernt.«

März 2000

Die Sicherheitsmaßnahmen in der Devina hatten in Sascha, nachdem er wieder einigermaßen bei Verstand war, einen bösen Verdacht aufkeimen lassen: Unabhängig davon, ob es sich bei dem Tuch im Gewölbekeller tatsächlich um die echte Reliquie handelte, glaubte die Eigentümerin der Festung jedenfalls definitiv daran, ein Heiligtum von unschätzbarem Wert zu hüten. All die Sicherheitskräfte – es mussten annähernd fünfzig dieser grobschlächtigen Kerle sein – waren schließlich nicht eigens eingestellt worden, um auf zwei vermeintliche Spione aufzupassen, sondern um die Reliquie und seine Besitzer zu beschützen. Bei einer solchen Unzahl von freiwilligen Leibeigenen erschien es eher unwahrscheinlich, dass Lucrezia jedem einzelnen Mitglied ihrer Truppe rückhaltlos vertraute. Außerdem verfügte sie, wusste der Geier, woher, über schier unerschöpfliche finanzielle Mittel zur technischen Aufrüstung ihrer Festung. Deshalb glaubte Sascha nicht, dass sie sich auf die Kameras vor dem Gewölbekeller mit dem Tuch beschränken würde und im Überwachungsraum, den es zweifelsohne geben musste, eine eigens dazu auserkorene bedauernswerte Figur vierundzwanzig Stunden am Tag Bruchsteine zählte, immerfort bereit, den Knopf für den Türheber oder den Alarm zu betätigen, je nachdem, wer sich dem Durchgang zum Schrein zu nähern versuchte.

Also hatte er damit begonnen, gezielt nach etwaigen Überwachungskameras zu fahnden. Nachdem er die ersten verdächtigen Objekte zwischen den Deckenpaneelen in einem der Flure erspäht hatte und wusste, wonach er genau suchte, stellte sich schnell heraus, dass die Devina praktisch lückenlos überwacht wurde, sodass er bald daran zu zweifeln begann, dass es nur einen einzigen Kontrollraum gab. Die Linsen der Kameras lauerten wie hinterhältige kleine Augen überall: hinter Belüftungsgittern, unscheinbar in Beleuchtungssysteme integriert, auf oder unter dem spartanischen Mobiliar oder mit dem Grün der hier und da aufgestellten wuchtigen Zimmerpflanzen kaschiert – wer auch immer die Festung aufgerüstet hatte, war bemerkenswert kreativ vorgegangen. Schon bald fühlte sich Sascha so verfolgt, dass er sich dabei erwischte, die Kartoffeln auf seinem Mittagsteller auseinander zu schieben um sicherzugehen, dass nicht etwa ein weiteres tückisch funkelndes Kameraauge in der Béchamelsoße lauerte.

Das war natürlich übertrieben. Überhaupt nicht übertrieben hingegen war die Vorsicht in der Wahl seiner Worte nach dieser ernüchternden Feststellung, denn er zweifelte keinen Moment daran, dass es auch eine akustische Überwachung geben musste, obwohl er bewusst darauf verzichtete, nach Wanzen zu forschen. Es genügte völlig, dass er seinen Blick kaum noch von den Kameralinsen abwenden konnte. Wenn er erst erfuhr, wie eine Wanze aussah, könnte er nicht mal mehr in Ruhe sein Mittagessen verzehren, ohne irgendwelche Fremdkörper zu suchen, mit deren Hilfe Dr. Langowsky-Frankenstein in diesem Moment seine Herztöne abhörte.

Er hätte seine Schwester am liebsten gefragt, ob er mit seiner Annahme richtig lag, dass sie einfach die bessere Strategie gewählt hatte, indem sie sich der Prieuré de Sion zum Schein anschloss, um dann, wenn der Tag des versprochenen Freiganges kam, schnellstmöglich einen Hilferuf nach Hause zu schicken, der alles widerrief, was in dem Brief ohne Absender geschrieben stand, den Chili und er gezwungenermaßen unterzeichnet hatten und der zwischenzeitlich im Briefkasten ihres Elternhauses gelandet sein musste. Sascha war sich nämlich ganz und gar nicht sicher. Er traute seiner Schwester alles zu. Möglicherweise war sie clever genug, einen Weg zu gehen, der ihm einige unangenehme Zwischenfälle und üble Prellungen erspart hätte. Andererseits jedoch hatte die Krankheit ihrer Mutter ihre Seele gebrandmarkt. Vielleicht war ihr ständiges Bedürfnis, Gutes zu tun, Chilis Art, auf sich und den Umstand, dass für sie außer ihrem selbst oft überforderten Bruder nie jemand da gewesen war, aufmerksam zu machen. Oder ihre Anfälligkeit für fragwürdige Gruppierungen war Bestandteil ihrer Suche nach einer Gruppe, die ihr die heile Familie ersetzen konnte, nach der sie sich insgeheim sehnte. Wie auch immer: Die Möglichkeit bestand durchaus, dass sie ihre Gefügigkeit, oder besser gesagt, diesen brennenden Drang, mit einer Heldentat dazu beitragen zu dürfen, die Menschheit zu retten, nicht bloß spielte.

Sascha mochte gar nicht daran denken, was das für sie beide bedeuten würde. Fragen konnte er Chili aus Angst vor Mithörern nicht, also machte er gute Miene zum bösen Spiel, gab sich einsichtig und stellte Ares' Geduld in seiner Funktion als Schwertmeister auf eine Menge Härteproben, ehe dieser sich – Sascha den miserabelsten Schüler der vergangenen dreihundert Jahre schimpfend – weigerte, ihm auch nur eine einzige weitere Unterrichtsstunde zu erteilen. Danach wurde Sascha an Shareef und die Bogenschützen verwiesen, bei denen er sich bedeutend besser aufgehoben und vor allem sicherer fühlte. Er ertrug in den ersten Tagen seiner vorgeblichen Wandlung tapfer Charlottes Vorwürfe, die ihm vorhielt, dass er ihr nicht gleich geglaubt hatte und für seinen »egozentrischen Freiheitswahn« am Ende noch über Leichen gegangen wäre, und freundete sich tatsächlich mit Jeremy an.

Der gebürtige Amerikaner hatte seinen Vater nie kennen gelernt, verdächtigte jedoch in aller Bescheidenheit Richard Nixon. Nachdem sich seine Mutter aus dem Staub gemacht und ihren Sohn alleine in Washington zurückgelassen hatte, war er von einer bayerischen Cousine adoptiert worden, die jedoch kurz darauf einem Lawinenunglück zum Opfer fiel. Anschließend hatte er seine Kindheit in einem eher tristen katholischen Knabenheim verbracht. Eines Tages hatte er einfach seine Siebensachen gepackt und war abgehauen, um sich fortan einen Namen als Kleinkrimineller zu machen. Mit Anfang zwanzig war er schließlich bei der Prieuré de Sion gelandet und dort zur Sicherheitskraft ausgebildet worden. Nun, beinahe zehn Jahre später, bestand er nach wie vor darauf, dass ihm nichts Besseres hätte widerfahren können.

Ab und an klagte er über die Intoleranz und mangelnde Solidarität unter seinen Gefährten. Doch obwohl Sascha merkte, dass Jeremy froh war, in ihm einen geduldigen Zuhörer gefunden zu haben, dem er wahrscheinlich mehr anvertraute als jedem seiner durchweg abgebrüht wirkenden Schlägerkollegen, hielt sich das Gejammer doch in Grenzen. Schließlich, so Jeremy, wurde ihnen ihre absolute und bedingungslose Loyalität zur Prieuré teuer genug bezahlt. Und was den Rest anbelangte … Na ja, an Intoleranz war er seit seiner Jugend gewöhnt. Er protestierte noch ein wenig dagegen, aber die abwertenden Sprüche der anderen berührten ihn längst nicht mehr. Das behauptete Jeremy jedenfalls.

Sascha hatte ihn so weit ins Herz geschlossen, wie man eben jemanden mögen konnte, der stets zwei geladene Waffen an seinem Gürtel trug, von denen er nach wie vor Gebrauch zu machen bereit war, falls er, Sascha, die ihm gesetzten Grenzen überschritt. Er hielt Jeremy für einen guten Kerl, den das Leben geradezu auf die schiefe Bahn geprügelt hatte. Ein Krimineller in Denken und Tun, aber im Herzen ein naives Kind. Nicht zuletzt konnte es auch nicht schaden, einen Freund in den Reihen des Feindes zu haben.

»Jetzt sieh gut hin«, ermahnte der blonde Koloss Sascha in diesem Moment und ließ sich neben ihm auf der hinteren, von einer gut zwei Meter hohen Mauer gesäumten Wiese in die Hocke sinken. Sie hatten diverse Flaschen vor sich aufgestellt, die ihnen als Ziel dienen sollten. Es sollte nämlich Saschas erste Übung mit einer Pistole sein, nachdem er sich im Umgang mit Bogen oder Armbrust bereits als gelehriger Schüler erwiesen hatte – sehr zu Ares' Missfallen; der Schwertmeister verkündete nach wie vor bei jeder Gelegenheit, dass Sascha seiner Meinung nach ein völlig unbrauchbarer Idiot sei. Das Training mit Pfeilen und Bolzen hatte Shareef übernommen, doch wenn es um den Umgang mit anderen Schusswaffen ging, war, wie Shareef meinte, Jeremy der bessere Lehrer. Sascha nahm ihm das allerdings nicht ab. Er hielt es für ein Gerücht, dass es in diesem Sonnensystem jemanden geben sollte, der die Treffsicherheit des Arabers übertraf, egal, mit welcher Waffe. Vielmehr verdächtigte er Shareef, nicht seinen eigenen Kopf hinhalten zu wollen, falls Sascha der Versuchung, es mithilfe seiner neuen Bewaffnung auf einen weiteren Fluchtversuch ankommen zu lassen, nicht widerstehen konnte. Dabei hatte Sascha längst begriffen, dass er es mit nur einem Magazin keinesfalls mit mehreren Dutzend bestens ausgerüsteter Söldner aufnehmen konnte.

»Du packst das Ding hier hinten und ziehst es mit einem Ruck durch … genau so.« Jeremy machte es vor. »Und dann zielst du. Konzentrier dich nur auf dein Ziel.«

»Schon klar.« Sascha streckte die Rechte nach der Pistole aus, aber Jeremy zog sie zurück und schüttelte den Kopf.

»Bin noch nicht fertig. Guck hin: Wenn du nun merkst, dass jemand anders die Flasche schon getroffen hat, leg den Hebel hier um. Klapp das Ding runter und lass die Patrone in die offene Hand fallen, dann kannst du sie ins Magazin zurückschieben, genau so … Das darfst du nie vergessen, hörst du. Alles andere wäre gefährlich.«

»Hmm«, machte Sascha ungeduldig. In der Devina

gab es abgesehen von den Schießstunden und dem Schwertkampfunterricht, von dem Ares ihn entnervt ausgeschlossen hatte, keinerlei Freizeitangebote. Außerdem hatte sich Jeremy auch noch um eine Viertelstunde verspätet, sodass Sascha es nun kaum erwarten konnte, endlich sein Geschick unter Beweis zu stellen. »Ich bin doch nicht völlig bescheuert, egal, was Ares sagt.«

»Ich auch nicht«, erwiderte Jeremy, schob die Pistole in das Halfter an seinem Gürtel zurück, streifte einen geigenkastengroßen Schuh ab und hielt Sascha seinen nackten Fuß unter die Nase. »Trotzdem«, kommentierte der Riese. »Siehst du, was passieren kann?«

Sascha sah es, wenn auch erst auf den zweiten Blick. Die kleine Narbe war auf dem bügelbrettformatigen, behaarten Fußrücken des Amerikaners kaum zu sehen. »Verstanden, okay, gibst du mir das Ding jetzt endlich?«, drängte Sascha.

»Oh je – das hat sicher weh getan«, meldete sich Charlotte mitfühlend zu Wort. Sascha hatte sie nicht kommen hören und schrak zusammen, als sie sich plötzlich über seine Schulter beugte, um Jeremy ihr Bedauern für dessen eigene Blödheit auszusprechen. »Übrigens, das da«, sie deutete mit dem Zeigefinger auf eine rötliche Stelle zwischen den an Frühkartoffeln erinnernden Zehen des Söldners, »das ist ein Pilz. Du solltest den Doc aufsuchen, ehe es schlimmer wird. Und vorläufig die Gemeinschaftsdusche meiden.«

»Jepp.« Der Riese schlüpfte leicht verlegen wieder in sein Schuhwerk, doch dann vereinnahmte ein preisverdächtiges Salatgurkengrinsen seine Züge. »So wie du? Hast du auch was Ansteckendes, dass du das Bad nicht mehr benutzt? Dabei habt ihr beide doch jetzt ein eigenes.«

Das stimmte. Nachdem Charlotte ihre Vereinbarung mit Lucrezia getroffen hatte, war ihnen ein anderes, deutlich wohnlicheres Zimmer zur Verfügung gestellt worden. Es befand sich nicht im Anbau der Söldner, sondern direkt neben den privaten Gemächern der Nahezu-Unsterblichen. Jeremy, der den Umzug mit Wohlgefallen betrachtete, da er ihm als ihrem persönlichen Betreuer das große Privileg verschaffte, diesen abgeschlossenen Teil des Gebäudes jederzeit aufzusuchen, berichtete, dass dies das Zimmer eines weiteren Prieuré-Ritters gewesen sei, der allerdings vor nicht allzu langer Zeit von einem Templer enthauptet worden war. Nun war es vorläufig ihre Zelle im relativ wenig offenen Vollzug. Aber es war vergleichsweise geräumig, verfügte über ein eigenes Bad und ein vergittertes Fenster, durch das man in einen kleinen Innenhof hinausblicken und seinen Mindestbedarf an Tageslicht decken konnte, sowie über mindestens vier Kameras – eine davon im Badezimmer, was Sascha dazu veranlasste, diesen Raum nicht öfter als zwingend notwendig aufzusuchen.

»Das schönste, das ich je benutzt habe«, bestätigte Chili und lachte vergnügt. Sascha stand auf und blickte sie besorgt an. »Aber keine Sorge, mir geht's prächtig. Der Dreck ist nicht echt. Ich meine: Klar ist der echt, aber es ist Absicht.«

»Aus Solidarität mit sämtlichen Stadtstreichern und Pennern der Welt?«, wunderte sich Sascha zynisch, während er seine Schwester kopfschüttelnd einer eingehenden Inspektion unterzog. Charlotte war kaum wiederzuerkennen. Sie hatte die teuren Kleider, die ihr während der vergangenen Wochen allmorgendlich frisch dargeboten wurden, gegen eine zerschlissene, mindestens zwei Nummern zu große Kordhose im Patchworkstil und mehrere übereinander gezogene, grob gestrickte Pullover ausgetauscht. Ein löchriger Schal schlang sich mehrfach um ihren Hals und reichte dennoch fast bis auf die ausgelatschten Schuhe hinab, die sie an den Füßen trug. Die dezenten Silberstecker, die irgendwann mit lieben Grüßen von ihrem Vater aus Südamerika eingetroffen waren und seit Jahren ihre Ohrläppchen schmückten, waren verschwunden. Ihre seidigen Locken waren zu Dreadlocks verfilzt und über allem lag unübersehbar eine feine Schmutzschicht.

»Das ist meine Tarnung«, erklärte Chili ein bisschen beleidigt, aber stolz. »Ich wollte mich von dir verabschieden ... Nur für ein paar Tage«, setzte sie schnell hinzu.

»Dann verziehst du dich jetzt wohl ins Kloster«, schlussfolgerte Sascha und zog eine Grimasse. »Wie eine Nonne siehst du aber nicht gerade aus. Es sei denn, es gibt einen Orden, der aus lauter christlicher Demut zum Beten in die Kanalisation geht.«

»Ich bin keine Nonne«, erklärte Charlotte und versuchte nicht gekränkt zu klingen. »Jemand ist gestorben. Einer der Mönche war gerade auf dem Weg zu seinem älteren Bruder, um ihn zu besuchen, als an seinem Wagen ein Reifen geplatzt ist, sagt Shareef. Der arme Kerl war sofort tot. Na ja, so schlimm das alles ist, so gut ist es doch für uns. Auf so etwas haben wir gehofft.«

Wir, wiederholte Sascha im Stillen bitter. Chili spielte ihre Rolle ausgesprochen gut, oder ... Nein, daran weigerte er sich zu denken. So verrückt konnte sie wirklich nicht sein! »Und?«, sagte er auffordernd, als seine Schwester nicht von sich aus weitersprach, als glaubte sie, dass sich jegliche Erklärung erübrigte.

»Hättest du dich öfter mal mit Shareef oder Lucrezia unterhalten, wüsstest du's… aber gut: Es gibt eine Regel in diesem Kloster, wonach für jeden verstorbenen Ordensbruder ein Armer seinen Platz einnimmt. Und zwar vierzig Tage und vierzig Nächte lang. Aber ich denke nicht, dass ich so lange fortbleibe. Ares sagt, es gibt Unregelmäßigkeiten.«

»Willst du mir zuerst noch irgendwas vorwerfen oder erklärst du mir einfach so, was du meinst?«

»Du hättest dir außerdem im Fechtsaal mehr Mühe geben können, dann könntest du vielleicht zusammen mit den Prieuré-Rittern gehen. So bleibst du bei den Schützen«, antwortete Chili trocken. »Und die Unregelmäßigkeiten sind nur Kleinigkeiten. Brüder, die sich im meistens leeren Gästehaus oder in den Vorratsräumen herumtreiben; Zimmer, die häufiger als gewöhnlich gereinigt werden, obwohl sie nicht öfter benutzt werden… Alles Kleinkram, aber insgesamt ein Hinweis darauf, dass bald Besuch kommt, und zwar hoffentlich diese Templer.«

»Blütenweiße Wände…«, flüsterte Sascha nachdenklich.

»Hmh?«

»Nichts. Auch nur eine Kleinigkeit. Ich weiß nicht, ob Lucrezia darüber Bescheid weiß, aber wenn sie es dir noch nicht gesagt hat, behalte auf jeden Fall die Rotunde im Auge. Sie lassen sie ungefähr zweimal im Jahr frisch anstreichen.« Sascha beobachtete seine Schwester sehr genau, während er sprach, immer noch hoffend, dass sie nur darauf aus war, ihnen beiden hier herauszuhelfen, und dass sie nicht vorhatte, tatsächlich in diesem irrsinnigen Streit um vermeintliche Heiligtümer mitzumischen. Aber er wurde enttäuscht. Was in ihren dunklen Augen leuchtete, war aufrechtes Interesse.

»Tatsächlich? Gut, ich werde daran denken.« Offenbar war sie erfreut über seine unverhoffte Kooperationsbereitschaft. Sascha sah kurz in eine andere Richtung, damit sie ihm die Enttäuschung nicht allzu deutlich von den Zügen ablesen konnte. »Ach ja – guck dir das mal an.« Stolz reichte sie ihm einen in Plastik eingeschweißten Ausweis.

»Sophia Sieglinde Liebknecht«, las Sascha vor. Man munkelte, Lucrezia sei mehrere hundert Jahre alt, was er bislang ungeachtet der Tatsache, dass er schon einmal drastisch von der möglichen Wahrheit dieses verrückten Gerüchtes überzeugt worden war, als dummes Geschwätz abtat. Die Wahl des falschen Namens, die sie für seine Schwester getroffen hatte, deutete jedoch darauf hin, dass zumindest ihr Namensgeschmack ein paar Jahrhunderte alt war. Bislang hatte er sich geweigert, sich eine neue Identität aufschwatzen zu lassen, für den Fall der Fälle, was auch immer sich Lucrezia darunter vorstellen mochte, und nun, als er Chilis neue Papiere betrachtete, war er froh darüber. Seine bloße Anwesenheit in diesem Irrenhaus war schon weit mehr, als er eigentlich verkraften konnte. Er musste nicht auch noch Friedhelm Kunibert heißen. »Geboren am 23.09.1980 … Wir sind Zwillinge!«

»Aber ich habe mich eindeutig besser gehalten als du«, scherzte Charlotte und steckte den Ausweis wieder ein. »Wie sieht's aus – kommst du mit in den Saal? Wir sprechen die letzten Details ab.«

Ich halte es nach wie vor für leichtsinnig, ausgerechnet das Mädchen zu schicken«, bemerkte Ares vorsichtig und versuchte mit mäßigem Erfolg, jeglichen Vorwurf aus seiner Stimme fern zu halten. Er wollte nicht streiten. Ihm lag einzig daran, seine Schwester womöglich doch noch zur Vernunft zu bringen. Selbst wenn die Kleine tatsächlich so leichtgläubig und motiviert war, wie sie sich gab, war diese Aufgabe doch eine Nummer zu groß für sie. Nach allem, was er in mühsamer Forschungsarbeit herausgefunden hatte, bot die Angelegenheit ihnen weitaus mehr als die übliche, eher dürftige Chance, dass einer der Templer ihnen unwissentlich den Weg zu ihrer geheimen Festung und damit zu den Reliquien wies.

»Niemand wird ein Mädchen wie Charlotte verdächtigen, etwas im Schilde zu führen. Man wird sie kaum beachten«, widersprach Lucrezia. »Darüber hinaus ist sie mittlerweile mindestens ebenso zuverlässig wie jeder unserer Männer; vielleicht sogar mehr. Sie handelt nicht für Geld, sondern aus Überzeugung. Sie glaubt an unsere Sache! Ich habe übrigens auch nichts anderes erwartet«, fügte sie mit einem selbstzufriedenen Lächeln hinzu.

»Sie handelt aus Angst um ihren Bruder«, stellte Ares richtig.

»Das glaube ich nicht. Und selbst wenn, ist das sogar noch wirkungsvoller als Geld oder Glaube. Sie würde niemals etwas tun, was ihren Bruder gefährdet.«

Ares seufzte. Sie hatten diese Diskussion in den vergangenen Wochen viel zu häufig geführt, als dass er tatsächlich erwartet hatte, sie umstimmen zu können. »Wir dürfen uns keine Fehler erlauben«, beharrte er und begann zunehmend unruhig im Saal auf und ab zu gehen. In wenigen Augenblicken würden Pagan, Simon, Kemal, das Kebab-Hirn und die Kinder eintreffen und die letzten Absprachen getroffen werden. Danach würde sich ein Großteil der nahen Zukunft bezüglich von Metz und des Heiligen Grals seinem unmittelbaren Einfluss entziehen. Am liebsten wäre er selbst in ein Berber-Kostüm geschlüpft, um den Armenplatz für sich zu beanspruchen, aber das war selbstverständlich nicht möglich. Jedes Mitglied des Templerordens kannte sein Gesicht in- und auswendig. Aber es gab ein paar durchaus vertrauenswürdige langjährige Gefährten, die für diesen Job denkbar gewesen wären.

»Sie halten solche Zusammenkünfte im Rhythmus von neun Jahren ab«, änderte der Schwertmeister seine Strategie, um seine Schwester von der Bedeutsamkeit der geplanten Aktion zu überzeugen und sie vielleicht doch noch von ihrer Schnapsidee abzubringen. Mittlerweile glaubte Ares ihre Verbohrtheit mit dem Umstand begründen zu können, dass das Mädchen genauso alt war wie sein Neffe, wenn er noch am Leben wäre. Sie konnten sich solche Sentimentalitäten nicht leisten. »Es besteht kein offensichtlicher Grund für die jeweilige Wahl des Kultraumes, niemand weiß, wo sie sich beim nächsten Mal treffen. Aber ich habe herausgefunden, was sie dort tun.«

»Erzähl mir bitte etwas, was ich noch nicht weiß«, gab Lucrezia gelangweilt zurück.

»Es geht tatsächlich um ein Versteck, wenn auch wahrscheinlich nicht um das des Grabes«, fuhr Ares unbeirrt fort. »Es heißt, Spica weise ihnen den Weg. Ein Versteck, das so geheim und wichtig ist, dass niemand wagt, es in Wort oder Schrift festzuhalten. Der Stern ruft ihnen den Weg ins Gedächtnis zurück. Auf diese Weise wird dieses Etwas nicht gefunden, ohne jedoch in Vergessenheit zu geraten. Ich denke ...«, er legte eine Kunstpause ein, um die Spannung zu steigern, doch Lucrezia reagierte in keiner Weise, sodass er nicht einmal sicher sein konnte, ob sie ihm überhaupt zuhörte. »Ich denke, es geht um den Schatz von Jerusalem.«

»Wir brauchen keinen Schatz mehr, wenn wir erst den Gral haben«, winkte Lucrezia achtlos ab.

»Nein«, bestätigte Ares. »Aber vielleicht hilft er uns, den Gral zu finden. Wie oft haben wir diese Bluthunde schon aufgespürt und ihre Fährte wieder verloren, Schwester? Meine Männer werden alles daran setzen, sie nicht wieder entkommen zu lassen, aber ...« Er hob viel sagend die Schultern und zog eine Grimasse. Es war demütigend, aber wahr: Seit es der Prieuré gelungen war, das Grabtuch zu bergen, hatte sie kaum noch nennenswerte Erfolge im Kampf um den Heiligen Gral erzielt. Es gelang von Metz und seinen Schergen immer wieder, sie unter großen Verlusten gewaltig ins Bockshorn zu jagen. Das sollte sich dieses Mal ändern. Wenn es ihnen wieder nicht gelingen würde, das Erbe des Herrn zu bergen, so würden sie doch wenigstens einen Schritt in die richtige Richtung tun. Er betete, dass er sich nicht irrte und ihnen all ihr Aufwand letztlich doch nichts als den Reststaub des Schädels der Maria Magdalena einbrachte, den die Templer seines Wissens nach Hunderte von Jahren mit sich durch die Weltgeschichte geschleppt hatten, bemühte sich aber dennoch darum, volle Überzeugung aus seiner Stimme klingen zu lassen. »Abgesehen davon, dass er noch immer unser Eigentum ist, kostet ihre Anonymität und Sicherheit sie mindestens ebenso viel, wie die unsere uns. Selbst wenn wir sie wieder nicht fassen, können wir sie vielleicht schwächen, wenn wir an die sicher wichtigste Quelle ihrer Freiheit gelangen. Freiheit kostet, Lucrezia. Wir können sie schwächen und parallel dazu unsere Möglichkeiten auf nie geahnte Dimensionen vergrößern. Wir kaufen uns einfach das Land, in dem sie sich verstecken, Schwesterherz.«

»Ein schöner Gedanke«, lächelte Lucrezia, schüttelte aber den Kopf. »Trotzdem werde ich das Mädchen einsetzen. Du solltest endlich anfangen, mir zu vertrauen, Ares. Ich weiß, was ich tue, und wenn sich die Dinge wirklich so verhalten, wie wir glauben, dann ist das Kind erst recht die beste Wahl. Je wichtiger ihnen dieser seltsame Kult ist, umso mehr werden sie darauf bedacht sein, dass sich niemand in ihrer Nähe aufhält, der auch nur im Geringsten eine Gefahr darstellen könnte. Und niemand würde je damit rechnen, dass wir ein wehrloses Kind wie –«

Es klopfte sacht an der Tür und Ares wusste, dass er verloren hatte. Shareef und die beiden Kinder traten auf

Aufforderung seiner Schwester hin ein, dicht gefolgt von den restlichen drei Rittern der Prieuré. Er hatte versagt. Einmal mehr würde Lucrezia ihren hübschen Dickkopf gegen alle Vernunft durchsetzen, während ihm keine andere Wahl blieb, als ihr zu vertrauen und das Beste daraus zu machen. Er bündelte seine ganze Enttäuschung in einem tödlichen Blick auf den Araber, der ihn belogen und enttäuscht hatte. Der Schwertmeister bezweifelte nicht, dass der Kameltreiber in jener denkwürdigen Nacht im umfunktionierten Gästezimmer die Wahrheit über seine Herkunft gesagt hatte, auch wenn der ganze Rest völliger Blödsinn war. Niemand hatte ernsthaft vor, die Kinder dauerhaft zu beherbergen. Lucrezia mochte sie eine Zeit lang benutzen, aber es war überhaupt nicht daran zu denken, jemanden, der sich ihnen unter Zwang angeschlossen hatte, in die Prieuré aufzunehmen.

»Schön, dass wir nun vollzählig sind«, begrüßte die Herrin der Prieuré die Neuankömmlinge. »Wir sollten uns kurz fassen – die Zeit drängt.«

Jesses, Maria und Joseph!« Ein runzeliger, hagerer Kerl in einer knöchellangen Kutte beugte sich zu Chili hinab und hob den Schal, unter dem sie ihr Gesicht verborgen hielt und sich schlafend gab, mit spitzen, knochigen Fingern an, um sich zu vergewissern, dass das vor dem kleinen Mariendenkmal am Ufer des Baches zusammengerollte Häufchen Elend noch lebte. »Herrje, Kind, was treibst du denn hier? Mach die Augen auf, du holst dir ja den Tod!« Das musste Saschas

Personenbeschreibung nach und nach dem, was sich im silbrigen Mondschein von seiner Erscheinung erkennen ließ, Bruder Paul sein, auch wenn er deutlich später als erhofft und hörbar beschwipst eintrudelte. Er stellte hastig eine halb leere Weinflasche im feuchten Gras ab, in dem Charlotte seit nunmehr einer Dreiviertelstunde ausharrte, und rüttelte besorgt an ihrer Schulter. »Nun mach schon, Kind.« Er klang fast flehend. »Wach auf und sprich mit mir. Brauchst du einen Arzt?«

Charlotte zählte in Gedanken bis sieben, ehe sie die Lider hob. Es fiel ihr schwerer als zuvor angenommen, ihre Rolle glaubwürdig zu spielen. Ihr Herz schlug schnell und hart, auch wenn sie sich nicht in Gefahr befand, aber sie wollte Lucrezia auf keinen Fall enttäuschen und dieses große, bedeutsame Abenteuer nicht verpatzen, noch ehe es so recht begonnen hatte. Mittlerweile war die Feuchtigkeit tatsächlich durch ihre löchrigen Kleider gedrungen, sodass sie fröstelte. Ihre Glieder waren nach dem reglosen Ausharren in der Kälte der ersten Märzwochen fast steif gefroren. Außerdem drückte die mit einer halben Rolle Klebeband auf der nackten Haut unter ihrem Pulloversortiment fixierte Wanze übel auf ihre Rippen und der nicht nur mit alter Wäsche gefüllte Armeerucksack gab ein denkbar unbequemes Kissen ab, sodass ihr der Kopf wehtat. Aller Aufregung zum Trotz war sie doch erleichtert, dass der erwartete Klosterbruder endlich eingetroffen war. Am liebsten wäre sie gleich aufgesprungen, um ihn zu bitten, sie irgendwohin zu bringen, wo es warm und trocken war, aber sie beherrschte sich und tat, als erwachte sie nur langsam. »Hmmh?«, grummelte sie verschlafen.

Ihre Lippen waren im Gegensatz zum Rest ihres Körpers furchtbar trocken. Es fiel ihr nicht schwer, eine leidende Miene zu ziehen.

»Was tust du bloß hier, Mädchen?«, wunderte sich der Alte kopfschüttelnd. Er nahm, während er sie besorgt bei ihren oscarverdächtigen Bemühungen, sich auf ihre zittrigen Beine zu stellen, beobachtete, seine Weinflasche wieder an sich und hielt sie ihr auffordernd hin. »Komm, trink erst mal einen Schluck. Du schaust aus, als könntest du es gebrauchen. Davon wird dir wieder warm.«

»Danke.« Chili schüttelte abwehrend den Kopf und wandte sich ab, als ob sie weitergehen wollte, um sich einen anderen Rheuma fördernden Schlafplatz zu suchen. Sie durfte sich dem Mönch nicht gleich an den Hals werfen, aber er würde eine halb verhungerte, durchgefrorene junge Frau keinesfalls einfach so weiterziehen lassen, davon war sie überzeugt. Sie wurde nicht enttäuscht.

»He – warte doch! Wo willst du denn hin?« Sein Gang war schwankend, aber er holte entschlossen zu Chili auf. »Und wo kommst du vor allen Dingen her?«, wunderte er sich. »Hier wohnt weit und breit keine Menschenseele, außer uns natürlich. Es ist ja auch schon dunkel. Hast du denn kein Zuhause?«

Auf der anderen Seite des Baches huschte ein Schatten von einer alten Ulme zu einem Vogelbeerstrauch, doch wer nicht damit rechnete, beobachtet zu werden, hätte dies gar nicht bemerkt. Charlotte aber nahm es sehr wohl wahr und fühlte sich gleich ein bisschen sicherer. Längst hatte sie es sich abgewöhnt, die Söldner um sich herum als Bedrohung zu sehen. Im Gegenteil: Sie hatte sich mit dem Gefühl, nie allein zu sein, durchaus angefreundet. Was die Tatsache anging, dass man ihr die Möglichkeit, sich frei zu bewegen, verwehrte, so wusste sie eins mit Gewissheit: Lucrezia hätte Sascha und sie umbringen lassen können. In Anbetracht der Wichtigkeit ihrer Mission hätte Gott ihr das unter Abwägung des abzuwendenden Übels sicher verziehen. Aber das hatte sie nicht getan und sie würde es auch nicht tun. Stattdessen sorgte sie gut für sie beide. Nicht nur das: Von Shareef wusste Chili, dass es nicht bei dem einmaligen Geldbetrag geblieben war, den sie Ella zusammen mit dem Brief geschickt hatte. Nachdem der erste Schreck vorüber war, hatte Chili gelernt, die sie umgebenden Menschen als Beschützer für das Heiligtum im Keller der Devina und schließlich auch ihrer selbst zu betrachten. Mittlerweile fühlte sie sich unter Lucrezias Fittichen besser behütet und verstanden als je zuvor in ihrem Leben. Selbst jetzt meinte sie spüren zu können, dass das aufmerksame schützende Auge der Herrin der Prieuré auf ihr ruhte.

Durch die Anwesenheit der Söldner in ihrem Selbstvertrauen bestärkt, hielt Charlotte inne und blickte den Alten in einer weiteren schauspielerischen Meisterleistung aus großen, vom Leben mit Angst und Misstrauen gebrandmarkten Augen an. »Nein«, antwortete sie knapp und registrierte mit einem Anflug von märtyrerhaftem Stolz, dass die Feuchtigkeit ihr mehr zugesetzt hatte, als sie bislang bemerkt hatte: Ihre Stimme klang heiser. »Ich bin allein. Und das sollte ich besser auch bleiben.«

»Stopp, stopp, stopp!« Der Alte hielt sie an der Schulter zurück, als sie sich wieder von ihm abwenden wollte, und versuchte so etwas wie väterliche Strenge in seine trunkene Stimme zu mischen. »Ich mache dir einen Vorschlag: Wir zwei erlösen jetzt dieses himmlische Gebräu von dieser unschönen Flasche und dann nehme ich dich erst einmal mit. Hab keine Angst, ich tu dir nichts. Wenn ich dich nun gehen lasse, erfrierst du mir am Ende noch oder sonst was Schlimmes passiert – ich meine: so ein junges, wehrloses Ding wie du in tiefster Nacht und ganz allein ...« Er schüttelte entschieden den Kopf und geriet durch die heftige Bewegung aus dem Gleichgewicht, stürzte aber nicht, sondern stemmte die freie Linke in die Hüfte und bemühte sich, sein Taumeln mit hervorgestrecktem Kinn zu kaschieren.

Chili fand ihn niedlich. Gerne hätte sie ihm ein Lächeln geschenkt, doch das sah die Rolle, die sie in vielen unruhigen Nächten detailliert durchdacht hatte, nicht vor. Noch nicht. »Woher weiß ich, dass ich Ihnen trauen kann?«, fragte sie stattdessen mit skeptisch zusammengekniffenen Augen und misstrauisch schräg gelegtem Kopf.

»Wie? Was?« Der Klosterbruder wirkte erst irritiert, dann aber aufrichtig empört. »Na, sieh mich doch mal an!«, entfuhr es ihm, während er um seine Beherrschung ringend an seiner Klostertracht hinabblickte und hektisch mit den Händen, von denen die eine ungünstigerweise immer noch den Hals der Weinflasche umklammert hielt, gestikulierte. »Ich bin ein *Mönch*«, sagte er nicht ohne Vorwurf, während er sich mit dem Handrücken über das faltige Gesicht wischte, um das klebrige Getränk, das bis dorthin gespritzt war, von seiner langen Nase zu wischen. Auch Charlottes oberster Pullover war in Mitleidenschaft gezogen worden – eine Zumutung in Farbe und Form, auf der ein Fleck mehr oder weniger allerdings nicht weiter auffiel. »Wenn einem Gottesmann nicht zu trauen ist – wem denn dann, frage ich dich! Lieber Himmel, liegt es an dieser Jugend oder ist die Welt tatsächlich so fürchterlich schlecht?«

»Ist sie«, antwortete Charlotte knapp, hob dann aber traurig die Schultern und war stolz auf ihre Leistung, obwohl es doch eigentlich ganz und gar unchristlich war, das Mitgefühl eines anderen so schamlos berechnend auszunutzen. Aber in diesem Fall heiligte der Zweck fraglos die Mittel.

Der Geistliche schmolz vor Bedauern und Mitgefühl sichtbar dahin. »Ist sie nicht«, widersprach er so ernsthaft, wie es sein Blutalkohol erlaubte. »Nur mag es sich manchmal vielleicht so anfühlen, wenn es am rechten Glauben und Gottvertrauen mangelt. Aber ich will dich nicht bekehren, sondern dir helfen. Es ist meine Pflicht, dir zu helfen, weißt du. Liebe deinen Nächsten wie dich selbst. Ich würde heute nicht im Freien schlafen wollen, und ich bin wirklich nicht übermäßig selbstverliebt.«

Chili gab vor, nur widerwillig nachzugeben, und folgte dem Alten schließlich in Richtung Kloster. Während sie einen gut zweihundert Meter durchmessenden Friedhof überquerten, wurde ihr doch ein wenig mulmig zwischen all den alten, oft windschiefen Gedenksteinen und -kreuzen. Paul jedoch torkelte unbeschwert vor ihr her, vergewisserte sich ab und an mit einem Blick über die Schulter, dass sie ihm artig folgte, und verharrte schließlich einen Augenblick vor einem frischen blumengeschmückten Erdhügel, an dessen Ende ein hölzernes Kreuz prangte, in das ein Name mit ziemlich vielen Silben sowie ein Geburts- und Sterbedatum eingeschnitzt waren. Nichts davon konnte Chili in der Dunkelheit entziffern, aber sie konnte sich ausrechnen, wer hier seine letzte Ruhestätte gefunden hatte.

»Armer alter Zacharias Benedikt«, seufzte der Geistliche, während er sich bekreuzigte und fast vorwurfsvoll auf das frische Grab hinabblickte. »Ich hab's ihm immer gesagt, dass er sich in seinem Alter nicht mehr hinters Steuer setzen soll. Nimm doch ein Taxi, hab ich gesagt, nimm's meinethalben aus der Spendenkasse, der Herrgott wird's schon verstehen. Aber er wollte ja nicht hören. Hier.« Er drückte die nunmehr fast leere »Klosterseele« in die lockere Erde und schob ein paar halb vertrocknete Lilien über den aus der Erde ragenden Flaschenhals. »Nimm das und lass es dir gut gehen. Bis bald.«

Charlotte war erleichtert, als sie den Friedhof endlich hinter sich ließen und die meterhohen Mauern anstrebten, die das eigentliche Klostergelände umgaben. Die Söldner folgten ihnen geräuschlos, doch manchmal sah sie einen schwarzen Schatten durch die finstere Nacht huschen. Einmal blinkte – nur ganz kurz – etwas hinter einem auf dem großen Parkplatz außerhalb des Geländes abgestellten Wagen auf. Alles verlief genau nach ihrem Plan, der vorsah, dass der freundliche Alte, von dem Sascha erzählt hatte, sie schnurstracks ins Kloster führte, sobald er sie scheinbar zufällig während seines allabendlichen Spaziergangs aufgelesen hatte, und sie schließlich zu seinem Abt führte, um sie für den freien Armenplatz anzumelden. Ares und seine Männer hatten dafür gesorgt, dass sich nach dem bedauerlichen Tod des verunglückten Klosterbruders kein anderer Landstreicher oder Bettler in der Nähe der gesegneten Mauern herumtrieb. Es hieß, niemand, der ihren Platz hätte gefährden können, müsse sich noch um seine Zukunft sorgen. Lucrezia habe sie regelrecht abwerben lassen.

Aber die erste Abweichung ließ nicht allzu lange auf sich warten. Charlotte merkte bald, dass sie sich nicht wie erwartet auf den Haupteingang, einen wuchtigen Torbogen aus dem vergangenen Jahrhundert, zubewegten, sondern einen großen Bogen darum machten und sich der östlichen, reichlich mit Unkraut und Gestrüpp überwucherten Mauer näherten.

»Wohin gehen wir?«, erkundigte sie sich. Nun musste sie ihr Misstrauen nicht mehr spielen.

»Nicht so laut«, zischte der Alte und schob die Äste eines Holunderstrauches auseinander. »Sie sind nicht alle schwerhörig, besonders nicht Jakob, die alte Petze … Hier.« Er deutete mit einer Kopfbewegung auf eine verwitterte Holztür, die in das solide Mauerwerk hinter dem Gebüsch eingelassen war. Chili zögerte einen winzigen Moment, gehorchte dann aber und zwängte sich durch das Geäst, um die Tür vorsichtig aufzuschieben. Die rostigen Angeln quietschten so erbärmlich, dass das Geräusch wahrscheinlich selbst dann zu spüren war, wenn man überhaupt keine Ohren besaß, und Charlotte hielt erschrocken inne. »Na los!« Paul wedelte mit den Händen, als scheuchte er ein paar Hühner vor sich her. »Mach schon.«

Sie schlüpfte durch den Spalt und ließ sich an einem reich verzierten Jugendstilgebäude vorbei (»Bibliothek«, zischte Paul stolz) zu einem schlichten zweistöckigen Bau, der wohl aus der Nachkriegszeit stammen mochte, führen, wo der Alte seinem Promillewert trotzend geschickt und beinahe geräuschlos einen schätzungsweise bowlingkugelschweren Schlüsselbund unter seiner Tracht hervorzauberte und einen der Torflügel des Haupteinganges öffnete. Im Inneren angelangt, verzichtete er darauf, den Lichtschalter zu betätigen, sondern nahm sie bei der Hand und zog sie durch eine, soweit sie erkennen konnte, weitläufige Empfangshalle, an deren Ende eine breite Treppe in den ersten Stock hinaufführte. Sie hatten gerade die vier ersten Stufen zurückgelegt, als jemand die mangelhaften Lichtverhältnisse aufbesserte, und zwar gründlich ...

»Wenn das keine Überraschung ist.« Charlotte hatte das Gefühl, als versuchte ihr Herz mit einem Sprung durch die Speiseröhre zu entkommen, als diese fünf für sich genommen harmlosen Worte zeitgleich mit dem plötzlichen Aufflackern des grellen Neonlichtes durch die Empfangshalle schallten. Sie fuhr auf dem Absatz herum, verlor vor Schreck beinahe das Gleichgewicht auf den glatten Stufen und starrte die rundliche, pausbäckige Gestalt an, die sich triumphierend grinsend vor den hölzernen Torflügeln aufgebaut hatte und noch immer einen Wurstfinger auf dem Kippschalter links von der Tür hielt. »Besuch um diese Zeit«, säuselte die wie Paul mit einer leinenen Kutte bekleidete Gestalt. »Und so ganz und gar unverhofft ... Willst du mir deine Freundin nicht vorstellen, Bruder? Und vor allem unserem gütigen Abt – du weißt, er freut sich über jedes neue Gesicht in diesem tristen Gemäuer.«

Paul errötete, doch seine geballte Rechte verriet, dass der Farbwechsel seiner Wangen eher auf Wut als auf Scham beruhte. »Hätte ich das Licht ausgelassen, wenn ich das vorgehabt hätte?«, gab er verärgert zurück und baute sich auf der Stufe unter Chili vor ihr auf, als müsse er sie beschützen.

»Um keine patzige Antwort verlegen und unbelehrbar«, seufzte der Dicke überheblich und machte ein paar Schritte seitwärts, um gegen eine der beiden an den großen Vorraum grenzenden Türen zu klopfen, aber es erwies sich als überflüssig: Noch bevor seine schwungvoll ausholende Hand das spröde Holz erreicht hatte, wurde die Tür aufgerissen, sodass er stattdessen einen hoch gewachsenen, dürren Kerl mit schütterem Haar, tief hängenden Tränensäcken und bis über die Knie reichendem weißen Nachthemd prompt in den Bauch boxte.

»Abt Christopher«, hüstelte der Dicke verlegen, während der stechend scharfe Blick aus den strengen, wachen Augen des Abtes ihm ein paar metaphorische Löcher in die jugendlich dichte Haarpracht sengte. »Verzeihen Sie, ehrenwerter Abt, es lag nicht in meiner Absicht, Ihren wohlverdienten Schlaf zu unterbrechen, aber –«

»Du sollst nicht lügen«, unterbrach ihn der Abt streng.

»Nun, ähm ... Verzeihung, ehrwürdiger Vater«, stammelte der Dicke, »aber ... Sehen Sie selbst.« Er deutete anklagend auf Bruder Paul und Charlotte, die, unschlüssig, wie sie reagieren sollten, noch immer auf den unteren Treppenstufen verharrten.

Chili hätte Paul dafür ohrfeigen können, dass er nicht

gleich offen um Erlaubnis gebeten hatte, sie beherbergen zu dürfen, sondern stattdessen versucht hatte, sie heimlich einzuschleusen.

Christopher ließ seinen strengen Blick noch einen weiteren Moment auf seinem unfreiwilligen Attentäter ruhen, ehe er sich Paul zuwandte und ihn ebenso ernst betrachtete. Irgendwo über ihnen wurden gleich mehrere Türen leise aufgeschoben und Schritte tapsten über die Holzdielen der oberen Etage. Noch ehe der Abt etwas sagen konnte, wurde auch die zweite Zimmertür im Erdgeschoss einen Spaltbreit geöffnet, durch den sogleich zwei verschlafene, nichtsdestotrotz ungemein neugierige Augenpaare spähten.

»Darf ich fragen, was hier vor sich geht«, sagte der Abt an Paul gewandt, der spontan um mehrere Konfektionsgrößen in sich zusammenschrumpfte.

»Ähm, natürlich dürfen Sie das, ehrenwerter Abt.«

Christopher sog scharf die Luft ein. »Und bist du möglicherweise gewillt, mir diese Frage auch zu beantworten?«, fragte er mühsam beherrscht.

»Oh ... selbstverständlich, Vater. Ich ... Er ...« Paul deutete verzweifelt auf den Dicken. »Jakob hat das Licht eingeschaltet und Lärm gemacht. Wir waren wirklich leise!«

»Paul!« Die Stimme des Abtes erinnerte an Donnergrollen und zornige Blitze zuckten aus seinen Augen.

»Ja ... Nun, es ist so ...« Der Alte warf einen Hilfe suchenden Blick in Richtung der beiden durch den Türspalt lugenden Augenpaare und schließlich einen weiteren ans obere Ende der Treppe, das sich schnell mit einer ganzen Schar barfüßiger älterer Herrschaften in knie- bis knöchellangen Nachtgewändern füllte, die neugierig in die Empfangshalle hinabblickten. »Ich fand dieses arme Ding am Ufer der Schwalbe ... des Schwalbenbachs, meine ich. Und es fror ganz erbärmlich und hat auch kein Zuhause und da dachte ich ... Nur für eine Nacht und es ist doch meine christliche Pflicht und –«

»Und außerdem haben wir gerade einen Armenplatz«, fiel ein weiterer Mönch ein. Es war einer der beiden, die sich bislang nicht getraut hatten, gänzlich ans Licht zu treten, aber nun, da er es tat, vertrat er seine Position bemerkenswert selbstbewusst. Ungeachtet eines strengen Blickes des Abtes nickte er heftig, um seinen Worten Nachdruck zu verleihen, und erntete dafür ein dankbares Lächeln Chilis, die erleichtert war, dass endlich jemand aufgetaucht war, der die Ordensbrüder an ihre eigenen Regeln erinnerte.

»Danke, lieber Leonard«, seufzte Paul und wandte sich wieder an Christopher. »Das wollte ich gerade erwähnen, daran hatte ich gleich gedacht: der Armenplatz. Ich wollte sie in die Kammer unseres armen Zacharias Benedikt bringen, um Sie morgen in aller Frühe gleich zu informieren. Ich wollte ja niemanden stören, ehrenwerter Abt, wirklich nicht. Das ist nicht *meine* Art«, setzte er mit einem bösen Seitenblick auf den mittlerweile in sichere Distanz gewichenen und deutlich verlegenen Jakob hinzu. Die Dinge liefen wohl nicht so, wie er es sich vorgestellt hatte.

»Das arme kleine Ding«, flüsterte jemand inmitten des Gemenges am oberen Treppenabsatz.

»Ganz nass und durchgefroren«, setzte ein anderer hinzu.

»Und es riecht ...«, bemerkte wieder ein anderer.

»Es ist ein *Mädchen*«, betonte ein Vierter etwas lauter und mit einem Male war eine erregte Diskussion entbrannt, die binnen weniger Augenblicke ungeahnte Höhepunkte erreichte, als sich sowohl Jakob wie auch der mit Leonard Angesprochene sowie dessen Zimmergenosse – offensichtlich sein Zwillingsbruder –, in den Disput einmischten. Chili hätte belustigt gegrinst, wenn nicht so viel für sie auf dem Spiel gestanden hätte. Aber sie konnte nichts tun, als an ihrer Rolle des bedauernswerten obdachlosen Geschöpfs festzuhalten und die Auseinandersetzung schweigend zu verfolgen.

»Vor Gott sind alle gleich«, wusste einer beizutragen.

»Vor Gott vielleicht, aber hier auf Erden ...«

»Ach, hör doch auf, was kann denn das Mädchen dafür.«

»Und die Regeln schreiben vor, dass ein Armer den Platz bekommt, und zwar der nächste, der an unsere Pforte klopft.«

»Getropft? Was hat getropft?«

»Ja, genau: ein *Armer*. Keine Arme.«

»Sei doch nicht kleinlich.«

»Wer ist peinlich?«

»Vierzig Tage und Nächte, daran gibt es nichts zu rütteln.«

»Paul hat Recht.«

»Nein, Waldemar hat Recht. Ein Weibsbild in unseren Mauern ...«

»Nicht peinlich. *Kleinlich*.«

»Alles nur Ausreden. Er wollte sie hier hineinschmuggeln. Das gibt hundertdreißig Vaterunser, mindestens!«

»Es ist doch nur für vierzig Tage. Und so sind die Regeln nun einmal.«

»Ich bin nicht peinlich!«

»*Ruhe*!«, donnerte die Stimme des Abtes durch den Saal. Chili fuhr zusammen, während die Streithähne abrupt abbrachen.

»Joseph sagt, ich bin peinlich. In seinem Alter hatte ich auch noch Ohren wie ein Luchs. Er ist ungerecht«, klagte eine zwergenhafte bärtige Gestalt inmitten der aufgebrachten Horde, aber Christopher überging seine Beschwerde.

»Tatsächlich sehen die Regeln keinen Unterschied zwischen bedürftigen Männern und Frauen vor«, bestätigte der Abt, nachdem sich alle Augen fragend und erwartungsvoll auf ihn gerichtet hatten. »Andererseits jedoch habt ihr Recht, wenn ihr sagt, dass wir nicht mit einer Frau unter einem Dach wohnen können.« Er maß Charlotte nachdenklich, wobei er mit dem Zeigefinger über seinen Nasenrücken rieb. »Nun denn, wir wollen sehen, ob sich nicht eine Lösung findet. Ein Kompromiss. Komm einmal her, Kind. Du schaust mir doch recht jung aus, ich kann kaum glauben, dass du tatsächlich keine Bleibe hast. Du bist doch nicht etwa ausgerissen, hmh?«

Charlotte verneinte heftig, während sie den Worten des Alten Folge leistete und ihm zögerlich gegenübertrat. »Ich bin neunzehn«, log sie und tastete nach dem falschen Ausweis in ihrer Hosentasche, um ihn dem Abt hinzuhalten, aber dieser würdigte ihn keines Blickes, sondern nickte nur und betrachtete sie weiterhin nachdenklich.

»Ich denke, du wirst bleiben können. Vierzig Tage lang, wenn du möchtest, denn so sehen es unsere Regeln vor. Allerdings nicht in diesem Haus.« Er winkte Leonard herbei und schob Chili einen Schritt auf ihn zu. »Führe sie in die Küche und bring ihr eine Matratze und ein paar Decken«, trug er dem Mönch auf. »Nur für diese Nacht«, wandte er sich fast entschuldigend an Charlotte, während Leonard in seinem Zimmer verschwand und bald darauf mit seinem Zwilling, einer Matratze (womöglich seiner eigenen) und einem Arm voll Wolldecken wieder in die Halle hinaustrat. »Morgen früh sehen wir weiter. Und nun macht, dass ihr in eure Betten kommt«, fügte er an die übrigen Brüder gewandt hinzu. »Wir wollen früh auf den Beinen sein, um dem Herrn nach Kräften zu dienen. Gute Nacht.«

Leonard und sein Bruder traten barfuß durch das Portal und winkten Charlotte, ihnen zu folgen. Am Ausgang angelangt, wandte sie sich noch einmal zu Paul um und lächelte dankbar.

»Du bleibst hier«, vernahm sie den Abt, ehe sie die Tür hinter sich zuzog. Es war nicht schwer zu erraten, wen er mit diesen Worten meinte. »Ich möchte doch gerne noch von dir erfahren, was du eigentlich so spät dort draußen getrieben hast – und was das für seltsame Flecken sind, die deine Gewandung verunreinigen.«

D er Mittwochabend, an dem Charlotte in das Kloster aufbrach, war einer jener Tage, an denen Jeremy ein weiteres Mal in seinem nunmehr zweiunddreißig Jahre währenden Leben mit dem Gedanken spielte, sein bescheidenes Hab und Gut zu packen und sich einfach zu verziehen. Sein Körperbau hatte ihm immer dabei geholfen, ihm ein gebührendes Maß an Respekt zu verschaffen. In seiner wilden Jugend war es ihm an diversen Bahnhöfen und in der Fußgängerzone möglich gewesen, sich allein durch seine beeindruckende Erscheinung ein passables Taschengeld zu verdienen. Er war dabei nicht einmal unhöflich, geschweige denn grob gewesen. Streng genommen hatte er nichts Verbotenes getan, sondern sich stets darauf beschränkt, vorzugsweise ältere Herrschaften in einem ruhigen Winkel anzusprechen und sie freundlich darum zu bitten, ihm ihr Bargeld zu überlassen. Nur die wenigsten waren auf die Idee gekommen, ihm seinen Wunsch zu verweigern. Die meisten hatten mit plötzlich zittrigen Fingern begonnen, nervös in ihren Taschen herumzuwühlen, und waren in der Regel fündig geworden, um auf diese Weise seinen bescheidenen Lebensunterhalt zu finanzieren. Er hatte dies zu schätzen gewusst und sich bei einem jedem ebenso höflich bedankt, wie er zuvor um eine Spende gebeten hatte.

Aber glücklich war er mit diesem Leben nie gewesen. Eine eigene Wohnung besaß er nicht, schon weil seine bemerkenswerte Methode, sich durchzuschnorren, ihn dazu zwang, von Ort zu Ort zu ziehen. Über einen Schulabschluss, der die Voraussetzung für einen Job war, verfügte er ebenfalls nicht. So war er wirklich froh gewesen, als er eines folgenschweren Tages im Rahmen seiner Raubzüge auf Pagan gestoßen war, der aus einem verborgenen Winkel einer schwach beleuchteten Fußgängerpassage heraus beobachtet hatte, wie eine Dame Anfang neunzig Jeremy ihren Ohrschmuck, 3,50 Mark und ihre Viererkarte für den Bus »schenkte«. Pagan hatte sich kopfschüttelnd zu ihnen gesellt, Jeremy alles wieder abgenommen und der alten Dame mit einer Entschuldigung zurückgegeben. »Es tut mir wirklich Leid, er meint es nicht so«, hatte er behauptet und um Verständnis für den ihm in Wahrheit völlig fremden Riesen gebeten. »Ständig büchst er aus der Anstalt aus … Ich bin sein Pfleger, wissen Sie.«

Die Alte hatte Jeremy mit einigen mitfühlenden Worten ein Salbeibonbon zugesteckt und war erleichtert ihres Weges gegangen. Jeremy war nahe dran gewesen, seinen naturgegebenen Pazifismus zu vergessen und den im Verhältnis zu ihm regelrecht mickrigen Fremden kraft seiner Rechten auf Pflegestufe drei zu katapultieren, aber Pagan hatte mit einer besänftigenden Geste und wenigen Sätzen verkündet, dass er ihm ein Angebot machen wolle, das sich lohne. Jeremy hatte ihm zugehört und es nicht bereut. Endlich hatte er alles, wonach er sich immer gesehnt hatte: ein Dach über dem Kopf, regelmäßige warme Mahlzeiten, die Möglichkeit, auch ohne nennenswerte Schulbildung spannende Dinge zu lernen, und außerdem ein geregeltes Einkommen, obwohl er weder über Zeit noch Lust verfügte, von diesem Geld Gebrauch zu machen, sodass er seit nunmehr über zehn Jahren zu den Lieblingskunden der städtischen Sparkasse zählte, ohne dass deren Angestellte ihn auch nur ein einziges Mal zu Gesicht bekommen hätten. Er diente ausschließlich in der Devina, sodass er nie in jene blutigen Auseinandersetzungen geriet, die schon viele seiner Kollegen mit dem Leben bezahlt hatten, und das war ihm nur recht. Er stand pünktlich auf, drehte die Runden, die der jeweilige Tagesplan vorsah, trainierte sein Geschick mit den Waffen, für die er sich begeisterte, von denen er aber hoffte, niemals ernsthaft Gebrauch machen zu müssen, und legte sich abends zufrieden, wieder einen Tag in seinem außergewöhnlichen Zuhause gemeistert zu haben, zu Bett.

Doch eines hatte sich auch hier nicht geändert: Die Menschen respektierten ihn nicht mehr, sobald sie durchschauten, dass hinter der Fassade aus Muskelmasse eine friedfertige Seele schlummerte, die einfach nur ihre Ruhe haben und ein paar Freunde finden wollte. Seine Gefährten machten sich mehr oder weniger unverblümt über ihn lustig und spielten ihm kindische Streiche; so drehten sie beispielsweise immer wieder gern die Klimaanlage in seinem Zimmer auf drei Grad hinunter. Manchmal stachelten sie sich gegenseitig sogar zu kleinen Übergriffen an. Mehr als einmal war während der gemeinsamen Schießübungen ein Bolzen oder eine Kugel rein versehentlich gefährlich dicht an ihm vorübergezischt, und mittlerweile überprüfte er an den so genannten Markttagen sicherheitshalber die Bremsschläuche und Reifen an seinem Wagen, ehe er sich mit Lucrezias goldener Kreditkarte aufmachte, um zu besorgen, was in der Gemeinschaftsküche fehlte.

Heute war es mal wieder so weit und Jeremy war frustriert, wenn auch nicht allzu überrascht gewesen, als er beim allmorgendlichen Blick auf den Tagesplan feststellte, dass er zum vierten Mal in Folge für diese ungeliebte Aufgabe eingetragen war. Auch derartige Manipulationen waren an der Tagesordnung. Jeremys

Chance, für den Toilettendienst eingeteilt zu werden, hatte sich schleichend von einer logischerweise anzunehmenden Wahrscheinlichkeit von etwa eins zu fünfzig auf schätzungsweise fünfundzwanzig Prozent erhöht, was keinen Zweifel mehr daran ließ, dass er sich völlig zu Recht als Mobbing-Opfer fühlte. Und es würde eher noch schlimmer werden, nachdem sich seine Freundschaft zu dem Jungen, der gegen seinen Willen hier festgehalten wurde, herumgesprochen hatte und täglich neuen Zündstoff für üble Nachrede und völlig ungerechtfertigte Anspielungen, die tief unter die Gürtellinie gingen, lieferte. Jeremy empfand nichts als Sympathie für den Jungen. Er glaubte, er habe trotz der Umstände, durch die sie sich kennen gelernt hatten, in Sascha jemanden gefunden, mit dem er irgendwann Freundschaft schließen konnte, wenn der Junge endlich beschloss, sich Lucrezia freiwillig anzuschließen und ein im Großen und Ganzen ausgefülltes Leben in ihrem Haus zu führen.

Er blickte ungeduldig auf seine Armbanduhr und sah sich auf dem Parkplatz vor dem bereits geschlossenen Einkaufszentrum um, wo er auf Detlev wartete, der ihn an diesem Tag begleitete. Der Hesse ließ sich Zeit, trudelte aber schließlich mit einem voll beladenen Einkaufswagen ein, den er zusammen mit Jeremy entlud. Tütenweise frisches Gemüse, Eier, Fleisch ... Detlev war für die Frischkost verantwortlich gewesen, während sich Jeremy um die Konserven gekümmert hatte. Morgen würde es Putenschnitzel geben, stellte er fest und freute sich. Bescheidenheit war eine wunderbare Eigenschaft. Irgendwann würden die anderen sicher die Lust daran verlieren, ihn zu terrorisieren, dachte er schon wieder ein wenig besänftigt und verwarf die flüchtige Idee, sein Glück anderenorts zu versuchen, schnell wieder. Er sollte an so was noch nicht einmal denken.

Jeremy fuhr los, parkte den kleinen Transporter eine ganze Weile später vor der Devina und eilte, zwei Papiertüten voller Konservendosen unter den Armen, ins Haus zur Vorratskammer. Er passierte die Glastür, die den Söldnerbereich von den Privaträumen der Herrin und ihrer Ritter trennte, und stutzte, als er Shareef und Ares zielsicher auf das Zimmer zusteuern sah, das nun den Jungen und dessen Schwester beherbergte. Dass Ares Sascha besuchte, geschah nicht oft. Es war kein Geheimnis, dass die zwei einander mieden wie die Pest. Und auch Shareef zählte nicht unbedingt zu Saschas Bezugspersonen. Was den hoch gewachsenen Amerikaner aber vor allen Dingen stutzig machte, war die Art, wie sich der Ritter bewegte – lange, weit ausgreifende Schritte –, und vor allem der Umstand, dass er sein Schwert gezückt hatte.

Beunruhigt stellte Jeremy seine Last auf dem marmornen Fußboden ab und kramte nach dem Schlüsselbund, den er gerade erst wieder eingesteckt hatte. Die Tür zu den privaten Räumen war abgeschlossen, aber da er sich in den vergangenen Wochen zu einer Art persönlichen Betreuer für den Jungen etabliert hatte, verfügte er mittlerweile über einen der begehrten Schlüssel und besaß Lucrezias persönliche Erlaubnis, Sascha zu besuchen, wann immer er wollte. In diesen Sekunden wollte er das unbedingt. Jeremy schloss auf, folgte den beiden Männern zügig, aber möglichst geräuschlos und spähte vorsichtig um die Ecke, als er das Zimmer erreichte, das Saintclair und der Araber mittlerweile betreten hatten.

Der Junge stand vor dem vergitterten Fenster, das Aussicht auf zwanzig Quadratmeter grün bepflanzten Innenhof bot, und hatte sich dem Schwertmeister zugewandt, der sich ihm bis auf etwa drei Schritte genähert hatte.

»Nun denn – bringen wir es hinter uns.« Obwohl Ares ebenso mit dem Rücken zum Ausgang stand wie Shareef, konnte Jeremy sein hämisches Grinsen förmlich hören. »Halt am besten einfach still. Dann tut es nur ein kleines bisschen weh.«

Jeremy begriff die Situation schneller, als er von sich selbst erwartet hätte, hatte aber keine Zeit, sich dafür zu loben, geschweige denn der menschlichen Enttäuschung zu frönen, die dieses Begreifen mit sich brachte. Lucrezia war ausschließlich an dem Mädchen gelegen. Nur weil sie dieses unbedingt für ihre Sache gewinnen wollte, war Sascha überhaupt noch am Leben. Ein Zustand, der voraussichtlich nicht mehr lange andauern würde.

Der Söldner sprang, von einer plötzlichen, nie gekannten Wut erfüllt, aus der Deckung des Türrahmens hervor und streckte Shareef, der sich hinter Ares postiert hatte und das Schauspiel, das sich ihm bot, mit versteinerter Miene verfolgte, mit einem schwungvollen Schlag seiner monströsen Handkante in den Nacken nieder, während Ares sein Schwert mit beiden Händen packte und ausholte, um den Körper des Jungen seiner Schaltzentrale zu entledigen. Obwohl sich Jeremy nicht einmal flüchtig vergewisserte, ob der Araber tatsächlich am Boden liegen blieb, wäre sein Tritt in die Lendenwirbelsäule des Schwertmeisters vergebens gewesen, hätte sich Sascha nicht gerade noch rechtzeitig aus seiner Schreckensstarre gelöst und tatkräftig zu seiner Rettung beigetragen: Mit einem entsetzten Aufschrei ließ er sich vornüber fallen, rollte mehr oder weniger elegant an Ares vorbei und entwendete mit mehr Glück als Geschick einen Wurfdolch aus dem Knöchelhalfter des sich nur mühsam aufrappelnden Shareef. Er schleuderte ihn nach dem durch Jeremys Angriff ins Wanken geratenen Saintclair, noch ehe er wieder sicher auf beiden Beinen stand. Die rasiermesserscharfe Klinge verfehlte die Taille des Ritters um Haaresbreite, nagelte aber dessen ledernen Mantel an einen Schrank. Ares fluchte und vergeudete einige Sekunden auf eine wütende Auseinandersetzung mit seinem Kleidungsstück.

Im Überwachungsraum hämmerte der heute zu dieser Aufgabe rekrutierte Hendrik auf alle verfügbaren roten Knöpfe ein, sodass mehrere Sirenen durch das Anwesen zu heulen begannen. Jeremy hätte gewusst, dass genau das passieren würde, wenn er die Zeit für vorausschauende Gedanken gehabt hätte. Lediglich von Instinkten und Reflexen geleitet, hatte er sich kopfüber in ein Drama gestürzt, dessen Höhepunkt mit größter Wahrscheinlichkeit sein Tod darstellen würde, ganz gleich, was er von jetzt an tat oder nicht tat. Dieser Verrat würde auf keinen Fall ungesühnt bleiben und auf Verrat, das wusste er nur zu sicher, stand in diesen Mauern irgendeine Art von zügigem Ableben. Aber vielleicht gelang es ihm, vorher den Jungen hier herauszubringen – dann konnte er wenigstens in dem Bewusstsein sterben, einen echten Freund gewonnen und sich seiner würdig erwiesen zu haben.

Er packte Sascha am Oberarm und riss ihn mit sich auf den Gang hinaus und auf die Glastür zu. Aus den Augenwinkeln registrierte er dabei, dass Pagan und Simon aus ihren Zimmern stürzten und ihnen unverzüglich mit gezückten Schwertern nachhechteten, aber das, so fand er, war trotz der angeblichen Unverwundbarkeit der Ritter ihr geringstes Problem. Wie Ares und Kemal verzichteten auch diese beiden Ritter aus Gründen der Tradition und Mangel an Notwendigkeit zumeist darauf, im Haus Schusswaffen mit sich zu führen, sodass Jeremy und Sascha nicht viel passieren konnte, solange sie nur schneller waren als diese beiden. Jeremy schätzte ihren Vorsprung auf vier Manneslängen (und er maß Männer stets am eigenen Vorbild). Das sollte reichen, wenn sich nicht noch herausstellte, dass Sascha heimlich rauchte. Die Söldner jedoch, die bis vor wenigen Sekunden seine Kollegen gewesen waren, wurden dafür bezahlt, auf Stil und Traditionen zu pfeifen und einander im Verdachtsfalle gegenseitig das Hirn rauszupusten, was Jeremy bis vor kurzem selbst bei gründlichem Nachdenken im Vertrauen auf die Unerschütterlichkeit seines Pflichtbewusstseins sicher wenig kollegial erschienen, im Großen und Ganzen aber doch eher gleichgültig gewesen wäre. Er zerrte seine eigenen Waffen aus dem Gürtel, bevor sie die Zwischentür erreichten, und überließ Sascha eine davon, während er die verbliebene durchlud.

Keine Sekunde zu früh: Er hatte nicht einmal einen halben Schritt auf den Hauptgang des Söldnerbereichs zugetan, als sich Michel und Kevin von links näherten. Während sich der Pole damit begnügte, aus zwei Handfeuerwaffen auf sie zu zielen, feuerte Kevin gleich eine ganze Salve tödlicher Kugeln aus einem Maschinengewehr auf sie ab und die angeblich kugelsichere Scheibe der Zwischentür zerbarst geräuschvoll. Das Schicksal verbündete sich mit dem Glück und verhinderte auf wundersame Weise, dass auch nur eines der Geschosse sein Ziel traf. Jeremy streckte Michel mit zwei Treffern nieder, während Sascha auf Kevin zielte, aber nur einen großen Pappkarton traf, der sich plötzlich in der Ziellinie befand. Getragen wurde das sperrige Objekt, das Kevin kurzzeitig das Leben rettete, von Erwin, der aus einem anderen Korridor einbog und sich verwirrt und unschlüssig, wie er auf die Sirenen reagieren sollte, ausgerechnet mitten auf dem Schlachtfeld verharrend umblickte. Saschas Kugel schlug durch den nachgiebigen Karton und löste eine verheerende Explosion aus, als sie auf diverse äußerst empfindliche Gegenstände im Inneren der Kiste traf.

Die Druckwelle riss Sascha und den Amerikaner um und schleuderte sie unmittelbar vor den Hauptausgang, während eine mächtige Stichflamme bis unter die Decke und weit in die Flure hinein schoss und zwei Mauerabschnitte in einer gefährlichen Wolke aus Staub, Gestein und scharfkantigen Überresten von Stahl, Blech und anderen bislang verborgenen Baubestandteilen in sich zusammenstürzten. Jeremy schob sich mit dem Rücken zur Tür in die Höhe, zog Sascha mit sich hoch und tastete nach dem Schlüssel in seiner Jackentasche, um ihn – im dichten Staub praktisch blind – ins Schloss zu rammen. Die Tür sprang auf und der Riese taumelte, Sascha immer noch unter die linke Achsel geklemmt und nicht wissend, ob der Junge die Explosion überhaupt überlebt hatte, ins Freie, wo er sogleich über Detlev stolperte, der sich, seinerseits die Kiste mit den Schnitzeln schleppend, mit den Stufen zum Eingang einen denkbar ungünstigen Standort ausgesucht hatte, um darüber nachzudenken, wieso die Sirenen heulten, was das für ein schrecklicher Knall gewesen sei und wie er nun weiter vorgehen solle.

Jeremy kippte vornüber, registrierte, dass der bewusstlose Junge weich auf mehreren Kilogramm rohem Fleisch landete, riss ihn wieder in die Höhe, während die Staubwolke zu ihnen aufholte, und verpasste Sascha eine Backpfeife, die ihn stöhnend wieder zu sich kommen ließ. Von den Seiten näherte sich bereits ein halbes Dutzend weiterer Ex-Kollegen, sodass er nicht abwartete, bis Sascha die Flucht auf eigenen Füßen fortzusetzen in der Lage war, sondern sich den stöhnenden jungen Mann kurz entschlossen über die Schulter warf und derartig beladen und nach seinem versehentlichen Treffer in die Munitionskiste und dem Sturzflug durch den Korridor seiner Waffe beraubt durch den Kugelhagel der anderen Söldner über die Wiese auf die Straße vor dem Anwesen zusprintete. Die Staubwolke trug wesentlich dazu bei, ihnen das Leben zu retten. Sie breitete sich schnell genug aus, um seinen Verfolgern die Sicht derartig zu erschweren, dass sie eher raten mussten, wohin sie schießen sollten, als dass sie zielten. Die Rottweiler, die um den Gebäudekomplex herum patrouilliert hatten, rissen sich von den Leinen oder wurden auf sie losgelassen, aber als Jeremy den zum Entladen am Straßenrand abgestellten Kleintransporter erreichte und den noch immer gegen eine Ohnmacht ankämpfenden Jungen auf die Ladefläche warf, registrierte er, dass längst nicht alle Hunde ihrem Befehl, sie zu verfolgen, gehorchten. Einige stürzten kopflos davon, während andere, entweder wesentlich klügere oder dümmere Tiere, über die nach Saschas Aufprall nahe des Eingangs verstreuten Putenschnitzel herfielen, was wiederum eine weitere unverhoffte Barriere für ihre Verfolger bedeutete, sodass Simon, dicht gefolgt von zwei weiteren wild um sich schießenden Schwarzgekleideten, mit vor Staub tränenden Augen über das unerwartete Hindernis stürzte.

Der zukünftige ehemalige Söldner der Prieuré riss die Fahrertür auf, schwang sich hinters Lenkrad, drehte hektisch den Zündschlüssel um und gab Gas.

Sascha erlitt derweil einen unangenehmen Zusammenstoß mit der Heckklappe und prellte sich gleich auch noch die Schulter an der Seitenwand, als sich der Kleintransporter mit hoher Geschwindigkeit und quietschenden Reifen in die nächste Kurve legte, sodass er für die Dauer einiger Augenblicke wieder in einen leicht komatösen Zustand zurückversetzt wurde. Als die farbenfrohen Pünktchen vor seinen Augen schließlich wieder verblassten und sich zu in der Dunkelheit des Laderaumes nur schemenhaft erkennbaren Gegenständen zusammensetzten, verzichtete er vorläufig darauf, sich den Kopf über das soeben Geschehene zu zerbrechen, sondern begann schleunigst nach etwas zu suchen, woran er sich festhalten könnte. Aber es gab nichts. Der Transporter war, wie er schnell feststellte, ausschließlich mit frischen Lebensmitteln beladen. Ein paar Bananen klebten an seinem Hintern, mehrere Paletten größtenteils zu Bruch gegangener Eier verhinderten jeglichen direkten Kontakt mit dem Untergrund, Tomatensaft durchtränkte seine Jeans, und die Bohnen, die sich in seinem Haar verfingen, gaben ihm einen triftigen Grund mehr, dieses Gemüse zu verabscheuen. Schließlich gelang es ihm, eine vergleichsweise stabile Weinkiste vor eine Seitenwand zu rücken, sich dagegen zu lehnen und die Füße vor das gegenüberliegende Blech zu stemmen, was zwar von der Erfüllung der Fahrsicherheitsbestimmungen des Bundesverkehrsministers noch immer weit entfernt war, ihn aber wenigstens vor weiteren Schleudergängen bewahrte.

Er hatte es geschafft! *Jeremy* hatte es geschafft, korrigierte er seinen erleichterten inneren Ausruf der Fairness halber schnell. Allein wäre er Lucrezia und ihren Bluthunden niemals entkommen und in dieser teuflischen Festung versauert – nein: Der Puma hätte ihm den Garaus gemacht, und zwar noch heute. Sascha wusste nicht, warum sich Jeremy unerwarteterweise gegen seine eigenen Leute gestellt hatte, aber das war augenblicklich auch irrelevant. Wichtig war nur, dass der Tank voll war, dass der Koloss so schnell fuhr, wie er nur konnte, und dass sie bald die Polizei informierten.

Charlotte ... Er musste seine Schwester warnen! Ihr sagen, dass Ares ihn gleich nach ihrer Abreise hatte töten wollen, weil er nicht mehr gebraucht wurde. Sie hatten sich seine Schwester gefügig gemacht, damit sie einen Dreckjob für sie erledigte, für den niemand so geeignet war wie ein hübsches, naives Mädchen, das keiner Fliege etwas zu Leide tun konnte. Nur ihretwegen hatten sie ihn überhaupt so lange am Leben gelassen, und wenn Chili ihre Aufgabe erledigt hatte, würden sie auch sie umbringen. Oder würden sie nach seiner Flucht damit gar nicht erst so lange warten? Panik keimte in Sascha auf, als er sich fragte, ob sie vielleicht schon auf dem Weg zu ihr waren. Nein, viel schlimmer, sie waren ja schon da. Das gesamte Grundstück des Klosters wurde lückenlos von der Prieuré überwacht, sogar abgehört. Seine Schwester trug eine Wanze an ihrem Körper! Und er klemmte in einer zunehmend schmerzhaften, verkrampften Haltung im Laderaum eines Kleintransporters und konnte nichts tun als abzuwarten, bis Jeremy endlich irgendwo hielt, wo es ein Telefon gab.

Was sich wohl auch noch eine Weile nicht ändern würde: Sascha hörte den Lärm ihrer Verfolger – quietschende Reifen, jaulende Motoren … Es mussten mindestens drei sein, vielleicht auch mehr. Sie verfolgten sie und schienen langsam, aber unerbittlich zu ihnen aufzuschließen.

Dann bremste Jeremy abrupt. Der Wagen machte eine halbe Drehung um die eigene Achse und hielt mit einem so heftigen Ruck, dass Sascha befürchtete, das Fahrzeug würde umkippen. Tatsächlich hoben einige Reifen kurz ab, kehrten aber sogleich auf den regennassen Asphalt zurück. Sascha rappelte sich auf Hände und Knie hoch und streckte eine Hand nach der Klappe aus, in der vergeblichen Hoffnung, sie sei möglicherweise auch von innen zu öffnen, sowie der plötzlichen Befürchtung, der Riese könnte ihn zurücklassen und seine Flucht ohne ihn fortsetzen. Aber die Fahrertür öffnete sich, kaum dass der Wagen stand, und Jeremy eilte um den Transporter herum, riss mit der linken Hand die Ladeklappe auf und packte Sascha mit der rechten Hand am Kragen, um ihn rüde auf dem Bordstein abzusetzen. Sascha blinzelte durch einen Schleier aus glitschigem Eiweiß, vermischt mit Paniermehl, hindurch und versuchte nachzuvollziehen, was Jeremy dazu veranlasst haben mochte, ausgerechnet an diesem Ort anzuhalten. Soweit er erkennen konnte, befanden sie sich in einer verlassen wirkenden Siedlung; hier und da brannte noch Licht, am oberen Ende der Hauptstraße ging ein Neufundländer mit einem jungen Mädchen spazieren, das verwirrt und neugierig in ihre Richtung blickte. Nur wenige Schritte vor dem nun quer auf der Straße stehenden Kleintransporter lugte ein vorwurfsvoll hin und her wiegender behelmter Kopf aus einem aus unerfindlichen Gründen um diese Zeit noch von einer Baustellenlampe erhellten Gully hervor.

»Der Sprit ist gleich alle«, murmelte Jeremy hektisch, eilte auf den Bauarbeiter zu und drückte den jungen Mann, der wohl gerade einen harten Arbeitstag in der Kanalisation hatte beenden wollen, zurück in den Schacht, um Sascha dann von hinten unter den Schultern gepackt schlicht hinterherzustopfen.

Dessen Zehenspitzen ertasteten mit mehr Glück als Geschick die seitlich in die Röhre eingelassenen Haken, an denen er sich – nicht minder verwirrt als der sprachlose Arbeiter – in die Tiefe hangelte; wenigstens so weit, bis er mit einem erschrockenen Quietschen die Finger der Linken unter einem Mammutfuß hervorzuziehen genötigt war, dadurch seinen Halt verlor und den letzten Meter hinunterstürzte. Immerhin landete er auf beiden Füßen. Jeremy, dem es einige Mühe bereitete, seine gigantischen Schultern durch die runde Öffnung zu zwängen, stand einen quälenden Augenblick später, in dem Sascha die Motorengeräusche der Verfolger wieder ein bedrohliches Stück näher kommen hörte, bei ihm und dem völlig perplex unter der Lampe an seinem Helm dreinblickenden Kanalarbeiter.

»Deinen Helm – bitte.« Der Hüne hielt dem bibbernden Mann (er hatte die optimale Statur für seinen Job und reichte Sascha nun, da sie auf einer Ebene standen, gerade bis ans Kinn) auffordernd eine seiner Bärenpranken hin. Der Arbeiter gehorchte, ohne zu protestieren, und löste mit zitternden Fingern die Schnalle über seinem Adamsapfel. »Danke.« Jeremy drückte Sascha den etwas zu kleinen Helm auf den Kopf und bedeutete ihm loszulaufen. Dieser ließ sich nicht zweimal bitten, sondern rannte.

»Klappt noch immer«, triumphierte der Ex-Söldner dicht hinter ihm, während er ziellos durch die hier knöcheltiefen, dort hüfthohen Abwässer der Stadt stürzte. Der Gestank von Fäkalien, Tierkadavern und Faulgasen vereinte sich zu einer schier unerträglichen Note. Saschas Magen versuchte in regelmäßigen Abständen, die Kloake zusätzlich noch mit Leberwurstbrot anzureichern. Aber er riss sich zusammen, bemühte sich, durch den Mund zu atmen, und bog endlich in einen Seitenschacht ein, der über einen kleinen Vorsprung verfügte, sodass sie wenigstens für eine Weile nicht mehr durch die Ekel erregende Brühe stapfen mussten.

Aber Lucrezias Schergen machten offenbar auch vor der Kanalisation nicht Halt. Stimmen und Schritte hallten durch die Kanäle und Nischen, näherten sich, entfernten sich wieder. Sascha hatte in dem unterirdischen Labyrinth längst jegliche Orientierung verloren und richtete sich auf gut Glück nach seiner Nase, wobei ihm der gelbe Schein der Lampe an seinem Helm behilflich war. Sie würden sie nicht kriegen! Es wäre doch gelacht, wenn man sie hier unten aufspürte, wo er doch längst selbst nicht mehr wusste, wo er war und wie und aus welchem Gully er wieder ans Tageslicht gelangen würde. Doch darum würde er sich Gedanken machen, wenn die Schritte ihrer Verfolger endgültig irgendwo in der Dunkelheit verhallt waren. Nun mussten sie laufen, so lang und so weit sie ihre Füße trugen. Sascha glitt aus, landete bis zur Brust in der zähen Flüssigkeit zu seiner Linken, ließ sich von Jeremy wieder herausziehen, gab der nachdrücklichen Bitte seines Magens um Erleichterung endlich nach und rannte weiter.

Der Mond stand bereits hoch am wolkenverhangenen Himmel, als Ares in das teilweise zerstörte Anwesen der Prieuré zurückkehrte. Nie zuvor hatte er es mit solchem Widerwillen betreten. Wenn es einen Brand gegeben hatte (er war praktisch blind aus dem Gebäude geflüchtet und wusste es nicht mit Sicherheit), dann war er längst gelöscht, aber der feine Betonstaub der eingestürzten Mauern im Eingangsbereich hing noch immer wie trockener Nebel in der Luft. Er ließ die Tür hinter sich offen stehen, damit er sich schneller verflüchtigen konnte. Es bestand ohnehin kein akuter Grund mehr, die Tür zu verschließen. Vier Posten bewachten den Vorgarten, und nun war niemand mehr im Haus, der es nicht verlassen durfte.

Der Schwertmeister fühlte sich erbärmlich, während er über Gesteinsbrocken, Patronenhülsen und verbogene Stahlträger hinwegstieg und auf das Zimmer seiner Schwester zuging. Er hatte auf ganzer Linie versagt. Die Schmach, von einem neunzehnjährigen Bengel und einem schwulen Flachkopf überwältigt worden zu sein, war unermesslich. Lucrezia würde ihm die Hölle heiß machen, und das zu Recht. Doch über kurz oder lang musste er sich ihr und den unverzeihlichen Fehlern, die ihm in seiner Arroganz unterlaufen waren, stellen und wenigstens sein Bestes geben, den Schaden zu begrenzen, was die Erlaubnis der Herrin voraussetzte. Ares klopfte an die Tür seiner Schwester und trat ein.

Lucrezia stand mit dem Rücken zu ihm vor dem großen Fenster ihres Arbeitszimmers und verzichtete darauf, sich umzuwenden oder ihm auch nur einen kurzen Blick zuzuwerfen. Der Anblick ihrer schlanken Gestalt erinnerte ihn seltsamerweise an den des Jungen, als er zu ihm gegangen war, um seiner überflüssigen, der Prieuré möglicherweise gefährlichen Existenz endlich ein Ende zu setzen. Verflucht, er hatte sich wochenlang auf diesen Augenblick gefreut; nicht weil er es liebte zu töten, sondern weil er ihn im Gegensatz zu seiner in diesem Zusammenhang naiven Schwester als erheblichen Risikofaktor betrachtet hatte, selbst nachdem die Suche nach den Kindern offiziell eingestellt worden war. Nun hatte sich seine Befürchtung erfüllt und ausgerechnet Ares, der sich mehr als jeder andere dafür eingesetzt hatte, die Kinder als potenzielle Gefahrenquelle für die Prieuré zu beseitigen, musste nun die Verantwortung dafür übernehmen, dass der Junge entkommen war. Er hatte ihn schlicht unterschätzt. Sascha hatte in den vergangenen Wochen eine Treffsicherheit bewiesen, die ihn offenbar selbst überrascht hatte. Ares war nicht sicher, ob er ihm in einem Duell mit Armbrust, Langbogen oder Pistole nicht nahezu ebenbürtig gewesen wäre, zumal er selbst sich dieser Waffen eher widerwillig bedient hatte. Nur ein Feigling kämpfte aus der Distanz. Ein Krieger sah seinem Feind direkt ins Gesicht, ehe er es spaltete. Hendrik hatte ihm versichert, dass der Junge unbewaffnet war, und im Nahkampf war Sascha stets ein Versager gewesen, sodass der Schwertmeister ihn nichts Böses ahnend aufgesucht hatte. Doch Sascha hatte, den Tod vor Augen, erstaunlich schnell reagiert, was ihn allerdings auch nicht gerettet hätte, wenn ihm nicht ausgerechnet dieser treudoofe Ami in den Rücken gefallen wäre.

»Sie sind dir entwischt.«

Ares war Lucrezia fast dankbar dafür, ihren Satz als Aussage und nicht als Frage formuliert zu haben, das ersparte ihm die Verlegenheit einer Antwort, wenn es ihn auch traf, dass sie offensichtlich nichts anderes erwartet hatte.

»Du hast einen neunzehnjährigen Jungen aus einem der bestgesicherten Gebäude dieses Landes entkommen lassen.«

Ares sagte nichts, sondern wartete in einer nur schwer

zu ertragenden Mischung aus Scham und Selbstvorwürfen darauf, dass seine Schwester weitersprach, doch sie beließ es bei diesen wenigen Worten. Er selbst hatte nichts hinzuzufügen. Die Schande, sie mit den Details der Geschichte vertraut zu machen, ersparte er sich lieber. Der widerliche Gestank seiner von Abwässern durchnässten Kleider war peinlich genug.

»Wir müssen das Mädchen aus dem Kloster holen«, sagte er schließlich, um das Thema zu wechseln. »So schnell und leblos wie möglich.«

»Müssen wir?« Lucrezia wandte sich betont langsam zu ihrem Bruder um und bedachte ihn mit einem abschätzigen Blick aus stecknadelkopfgroßen Pupillen. »Spricht es nun eher für ein bewundernswertes Selbstbewusstsein oder für verachtungswürdige Dreistigkeit, dass ausgerechnet du entscheiden möchtest, was wir tun müssen?«

»Für Reue«, erwiderte Ares, ihrem Blick tapfer standhaltend. »Und für Vernunft.«

»Du hältst mich also für unvernünftig.«

»Im Gegenteil. Ich bin davon überzeugt, dass du dich endlich für das Vernünftigste entscheidest und die ganze Aktion abbrichst.«

»Dann ist es wohl meine Schuld, dass mein Schwertmeister von einem Kind überrumpelt wurde?«

»Lucrezia, ich bin nicht hier, um zu streiten«, versuchte Ares die drohende Auseinandersetzung abzuwenden, in der er – wie in allen vorausgegangenen auch – den Kürzeren ziehen würde.

»Warum bist du dann gekommen?«, gab sie zurück.

»Zum Aufräumen vielleicht? Wie du siehst, ist wenigstens dieser Teil der Devina von den Folgen deines kleinen Missgeschicks verschont geblieben.«

»Der Junge wird zur Polizei gehen, sobald er den Weg aus der Kanalisation findet. Sie werden sich garantiert hier umsehen wollen, vielleicht mit einem Großaufgebot, dem wir in der aktuellen Situation möglicherweise nicht standhalten können. Und eine weitere Truppe wird ins Kloster einfallen, aber bestimmt nicht zum Beten. Wir müssen das Mädchen zum Schweigen bringen, den Jungen finden und uns trotzdem für alle Fälle bereithalten, dieses Gebäude binnen kürzester Zeit aufzugeben, so Leid es mir tut.«

»Es wird dir Leid tun, wenn es tatsächlich je so weit kommen sollte«, prophezeite Lucrezia kühl. Ares zuckte bei ihren Worten zusammen wie bei einem Schlag ins Gesicht. »Und wir sind immer auf einen solchen Fall vorbereitet. Vorerst besteht also kein Grund zur Sorge.«

Die Herrin der Prieuré wandte sich wieder ab, um erneut in die Dunkelheit hinauszustarren.

Ares versuchte ihre Bemerkungen zu verarbeiten und ihre Entscheidung wenigstens ansatzweise zu begreifen. »Kein Grund zur Sorge?«, keuchte er, um seine Restfassung ringend.

Lucrezia seufzte tief und gab sich auch sonst redlich Mühe, ihm das Gefühl zu vermitteln, ein überaus begriffsstutziger und noch dazu aufdringlicher Versager zu sein. »Kemal und Pablo überwachen den Polizeicomputer rund um die Uhr«, gab sie zurück. »Wir brechen auf, sobald es auch nur das geringste Anzeichen gibt, dass etwas schief läuft. Und du sorgst hoffentlich dafür, dass niemand das Kloster verlässt und vor allem keiner es betritt, der dort nichts zu suchen hat. Schaffst du das?«

Ares bejahte ihre Frage, noch immer verständnislos, aber in neu erwachter Demut. Lucrezia hatte entschieden, ihr Wille war ihm Befehl. Dennoch wandte er sich seiner Schwester noch einmal zu, ehe er den Raum verließ, um ihren Anordnungen Folge zu leisten. »Was ist mit dem Jungen und dem Verräter?«, erkundigte er sich zögerlich.

»Simon trägt jetzt die Verantwortung für die Suche«, antwortete Lucrezia, nun wieder in aller Gelassenheit. »Ich habe ihm deinen Posten in Aussicht gestellt, wenn er mir ihre Köpfe bringt.«

Hast du vielleicht einen blassen Schimmer, wo wir hier sind?«

Sascha zog sich mit etwas, was sich beängstigend nach letzter Kraft anfühlte, aus der Gullyöffnung, durch die sich Jeremy einige Sekunden zuvor gequetscht hatte, und ließ prüfend den Blick zwischen unruhig blinkenden Leuchtreklamen, rege besuchten Gaststätten und trostlosen Imbissbuden umherschweifen. Eine Gruppe angetrunkener junger Leute in einheitlicher Fußballfankluft, zu der auch bierfassgroße, rotgelbe Filzhüte zählten, um die sich lange, mit phosphoreszierender Flüssigkeit gefüllte Schläuche wanden, verfolgte ungeachtet der eigenen Lächerlichkeit hemmungslos belustigt und unter lautstark gellten Kommentaren ihren Ausstieg aus dem Untergrund. Sascha fühlte sich viel zu entkräftet, um sich darüber zu ärgern. Er wusste, dass er an ihrer Stelle auch nicht anders reagiert hätte, und bei allen Göttern – wie gerne wäre er in diesen Minuten an ihrer Stelle gewesen!

»Kieler Bruchstraße«, antwortete er schwach, während Jeremy den Auffangkorb, den er samt Gullydeckel mit einem kräftigen Stoß zur Seite befördert hatte, ordentlich zurück in die runde Öffnung schob.

»Kennst du dich hier aus?« Auch der gusseiserne Deckel fand ordnungsgemäß an seinen vorgesehenen Platz zurück.

»Ein bisschen«, gestand Sascha verlegen. »Auch Kneipen brauchen dann und wann einen neuen Anstrich.«

Jeremy wischte sich den gröbsten Dreck von den Fingern und betrachtete Sascha aufmerksam. Im Gegensatz zu ihm schien dem Ex-Söldner die Tortur der letzten Stunden nicht im Geringsten zugesetzt zu haben; er wirkte eher wie ein Hochleistungssportler, der nach der Aufwärmphase auf die eigentliche Herausforderung wartete. In der Kanalisation hatte er sich nicht ein einziges Mal übergeben. Er bedeutete Sascha nun, ihm die Partymeile hinabzufolgen. Der Kreis der Schaulustigen, der sie inzwischen umzingelte, teilte sich ungebeten und aller sinnesbeeinträchtigenden Trunkenheit zum Trotz erstaunlich zügig, um sie passieren zu lassen. Sascha war froh, dass die Nervenenden im Inneren seiner neuerdings etwas krummen Nase bereits vor schätzungsweise zwei Stunden abgestorben waren, sodass er sich selbst nicht mehr riechen musste. »Wir sollten uns mal zum nächsten Geldautomaten durchfragen«, fuhr Jeremy fort. »Blöd nur, dass niemand nah genug an uns rankommt, um uns erkundigen zu können.«

»Die Raiffeisenbank ist da drüben.« Sascha hob schwach die Linke, deutete auf ein unscheinbares Schild im bunten Lichtermeer und steuerte einen Laden an, von dem er hoffte, dass er kein Puff war, was ihm aber mittlerweile auch schnuppe gewesen wäre.

Doch Jeremy hielt ihn am Arm zurück. »Feiern ist noch nicht«, entschied er. »Heute nicht, und vor allem nicht hier. Vielleicht morgen in Kasachstan oder so. Mal sehen, wohin der nächste Flieger geht.«

»Ich rufe die Polizei«, stellte Sascha kopfschüttelnd richtig.

»Ach ja?« Jeremy verdrehte die Augen und zog eine Grimasse, als hätte er noch nie etwas Dümmeres vernommen. »Und was willst du denen erzählen?«

»Die Wahrheit?«, schlug Sascha vor und versuchte sich aus dem Griff des Hünen zu winden. Sie hatten schon viel zu viel Zeit im schmutzig-nassen Untergrund verloren; Zeit, die seine Schwester das Leben kosten konnte. Außerdem begann er zu frieren. Sein langsam wieder regelmäßig gehender Atem zeichnete sich als Dampfwölkchen vor seinem Gesicht ab. Seine Kleider waren völlig durchnässt, ebenso wie seine Haare, die ihm in Gesicht und Nacken klebten.

»Dass rund fünfzig schwer bewaffnete Söldner euch im Auftrag der Urenkel Jesu Christi in ihrem Haus gefangen gehalten und deine Schwester in ein Kloster eingeschleust haben, um die Geheimnisse der sagenumwobenen Tempelritter auszukundschaften?« In einem weiteren Highlight spektakulärer Gesichtsakrobatik zog der Gigant die Mundwinkel gefährlich weit hinunter.

»Dass irgendeine gemeingefährliche Sekte meiner Schwester nach dem Leben trachtet«, korrigierte Sascha.

Jeremy schüttelte den Kopf und verlieh seinen Zügen einen traurig-milden Ausdruck. »Selbst wenn dir jemand glaubt – wir können es nicht riskieren. Lucrezia hat Zugriff auf alle aktuellen Daten sämtlicher Behörden. Du kannst sicher sein, dass in der Devina alle Alarmglocken läuten, sobald einer unserer Namen in irgendeiner elektronischen Datenbank vermerkt wird. Sie werden schneller vor Ort sein, als du deine Aussage unterzeichnen kannst.«

»Das glaube ich nicht«, rebellierte Sascha in neuerlich aufkeimender Verzweiflung. Er konnte sich kaum noch auf den Beinen halten. »Sie mögen ja gefährlich und brutal sein, aber nicht einmal Lucrezia wäre so wahnsinnig, die Polizei anzugreifen. Oder wir sorgen eben dafür, dass erst gar kein Computer hochgefahren wird.«

»Was hat man schon zu befürchten, wenn man so gut wie unsterblich ist?«, rührte der Hüne an den wunden Punkt, den Sascha in den vergangenen Wochen mit aller Macht zu verdrängen versucht hatte, weil er sich mit seiner Auffassung von Logik und natürlichen Gesetzmäßigkeiten in keiner Weise vereinbaren ließ. »Du kannst es ja drauf ankommen lassen. Ein paar Minuten später kannst du dann an den Kugeln in deinem Dickkopf abzählen, ob du dich nicht doch verschätzt hast. Dann kannst du deiner Schwester nämlich überhaupt nicht mehr helfen. Und deiner Mutter auch nicht. Selbst wenn du die nächsten Stunden unerwarteterweise überleben solltest – willst du für den Rest deiner Tage unter Polizeischutz stehen? Ich meine –«

»Was hat denn meine Mutter damit zu tun?«, fiel Sascha ihm erschrocken ins Wort.

»Sie sollte zusehen, dass sie das Geld nimmt, das noch übrig ist, und erst einmal untertauchen«, antwortete Jeremy bedauernd und zog ihn mit sich Richtung Kreditinstitut. »Ich weiß nicht, ob Lucrezia fähig wäre, ihr was anzutun. Sie ist kein schlechter Mensch, glaube ich. Aber der Schwertmeister ist ein verdammt rachsüchtiges Miststück. Wenn er dich nicht sofort kriegt, wird er zumindest versuchen, dir wehzutun.« Er zog die Geldkarte seiner ehemaligen Brötchengeberin sowie seine eigene aus der aufgeweichten Brieftasche, trocknete sie an der Schulter seines Jacketts ab und öffnete die Tür der Bank. »Ich werde so viel Geld abheben, wie ich kann. Danach verschwinden wir von hier und suchen uns irgendeine Absteige, von der aus wir deine Mutter warnen und uns ausruhen können. Morgen früh entscheiden wir mit klarem Kopf, wie es weitergeht.«

»Aber Charlotte –«, begann Sascha hilflos.

»Schläft sicherlich tief und fest im Kloster.« Der Riese schob Lucrezias Karte in den Geldautomaten und informierte sich über die verfügbare Summe. Seine imposante Gestalt verhinderte jeglichen Blick auf den Monitor, aber Sascha sah von der Seite aus ein zufriedenes Lächeln in Jeremys Mundwinkel. »Du musst bedenken, dass sie alles wissen, was ich weiß. Welchen Grund sollte Lucrezia haben, diese Aktion, die ihr so wichtig ist, abzubrechen, solange wir nicht zur Polizei gehen und keinerlei Kontakt zu deiner Schwester aufnehmen? Sie hat Robert von Metz vor fünfzehn Jahren vollkommen aus den Augen verloren. Er hat ihren Sohn getötet und er besitzt etwas, was sie unbedingt haben will. Sie wird Charlotte jetzt nichts antun, solange die macht, was man ihr aufgetragen hat. Lucrezia schießt sich doch nicht selbst in den Fuß.«

Die letzte Bemerkung war dämlich, zumindest aus dem Mund seines neuen Freundes. Aber darüber hinaus schien der Gigant gelegentlich doch klüger, als Sascha vermutet hatte. Jedenfalls klang das, was er sagte, im Großen und Ganzen einleuchtend. Solange Charlotte alias Sophia Sieglinde Liebknecht ihren Auftrag im Kloster erfüllte, schadete sich Lucrezia nur selbst, wenn sie etwas am geplanten Ablauf änderte. Chili zurückzubeordern oder ihr etwas anzutun bedeutete, den Erfolg der gesamten Mission aufs Spiel zu setzen, denn einen Ersatz für sie zu finden und unauffällig einzuschleusen war wohl kaum möglich. Lucrezia würde also lange warten müssen, bis sie erfuhr, was die Templer tatsächlich in diesem Kultraum trieben. Und das musste etwas verdammt Wichtiges sein, sonst würde sie diesen ganzen Aufwand nicht betreiben.

Aber vielleicht war Sascha auch einfach nur zu müde, um selbst zu denken, und machte gerade einen großen Fehler, indem er Jeremy Glauben schenkte. Aber was war schon richtig und was falsch in dieser völlig verdrehten, durch und durch abstrusen Welt, in der Menschen, die von sich behaupteten, in direkter Linie von Jesus Christus abzustammen, mit unerklärlicher Unverwundbarkeit beglückt und Schwerter schwingend nach dem sagenhaften Heiligen Gral und göttlicher Macht lechzten?

Der Automat spie rasselnd einen Batzen Scheine aus.

Jeremy schob seine private Karte zügig nach, irgendetwas von »bevor alles gesperrt ist« nuschelnd, fing einen weiteren Satz Banknoten auf und verstaute hektisch alles in seinen Jackentaschen.

»Raus hier, schnell«, drängte er. »In schätzungsweise dreißig Sekunden wissen sie, wo wir gerade sind.«

Charlotte ließ sich von den Zwillingsbrüdern über einen durch die gepflegte Wiese führenden schmalen Weg in ein an das Wohnhaus angrenzendes, in der Dunkelheit besonders finster wirkendes Gebäude führen. Obwohl sie die Bewohner des Klosters, die früh zu Bett zu gehen pflegten, durch die dicken Mauern hindurch wohl selbst dann nicht gestört hätten, wenn sie sich zu einem fröhlichen Plausch hätten verleiten lassen, und der Lärm in der Empfangshalle wohl ohnehin ausnahmslos jeden aus seinen keuschen Träumen gerissen hatte, tapsten sie barfuß und auf Zehenspitzen über die leise knirschenden hölzernen Dielen eines schmucklosen, nur mit einer langen Tafel und rund zwanzig Stühlen eingerichteten Raumes; der Speisesaal, nahm sie an. Sie wechselten kaum ein Wort miteinander, und wenn, dann nur flüsternd, als seien es die kahlen Mauern, deren Nachtruhe sie berücksichtigten. Als sie eine schmale Tür an der gegenüberliegenden Seite erreichten, forderten sie Chili wortlos auf, in die Küche vorauszugehen, und zwängten sich dann mitsamt der abgenutzten Matratze und den Decken durch den Türrahmen.

»So, hier kannst du heute Nacht bleiben.« Leonards

geflüsterte Worte klangen entschuldigend. Er breitete die Wolldecken auf der gleich vor dem alten Gasherd abgeladenen Matratze aus, während sein Bruder die Hintertür aufschloss und stattdessen von innen mit einem alten Riegel sicherte, der sicher lange nicht mehr benutzt worden war, wie man an seiner Mühe, sich gegen den Rost durchzusetzen, erkennen konnte. »Morgen wird Christopher sicher eine bessere Lösung für dich finden.«

»Wir können dir leider keinen Schlüssel überlassen«, erklärte der Zwilling, der sich nur anhand seiner etwas tiefer hängenden Tränensäcke und des kürzer bemessenen Nachthemdes von Leonard unterschied, ebenfalls bedauernd und im Flüsterton, nachdem er den Türriegel einige Male prüfend hin- und hergeschoben hatte. »Wir müssen die Tür zum Saal abschließen. Aber du kannst hier hinten raus, wenn es brennt oder so …« Mit »oder so« meinte er wahrscheinlich, wenn Chili mal musste, wozu er keine passende Formulierung in seinem Altherren-Vokabular fand. Sie lächelte dankbar.

Leonard deutete auf eines der antiken Keramikspülbecken. »Du kannst dich waschen und so viel Wasser trinken, wie du willst«, ergänzte er.

»Ja, es ist genug da.«

»Dem Herrn sei's gedankt, Bernhard.«

»Überhaupt geht es uns doch recht gut.«

»Vielleicht zu gut?«

»Du meinst, es überschreitet die Grenzen tugendhafter Bescheidenheit?«

»Nun, ich bin nicht ganz sicher.« Leonard betrachtete das Waschbecken kritisch wie ein unbekanntes Flugobjekt, von dem er noch nicht wusste, ob es gutmütige oder bösartige Insassen enthielt. Charlotte verkniff sich nur mühsam ein Grinsen. Unabhängig von dem Grund ihrer Anwesenheit versprachen die kommenden Tage oder Wochen auf jeden Fall recht unterhaltsam zu werden.

»Nun denn. Wenn wir nicht nachlässig werden und nicht vergessen, unseren Wohlstand zu schätzen und unseren Herrn dafür zu preisen«, beendete Bernhard die kurze und recht lebhafte Diskussion mit seinem Bruder, »dann will ich meinen, es sei nicht zu viel des Guten. Obschon es doch viele Menschen gibt, die nicht über diesen Luxus verfügen.«

»Ich habe so etwas schon seit Tagen nicht mehr gesehen«, log Chili, die sich zwar köstlich amüsierte, die Nacht aber nicht nur zu ihrer persönlichen Erheiterung zu verschwenden gedachte. »Ich würde mich jetzt wirklich gern waschen.«

»Selbstverständlich.« Leonard lief rot an und senkte verlegen das Haupt, während er die Küche rückwärts gehend verließ. »Oh, wie Recht hatte doch Einstein, als er davon sprach, dass es nur zwei Dinge gibt, die unendlich sind.«

»Und was meinte er damit, mein Bruder?«

»Das Universum und die menschliche Dummheit, Leonard.«

»Wie wahr, wie wahr ...«

»Nur war er sich beim Universum noch nicht ganz sicher. Gute Nacht, junges Fräulein.«

»Ja. Trotz der ungewöhnlichen Schlafstätte.«

»Ob sie wohl genügt, um unsere Fürsorgepflicht zu erfüllen?«

»Hat Zacharias Benedikt jemals in der Küche übernachtet?«

»Glaubst du, die Regel sei wirklich so wörtlich zu verstehen?«

»Nun, nicht unbedingt, vielleicht ist es Haarspalterei, aber trotzdem ...«

Die leisen Stimmen der Zwillinge entfernten sich langsam, nachdem Bernhard die Zwischentür wieder abgeschlossen hatte. Als Charlotte hörte, wie sie durch den Haupteingang verschwanden, erlaubte sie sich ein fröhliches Kichern.

»Habt ihr das mitbekommen?«, flüsterte sie munter in Richtung des Abhörgerätes unter ihrem Pulli. »Fließendes Wasser ist zu viel für ihre Tugend! So schrecklich diese Templer auch sein mögen – ihre Freunde sind es bestimmt nicht. Sicher haben die hier nicht die geringste Ahnung, mit wem sie es da zu tun haben. Sonst könnten sie nie wieder ein Auge zutun.«

Sie trat an das Spülbecken, drehte den Hahn auf, stellte ohne große Überraschung fest, dass es kein Warmwassergerät gab, und wusch sich flüchtig mit kaltem Wasser.

»Jetzt sehen wir uns erst mal ein bisschen um«, dokumentierte sie schließlich leise für Lucrezia und die Männer, die rund um das Gelände Wache schoben. »Übrigens, falls ihr es nicht bemerkt habt – durch die Ostmauer führt eine kleine Tür. Ich habe kein Schloss gesehen.«

Charlotte stellte ihren Rucksack vor dem Topfschrank ab, schob den rostigen Riegel zurück und lauschte einen Moment in die Nacht hinein, ehe sie ins

Freie schlich. Anders als in der von einer nackten Glühbirne erhellten Küche herrschte draußen nahezu vollkommene Dunkelheit, denn der Mond hatte sich zwischenzeitlich hinter eine dichte Wolkendecke zurückgezogen. Sie verharrte einen Moment auf der oberen der beiden zum Hinterausgang hinaufführenden Stufen, um sich an die Finsternis zu gewöhnen und sich noch einmal akustisch zu vergewissern, dass sie wirklich allein war. Charlotte glaubte nicht, dass diese auf Gott vertrauenden, offenbar sehr warmherzigen älteren Herrschaften sie gleich der Spionage bezichtigen würden, wenn man sie dabei ertappte, wie sie nachts auf dem Gelände herumschlich. Sie hatte die Rolle der bemitleidenswerten Obdachlosen schließlich recht überzeugend gemeistert, wie sie fand, und ihr würde gewiss auch eine überzeugende Ausrede für ihren Ausflug ins Freie einfallen, falls sie tatsächlich bemerkt wurde. Trotzdem schlich sie so leise wie möglich am Wohngebäude vorüber, um zu vermeiden, dass gleich ihr erster Erkundungsgang ein vorzeitiges Ende fand. Schließlich konnten die erwarteten finsteren Gäste praktisch jederzeit ankommen, um ihren geheimnisvollen Ritus durchzuführen. Sie wollte sich im Kloster bestens auskennen, wenn es so weit war.

Ja. Wenn ...

Was war eigentlich, wenn sich ihr Bruder geirrt hatte, überlegte Charlotte, während sie sich einem Bauwerk in der Nähe des Haupttores in der südlichen, aus groben Quadern errichteten Mauer näherte und dann neugierig durch ein bunt verglastes barockes Fenster ins Innere starrte. Sie konnte jedoch kaum mehr erkennen als die

Konturen von Regalen, die bis zur Decke zu reichen schienen. Das Lächeln, das sich bislang tapfer in ihrem Gesicht gehalten hatte, verflüchtigte sich. Unbehagen stieg in ihr auf. War es nicht möglich, dass sich Sascha schlicht verhört hatte und Charneys Name in Wirklichkeit niemals gefallen war? Würde sie letztlich vierzig Tage lang für nichts und wieder nichts hier ausharren, während Sascha in der Devina und Ella in ihrem nun so einsamen Atelier vor Kummer und Sorge vergingen?

Doch, natürlich war das möglich. Ein kleiner Teil von ihr – der, der soeben einige der Mönche, speziell Paul und die Zwillinge, spontan ins Herz geschlossen hatte – wünschte sich das sogar. Doch dieser Teil war machtlos gegen jenen, der voller Abenteuerlust war, voller Vertrauen in das Gute schlechthin, unerschütterlichem Willen, etwas zur Erfüllung dieser großartigen Aufgabe der Prieuré de Sion im Namen Gottes und einer besseren Welt beizutragen und nebenbei noch ihre Schuld an Shareef, dem Mann, der getötet hatte, um ihr Leben zu retten, abzutragen. Sie wollte, dass diese Barbaren herkamen, damit sie dank ihrer Hilfe, wenn auch nicht vernichtet, dann zumindest ein für alle Mal entmachtet wurden. Sie wollte nicht, dass Blut floss. Keine Mission konnte so wichtig sein, dass Menschen dafür sterben mussten, auch wenn die Prieuré das im Zweifelsfall ein wenig anders sehen mochte. Möglicherweise würde sie ebenfalls anders denken, wenn sie Hunderte von Jahren auf dieser Welt gelebt und so oft unter großen Verlusten an ihrer Aufgabe gescheitert wäre wie Lucrezia, Ares und die anderen Ritter. Aber auch wenn ihr bisheriges Leben nicht gerade ein Zuckerschlecken gewesen war, so war sie doch voller Hoffnung, einen Weg zu finden, den Tempelrittern die Reliquien ohne blutige Gefechte abzunehmen, damit Lucrezia an den Gral gelangte und Leid und Elend dieser Welt endlich ein Ende setzten konnte. Wenn Gott tatsächlich auf ihrer Seite stand, würde es einen solchen Weg geben, und Charlotte war hier, um diesen Weg zu finden.

Sie ließ das Gebäude, das sie inzwischen als Bibliothek identifiziert hatte und dessen Türen wie erwartet verschlossen waren, links liegen und schlich am Haupttor vorbei auf ein kleines, abgesehen von zwei seitlichen Ausbuchtungen quadratisches Gebäude mit einem Flachdach zu. Die Tür stand offen, aber sie musste es nicht erst betreten, um zu wissen, dass es sich um ein Klohäuschen handelte. Der kalte Wind trug den Geruch von WC-Steinen und Desinfektionsmitteln zu ihr hinaus. Sie streifte weiter durch das weitläufige Grundstück, die Mauer immer zu ihrer Linken, um in der Dunkelheit nicht die Orientierung zu verlieren. Zu ihrer Rechten erstreckte sich eine Parkanlage, die so gepflegt war, dass sie im Schein des mittlerweile wieder zwischen den Wolken hindurchblinzelnden Mondes unecht wirkte – eine Kulisse für die Verfilmung eines Märchens. Ein gemauerter Brunnen mit einem spitz zulaufenden Dach darüber würde sich bestens für den Froschkönig eignen. Irgendwann, wenn sie selbst Kinder hatte, dachte Charlotte, nun wieder lächelnd, würde sie noch einmal hierher zurückkommen und sich mit einem dicken Märchenbuch auf dem Brunnenrand niederlassen. Sie würde das Märchen vom Froschkönig vorlesen oder eines, das sie selbst oder jemand, der sich auf so etwas besser verstand, über sie geschrieben hatte. Das Märchen eines jungen Mädchens, mit dessen Hilfe die Menschheit endlich an das Erbe Christi gelangt war, das ihr über tausend Jahre lang von einer Horde wild gewordener Pseudo-Christen vorenthalten worden war ...

Charlotte erreichte die Rotunde am westlichen Ende des Grundstücks und stieß bei dem Gedanken, dass Sascha und Klaudat ihre Arbeit in diesem prächtigen Bauwerk an nur einem einzigen Tag bewältigt hatten, einen leisen anerkennenden Pfiff aus. Der Rundbau war wirklich riesig. Seine schlichte, ohne Heiligenskulpturen und sonstigen Schnickschnack auskommende Pracht beeindruckte Chili. Die gewaltige Kuppel, die ihn krönte, verlieh ihm etwas reizvoll Fremdartiges. So oder ähnlich stellte sie sich eine Moschee im Orient vor, obwohl sie ihre Heimat noch nie verlassen hatte. An Urlaubsreisen über die Landesgrenzen hinaus war nie auch nur zu denken gewesen, aber das würde sich ändern, sobald das alles vorbei und sie zurück bei ihrer Mutter war. Dann konnte sich Ella für den Rest ihres Lebens auf die Kunst konzentrieren, die sie erschaffen wollte und die ihre Seele erleichterte, ohne Rücksicht auf die Bedürfnisse und Vorlieben ihrer Kundschaft, denn sie wäre nie wieder auf das Geld fremder Leute angewiesen. Lucrezia hatte ihr bereits viel Geld geschickt – Geld, das vielleicht das Haus retten konnte. Und sie würde sich noch weitaus dankbarer erweisen, wenn Charlotte erst die ihr anvertraute Aufgabe gemeistert hatte. Und Sascha hatte derweil ein wenig Zeit, sich zu besinnen und sich ihnen anzuschließen, um dann irgendwann glücklich an ihrer Seite nach Hause zurückzukehren und dieses neue, sorgenfreie Leben mit ihnen zu genießen. Vielleicht ließ sich sogar ihr Vater gelegentlich blicken, wenn sie diese verdammten Geldsorgen endlich los waren.

»Hübsch, nicht wahr?«

Einen Eimer Eiswasser über dem Kopf ausgeleert zu bekommen hätte sie kaum mehr erschreckt. Chili fuhr zusammen, wirbelte herum und sah sich mit der dürren Gestalt des Mönchs Paul konfrontiert. Sie hatte ihn nicht kommen hören. Der Alte musste mindestens genauso auf der Hut gewesen sein wie sie selbst, bemühte sich jetzt aber nicht mehr darum, besonders leise zu sein.

»Unser größter Stolz seit 1412 – neben der ›Klosterseele‹ selbstverständlich.« Paul deutete mit dem ausgestreckten Arm auf die gewaltige Kuppel. »Der damalige Abt, ein wunderbarer, sehr gläubiger und dennoch aufgeschlossener Mann namens Wilfried, reiste seinerzeit nach Rom«, erklärte er, wobei seine graugrünen Augen glänzten, als sei er selbst dabei gewesen. »Italien hatte es ihm angetan, besonders das Pantheon. Nachdem er zurückgekehrt war und von seiner Reise berichtet hatte, führte er eine eigene Redewendung ein: ›So wahr das Pantheon in Rom steht‹. Er hängte diese Worte an nahezu jeden seiner Sätze, beispielsweise: ›Es freut mich, Euch zu sehen, so wahr das Pantheon in Rom steht‹.«

Paul lachte. Charlotte fiel ein Stein vom Herzen, weil sie zum Glück nur von dem noch immer leicht beschwipsten, fröhlichen Alten beim Herumschnüffeln ertappt worden war. Erleichtert schenkte sie ihm ein

Lächeln und seinen Erzählungen ihre Aufmerksamkeit. »Und Abt Wilfried hat die Rotunde errichten lassen?«, erkundigte sie sich bei dem Mönch. Es konnte nicht schaden, möglichst viel über die Geschichte dieser Gemeinschaft zu erfahren. Vielleicht spuckte Paul in seiner Plauderlaune auch noch ein paar andere hilfreiche Hinweise aus.

»Oh nein – der gute Wilfried war viel zu bescheiden, um ein solches Prachtwerk errichten zu lassen. Auf ihn geht allerdings die Kirche zurück, die dort etwas abseits steht, du hast sie vielleicht auf deinem Weg hierher gesehen. Die hat er sich was kosten lassen. Dieses Gotteshaus ist für alle gedacht, ob Geistliche, Gelehrte, Handwerker, Händler, Bettler, Männer oder Frauen oder Kinder, einfach für jeden. Es sollte Gott gefallen und die Menschen im Gebet zusammenführen. Aber der Orden an sich hat selten einfacher gelebt als unter dem guten Wilfried. Nach seinem Tod bedurfte das Kloster einer gründlichen Komplettsanierung.«

»Wer hat das Ding denn nun gebaut?«

»Ach ja.« Paul schüttelte entschuldigend den Kopf und griff nach dem roten Faden, den Chili ihm vor die Nase hielt. »Nun, es ergab sich, dass eine Nichte des Landesfürsten ihres kostspieligen, aber unspektakulären Daseins überdrüssig wurde. Sie besorgte sich einen Strick und wollte sich damit aufhängen – gleich hier vorne auf unserem Friedhof, neben dem Grab ihres früh verstorbenen Bruders. Wilfried entdeckte sie aber noch rechtzeitig und konnte sie vor dieser Todsünde bewahren. Er redete ihr gut zu und trug so wesentlich dazu bei, dass sie sich kurz darauf für ein glückliches Leben als

Nonne entschied. Als der gütige Herr den Abt dann endlich von einem schweren Nierenleiden erlöste, ließ der Fürst den betreffenden Baum fällen und an diesem Ort zum Gedenken die Rotunde errichten. Nun, es ist nicht unbedingt ein zweites Pantheon geworden, aber es ist auch sehr hübsch.«

»So wahr das Pantheon in Rom steht«, bestätigte Charlotte.

»Will ich doch meinen«, lachte Paul und klopfte ihr freundschaftlich auf die Schulter. »Ich habe dich noch gar nicht nach deinem Namen gefragt, Mädchen.«

Das war die Situation, vor der sich Chili am meisten gefürchtet hatte, aber sie verplapperte sich nicht. »Sophia«, antwortete sie weder zu hastig noch zu zögerlich und war einmal mehr stolz auf sich.

»Sophia«, wiederholte der Mönch und dachte kurz nach. Dann strahlte er. »Weisheit«, erklärte er. »Sophia bedeutet Weisheit. Kommt aus dem Griechischen.«

»Hm. Ich komm nur von der Straße. Und weise bin ich auch nicht«, gab Charlotte möglichst betrübt zurück, machte dann aber eine wegwerfende Handbewegung. »Na ja. Wie war Ihr Name noch mal? Paul?«

»So wahr das –«

»Der Kleine«, grinste Chili.

»Ebenso wenig wie du weise«, konterte der Mönch keck. »Was machst du eigentlich hier? Kannst du nicht schlafen?«

»Toilette«, antwortete sie nun doch ein bisschen zu schnell, aber Paul nahm es ihr trotzdem ab. »Ich muss mal.«

»Da drüben.« Paul deutete in die Richtung, aus der sie

gekommen war. »Du bist gerade dran vorbeigelaufen. Komm, ich bringe dich hin.«

»Danke.« Sie gingen los. »Erzählen Sie mir mehr von euch und eurem Leben«, bat sie, als sie ein paar Schritte zurückgelegt hatten. »Ich war noch nie in einem Kloster, wissen Sie. Ist wirklich alles so, wie man es sich immer vorstellt?«

»Das hängt wohl davon ab, was du dir vorstellst«, antwortete der Alte mit einem Schulterzucken. »Aber meistens ist es ziemlich langweilig. Ora et labora eben. Tagaus, tagein und immer zu den gleichen Zeiten. Manchmal frage ich mich, ob Gott wirklich so viel Liebe und Aufwand in die Kreation des menschlichen Gehirns gesteckt hätte, wenn er gewollt hätte, dass wir unser Leben lang nichts anderes tun als zu beten, zu arbeiten und zwischendurch viel zu wenig zu schlafen. Außerdem geht es hier manchmal zu ernst und nachdenklich zu. Es gibt natürlich auch Ausnahmesituationen, wie vorhin, aber –«

»Warum sind Sie denn hier, wenn es Ihnen nicht gefällt?«, wunderte sich Charlotte.

»Ach, das hat sich so ergeben. Ich habe mich vom Leben treiben lassen. Irgendwann hat der alte Zacharias – der, der gerade verstorben ist – mich mit hierher genommen. Ich war noch ziemlich jung und wusste nicht so recht, was ich mit meinem Leben anfangen sollte. Da saß ich also hier und wartete darauf, dass bald wieder jemand kommen würde, um mich an einen anderen Ort mitzunehmen. Aber es kam keiner mehr.«

»Das ist nicht Ihr Ernst!«

»Doch, doch, genauso war es«, antwortete Paul ein

bisschen betrübt und ein bisschen belustigt über seine eigene verrückte Philosophie. »Gelegentlich kam jemand von den Stadtwerken oder irgendwelche Beamte. Aber die interessierten sich nicht für mich und ich mich auch nicht für sie. Oder auch ein paar Handwerker, aber so schwere körperliche Arbeit, nee, das war auf Dauer nichts für mich. Manchmal habe ich überlegt, wie es wäre, Elvis zu begleiten. Das ist der Mann, der seit dreißig Jahren jeden Montag mit einem kleinen Lkw herkommt, um die ›Klosterseele‹ zum Weinhändler zu bringen und die leeren Flaschen zurück. Dachte, die könnten im Weinhandel einen für den Verkauf gebrauchen oder so. Aber eigentlich kann ich Elvis nicht leiden. Man muss ja auch nicht jeden mögen, oder? Er spuckt Kaugummis in den Rhabarber und einmal habe ich ihn am Bach mit einer Frau erwischt ...«

»Und das ist so schlimm?«

»Na ja, eigentlich nicht, obwohl ich doch finde, dass sie erst hätten heiraten sollen. Aber er nimmt mich bestimmt nirgends mit hin.«

»Oh«, machte Charlotte, weil ihr nichts Besseres einfiel.

»Hier ist die Toilette.« Paul beendete das unangenehme Thema mit einer abschließenden Geste. »Geh schon, ich warte hier auf dich. Und dann bringe ich dich zurück in die Küche und klaub noch eine Kleinigkeit zum Essen aus dem Vorratsschrank zusammen. Du musst hungrig sein. Ich kann aber nicht die ganze Nacht bei dir bleiben, Christopher würde verärgert sein, wenn ich morgen müde zum Gebet erscheine, und ist dann vielleicht nicht in der passenden Laune, um dir ein vernünftiges

Zimmer zuzuweisen. Nach dem Frühstück zeige ich dir den Rest des Geländes. Die Bibliothek ist ein Traum für ein junges, wissbegieriges Köpfchen.«

Der folgende Morgen begann ähnlich irrwitzig, wie der vergangene Tag geendet hatte. Die Digitalanzeige ihrer Armbanduhr zeigte noch nicht ganz fünf Uhr an, als die im Wohnhaus schlafenden Glaubensbrüder mittels eines Gongs, der ihr auch hier im Nachbargebäude noch durch Mark und Bein fuhr, aus den Federn gejagt und zum Gebet bestellt wurden. Sie rappelte sich mühsam von ihrem heimatmuseumstauglichen Nachtlager auf und schlüpfte in die geschmacklose Kordhose, die die einzige war, die sie bei sich hatte. Ihr Rucksack barg neben frischer Unterwäsche, Zahnputzzeug und Socken ausschließlich Utensilien, die sie Lucrezias Meinung nach möglicherweise für ihre Aufgabe brauchen konnte: einen Block und ein paar Bleistifte für Notizen, eine Mappe mit Bildern und Beschreibungen der Tempelritter, die Charlotte aber schon im Voraus in- und auswendig gelernt hatte, einen zweiten Ordner mit jeder Menge keltischer, orientalischer und christlicher Symbole sowie entsprechenden Erläuterungen, ein Diktiergerät, das sie in Anbetracht der Wanze unter ihrem Pullover für überflüssig hielt, ein Nachtsichtgerät und schließlich einen dieser praktischen neuen digitalen Fotoapparate, mit denen man auch kurze Filme aufzeichnen konnte. Pagan hatte sie in einer guten Stunde geduldiger Erklärungsarbeit ausführlich damit vertraut gemacht. Was ihr aber niemand beigebracht hatte, war, wie man morgens um fünf aufstand und im Zweifelsfall vierzig Tage lang mit einer einzigen Hose auskam.

Chili schleppte sich mit steifen Gliedern zum Spülbecken, wusch sich, putzte sich die Zähne und trottete die paar Schritte zum Wohnhaus hinüber. Es war noch lange nicht hell, es dämmerte noch nicht einmal. Dennoch begrüßte sie die ersten Männer, die ihr erstaunlich frisch und ausgeruht in der Empfangshalle begegneten, mit einem Lächeln und ein paar freundlichen Worten und begleitete sie in das Meditationszimmer – einen weitläufigen, rechteckigen Raum, der durch einen schmalen Gang unter der Steintreppe zu erreichen war und den größten Teil des Erdgeschosses des Wohnhauses einnahm. Sie quetschte sich zu ihren Gastgebern auf eine der altertümlichen Gebetsbänke, lauschte dem Abt, der aus der Bibel vorzulesen begann, sobald alle vollzählig erschienen waren, und ließ sich schließlich von den Zwillingen in den Speisesaal führen.

Gemeinsam deckten sie den Frühstückstisch mit hölzernen Schälchen und Blechtassen. Charlotte ging Bernhard und Leonard unaufgefordert zur Hand und die Zwillinge nahmen ihre Hilfe dankend an, während Paul mit einem anderen, ihr namentlich nicht bekannten Mönch in identischer, knöchellanger Tracht in der Küche herumwerkelte. Überrascht bemerkte sie, dass auf jede Schüssel jeweils zwei Becher kamen, was sie im Stillen ein paar amüsante Thesen aufstellen ließ. Der wirkliche Grund für diesen Umstand war aber doch etwas weniger lustig als ihre These, dass die Brüder halt zweimal lieber tranken als aßen – wie sie feststellte, als sie dicht an dicht mit Paul über einen Napf voller fadem Haferschleim gebeugt saß und sich darum bemühte, nur von Stellen zu nehmen, die von seinem speichelfeuchten Löffel noch unberührt waren.

»Sie nehmen das hier alles sehr wörtlich mit den Ordensregeln«, entschuldigte sich Paul später, als sie das Geschirr gemeinsam mit den Zwillingen in die Küche zurücktrugen und den Abwasch erledigten.

»Er sagt es immer noch«, flüsterte Bernhard seinem Bruder betrübt zu.

»Schon wieder nicht wir«, pflichtete Leonard ihm bei und schon hatten sie wieder ein Hölzchen, aus dem sich eine flammende Diskussion entfachen ließ.

»Zu zweien aus einem Napf sollt ihr speisen«, zitierte Paul, ohne die Zwillinge zu beachten.

»F. d. H.«, kommentierte Charlotte knapp.

»Häh?«

»Friss die Hälfte. Vielleicht hatte der Mann, der diese Regeln verfasst hat, mit Übergewicht zu kämpfen.«

Paul lachte. »Nein, nein. Die stammen von unserem guten Wilfried. Der Mann mit dem Pantheon in Rom. Aber seither konnten mehrere Kleidergrößen aus dem Sortiment genommen werden, da hast du wohl Recht.«

»Wie ich sehe, unterhaltet ihr euch prächtig«, erklang eine Stimme hinter ihnen und Charlotte blickte neugierig über die Schulter zu dem Neuankömmling hin.

Es war Abt Christopher, der Paul und sie mit vor der Brust verschränkten Armen und in sichtbar gereizter Stimmung wohl schon seit einiger Zeit beobachtete. »Wenn ihr euren Plausch beendet habt und das Geschirr wieder in den Schränken steht, will ich dich in meinem

Arbeitszimmer sehen, Bruder Paul. Es gibt da ein paar Unstimmigkeiten in den Bilanzen der ›Klosterseele‹, vielleicht kannst du mir ein wenig behilflich sein.« Er wandte sich den Zwillingen zu, die in ihrer Konversation innegehalten hatten, als sie ihn bemerkten. »Und ihr beide bringt die junge Frau und die Matratze in Zacharias' Kammer, damit sie sich für die nächsten Wochen einrichten kann, wenn sie will. Danach kümmert euch in der Bibliothek einmal um die Buchstaben E bis H. Eines Tages erwische ich den Taugenichts, der unsere guten Bücher ständig durcheinander bringt, und ich verspreche, der verbringt seine nächsten Lebensjahre damit, mit einem Päckchen Wattestäbchen in der Bibliothek Staub zu wischen. Sorgt dafür, dass jeder diese Nachricht hört.«

Damit verschwand der hoch gewachsene Abt ebenso geräuschlos, wie er gekommen war, und ein jeder beeilte sich, seinen Anweisungen so schnell wie möglich Folge zu leisten.

Leonard zeigte Chili die kleine Kammer, die sich mitten zwischen den Zimmern der übrigen Brüder auf der ersten Etage des Wohnhauses befand, und ebenso den Weg zu den Bädern, während Bernhard ihre Tasche trug. Schließlich fragte sie sich zu Christophers Arbeitszimmer durch, um Paul unter dem Vorwand, dass er ihr versprochen habe, ihr das Gelände zu zeigen, vor der Tür abzufangen und nach Möglichkeit noch ein wenig auszufragen. Aber ein Blick durch das Schlüsselloch verriet ihr, dass der Alte längst nicht mehr dort war. Der Abt saß allein hinter seinem wuchtigen, aber schlicht gehaltenen Schreibtisch und telefonierte über ein besseres

Dosentelefon: eines dieser klobigen schwarzen Geräte mit Schnur, die noch über eine Wählscheibe verfügten.

»Selbstverständlich ... Was denkst du denn von mir, Robert ... Cedric war längst hier ... Ja.«

Offenbar stand das Glück auf Charlottes Seite und Gott tatsächlich hinter der Prieuré, dachte sie aufgeregt, während sie ein Ohr gegen die hölzerne Tür presste, um den Abt besser zu verstehen. Ihr Herzschlag beschleunigte sich vor Aufregung. Es war nicht schwer zu erraten, mit wem Christopher sprach, wenn man mehrere Tage damit zugebracht hatte, die Namensliste der Tempelritter auswendig zu lernen. Robert von Metz, der Templermeister! Dieses Gespräch versprach aufschlussreich zu werden.

»Oh, tut euch keinen Zwang an. Wenn es nach uns geht, dann seid ihr so lange willkommen, wie es euch beliebt ... Schade. Nein, nein – ich verstehe deine Vorsicht. Es ist nur, man sieht sich ja nicht alle Tage ...«, bedauerte Christopher. »Ich bekäme dich wohl überhaupt nicht mehr zu Gesicht, wenn ihr unser kleines Pantheon nicht ab und zu benötigen würdet ... Aber ich bin zufrieden mit dem, was der Herr mir zugesteht ... Ja, Robert. Danke. Bis später.«

Christopher legte auf und erhob sich. Hatte er wirklich »bis später« gesagt? Nicht nur, dass Lucrezia mit ihrer Annahme, die Templer würden hierher zurückkehren, richtig gelegen hatte – sollte es wirklich schon heute so weit sein? Vor freudiger Erregung vergaß sie beinahe, dass sie drauf und dran war, sich beim Lauschen erwischen zu lassen. Erst als sich Christophers Schritte zügig der Tür näherten, fiel es ihr gerade noch rechtzeitig ein, um kurz entschlossen anzuklopfen und sich nach Bruder Paul zu erkundigen, weil es längst zu spät war, um sich heimlich davonzuschleichen. Sie hörte kaum hin, als der Abt sie auf den Obstgarten verwies. Chili verließ das Haupthaus. Würde sie das Rätsel um den Aufenthalt der Templer und diesen mysteriösen Kult tatsächlich so schnell lösen und der Prieuré vielleicht binnen kürzester Zeit zu ihrem gottgewollten Recht verhelfen können?

Im Augenblick sah alles danach aus. Die ersten Tempelritter erreichten das Kloster noch am späten Morgen, lenkten ihre Wagen durch das große Südtor und parkten sie auf der Wiese neben der Bibliothek. Bis zum frühen Vormittag war der Templerorden vollzählig.

Sascha und Jeremy hatten die Nacht in einem heruntergekommenen Kabuff verbracht, das eine zerbeulte Blechtafel mit dem Hinweis »Zimmer frei!« als Gasthaus auswies. Saschas Befürchtung, in ihrer Verfassung und vor allem in Begleitung des penetranten, Übelkeit erregenden Geruchs, der sie beide umwehte, nicht einmal dort Einlass zu finden, erwies sich als unbegründet. Im Gegenteil: Die junge Gattin des Gastwirts (eine zierliche Asiatin, die kaum ein Wort Deutsch, dafür aber eine Menge bemerkenswert schnell aufeinander folgende Wörter in ihrer Muttersprache beherrschte) schmolz vor Mitleid nur so dahin und erwies sich als karitatives Wesen, das sie unverzüglich voller Eifer und ihren Mann energisch herumkommandierend zu bemuttern begann. Sie befahl dem dicklichen Endvierziger (dem im Grunde alles egal war, nachdem Jeremy einen Fünfhundertmarkschein auf einem Beistelltisch im Eingangsbereich abgelegt hatte), zwei verwaschene Schlafanzüge aus seinem persönlichen Besitz herbeizuholen, ließ ein Bad für Sascha ein und führte Jeremy in die Gästetoilette, die eine zusätzliche enge Duschkabine barg. Sie reinigte, trocknete und bügelte ihre Kleider noch in derselben Nacht. Jeremy belohnte ihre selbstlosen Mühen mit einem weiteren Hunderter, ehe er sich in den Schlafanzug des Gastwirts zwängte.

Sascha schlief unruhig, aber beschämend lange. Sein erster Gedanke am nächsten Tag galt seiner Schwester. Er stand mit einem Male aufrecht neben dem französischen Doppelbett, das ihre Wohltäterin ihnen zugewiesen hatte, als der farbenfrohe Plastikwecker auf dem wackeligen Nachttisch ihm verriet, dass es bereits Vormittag war. Nur schleppend ließen sich seine Erinnerungen an den dramatischen Vortag in die korrekte und vollständige Reihenfolge bringen. Er hatte seine Mutter schließlich von einer Telefonzelle aus angerufen, und es war ihm tatsächlich gelungen, sie davon zu überzeugen, erst einmal eine lange vernachlässigte gute Bekannte zu besuchen, an die er sich noch vage aus Kindertagen entsann. Ella hatte es versprochen, ebenso wie sie auf van Gogh geschworen hatte, vorerst die Polizei aus dem Spiel zu lassen. So war sie nun hoffentlich längst in einem Kaff im Westerwald und bemühte sich, so wenig aufzufallen, wie man als durchgeknallte Künstlerin eben nicht auffallen konnte.

Aber was war mit Charlotte? Ob Jeremy mit seiner Einschätzung der Lage richtig gelegen hatte und sie noch immer versuchte, die Welt vom Kloster aus von aller

Schlechtigkeit zu befreien? Oder war es ein gewaltiger Fehler gewesen, dem Hünen zu vertrauen, und die Verrückten hatten ihre Pläne nun doch seinetwegen geändert und ihr etwas angetan? Nein, so durfte er nicht denken. Solange er es nicht besser wusste, ging es Charlotte gut und er hatte hervorragende Chancen, sie unversehrt aus dem Kloster zu holen, auch wenn er augenblicklich nicht einmal den Ansatz eines vernünftigen Planes besaß.

Sascha wandte sich zu Jeremy um – oder besser gesagt dorthin, wo der Koloss in der vergangenen Nacht eingeschlafen war und mit seinem Schnarchen dazu beigetragen hatte, dass sich Sascha ungeachtet aller Erschöpfung noch lange unruhig hin und her gewälzt hatte. Doch neben seiner eigenen, im Laufe der Nacht auf wenige Quadratzentimeter zusammengeschrumpften Liegefläche erblickte er nun nur noch ein zerknautschtes Federbett. Sascha erschrak, doch in derselben Sekunde öffnete sich die Tür und Jeremy kehrte zurück.

»Du hast das Frühstück verpennt«, berichtete er gut gelaunt, während er die Tür wieder schloss und ihm ein Rosinenbrötchen zuwarf. »Aber ich hab dir was mitgebracht. Und ich hab mich schon mal um ein Telefon gekümmert und mein Konto geplündert.«

»Dein Konto geplündert?« Sascha musste an den Sprint zurückdenken, den er gestern, längst am Ende seiner Kräfte, hatte hinlegen müssen, bloß weil Jeremy von seiner Bankkarte Gebrauch gemacht hatte.

»Keine Sorge – ich bin extra ein paar Kilometer gefahren«, beschwichtigte ihn der Amerikaner, als hätte er seine Gedanken gelesen. »Hab alles mitgenommen, was man auf die Schnelle kriegen kann.«

»Mit dem Taxi?«, rief Sascha.

»Mit unserem neuen Auto«, verbesserte ihn der Hüne.

»Woher –«

»Keine Ahnung, ich kenn den Typen nicht. Guck in die Papiere, da steht vielleicht der Name drin.«

»Du hast ein Auto geklaut?!« Sascha war wirklich entsetzt. Nicht, weil er der Meinung gewesen wäre, dass ihre absolute Notsituation kleine bis mittelschwere kriminelle Akte nicht absolut rechtfertigte, sondern weil sie wirklich genug damit zu tun hatten, Lucrezias Mördern nicht in die Hände zu fallen. Er legte keinerlei Wert darauf, zu allem Überfluss noch wie Bonnie und Clyde im gestohlenen Wagen vor den Hütern des Gesetzes flüchten zu müssen.

»Ich habe noch nie etwas gestohlen«, erwiderte Jeremy empört, erläuterte dann aber wieder in bester Stimmung: »Der Junge hat es mir dafür überlassen, dass er dieses Jahr keine Drogen mehr verkaufen muss.«

»Du hast ihm Geld gegeben.« Sascha atmete erleichtert auf und deutete auf das Handy, das aus der Hemdtasche des Riesen lugte. »Und das da?«

»Mach dir mal keine Sorgen«, gab Jeremy zurück. »Iss lieber was. Könnte wieder ein anstrengender Tag werden.«

»Den du dir wie vorstellst?«

Jeremy zuckte mit den Schultern. »Ich schlage vor, wir brechen sobald wie möglich auf und sehen, was wir für deine Schwester tun können.«

»So weit war ich auch schon«, seufzte Sascha betrübt. »Aber was sollen wir beide allein schon machen? Du kennst die Zahlen bestimmt genauer als ich, aber so, wie ich es verstanden habe, wird das Kloster von mindestens einem Dutzend Scharfschützen bewacht.« Er hob hilflos die Schultern. »Wir müssen einfach zur Polizei gehen und hoffen, dass man uns glaubt und schneller reagiert, als sie uns aufspüren oder Chili etwas antun können.«

»Sie wird das Kloster nicht lebend verlassen, sobald im Polizeicomputer auch nur die kleinste Andeutung auf uns auftaucht«, widersprach Jeremy. »Es kostet Ares nur ein Wort und sie fallen in das Gelände ein und schießen auf alles, was sich bewegt. Willst du das wirklich riskieren?«

»Und was hast du vor?«

»Abwarten und nachdenken«, antwortete Jeremy. »Wir beobachten die Beobachter. Vielleicht gibt es eine Möglichkeit, ungesehen an ihnen vorbeizukommen. Und wenn nicht, dann …« Hinter seiner Stirn begann es sichtbar zu arbeiten. Dann hellte sich seine Miene plötzlich auf.

»Was?«, drängte Sascha ungeduldig.

Jeremy spannte ihn auf die Folter, indem er mit nachdenklich auf die Lippen gelegtem Zeigefinger einige Male von einer Wand zur anderen schlenderte und ihn aus seinen Gedankengängen vorerst ausschloss. Dann bat er ihn, gut zuzuhören. Sein Plan war selbstmörderisch. Aber immerhin war es eine Chance.

Sascha streifte den viel zu großen Baumwollschlafanzug ab, schlüpfte in seine frisch gewaschenen Klamotten und ignorierte es einfach, dass ein Teil der unterirdischen Kloake in seinen Schuhen zurückgeblieben war. »Also gut«, stimmte er zu und biss von seinem Rosinenbrötchen ab. »Fortuna schu'det mir no' wasch«, ermutigte er sich kauend, als sie den Wagen schon wenige Augenblicke später erreichten.

»Und mir erst«, bestätigte der Hüne und deutete auf den verbeulten VW-Bus, den er heute Morgen erworben hatte. »Und? Was sagst du?«

Ein fliegender Teppich wäre kaum mehr aufgefallen, dachte Sascha mit einem Anflug von Entsetzen, als er ihr neues Fahrzeug in Augenschein nahm. Die Beifahrertür hielt sich nur dank einer fantasievollen Konstruktion aus Kordeln und Klebeband am für sie vorgesehenen Platz, ein hässlicher Sprung zog sich über die Frontscheibe, und auf den silberfarbenen Schiebetüren hinten prangte ein Peace-Zeichen in Neonfarben. »Wahnsinn«, stöhnte er.

»Nicht wahr?«, strahlte der Amerikaner. »Richtig kultig, wenn du mich fragst.«

»Das ist vielleicht keine so gute Idee«, versuchte Sascha ihn vorsichtig auf seine ehrliche Meinung vorzubereiten.

»Auffällig ist immer am unauffälligsten, wenn man nicht gesehen werden will«, winkte Jeremy ab und öffnete die klemmende Fahrertür unter Einsatz brachialer Gewalt. »Los jetzt, wir haben es eilig.«

Sascha gab auf. Vielleicht hatte sein Gefährte mit dem, was er sagte, Recht. Niemand würde damit rechnen, dass sie in einer derartigen Zumutung unterwegs waren. Er stieg durch die hintere Schiebetür ein. Der Handel musste sehr schnell über die Bühne gegangen sein, denn der Vorbesitzer des Wagens hatte darauf verzichtet, seine persönlichen Gegenstände aus dem zum mobilen Wohn- und Schlafzimmer umfunktionierten Ladebereich zu entfernen. Es gab altes Kochgeschirr, eine Gasflasche, ein Paar alte, aber trockene Stiefel und Bettwäsche, die roch, als könnte man sie rauchen.

Sascha schob den Vorhang hinter den Sitzen beiseite und kletterte umständlich auf den Beifahrersitz. Beim vierten Versuch gelang es Jeremy, den Motor zu starten. Sie nahmen den Weg über die Autobahn und trieben den Bus an die Grenzen seiner Leistungsfähigkeit, als er mit einer Geschwindigkeit von fünfundachtzig Stundenkilometern eine Brücke hinaufächzte, die über den Fluss aus der Stadt hinausführte. Eine Dreiviertelstunde später hatten sie ihr Ziel erreicht und postierten den Wagen zwischen ein paar Ulmen auf einer kleinen Anhöhe am Rande eines Wäldchens, von der aus sie die Klosteranlage einigermaßen überblicken konnten. In dieser Umgebung behielt Jeremy mit seiner Einschätzung tatsächlich Recht: Ein Mittelklassewagen wäre hier aufgefallen wie ein Schwan im Klärwerk. Sascha und Jeremy aber wirkten in ihrer motorisierten Konservendose wie zwei harmlose Kiffer, die sich für ein paar Tage auf einem romantischen Fleckchen Erde Langzeitgedächtnis und Sprachzentrum aus der Birne zu räuchern gedachten.

»Unter der Rückbank ist etwas, was wir noch brauchen werden«, erklärte Jeremy, als der Motor stillstand.

Sascha kletterte erneut über seinen Sitz und zog eine längliche Blechkiste unter der Bank hervor. »Waffen!«, entfuhr es ihm, nachdem er den Deckel angehoben hatte. Sein Blick wanderte prüfend über zwei kleinkalibrige Pistolen, eine Schrotflinte und eine dunkelgrüne Handgranate. »Ich frage mal nicht, woher du die jetzt schon wieder hast.«

»Frag ruhig«, grinste Jeremy. »Eine großzügige Spende von unserem Herbergsvater. Er weiß nur noch nichts davon.«

»Ich dachte, du klaust nicht!«

»Ich nicht«, bestätigte der Hüne. »Aber seine Frau.«

Dass das Mädchen nur einen einzigen Tag vor Ankunft der Templer ins Kloster geschickt worden war, war nicht etwa auf Ares' sensationelle Intuition zurückzuführen, sondern auf die Tatsache, dass er sich nicht zu schade dazu gewesen war, sich intensiv mit den Eigenheiten des Feindes auseinander zu setzen. Der Tempelritterorden, der 1119 gegründet worden war, um sowohl die Stätten der Christenheit als auch fromme Pilger im Heiligen Land zu schützen, hatte von Anfang an gewisse heidnische Tendenzen aufgewiesen. So kam es nicht von ungefähr, dass das auf den ersten Blick so christliche Wappen, das die Templer noch heute für sich beanspruchten, mit den Farben Rot, Schwarz und Weiß gestaltet war. Rot war die Farbe der sündigen Maria Magdalena; die Gestalt des Verkündigers war auf Fresken und in der Malerei oftmals in Schwarz gewandet; und Weiß war weniger die Farbe der Reinheit und Keuschheit denn ein Symbol für die Grenze zwischen den Welten – zwischen der Welt der gewöhnlichen, schnell vergänglichen Menschen und der Welt der leiblichen Nachkommen Christi, deren Blut ihnen besondere Kräfte und Fähigkeiten und vor allem ein ungleich längeres Leben verlieh. Sie waren die Einzigen, die aus dem Heiligen Gral zu trinken vermochten – wenn sie ihn denn verdammt noch mal endlich fanden. Ihre Vorfahren waren ihm so nahe gewesen … Ares verfluchte den Tag vor annähernd 900 Jahren, an dem sich der Orden angesichts der Entdeckung des Grabes unter dem Jerusalemer Tempelberg und vor allem angesichts der Frage, wie sie mit dem Heiligen Gral verfahren wollten, gespalten hatte, und er verfluchte vor allem die Tatsache, dass sie, die sich schließlich die Prieuré de Sion nennen sollten, von Metz' Ahnen unterlegen waren. Obwohl sie nichts unversucht gelassen hatten, das unsäglich wertvolle Geschenk, das Gott ihnen gemacht hatte, zurückzuerlangen, war es ihnen bis zum heutigen Tage verwehrt geblieben. Darunter litt niemand mehr als seine geliebte Schwester, die die Befehlsgewalt über die Prieuré und damit vielleicht die Verantwortung für das Schicksal der Welt hatte.

Während die Prieuré de Sion nach wie vor dem reinen christlichen Glauben anhing, hatten die Tempelritter keltische und andere heidnische Sitten und Bräuche angenommen, von denen einige den Verstand des Schwertmeisters schlichtweg überforderten, andere sich hingegen leicht durchschauen ließen. Was diesen Sternenkult anging, so hatte er Glück. Er wusste zwar noch immer nicht mit Sicherheit, wozu er diente, aber anhand dessen, was er über die überall auf der Welt in Burgen, Klöstern und anderen ehemaligen Templeranlagen eingerichteten Kulträume herausfinden konnte, hatte er mithilfe seiner eher oberflächlichen Kenntnisse der Sternenkunde recht exakt den Termin für den nächsten Ritus berechnet und war nun, da sich seine Rechnung bestätigt hatte, nicht wenig stolz auf sich. Hinzu kam, dass sich sein Verdacht, dieser Ritus könne mit dem zweitgrößten Geheimnis der Templer zusammenhängen, mehr und mehr bestätigte. Die Wahrscheinlichkeit, dass sie sich auf der Spur des Salomonischen Schatzes bewegten, des sagenhaften Schatzes von Jerusalem, der der zweite bittere Verlust gewesen war, den sie nach der Spaltung des Ordens hatten hinnehmen müssen, stieg stetig.

Ares würde dafür Sorge tragen, dass sie zurückbekamen, was den Templern und ihnen gemeinsam anvertraut gewesen war und diese Verbrecher ihnen vorenthalten und an einen geheimen Ort gebracht hatten. Er musste sich allerdings fragen, ob sie in ihrer aktuellen Verfassung in der Lage waren, es notfalls auf einen direkten Angriff auf das Kloster ankommen zu lassen. Und schuld an seinen Zweifeln war nur dieses dämliche Milchgesicht! Ein kleiner, aber augenblicklich trotzdem unentbehrlicher Teil seiner Männer war noch immer mit der Suche nach Sascha und dem Verräter beschäftigt. Ein weiterer Teil war dazu verdammt, in der empfindlich getroffenen Devina auszuharren, um sie auf einen entsprechenden Notfallbefehl hin (neben der Datenbank der Polizei wurde auch der Polizeifunk lückenlos überwacht) binnen weniger Minuten zu räumen und Lucrezia und die Reliquie in Sicherheit zu bringen. Er hatte die Mannschaft, die er ursprünglich um das Kloster herum postiert hatte, kaum aufstocken können und wusste, dass er mit zwei Dutzend Normalsterblichen einen offenen Kampf gegen die Templer kaum gewinnen konnte, obwohl Simon, Kemal und Pagan sich mittlerweile darauf vorbereiteten, zu ihnen zu stoßen und sie zu unterstützen. An eine weitere Söldnergruppe, die sich auf die Bergung des Schatzes vorbereitete, war unter diesen Umständen gar nicht zu denken. Dabei ging es hier um Kostbarkeiten von unschätzbarem Wert: Holzsplitter vom Kreuz Christi, den Kopf des Täufers, die Dornenkrone und verschiedene Reliquien anderer Kulturen, zum Beispiel das Schwert Mohammeds, den siebenarmigen Leuchter, die Bundeslade und andere heilige Gegenstände, und vor allem auch um die Kleinigkeit von rund zweihundert Tonnen Gold und Edelsteinen. Wenn sie den Schatz tatsächlich heben konnten, dann hatte Ares nicht übertrieben, als er seiner Schwester versprach, das Land zu kaufen, in dem die Templer sich und die Lanze des Longinus versteckten!

»Startklar?«, erkundigte sich Kemals Stimme aus einem kleinen Funkgerät auf der Schreibtischplatte vor dem Schwertmeister.

»Startklar«, bestätigte Ares, schnallte sich einen zusätzlichen Waffengürtel um, schob sein frisch geschliffenes Schwert in die Scheide und steuerte auf die Garagen zu, die unter anderem seinen geliebten Porsche bargen. Shareef chauffierte die anderen Ritter.

Der Abt blieb dem Mittagessen fern und verschanzte sich für die Dauer einiger Stunden im für diese Zeit nicht unaufgefordert zu betretenden Meditationsraum, wo sich die dicht hintereinander eingetroffenen Templer versammelt hatten.

Dies verursachte offenkundigen Unmut unter den Ordensbrüdern. Sie fühlten sich ausgeschlossen und quittierten dieses in seiner gesamten Klosterkarriere bislang einmalige Fehlverhalten auf eine dementsprechende demokratische Abstimmung hin (fünfzehn Stimmen dafür, drei dagegen) mit einem eigenen Regelverstoß, indem sich jeder seine eigene Schüssel aus der Küche holte und niemand seine extragroße Portion Kartoffelbrei mit Erbsen und Speck mit einem anderen teilte. Einige holten sich sogar einen Nachschlag; darunter übrigens alle drei Brüder, die ihre Löffel während der Abstimmung noch gewissenhaft an ihrer Moral festhaltend gegen den frechen Vorschlag erhoben hatten.

So blieb Charlottes karge Mahlzeit zwar vom Speichel des rechts neben ihr sitzenden Alten verschont, aber ein gesunder Appetit wollte sich auch nach einem halben Tag freiwilliger Gartenarbeit an Pauls Seite nicht einstellen. Das unruhige Brodeln in ihrem Magen spiegelte die vorherrschende aufgeheizte Stimmung wider. Unter ihrem heldenhaften Einsatz hatte sie sich mehr vorgestellt, als mit ihrer Stimme dazu beizutragen, dass die Bewohner des Klosters zum ersten Mal seit Jahrzehnten allein von einem Teller essen durften. Aber so sehr die sprichwörtlichen Hummeln im Hintern es ihr auch erschwerten, auf ebendiesem sitzen zu bleiben, blieb ihr doch nichts anderes übrig als abzuwarten, bis sich eine Gelegenheit ergab, um sich von den anderen abzusetzen und einen Blick durch das Fenster oder Schlüsselloch in den Meditationsraum zu riskieren und vielleicht neue Informationen zu ergattern.

Wenigstens musste sie keine besondere Gelassenheit

oder gar Desinteresse an den Ereignissen dieses Tages vortäuschen, denn allen anderen am Tisch erging es ähnlich. Während Paul eine gewagte Theorie nach der anderen über die Identität der Fremdlinge aufstellte (den Höhepunkt bildete wohl seine Vermutung, es könne sich um Botschafter Johannes Pauls II. handeln, die in geheimer Mission und unter schärfster Bewachung streng vertrauliche Dokumente überbrachten), diskutierten die Zwillinge lebhaft, ob dem Abt laut Ordensregel (die, wie Charlotte zwischenzeitlich erfahren hatte, fünfzig eng bedruckte Seiten in altdeutscher Schrift umfasste) vielleicht indirekt gesonderte Rechte zustanden, die ihnen bisher aufgrund mangelnder Interpretationsgabe entgangen waren. Waldemar, einer der Ältesten unter den Brüdern, wurde dem ersten Eindruck, den sie von ihm erlangt hatte – jenem Fleisch gewordener Intoleranz nämlich – einmal mehr gerecht, indem er sich über die rapide zunehmende, rücksichts- und respektlose Entweihung der gesegneten Mauern ausließ, was ihm einmal mehr eine Überleitung dazu bot, das Weibsbild, das sich unter ihnen befand, gnadenlos mit allen Schimpfwörtern zu versehen, die sein streng konservatives Repertoire umfasste. Der senile Heribert, der diese Tirade zwar mangels einwandfrei funktionstüchtiger Gehörgänge nicht wörtlich verstand, wohl aber in groben Zügen ihren Inhalt, rächte Charlotte, indem er Waldemar im Rahmen eines tödlich klingenden Hustenanfalls eine Ladung Kartoffelbreierbsenpampe ins Gesicht spie und sich schließlich mit einem nicht allzu aufrichtig klingenden »Verzeih, Waldi« dafür entschuldigte. Der dickliche, ehrgeizige Jakob rühmte derweil die Zeiten, in denen er endlich Abt sein würde, aber niemand hörte ernsthaft zu.

Paul und Charlotte drückten sich (wie alle anderen auch) vor dem Abräumen und dem Abwasch und Charlotte verdrückte sich, kaum dass sie den Speisesaal verlassen hatten, vor Paul. Sie mochte ihn und hatte kein gutes Gefühl dabei, ihn zu belügen, als sie behauptete, sich aufgrund leichter Übelkeit in ihre Kammer zurückziehen zu wollen. Das Mitgefühl, das der Alte ihr aussprach, vertiefte ihr schlechtes Gewissen noch. Sie hätte nie gedacht, je eine so hervorragende Lügnerin abzugeben. Obwohl es sie mit Stolz erfüllte, sich ihrer Aufgabe gewachsen zu erweisen, je öfter es ihr gelang, die Unwahrheit zu sagen, ohne jemandes Misstrauen zu wecken, war ihr nicht wohl dabei, ihre althergebrachten Werte und Moralvorstellungen nicht nur zu vernachlässigen, sondern quasi mit Füßen zu treten. Es gab Momente, in denen sie sich wünschte, wenigstens Paul die Wahrheit erzählen zu können und sich mit ihm, der keinen Hehl daraus machte, ebenso wie sie darauf zu brennen zu erfahren, wer diese Fremden waren und was sie hierher trieb, zu verbünden, damit sie das Rätsel gemeinsam lösen und schließlich zusammen verschwinden konnten. Aber das war selbstverständlich unmöglich. Mit ihren Lügen und Ausflüchten verhielt es sich wie zuvor mit ihrer Gefangenschaft in der Devina: Der Zweck heiligte die Mittel. Und wenn sie der Prieuré mit Gottes Hilfe endlich zu ihrem Recht und ihrer Pflicht gegenüber der Menschheit verholfen hatte, konnte sie immer noch hierher zurückkehren und die ganze Wahrheit erzählen, um ihr Gewissen zu erleichtern. Niemand, der glaubte, würde ihr ihre Methoden verübeln, wenn er erfuhr, worum es ging.

Ihr Plan sah vor, sich durch die Empfangshalle des Wohnhauses zu schleichen und sich eine weitere aufschlussreiche Ohrläppchenmassage an der schmalen Tür unter der Steintreppe zu genehmigen, doch als sie die Flügel des Haupteingangs gerade hinter sich zuzog, öffnete sich der Durchgang zum Meditationsraum. Noch bevor sie sich entscheiden konnte, ob es unauffälliger war, den Weg in ihre Kammer einzuschlagen, oder ob sie besser umkehren sollte, sah sie sich einer breitschultrigen mittelgroßen Gestalt mit schulterlangem rotblondem Haar und stechend grünen Augen gegenüber. Bekleidet war der Mann mit einem bodenlangen Mantel, schwarzen Lederhosen und einem schlichten Hemd aus ungebleichtem Leinen. An einer langen Halskette baumelte ein achteckiges goldenes Amulett, das einen Apfel oder eine Birne inmitten eines Ringes aus fremdartiger, womöglich arabischer Schrift aufwies. Im Schläfenlappenbereich hinter ihrer Stirn verband sich das Gesehene mit dem Gelernten; Ergebnis war ein Karteikärtchen mit ein paar technischen Daten: »Montgomery Bruce« stand darauf geschrieben. Zuletzt gesichtet im August 1937 in Buenos Aires; hielt sich nur selten in unmittelbarer Nähe der übrigen Templer auf; annähernd so legendärer Kämpfer wie der blutrünstige Kindsmörder Robert von Metz selbst.

Chili blieb abrupt stehen und starrte den Templer unverwandt an, während sie sich fühlte, als verabreichte eine unsichtbare Macht ihr intravenös mit Eisspray versetzten Kreislaufbeschleuniger. Auf einmal war aller

Heldenmut dahin. Das Antlitz des uralten und doch nach nicht mehr als vierzig Jahren aussehenden Mannes versetzte sie in einen Zustand ehrfürchtigen Schreckens, ähnlich jenem vor ein paar Wochen, als sie der Herrin der Prieuré zum ersten Mal begegnet war; nur war die Angst, die ihre Ehrfurcht um ein Vielfaches überwog, in diesem Fall durchaus berechtigt.

Bruce maß sie aus zu aufmerksamen schmalen Schlitzen zusammengekniffenen Augen, die von rituellen Ausweidungen zu künden schienen, während sich Charlotte langsam darauf besann, dass alles, was sie verraten konnte, ihre Unsicherheit war. Sie nickte zum Gruß und steuerte auf die Treppe zu, während einige weitere Männer, die sie in dieser Sekunde nicht genauer zu betrachten wagte, aus dem Meditationsraum in die Halle hinaustraten, aber Montgomery Bruce hielt sie mit einem Griff, der ihm keinerlei Kraft abverlangte, ihrem Handgelenk aber mächtig wehtat, zurück.

»Wer ist das?«, wandte er sich misstrauisch nicht etwa an Charlotte, sondern an den Abt, der sich ihnen nun in Begleitung des Templermeisters näherte.

»Das? Oh, das ist nur unsere kleine Sophia«, winkte Christopher leicht verlegen, aber in väterlich fürsorglichem Tonfall ab. »Sie belegt den Armenplatz, den der alte Zacharias tragischerweise frei gemacht hat. Bruder Paul fand sie halb verhungert und fast erfroren ganz in der Nähe.«

»Ein Mädchen?«, wunderte sich einer der allesamt beeindruckenden Tempelritter, der große Ähnlichkeit mit einem Schwarzweißbild aus einer Überwachungskamera eines russischen Kaufhauses aufwies, das in ihrer

Sammelmappe abgeheftet und mit dem Namen Vicomte Montville versehen war.

»Wir konnten keinen Paragraphen finden, der in diesem Zusammenhang eindeutig dagegen spricht«, verteidigte sich der Abt, obwohl niemand Vorwürfe erhoben hatte. »Und außerdem ist mir dieses bemitleidenswerte kleine Ding allemal lieber als so mancher Trunkenbold, den es leider im richtigen Moment hierher verschlagen hat. Ihr könnt euch gar nicht vorstellen, wie gewissenlos unsere dem Herrn geschworene Nächstenliebe und Hilfsbereitschaft schon ausgenutzt wurde.«

Bruce durchbohrte Charlotte noch weitere zwei, drei Sekunden mit stechendem Blick, gab sich schließlich aber mit der Erklärung des Abtes zufrieden, ließ ihren Arm los und verließ das Wohnhaus, dicht gefolgt von den neun übrigen Templern und zuletzt dem Abt.

Chili zog sich in ihre Kammer zurück, um Kraft, Mut und hoffentlich clevere Ideen für den heutigen Abend zu sammeln, der vielleicht schon der entscheidende sein würde. Aber es war müßig, konkrete Pläne für ein Ereignis zu schmieden, von dem sie kaum mehr wusste als möglicherweise den Veranstaltungsort. Sie brauchte einen Schlüssel für die Rotunde. Und sie hatte auch schon eine Idee, wie sie einen bekommen konnte. Sie ließ eine weitere Viertelstunde verstreichen, um kein zusätzliches Misstrauen durch wundersame Genesung binnen kürzester Zeit auf sich zu ziehen, und kehrte zu Paul zurück, der seine Mitschuld an den Unstimmigkeiten der Quartalsbilanzen noch immer durch Gartenarbeit und Fugenauskratzen wettzumachen versuchte.

»Ich würde wirklich zu gerne wissen«, lächelte sie

und wies mit dem ausgestreckten Arm auf den Rundbau, »wie das Ding da von innen aussieht. Wer weiß, wann ich so etwas noch einmal zu Gesicht bekomme.«

Als der Abend dämmerte, barg der alte VW längst keine Geheimnisse mehr. Das meiste von dem, was sie unter der ausklappbaren hinteren Sitzbank, aus der selbst konstruierten Kofferluke unter dem Dach und aus dem Handschuhfach hervorkramten, war unnützer Kram, von dem sich Sascha trotz all seiner Vorstellungskraft nicht im Entferntesten ausmalen konnte, warum jemand ihn in einem improvisierten Wohnmobil durch die Weltgeschichte chauffierte: ein Zehnerpack Luftschlangen, Blumentöpfe, spröde Antennenkabel, leere CD-Hüllen, ein Lampenschirm, Pflanzendünger ... Aber dann gab es noch ein kleines Sammelsurium von Gegenständen, die sie doch recht gut gebrauchen konnten. Dazu zählten nicht nur die trockenen Stiefel, die Sascha inzwischen gegen seine gullywasserweichen Treter ausgetauscht hatte, und die wahrscheinlich noch nie gewaschenen Bettdecken, in die sie sich – alle hygienischen Restbedürfnisse in den kalten Frühjahrswind schlagend – gehüllt hatten, sondern auch ein funktionstüchtiges Fernglas, ein über tausend Seiten dicker Wälzer mit dem ermutigenden Titel »Das Lächeln der Fortuna«, aus dem sie einander gegenseitig vorlasen, wenn die Gesprächsthemen öde und die Langeweile zu drückend wurde, ein Päckchen Partyplastikbesteck sowie ein Jagdmesser mit Kirschholzgriff.

Mit Letzterem schnitt der ehemalige Prieuré-Söldner in diesen Augenblicken eine von zwei Thunfisch-Pizzas in yetimundgerechte Stücke. Er hatte sich nicht durch Saschas Bedenken davon abbringen lassen, seine Je-auffälliger-umso-unsichtbarer-Strategie auf die Spitze zu treiben und mit seinem neuen Handy kurzerhand ein Pizza-Taxi zu bestellen. Vor einigen Wochen hätte Sascha vielleicht noch überrascht zur Kenntnis genommen, wie eine Dreiviertelstunde nach der Bestellung des Hünen tatsächlich ein dunkelroter Golf die Anhöhe hinaufächzte, der, zum Stillstand gekommen, sogleich eine wenig appetitanregende Knochen- und Gewebekonstruktion mit gelber Schirmmütze ausspuckte, die zwei labberige Pizzas gegen einen Fünfziger eintauschte. Aber seit Ares seine – rational betrachtet – tödliche Attacke ohne jegliche Folgeschäden überstanden und Charlotte den Feind mit flammender Begeisterung ins Herz geschlossen hatte, würde es ihn kaum noch verwundern, wenn es rosa Schafe regnen würde.

Sascha würgte einen Bissen in Öl aufgeweichten Pizzateig hinunter und spähte zwischen Fahrer- und Beifahrersitz hindurch durch das Fernglas. »Glaubst du, da tut sich heute noch was?«, erkundigte er sich zweifelnd.

»Hätte ich Pizza bestellt, wenn ich glaubte, heute noch hier wegzukommen?«

Sascha seufzte und starrte eine Weile schweigend in die schnell zunehmende Dunkelheit. Tagsüber hatten sie einen Teil der unter ihnen überall um das Kloster herumschleichenden Schützen ausmachen können. Ebenso hatten sie mit Hilfe des Fernglases registriert, dass auch Ares und die drei anderen Ritter sowie der Araber sich am späten Nachmittag unter die Männer gemischt hatten. Sobald der Tag endgültig das Feld für die Nacht räumte, würde ihre Nervosität schnell die Überhand gewinnen, denn dann konnten sie ihre Verfolger nicht mehr beobachten und mussten sie hinter jedem Strauch vermuten. Möglicherweise waren sie längst bemerkt worden und der Puma wartete nur darauf, sich im Schutze der Dunkelheit aus dem Hinterhalt an sie heranpirschen zu können.

»Vielleicht sind wir zu spät gekommen und die Templer sind längst da drinnen«, überlegte Sascha laut, um sich von seiner beunruhigenden Theorie abzulenken.

Jeremy machte eine gleichgültige Geste. »Dann legen wir halt los, sobald sie wieder rauskommen«, antwortete er und schob sich eine Viertelpizza in den Mund.

»Aber das kann Tage und Wochen dauern!«

»Ich bin arbeitslos. Ich hab Zeit«, konterte der Amerikaner gelassen und deutete schmatzend mit einem dicken Finger auf das »Lächeln der Fortuna«. »Soll ich dir mal ein Geheimnis verraten?«

»Wenn's unbedingt sein muss.«

»Ich habe noch nie ein ganzes Buch gelesen«, seufzte der Hüne und biss noch einmal ab. »Ich würde wirklich gern erfahren, wie es ausgeht.«

Charlottes Plan war nicht aufgegangen. Im Nachhinein kam er ihr so naiv vor, dass sie sich dafür schämte. Der gutmütige Alte händigte ihr selbstverständlich nicht seinen Schlüsselbund aus, damit sie den einen Schlüssel, den sie brauchte, vom Ring drehen und später behaupten konnte, ihn verloren zu haben. Spätestens an dieser billigen Ausflucht wäre ihr Plan ohnehin gescheitert, denn das klösterliche Grundstück war so aufgeräumt und gepflegt, dass nicht einmal eine Vogelbeere auf dem Weg oder auch dem exakt gestutzten Rasen zwischen Obstgarten und Rundbau unauffindbar verschwinden könnte. Aber aus der Not, in die der Mönch sie trieb, indem er sich fröhlicher Dinge anbot, ihr das Goldstück der Anlage zu zeigen und alle ihre Fragen zu beantworten, spross schnell ein neuer Einfall.

Als der Mönch den Schlüssel in das Schloss unter dem Türknauf steckte, fiel ihr auf, dass er ihn nur leicht zur Seite, keineswegs aber ganz drehte, um die Tür sodann mit der freien Hand aufzuschieben. Mit ein wenig Übung konnte es also nicht so schwer sein, sich auch ohne Schlüssel Zugang zu verschaffen. Ungünstigerweise bestand ihre ganze Übung im Knacken eines kleinen Tagebuchschlosses mit Hilfe einer Büroklammer, da sie den noch kleineren dazugehörigen Schlüssel ständig verschlampte, doch das allein reichte vielleicht schon aus, denn die Technik war doch wohl dieselbe. Außerdem gab es noch eine andere Möglichkeit. Sie tastete nach dem Portmonee in ihrer Hosentasche und schob unauffällig eine laminierte Visitenkarte in eine griffbereite Position.

Die erste Frage, die ohne Umwege durch den Verstand über Charlottes Lippen entfleuchte, als sie die riesige Halle schließlich betraten, lautete »Ist das alles?« und klang ein bisschen enttäuscht und mehr noch erschrocken. Wo um alles in der Welt sollte sie sich in diesem so gut wie leeren Raum verstecken? Hinter dem Altar vielleicht? Oder in dem frühstücksschalengroßen steinernen Behälter auf der kleinen Säule gleich daneben? Ihr Blick wanderte an den insgesamt neun Säulen hinauf zu der rund um den Saal führenden Empore und was sie sah, genügte zwar nicht zum Aufatmen, ließ aber wenigstens ein verzweifeltes Fünkchen Hoffnung zu: Unterbrochen von der Empore erstreckten sich die halbmeterdicken Säulen bis unter die kuppelförmige Decke. Kam der Versuch, sich hier unten vor einem knappen Dutzend gewiss bis an die Zähne bewaffneter, blutlüsterner Barbaren zu verstecken, einem freiwilligen Menschenopfer gleich, hatte sie dort oben vielleicht den Hauch einer Chance.

Sie wartete ab, bis Paul seine ausführlichen und enthusiastischen Erläuterungen zu echtem ägyptischem Alabaster (der Altar), freihändig geschmiedetem purem Gold (zwei Kerzenleuchter), einem begnadeten, aber bis zu seinem tragischen Prostatakrebstod verkannten Künstler des späten zwanzigsten Jahrhunderts (das schmucklose Christuskreuz) sowie zu der nachtschwarzen Granitsäule und den korinthischen Kapitellen beendet hatte, und bat darum, all diese wundervollen Dinge noch einmal von oben bestaunen zu dürfen. Tatsächlich aber überprüfte sie nur eines sehr aufmerksam, nachdem der Mönch sie durch den schmalen, an der gegenüberliegenden Seite emporführenden Aufstieg gelotst hatte – und zwar, ob sich ihr Eindruck, dass die gesamte Rotunde über keinerlei elektrische Lichtquellen verfügte, hier oben bestätigte. Es gab tatsächlich keine.

Charlotte ließ Paul auf dem Weg ins Freie vorgehen,

sandte ein Stoßgebet gen Himmel, dass die Visitenkarte nicht zu nachgiebig war oder wegrutschte, wurde erhört und trottete dem Alten hinterher, der entschied, sie auch gleich noch mit dem zweiten Prachtstück der Gemeinschaft, der Bibliothek, vertraut zu machen.

Die Tempelritter ließen sich für den Rest des Tages nicht mehr blicken. Charlotte konnte nicht umhin, sich in regelmäßigen Abständen davon zu überzeugen, ob ihre Wagen noch immer die Wiese nahe des Haupt- und einzigen offiziellen Eingangs verunzierten. Sie verschandelten das sonst so makellose Bild der Anlage auch noch am Abend, als man sich zum Gebet und schließlich zum Abendbrot versammelte. Trotzdem war der Beruhigungseffekt dürftig, denn je älter der Tag wurde, umso unsicherer wurde sie, ob es tatsächlich dieser vermeintliche Kultraum war, der die zehn bedrohlich wirkenden Neuzeitritter zusammengeführt hatte. Obwohl: Wenn sie fair und ehrlich zu sich selbst war, kam sie nicht um das Eingeständnis herum, dass sie sich Robert von Metz, den sie am Mittag an Christophers Seite gesehen hatte, doch anders vorgestellt hatte. Von selbst wäre ihr wohl nie der Verdacht gekommen, dass es sich bei dem mit eher wenig Ausstrahlung geschlagenen Bärtigen mit dem milden Blick um einen machtbesessenen, Kinder mordenden Psychopathen handeln könnte, aber so konnte man sich irren. Schließlich hatte sie sich in Lucrezia anfangs auch gewaltig getäuscht.

Der Abt, der zum Abendbrot wieder anwesend war

(welches übrigens infolge der Ausschweifungen beim Mittagessen ausschließlich aus Flüssignahrung, sprich: Magermilch, bestand), erklärte, dass sich ihre Gäste entschuldigen ließen und in den für sie zurechtgemachten Kammern von ihrer Reise erholten, schwieg sich über die Identität der Männer sowie den Grund ihres Aufenthalts aber beharrlich aus. Er erinnerte schließlich, als er der Fragerei seiner Mitbrüder überdrüssig wurde, an eine lange vernachlässigte Ordensregel: Sie sah vor, vor und nach jeder Mahlzeit sechzig Vaterunser zu beten. Dreißig für die Lebenden und dreißig für die Toten. Niemand wagte es, einen Becher Magermilch als Mahlzeit in Frage zu stellen.

Bruder Zacharias' Zimmer, welches man ihr, letztlich doch die Klosterregeln in ihrer Gesamtheit auch auf ein Weibsbild beziehend, überlassen hatte, war ebenso winzig und bescheiden eingerichtet wie die der anderen Mönche. Es gab ein grob gezimmertes Bett, ein Regal und einen einfachen Stuhl, aber es verfügte immerhin über ein kleines Fenster, das glücklicherweise auf der Westseite des Gebäudes lag, sodass sie die Rotunde im Auge behalten konnte, nachdem sich alle in ihre Räume zurückgezogen hatten. Gerne wäre sie auf Zehenspitzen über die engen Korridore der ersten Etage geschlichen, um an den Türen der Zimmer, die Christopher (wahrscheinlich nichts Böses ahnend) den Templern als Gästezimmern zugewiesen hatte, zu lauschen und sich in ihren Vermutungen bezüglich der kommenden Nacht bestätigen oder eines Besseren belehren zu lassen. Je näher ihr möglicher Einsatz rückte, umso unvorbereiteter und infolgedessen unsicherer fühlte sie sich. Was wusste sie eigentlich wirklich über ihre Aufgabe? Sie war sicher, dass Lucrezia ihr keine Information vorenthalten hatte – sie spürte, dass sie ihr vertrauen konnte. Aber wie viel wusste Lucrezia?

Es hatte etwas mit einem Stern zu tun – mit einem Stern, der die Templer an etwas erinnern sollte. Spica, hatte Ares angenommen, der hellste Stern im Sternbild der Jungfrau. War das alles wirklich wichtig genug, dafür möglicherweise ihr Leben zu riskieren? War es nicht möglich, dass sie die gesegneten Mauern schlicht durch ein krankes Zeremoniell zu entweihen gedachten? Durch irgendeinen barbarischen Brauch, der mit ihrer seltsamen Patchwork-Religion zusammenhing?

Chili wischte ihre Zweifel energisch beiseite. Gott hätte sie niemals bis hierher kommen lassen, wenn alles vergebens wäre. Sie hatte im Keller der Prieuré die letzte Decke seines Sohnes gesehen und gefühlt, dass er ihr nahe war. Sie fühlte es immer noch. Aber sie musste Gottes Beistand nicht aufs Ärgste ausnutzen, indem sie sich sehenden Auges ins Unglück stürzte. Sie hatte schließlich keine Ahnung, welche der zwei Dutzend Zimmer des Wohnhauses von den Mördern bewohnt wurden, und wenn sie zu viel Zeit darauf verwandte, von einem Schlüsselloch zum nächsten zu schleichen, würde sie mit großer Wahrscheinlichkeit ertappt werden. Schließlich waren die Mönche nicht weniger neugierig als sie. Vermutlich war sie nicht die Einzige, der danach war, Detektiv zu spielen. Und zumindest Montgomery Bruce hatte das Misstrauen, mit dem er ihr ganz zu Recht begegnet war, selbst auf die Erklärung des Abtes hin nicht gänzlich abgelegt. Vielleicht war der einzige

Grund, warum er nicht darauf bestanden hatte, sie vor die Tür zu setzen, tatsächlich Lucrezias Entscheidung gewesen, sie, ein Mädchen, hierher zu schicken. Man mochte ihr misstrauen, aber man nahm sie nicht wirklich ernst.

Statt zu lauschen, bereitete sie sich also auf ihren geplanten nächtlichen Ausflug vor. Sie vergewisserte sich, dass der Akku der kleinen Kamera aufgeladen war, schob Block und Bleistift unter ihren Gürtel, band ihre Locken zu einem orkansicheren Knoten und blätterte noch eine Weile nervös in den Unterlagen, die sie mitgenommen hatte. Manchmal hörte sie tatsächlich leise tapsende Schritte auf dem Flur, was sie in ihrer Entscheidung bestätigte. Als es irgendwann still blieb und sich der Himmel verdunkelt hatte, zwängte sie sich aus dem schmalen Fenster, hangelte sich einen fürchterlich langen Meter an einem Mauervorsprung entlang und ließ sich leise auf das Vordach hinabgleiten. Das erste unerwartete Hindernis stellte die Dachrinne dar, die schlicht zu morsch wirkte, als dass sie es riskieren konnte, sich daran festzuhalten, sodass ihr bloß die Wahl zwischen zwei Möglichkeiten blieb: Sie konnte springen oder sie konnte um Hilfe schreien und jemanden darum bitten, die Feuerwehr zu informieren.

Chili sprang und der Aufprall auf der unverhofft weichen Wiese tat nicht halb so weh wie befürchtet. Ein leichtes Stechen machte sich in ihrer linken Hüfte bemerkbar, aber sie landete sicher auf beiden Beinen, knickte nicht einmal ein. Zum Aufatmen war es dennoch viel zu früh.

Sie huschte um die Ecke des Gebäudes, lehnte sich

einen Moment an den kalten Stein, um zu horchen, ob nicht doch jemand ihre Schritte auf dem Vordach oder das dumpfe Geräusch ihrer Landung bemerkt hatte, und schlich dann im Schatten der mittelalterlichen Mauer, die das Grundstück begrenzte, Richtung Rotunde. Immer wieder hielt sie hinter Gesträuch oder Gebäudeteilen inne, um sich zu vergewissern, dass ihr niemand folgte. Aber das Glück blieb ihr hold – so hold, dass auch das laminierte Kärtchen noch immer auf Höhe des Schlosses zwischen den Torflügeln klemmte. Und das Schloss sprang schon auf leichten Druck hin auf. Damit war das erste Hindernis geschafft!

Charlotte las die Visitenkarte ihres Zahnarztes vom marmornen Boden auf, um keine Spuren zu hinterlassen, schloss die Tür hinter sich und eilte so leise und rasch wie möglich durch den finstern Rundbau, um an der gegenüberliegenden Seite über Durchgang und Treppe auf die Empore zu gelangen. Länger als geplant schlich sie auf der rund um die Halle führenden Galerie umher, unsicher, von wo aus sie die beste Chance hatte, viel zu sehen, ohne selbst gesehen zu werden. Das Klappern eines Schlüssels, mit dem ungeschickt im Dunkeln nach der passenden Öffnung gefahndet wurde, nahm ihr, als sie sich schräg über dem Eingang befand, die Entscheidung ab.

Erschrocken huschte sie hinter eine der neun Säulen. Ihr Herz pochte mit einem Male so heftig, dass es sich in ihren Ohren anhörte, als müsse der Laut durch den ganzen Saal schallen. Es kostete sie ordentlich Mut und Überwindung, hinter ihrem Versteck hervorzulugen und den Blick suchend durch den finstern Raum wandern zu lassen, in dem sich Altar und Säulen lediglich als finsterere Schatten erahnen ließen. Also hörte sie eher, wie die Tür geöffnet wurde und eine einzige Gestalt durch den Saal eilte, als dass sie es sah. Hektische Schritte passierten den Altar und näherten sich der Treppe. Wer mochte das sein? Panik vereinnahmte für einige Sekunden ihren Verstand und verhinderte so den logischen Gedanken, dass die Ritter, wenn sie denn eine Vorhut zur Überprüfung der Sicherheit des Bauwerks schickten, diese sicherlich mit einem Scheinwerfer ausgerüstet hätten. Dieser folgte erst spät auf die Erleichterung hin, die sie verspürte, als die kurz schemenhaft hinter der Brüstung erkennbare und schließlich ebenfalls hinter einer Säule Schutz suchende Gestalt hustete und sich schließlich kurz räusperte. Paul!

Sie hätte sich denken können, dass der neugierige Alte, der keinerlei Skrupel hatte, wenn es darum ging, seinen Orden eigennützig um monatlich achtundzwanzig bis einunddreißig Flaschen Wein zu erleichtern, es sich nicht nehmen lassen würde, sich auf eigene Faust auf die Suche nach Antworten auf seine Fragen zu begeben, die der Abt ihm vorenthielt. Dann fiel ihr ein, dass er das Risiko, dass man auf sie aufmerksam wurde, glatt um das Doppelte erhöhte; wenn er noch lange mit Hustenreiz und Amphibien im Hals kämpfte, sogar um deutlich mehr. Aber dies zu ändern entzog sich ihrem Einflussbereich, denn sie glaubte nicht, dass sie Paul davon überzeugen könnte, die einzig rechtmäßige Spionin an diesem Ort zu sein. Sie war allerdings nicht sicher, ob sie seine Anwesenheit tatsächlich bloß als Ärgernis betrachten sollte, denn so wusste sie wenigstens jemanden in ihrer Nähe, der im Zweifelsfall ganz sicher auf ihrer Seite stand. Und das war in Anbetracht der Wahrscheinlichkeit, dass sie nur allzu bald einem knappen Dutzend bewaffneter Irrer gegenüberstehen würde, nun wirklich nicht zu verachten.

Chili wartete lange. Lange genug, um ihrer Aufregung Gelegenheit zu geben, sich überflüssig zu fühlen und sich hinter fast ebenso belastende Langeweile zurückzuziehen. Zwischendurch musste sie sogar ein paar Mal gegen den Drang ankämpfen, die Augen zu schließen. Doch irgendwann, es musste gegen Mitternacht sein, näherten sich Stimmen und Schritte und dann ging alles furchtbar schnell; zu schnell, als dass sie die Ereignisse später in die korrekte Reihenfolge hätte bringen können, wenn sie jemand nach ihrer Geschichte fragte.

Mit Fingern, die zitterten wie die eines Kettenrauchers im Koffeinrausch, löste sie die Kamera von dem kleinen Karabiner, mit dem sie sie am Gürtel unter ihrem Pulli fixiert hatte. Blind stellte sie Videofunktion und Nachtbildmodus ein; wenigstens hoffte sie, dass sie die richtigen Knöpfe erwischte, während sich die Templer unter ihr, angeführt von Robert von Metz, der eine lodernde Fackel trug, nahezu lautlos in der Halle verteilten und ihre Mäntel abstreiften. Darunter kamen blütenweiße Umhänge mit großen blutroten Tatzenkreuzen zum Vorschein, unter denen sie Kettenhemden aufblitzen zu sehen glaubte. Sie waren tatsächlich alle bewaffnet: Jeder trug ein beeindruckendes Schwert an seinem Gürtel, einige zusätzlich Messer, Dolche oder aber nicht in das Bild passende moderne Schusswaffen. Im unheimlichen orangegelben Feuerschein konnte sie die Gesichter einiger Neuzeitritter erkennen, nachdem sie sich im Kreis um den Alabasteraltar positioniert hatten. Ein Schauer überlief ihren bibbernden Körper, als sie den Ernst in den Mienen der Männer erkannte. Was auch immer sie hier zu tun gedachten, es musste ihnen ungemein wichtig sein; kaum vorstellbar, dass sie sich keine Zeit nehmen sollten, einen sichernden Blick aus nächster Nähe hinter die Säulen über der Empore – die einzigen von unten aus uneinsehbaren Stellen – zu werfen. Tatsächlich irrte der Blick des links neben dem Bärtigen stehenden Montgomery prüfend durch die Schatten unter dem Balkon und in die Höhe. Chili verbarg das kleine grüne Licht, das anzeigte, dass die Kamera aufzeichnete, unter einer zitternden Hand und zog sich ein Stück weiter in ihre Deckung zurück, doch der Blick des Rotblonden verharrte nicht länger auf der Säule, hinter der sie sich verbarg, als auf allen anderen, und schließlich wandte er sich dem Tempelmeister zu und nahm ihm die Fackel ab.

»Das Wasser, Jacob«, bat von Metz knapp.

Der langhaarige de Loyolla löste sich aus dem Kreis, trat zu ihm hin und überreichte ihm eine Feldflasche, deren Inhalt der Tempelmeister in die Granitschale auf der kleinen schwarzen Säule goss. Als er sie leer zurückgab, reihte sich de Loyolla rückwärts gehend wieder in den Kreis seiner Genossen ein. Montgomery Bruce entzündete die Kerzen auf dem Altar mittels Fackel, ungeachtet des Umstandes, dass diese dabei fast zu einem Drittel wegschmolzen und fortan heftig tropften, und schlug letztere schließlich auf dem Boden aus, was darauf schließen ließ, dass sie nicht allzu lange auf Licht angewiesen zu sein planten. Charlotte ermutigte die Dunkelheit, die sie nun wieder vollkommen einhüllte. Sie rutschte einen winzigen Deut weiter vor und wagte es sogar, die Kamera zwischen die steinernen Streben der Brüstung zu halten.

»Der Schlüssel von Troyes«, verkündete Montgomery geheimnisvoll, nahm das Amulett von seinem Hals und reichte es dem Templermeister, der es mit einem knappen Nicken entgegennahm und seine Gefährten der Reihe nach ernst betrachtete.

»Seid ihr bereit? Erinnert ihr euch an eure Felder?« Schweigende Zustimmung. Von Metz nickte zufrieden. »So merkt euch nun den Weg«, sagte er, holte tief Luft und ließ das Amulett in die Wasserschale gleiten.

Das Wunder geschah sofort.

Der Stern Spica glomm am Nachthimmel auf, als hätte er voller freudiger Ungeduld auf diesen großen Moment gewartet, und schleuderte wie eine Sonne, die in einem unsichtbaren Kanal explodiert, grellweißes Licht durch die kreisrunde Öffnung inmitten der Kuppel. Einen verblüfften Aufschrei auf diese Weise unterdrückend, biss sich Charlotte die Unterlippe blutig und wich für eine Sekunde gänzlich hinter die steinerne Säule zurück, während sich der Strahl in der ihm eigenen Lichtgeschwindigkeit zielsicher seinen Weg in die Granitschale bahnte. Es war, als saugte das Amulett am Grunde des Gefäßes das Licht des Sterns in sich auf, nur um es gleich darauf, in unzählige rote und weiße Partikel gebrochen, wieder freizugeben. Die Lichter tanzten einen wirren Reigen auf den blütenweißen Wänden und der steinernen Brüstung, um schließlich einen festen Platz an der

Unterseite der Kuppel einzunehmen. Die Templer legten den Kopf in den Nacken und konzentrierten sich auf das jeweils schräg gegenüberliegende, kuchenstückförmige Zehntel. Charlotte richtete das Objektiv der Kamera aus lauter Angst vor dem Mysteriösen und dem Feind unter sich, mit Fingern, die so sehr zitterten, dass sie das Gerät kaum noch zu halten vermochten, auf die Kuppel. Und der Mönch hustete.

Verwirrung und Schrecken der Templer hielten nur für die Dauer eines Lidschlages an. Cedric Charney und der etwas kleiner gewachsene, dafür aber äußerst robust wirkende Armand de Bures zu seiner Linken reagierten als Erste, wirbelten herum, in derselben Bewegung ihre Schwerter aus den Scheiden reißend, und stürzten auf den Durchgang zur Treppe zu. Charlotte und Paul fuhren gleichzeitig auf, versuchten in entgegengesetzte Richtungen zu entkommen und hielten, ihr unsinniges Verhalten wohl gleichzeitig erkennend, inne, als sie einander gegenüberstanden. Charney und de Bures erreichten die Empore, einer der beiden brüllte etwas. Chilis Blick bohrte sich panisch in den des Geistlichen, erkannte aber nur mindestens ebenso große hilflose Furcht. Die Lichter unter der Kuppel verblassten und die beiden Templer teilten sich und sprinteten auf sie zu, um sie in die Zange zu nehmen und die weitere Lebensdauer der beiden ungeladenen Gäste in der Loge wahrscheinlich auf rentenkassenfreundliche dreieinhalb Sekunden zu verkürzen.

Charlotte wartete nicht, bis sie sie erreichten, um zum finalen Schlag auszuholen, sondern schwang sich mit einem Aufschrei verzweifelter Wut über das Geländer.

Nur wer schon einmal in die Verlegenheit geraten war, sich vor zwei blutrünstigen, Klingen schwingenden Barbaren über eine Brüstung in vier Metern Höhe inmitten eine Horde ebenso mordlüsterner, hervorragend ausgebildeter Kämpfer zu flüchten, konnte wohl nachvollziehen, wie knapp bemessen und zugleich unendlich tief sich eine solche Distanz anfühlen konnte. Sie erkannte trotz unzureichender Lichtverhältnisse jede noch so unwesentliche Regung im verwirrten, aber nicht minder erzürnten Gesicht Charneys, auf den sie direkt zusegelte, und fragte sich, ob dies wirklich das Letzte sein sollte, was Gott ihr von dieser Welt zu sehen zugestand, und ob man wohl Schmerzen empfand, wenn man von einer rasiermesserscharfen, im Kerzenschein tödlich aufblitzenden, armlangen Klinge wie derjenigen gepfählt wurde, die der Grauhaarige gezogen hatte, oder ob der Schock jegliches körperliche Empfinden gnädig abzuschalten vermochte. Sie konnte ihrer Höhenangst zum Trotz zum ersten Mal den berühmten Wunsch von Ikarus und Dädalus nachvollziehen und fand auch noch die Zeit, an der Richtigkeit des Weges zu zweifeln, den sie eingeschlagen hatte – angefangen bei ihrem Entschluss, Lucrezia zu helfen und in diesem bereits Jahrhunderte andauernden Krieg mitzumischen –, und fühlte mit Jesus, der sich am Kreuz fragte, warum der Herrgott ihn verlassen habe. Sascha hätte sich gewünscht, dass sie um Hilfe rief – die Wanze unter ihrem Pullover berücksichtigend, wäre das durchaus möglich gewesen. Aber sie hatte sich entschieden, die Herausforderung anzunehmen und sich der Aufgabe, die Lucrezia ihr gegeben hatte, zu stellen, in dem größenwahnsinnigen Glauben, etwas zu einer besseren Welt beizutragen. Dabei war die, in der sie lebte, doch eigentlich gar nicht so schlecht, zumindest im Vergleich zu der, die sie erwartete, falls sie, von ihrer vermeintlichen Menschenkenntnis in die Irre geführt, auf der falschen Seite gekämpft hatte und nun mit Vollgas Richtung Hölle sauste. Wieso sonst sollte sie nun so enden? Bekam nicht jeder nur das, was er verdiente?

Grausame Gedanken, die in einem Feuerwerk aus stechendem Schmerz explodierten, als ihre Fußsohlen den Boden berührten. Sie knickte um, registrierte schreiend, wie die Sehnen und Bänder des rechten Fußes sich fürchterlich überdehnten, vielleicht sogar rissen, schaffte es dennoch, das Gleichgewicht zu halten, und verpasste Cedric Charney einen Tritt in die Weichteile, der ihm die Luft zwischen den Zähnen mit einem Pfiff hervortrieb. Gott hatte sie nicht verlassen!, jubelte es in ihrem Kopf und noch lauter im Herzen. Ihre Hand fuhr in die Schale zu ihrer Linken. Es war noch nicht vorbei. Solange sie lebte und ein gewisser Prozentsatz ihrer Glieder noch ihrem Befehl gehorchte, war nichts verloren.

Chili riss das Amulett an sich, wirbelte nach rechts und stürzte todesmutig auf zwei Templer zu, die ihr den Weg zu versperren versuchten. Erst als einer der beiden seine Arme nach ihr ausstreckte, schlug sie einen Haken nach rechts und war tatsächlich schnell genug, um an ihm vorbeizugelangen. Ein weiteres Mal unterschätzte man sie. Sie rechnete damit, dass sich nun alle gleichzeitig auf sie stürzen würden. Doch anstelle der verbliebenen sieben Gegner waren es bloß zwei, die von beiden Seiten auf sie zueilten, sowie ein dritter, der sich unmittelbar vor dem Portal postierte und eine Handfeuerwaffe auf sie richtete. Sie duckte sich, als die beiden Schwertkämpfer gleichzeitig mit ihren Waffen auf sie zielten, und raste unter den mit ohrenbetäubendem Lärm und Funken sprühend aufeinander treffenden Klingen hindurch, um sich sogleich auf den Rücken fallen zu lassen und über den spiegelglatten Marmorboden zu schlittern. Der Templer vor dem Ausgang fiel mit einem Fluch vornüber, als ihre Fersen seine Schienbeine kontaktierten. Ein Schuss löste sich und schlug krachend in den Alabaster des Altars. Sie musste sich nicht erst umdrehen, um zu wissen, dass sie sich nun tatsächlich alle schleunigst in ihre Richtung bewegten, sondern sprang, den wie Blitze durch ihren Knöchel zuckenden Schmerz ignorierend, auf, rannte die Tür regelrecht ein und stürzte die wenigen Stufen zum Eingang vornüber hinunter.

Charlotte hörte Schüsse und Schreie, während sie, von blanker Todesangst zu Höchstleistungen getrieben, wieder aufsprang, weiterrannte und registrierte, dass beides seine Quelle nicht ausschließlich in ihrer Person hatte. Die Prieuré-Söldner!, erkannte sie, neue Hoffnung schöpfend. Nicht nur Gott war bei ihr, sondern auch eine nicht unerhebliche Menge von Lucrezias Gehilfen. Sie konnte es schaffen, aber sie musste schnell sein, noch viel, viel schneller …

Haken schlagend, um den Schützen hinter sich eine größere Herausforderung in ihrer unfreiwilligen Funktion als Zielscheibe zu sein, stürzte sie durch die Dunkelheit. Während sie sich viel zu langsam dem Tor näherte, wunderte sich Bruder Paul auf der Empore, weshalb man den einen Spion zu zehnt verfolgte, während man an dem anderen schlagartig das Interesse verloren hatte.

Lucrezias Goldkind war entdeckt worden! Alles, was sich aus dem Lärm, den die Wanze unter ihrem Pullover übermittelte, schließen ließ, deutete darauf hin, dass es ihr dennoch gelungen war, aus dem Kultraum zu entkommen. Die Templer verfolgten sie. Schüsse hallten durch die Nacht.

Seinetwegen konnten sie sie ruhig in Stücke reißen, sobald er nur die Kamera hatte. Ares warf den Motor seines etwas abseits geparkten Sportwagens an und jagte los. »Angriff von allen Seiten!«, brüllte er in das Funkgerät, das seinen Kontakt zu den übrigen Prieuré-Kämpfern sicherte.

Er hatte abwarten wollen, bis die Tempelritter ihren seltsamen Ritus beendet hatten, um sie dann aus dem Verborgenen heraus zu beobachten, während sie sich voraussichtlich wieder in alle Himmelsrichtungen zerstreuten. Irgendwann musste es schließlich gelingen, einen dieser Hunde so lange im Auge zu behalten, bis er ahnungslos ihre geheime Burg, Höhle oder was auch immer es war, was ihren Hauptsitz darstellte, preisgab und ihnen die letzten Schritte auf dem Weg zum Heiligen Gral ermöglichte. Die dazwischenliegende Zeitspanne hatte er damit ausfüllen wollen, ihnen mit Hilfe der Aufzeichnungen, die das Mädchen machen würde, ihr übriges Diebesgut abzunehmen. Nun aber trat der Notfallplan in Kraft.

Sie waren gezwungen, mit einer Anzahl von Männern, die geringer war, als ihm lieb sein konnte, in das Gemäuer einzufallen, wenn sie Charlotte – und vor allem die Kamera – eher in die Hände bekommen wollten als der Feind. Sie konnten die Templer nicht besiegen; *durften* es nicht einmal, wenn sie sich nicht selbst der einzigen Möglichkeit, an das bedeutsamste, unendliche Macht verheißende Erbe des Gottessohnes zu gelangen, für alle Ewigkeit berauben wollten. Aber sie konnten die Gelegenheit nutzen, den Gegner auf ein überschaubares Maß zurechtzustutzen.

Ares raste an Kemal und drei Söldnern vorüber, sah die zierliche Gestalt des Mädchens im Licht seiner Scheinwerfer dicht gefolgt von der Templermeute auf das Haupttor zusprinten und trat das Bremspedal durch. Er wollte die Kamera nicht beschädigen. Sie war zweihundert Tonnen reinen Goldes wert.

Sascha verschwendete keine Zeit darauf, Fragen zu stellen, auf die sein Gefährte ohnehin keine Antworten hatte, als der Tumult auf der Wiese vor dem Kloster ausbrach. Er ließ das Fernglas achtlos fallen, schwang sich auf den Fahrersitz und drehte den Zündschlüssel. Als ob der Bus über ein eigenständiges Bewusstsein verfügte, das den Ernst der Lage erkannte, sprang der Motor beim ersten Versuch an. Sascha riss das Steuer nach links, kaum dass er die letzten Stämme des Waldes hinter sich hatte, und nahm ein Stück Brombeerhecke mit, während er den VW schnellstmöglich, aber vorsichtig genug, um keinen halsbrecherischen Überschlag den steil abfallenden Hang hinunter zu riskieren, am Waldrand entlanglenkte. Auch Jeremy, der soeben noch von zu allseits beliebten, ehrenhaften Helden heranwachsenden, elternlosen Stallburschen träumend auf dem flohverseuchten Bett vor sich hin gedöst hatte, beließ es bei einem erschrocken gekeuchten »Was?!«, war schlagartig wieder ganz bei Sinnen und riss den Deckel der Waffenkiste auf. Zwei Pistolen verschiedener Marken und Kaliber landeten in Saschas Schoß, während sich der Riese selbst, mit einer Magnum und der Handgranate bewaffnet, zwangsläufig stark geduckt, aber sprungbereit an der Schiebetür bereithielt.

Irgendetwas war schief gegangen. Der Einfall der Söldner in das Kloster wirkte unkoordiniert. Ob Charlotte doch zur Vernunft gekommen war und bei dem Versuch, Hilfe zu rufen oder auszubrechen, einen Fehler gemacht hatte? Oder hatte die Prieuré einen ganz anderen Grund für diesen Angriff? Und was war das für ein seltsames grellweißes Licht gewesen, das nur Sekunden, ehe das Chaos ausbrach, durch den nächtlichen Himmel hinabgeschossen war?

Wie auch immer – Jeremys Wahnsinnsplan, beide Fronten gleich bei Ankunft der Templer mittels Handgranate und ihrer übrigen Waffen aufeinander aufmerksam zu machen und das voraussichtliche Chaos der so provozierten Schlacht zu nutzen, um über die Mauer zu gelangen und seine Schwester nötigenfalls mit Gewalt zu befreien, erübrigte sich mit dieser unvorhergesehenen Änderung der Situation. Es gab keinen Plan mehr. Sascha wusste lediglich, was sie auf gar keinen Fall tun konnten: und zwar tatenlos herumstehen und zusehen, wie die Schwarzgekleideten zu Dutzenden in das Kloster einfielen, um Chili in die Devina zurückzubringen oder gar gleich zu lynchen.

Der Bus holperte schneller, als sein Magen ohne weiteres ertragen konnte, aber dennoch langsamer, als ihm lieb war, den Hügel hinunter, bis er die Landstraße erreichte. Der linke Hinterreifen verlor für einen beängstigenden Moment den Bodenkontakt, als sie sich in die Kurve legten. Aber der Wagen kippte nicht um, wie für einen schrecklichen Augenblick befürchtet, sondern überholte mehrere herbeieilende Sklaven der Verrückten und schleuderte den just im falschen Augenblick in der Zufahrt zum Gelände bremsenden Porsche unbeabsichtigt in hohem Bogen schräg nach links davon, als seine Stoßstange gegen die Kofferraumklappe des Sportwagens prallte.

Das schnittige Gefährt krachte mit Wucht gegen den halbmeterdicken Torbogen und klemmte den linken Fuß des Schwertmeisters, der im Begriff gewesen war auszusteigen, zwischen Fahrertür und Schwelle ein. Der Wut- und Schmerzensschrei, den Ares hervorstieß, als sein Schienbeinknochen splitterte, mischte sich mit dem Lärm der Schüsse und Rufe (»Beaucéant!«, drang es aus dem Inneren des Klosters immer wieder zu ihm; er wusste nicht, was es bedeutete) sowie dem Bersten von Glas, als gleich zwei Kugeln die Frontscheibe des Busses durchschlugen. Jeremy riss die Schiebetür auf, als Sascha den Wagen – durch die Überreste des Porsches in der schmalen Einfahrt zum Halten genötigt – zum Stillstand brachte, und stürzte, blind über die Schulter zurückschießend, auf Charlotte zu, die Sascha erst jetzt nur wenige Schritte entfernt im Licht der Scheinwerfer ausmachte. Ein knappes Dutzend Männer mit wehenden Umhängen verfolgte sie wie eine Schar Geister gefallener Ritter und Soldaten, deren Totenruhe sie gestört hatte. Die Tempelritter!

Die Kleider und Waffen der Fremden ließen keinen anderen Schluss zu, als dass sie es waren, die angeblichen Hüter des Grals, über die er in seiner Gefangenschaft unfreiwillig so viel erfahren hatte. Sie hatten ihre Ankunft also tatsächlich verpasst. Die Templer mussten längst hier gewesen sein, als Sascha und Jeremy den VW mittags am Waldrand geparkt hatten.

Jeremy erreichte Chili mit zwei olympiaverdächtigen Sprüngen, schleuderte die Granate in die Menge der Klingen schwingenden, lauthals fluchenden Burggespenster, packte das Mädchen aus derselben Bewegung heraus am Oberarm und warf sie durch die offene Schiebetür in den Wagen, noch ehe sie begriff, wie ihr geschah. Die Druckwelle der Explosion trieb die Gruppe der Verfolger auseinander. Erdklumpen, Rasenstücke und Steinsplitter flogen gegen die Frontscheibe des VWs. Sascha verbesserte seine ohnehin durch die Dunkelheit und den einsetzenden Regen eingeschränkte Sicht kraft der altersschwachen Scheibenwischer, während der Ex-Söldner einer seiner ehemaligen Gefährten, der plötzlich zu seiner Linken aus den Nachtschatten wuchs, mit einem Hieb gegen das Kinn vorübergehend ins Nirwana schickte. Er sprang zu Chili in den Wagen und war noch nicht mit beiden Füßen auf dem Boden des Wagen angekommen, als Sascha den Rückwärtsgang mit solcher Wucht einlegte, dass er den Knauf des Schalthebels in der Hand hielt. Er setzte in einer Vierteldrehung um die eigene Achse zurück. Irgendetwas Großkalibriges zertrümmerte die Frontscheibe endgültig und riss einen Krater in das Polster des Beifahrersitzes. Chili kreischte, als das Geschoss auf der Rückseite des Sitzes wieder austrat und das »Lächeln der Fortuna« auf dem improvisierten Bett sowie das Kopfkissen in Konfetti verwandelte.

Ein anderes Prieuré-Fahrzeug, ein anthrazitfarbener Mazda, der ohne Licht fuhr, beanspruchte plötzlich von rechts kommend die einzige Fahrspur. Dennoch zögerte Sascha nicht eine Zehntelsekunde, sondern schaltete ohne Knauf in den ersten Gang und belehrte den Entgegenkommenden über das älteste Recht der Menschheit: das Recht des Stärkeren nämlich. Der Mazda überschlug sich, von der schon nach dem Attentat auf den Porsche bis an die Grenzen zur Formlosigkeit zerbeulten Stoßstange erfasst, und blieb links des Weges mit laufendem Motor auf dem Dach liegen. Doch es war noch lange nicht vorbei.

Der größte Teil der Männer, die das Grundstück bewacht hatten, stürzte sich entweder in die jetzt voll entbrannte Schlacht im Eingangsbereich oder erklomm die meterhohen Mauern, um die Templer einzukesseln oder aus anderen Richtungen zu überraschen. Doch nicht wenige hatten begriffen, dass es sich um einen Befreiungsversuch handelte, der keineswegs im Interesse der Prieuré lag, und feuerten aus unterschiedlichen Richtungen auf den VW. Immer wieder schlugen Kugeln in das Blech der Schiebetüren oder das Heck und Sascha duckte sich verzweifelt hinter das Lenkrad, um nicht von den nun in die rechte Seitenscheibe einschlagenden Geschossen getroffen zu werden. Binnen weniger Sekunden büßte der Bus auch den letzten Rest Glas ein. Er zog die Kapuze seines Sweatshirts über, als ein Regen aus Glassplittern auf ihn niederprasselte. Aber sie erreichten das Ende der Landstraße, die auf Höhe des Friedhofs in einen an der Ostseite entlangführenden Feldweg überging, und bogen links ein, ohne sich nennenswerte Verletzungen zuzuziehen, um den eine Sackgasse bildenden Friedhofsparkplatz zu vermeiden.

Die Anzahl der Söldner war dort vergleichsweise gering. Vor allem waren die dort postierten und nun über die Mauern kletternden Kämpfer nicht Augenzeugen der Vorgänge am Haupttor gewesen und offenbar auch noch nicht per Funk über den flüchtigen VW-Bus informiert, sodass sie die Hälfte der Ostmauer praktisch unbehelligt über den Weg holpernd passierten. Es hätte auch nichts auf der Welt Sascha dazu bewegen können, nur einen winzigen Moment anzuhalten oder sein größtmögliches Tempo um einen Deut zu verringern.

Nichts und niemand – außer Charlotte, die sich plötzlich ohne Vorwarnung zwischen die Vordersitze warf und entsetzt die Handbremse bis zum Anschlag in die Höhe riss. »Halt!«, kreischte sie verzweifelt. »So halt doch an! Warte! *Bleib stehen, verdammt noch mal!*«

Sascha dachte nicht im Traum daran, stehen zu bleiben und seinen noch lange nicht geretteten Körper damit womöglich freiwillig zum Ausschlachten freizugeben. Die Handbremse vermochte den Wagen nicht zu stoppen, sondern lediglich zu verlangsamen. Er löste sie entschlossen wieder und beschleunigte erst recht.

»Wir müssen warten!«, brüllte Charlotte hilflos und rüttelte verzweifelt, aber erfolglos an seiner Schulter. Jeremy griff ein und zog sie mit sanfter Gewalt zurück, sofern man bei einem Bizeps von schätzungsweise einem Meter Umfang von Sanftheit reden konnte. Chili fluchte, verpasste ihm einen Tritt vors Schienbein, riss die linke Schiebetür auf und sprang aus dem fahrenden Wagen.

Sascha bremste und sprang ebenfalls aus dem Bus, um ihr nachzustürmen. Was um alles in der Welt war nun schon wieder in sie gefahren?! »Bleib stehen!«, brüllte er in einer Mischung aus Fassungslosigkeit, Wut, Todesangst und Verzweiflung, während von oberhalb der Mauer bereits wieder ein Schuss in ihre Richtung abgegeben wurde, der seine Schwester nur um Haaresbreite verfehlte. Zweihundert Meter weiter südlich schnitten Scheinwerfer durch die Nacht – sie nahmen die Verfolgung auf. Er streckte den Arm nach seiner Schwester aus, stolperte aber und verfehlte sie, während sie durch einen Strauch schlüpfte und irgendetwas in den Lärm des einsetzenden Kugelhagels hineinschrie. Zwei, drei Sekunden, die Sascha benötigte, um sich wieder aufzurappeln, blieb sie verschwunden. Dann kehrte sie, eine in eine knöchellange Kutte gewandete Gestalt an der Hand mit sich zerrend, zurück, stieß ihren Bruder vor sich her auf den Wagen zu, kletterte Seite an Seite mit dem Mönch auf die Ladefläche und knallte die Tür zu, nachdem Sascha festgestellt hatte, dass Jeremy seinen Platz hinter dem Steuer eingenommen hatte und ihnen gefolgt war.

»Fahr!«, brüllte er überflüssigerweise. Jeremy holte

längst mehr aus dem Motor, als dieser theoretisch leisten konnte. Über das Brummen, Ächzen, Klappern und Quietschen des eigenen Gefährts hinweg hörte er, wie die Verfolger zu ihnen aufholten, und wünschte sich seinen Platz auf dem Fahrersitz zurück, als sich nun auch noch totale Hilflosigkeit in das Gefühlschaos mischte, das ihn auch so schon an den Rand des Wahnsinns zu treiben drohte. »Schneller!«, schrie er dem Hünen über die Schulter ins Ohr. »Gib Gas, Mann! Fahr doch schneller!«

»Er fährt doch schon, so schnell er kann.« Eine Hand legte sich von hinten auf seinen Arm, wie um ihn zu besänftigen. »Aber wenn du sein Trommelfell sprengst, wird er womöglich nicht mehr so sicher fahren.«

Sascha fuhr ungehalten herum. »Verdammt, was –«, setzte er an, brach aber ab, als er den Alten, für den seine Schwester bereitwillig ihrer aller Leben aufs Spiel gesetzt hatte, erkannte. »Bruder Paul!« Dann streifte sein Blick Charlotte, die hektisch atmend neben dem Mönch auf der Rückbank saß und Jeremy und Sascha abwechselnd verwirrt ansah. Plötzlich fiel ihm etwas ein – etwas ungemein Wichtiges. »Mist!«, fluchte er, versetzte Chili einen Stoß, der sie überrascht und entsetzt hintenüber in die Kissen fallen ließ, und riss ihre Strickpullis so derbe in die Höhe, dass der unterste an den Nähten auseinander platzte. Wie erwartet und befürchtet, lauerte die kleine Wanze noch immer mit Klebeband fixiert auf ihren Rippen. Sascha entfernte sie nicht minder lieblos und schleuderte sie in hohem Bogen aus dem Wagen.

Der Alte verfolgte sein Attentat mit gekräuselter Stirn

und irritiert schräg gelegtem Kopf, verzichtete aber für den Moment darauf, Fragen zu stellen. »Danke, dass ihr mich mitnehmt«, sagte er stattdessen mit einem Lächeln und wandte sich dem Riesen zu. »Geh vom Gas, so haben wir sowieso keine Chance. Siehst du den Stein da vorne? Genau da ... Bieg dort ein. Halt direkt auf die Brücke zu und fahr, so schnell du kannst.«

Der Hüne tat, wie ihm geheißen, und raste auf eine geländerlose, schmale Brücke zu, die über ein ebenfalls schmales, aber augenscheinlich recht tiefes Gewässer führte. Sascha schrie auf, als sein mathematisches Verständnis ihm versicherte, dass die Brücke nicht nur die Achsenbreite des Busses unterschritt, sondern auch selbst im unzureichenden Scheinwerferlicht einen deutlich verwitterten Eindruck machte. Die Bretter waren faulig und vollkommen morsch! Sie würden einbrechen!

Aber der Amerikaner war ein hervorragender Fahrer. Die Reifen des Busses ragten zu beiden Seiten ein Stück weit über die fürchterlich knackenden und wackelnden Bretter hinaus, doch sie erreichten das andere Ufer bei lebendigem Leibe und mitsamt ihrem Wagen. Der Hüne steuerte den Bus querfeldein.

»Sehr gut«, kommentierte der Alte und deutete schräg nach links. »Halt dich jetzt in dieser Richtung. Da vorne liegt ein Dörfchen. Nur ein Kaff, aber eines mit eigener Autobahnzufahrt – hängt irgendwie mit einem schwedischen Möbelhaus zusammen, das da eröffnet hat – Leonard hat mir das mal erzählt ... Es sind wohl nur ein paar Kilometer bis zum nächsten Autobahnkreuz; von da ab können sie dann nach uns suchen, bis sie schwarz werden.«

Sascha kletterte auf die Überreste des Beifahrersitzes und erkannte erschrocken, dass nicht nur ein, sondern mittlerweile drei Wagen der Prieuré ihre Verfolgung aufgenommen hatten. Doch nur der erste kam überhaupt in den Genuss zu versuchen, die Brücke zu überqueren. Seine Vorderreifen erreichten auch das andere Ufer, doch in derselben Sekunde schien eines der morschen Bretter nachzugeben. Sascha konnte in der Dunkelheit keine Einzelheiten ausmachen, aber offenbar hing der Mittelklassewagen irgendwo fest; er blieb einen kleinen Moment stehen und verschwand dann wie vom Erdboden verschluckt gänzlich aus seinem Sichtfeld. Er vernahm ein Krachen und ein Platschen und schließlich ein zweites Platschen, als der nächste Verfolger nicht rechtzeitig bremste und mit einem Satz hinterhersegelte.

Die Vorderreifen ihres eigenen schwer demolierten Fahrzeuges erreichten derweil endlich wieder Asphalt.

»Rechts«, lotste Bruder Paul den Hünen. »Zweimal rechts und einmal links. Dann haben wir es geschafft.«

Mit einem Wutschrei befreite Ares sein zersplittertes Schienbein, ignorierte den heftigen Schmerz, trat die Kupplung durch und setzte vorwärts auf das Grundstück des Klosters, um den mit gezücktem Schwert auf ihn zurennenden Montgomery Bruce kurzerhand zu überfahren. Er verfehlte ihn knapp, verzichtete aber darauf, einen zweiten Versuch zu starten, sondern wendete, um auf die Landstraße zurückzujagen. Er konnte nicht fassen, was gerade geschehen war. Er, der Schwertmeister der Prieuré – *ein Saintclair!* –, hatte sich von einem gewöhnlichen, sterblichen, neunzehnjährigen Bengel und einem homosexuellen, Gewaltverzicht predigenden Anabolikajunkie übertölpeln lassen?! Noch dazu steckte er nun mit seinem fassungslosen, zerstörerische Wut auslösenden Zorn in einem Entscheidungskonflikt. Er befand sich inmitten des vollzähligen feindlichen Kollektivs, das geradezu darum bettelte, ausgerottet zu werden, während der Schlüssel zu zweihundert Tonnen salomonischen Goldes in der Hand eines pubertierenden Mädchens in einem schrottreifen VW durch die Walachei entkam!

»Braun, Kowalski, Strassmann!«, brüllte er in sein Funkgerät, während er den Gang einlegte und auf das Tor zusteuerte. Aus den Augenwinkeln registrierte er, wie etwas im Mondschein silbern Aufblitzendes in direkter Linie auf das Fahrerfenster zuflog, und duckte sich gerade noch rechtzeitig, um nicht von dem stählernen Dolch erwischt zu werden, der die Scheibe zertrümmerte. Glassplitter regneten auf ihn hinab. »Zurück zum Parkplatz und Richtung Ostmauer!«, befahl er. »Ein silberner Bus – haltet ihn auf! *Um jeden Preis!*« Er gab Gas und der Wagen machte einen regelrechten Satz.

Aber auch einige Templer hatten zwischenzeitlich ihre Fahrzeuge erreicht und versuchten, die Verfolgung aufzunehmen – oder zu entkommen, so genau war das nicht zu erkennen. Philipe Moray raste in einem weinroten BMW vor ihm auf die Straße und gleich zwei andere Wagen erreichten das Tor im selben Augenblick wie der Porsche und kollidierten mit ihm. Die ohnehin schon lädierte Fahrertür gab nach und die Wucht des

Aufpralls schleuderte den Schwertmeister in hohem Bogen aus dem Wagen. Er stand sofort wieder auf den Beinen, aber sein Schwert lag noch auf dem Beifahrersitz, während ihn einer der Templer sofort angriff: Raimund von Antin, der mit der eigenen Klinge ausholte.

Ares wich aus, hätte es aber vermutlich nicht geschafft, seiner Enthauptung zu entgehen, wäre nicht in letzter Sekunde ein weiterer Dolch geflogen, den niemand anderer als Shareef geworfen haben konnte. Die Klinge traf Raimunds Schwerthand, sodass die Waffe des Angreifers mit einem dumpfen Geräusch vor Ares' Füßen landete, was im allgemeinen Kampflärm allerdings kaum wahrnehmbar war. Von Antin vergeudete keine Zeit, sondern bückte sich unverzüglich, um sein Schwert mit der unversehrten Hand wieder aufzunehmen, aber Ares war schneller: Ihrer beider Hände schlossen sich gleichzeitig um den Griff des Schwertes, und im Kampf Mann gegen Mann war Ares dem Templer hoffnungslos überlegen. Ohne die geringste Mühe trieb er dem vornübergebeugten Templer, der kein Kettenhemd, sondern lediglich einen – wie er in diesem Moment zu seinem Leidwesen feststellen musste, qualitativ minderwertigen – ledernen Brustharnisch trug, seine eigene Waffe in den Leib, sodass die Klinge im Rücken wieder austrat und den weißen Umhang blutrot färbte.

Anschließend riss der Schwertmeister die Klinge mittels eines brutalen Trittes vor den Brustkorb des Feindes wieder heraus. Von Antin keuchte entsetzt auf, spuckte Blut, kippte hintenüber und blieb reglos im Gras liegen. Die Verletzung war scheußlich und offensichtlich schmerzhaft, aber wohl nicht tödlich. Ares hätte eine oder zwei weitere Sekunden darauf verwenden müssen, um den Templer zu enthaupten, wenn er sichergehen wollte, dass dieser die Nacht nicht überlebte, doch er tat es nicht, sondern stürzte sofort auf den Hauptausgang zu. Zweihundert Tonnen Gold, schoss es ihm wieder und wieder durch den Kopf. Um diesen verdammten Templer würde er sich später kümmern, so wie um alle anderen auch. Jetzt zählte jede Sekunde. Die Kamera, das Mädchen, zweihundert Tonnen feinsten salomonischen Goldes …

Doch die Schlacht, die dem Schwertmeister trotz zahlenmäßiger Überlegenheit seiner Männer immer mehr wie der sprichwörtliche Kampf gegen Windmühlenflügel vorkam, tobte weiter. Niemand konnte sich darum kümmern, die hoffnungslos ineinander verkeilten Fahrzeuge von der Ausfahrt zu entfernen, sodass Ares ohne fahrbaren Untersatz dastand und keine Möglichkeit hatte, sich an der Jagd auf die Flüchtigen zu beteiligen. Stattdessen fielen Robert von Metz und der grauhaarige Cedric Charney von zwei Seiten gleichzeitig über ihn her und der Schwertmeister hatte plötzlich alle Hände voll zu tun, seinen Hals zu retten – und das im wahrsten Sinne des Wortes, denn die Mehrzahl der auf ihn einhagelnden Schläge zielten ganz genau darauf ab. Er kämpfte praktisch ausschließlich in der Defensive – eine ungewohnte und ganz und gar unangenehme Situation, die ihn nicht nur in höchste Bedrängnis brachte, sondern darüber hinaus auch noch wütender machte, als er ohnehin schon war.

Ares duckte sich unter einem Hieb Charneys hinweg und parierte einen Angriff Roberts, der ihn fast sein gerade erst wieder verheiltes Bein gekostet hätte. Aber die Klinge des Templermeisters streifte seinen Handrücken und hobelte ihm regelrecht das Fleisch von den Knochen. Der beißende Schmerz nötigte ihn, seine Waffe in die linke Hand zu wechseln, was seine Lage noch aussichtsloser machte. Mit dem Mut der Verzweiflung kämpfte er weiter, aber er spürte, dass er zunehmend an Kraft und Geschwindigkeit einbüßte. Mit Cedric und Robert stand er ausgerechnet den beiden berüchtigtsten und zweifellos stärksten Templern gegenüber. Obwohl er niemals aufgeben würde – nicht einmal, als Charney nun doch seinen Oberschenkel erwischte und ihn zwar nicht seines Beines entledigte, aber immerhin eine tiefe Schnittwunde hinterließ, die ihn weiter in seiner Bewegungsfreiheit einschränkte –, schwante ihm doch langsam, dass er es nicht schaffen würde, aus diesem Kampf siegreich hervorzugehen.

Letztlich war es Kemal, der ihn rettete, indem er von der Seite über Charney herfiel und dessen rechten Arm verletzte. Zwar kämpfte Cedric im Gegensatz zu Ares mit links ebenso gut wie mit rechts, aber immerhin lenkte Kemal ihn ab, sodass das Kräfteverhältnis wieder ausgeglichen war. Ares holte schwungvoll aus, um von Metz zuzusetzen, doch dieser verlor mit einem Male das Interesse an ihm, drehte sich auf dem Absatz um und warf sich auf Pagan, der einige Schritte weiter vorn auf Montgomery Bruce eindrosch.

Ares wollte dem Templermeister gerade hinterherstürmen, als er das Heulen von Martinshörnern in der Ferne vernahm. Da erst registrierte er, dass ein Großteil der Templer längst in ihre Wagen gesprungen und auf die Landstraße hinaus geflüchtet war.

»Rückzug!«, brüllte Simon, der ganz in der Nähe seine Klinge mit der eines Templers kreuzte. »Ruf die Männer zurück, solange wir noch welche haben!«

Die Einsicht kam spät und äußerst widerwillig, aber Simon hatte Recht. Cedric hatte Kemal mit einem Hieb außer Gefecht gesetzt, der ihm den Schwertarm beinahe abgetrennt hätte. Es würde heilen, zweifellos, aber das konnte Minuten dauern, wenn sie Pech hatten, sogar Stunden. Sie hatten jedoch nicht einmal Sekunden zu verschenken. In wenigen Augenblicken würde die Polizei eintreffen und die Lage zusätzlich verkomplizieren. Außerdem würde sie das noch mehr der Männer kosten, die von den Mauern herab auf von Metz, Charney und die Übrigen schossen, wobei sie in der Dunkelheit allerdings nicht selten ihre Ziele verfehlten oder versehentlich gar einen der ihren trafen. Sein eigener Rücken war mittlerweile regelrecht zersiebt von den Geschossen eines nachtblinden Schwachkopfs, der ausgerechnet den besten Platz oberhalb des Tores für sich beanspruchte und anscheinend wahllos auf alles schoss, was sich bewegte.

»Abbruch!«, bellte Ares zornig in sein Funkgerät.

Der sicher geglaubte Triumph hatte sich unerwartet in eine bittere Niederlage verwandelt. Zurück in der Devina, zählten sie sieben Tote und drei Söldner, die fortan bestenfalls noch im Überwachungsraum Dienst tun konnten. Ares wusste von keinem einzigen gefallenen Tempelritter. Die letzte Fährte, die sie hatten verfolgen können – jene Vicomte Montvilles – verflüchtigte sich am Sportflughafen Mönchengladbach. Auch von den Kindern und der Kamera fehlte jede Spur.

Sie hielten sich nicht lange auf der Autobahn auf, sondern fuhren bereits an der dritten oder vierten Ausfahrt ab. Das Risiko, dass der völlig zerlöcherte, fensterlose VW den Geist aufgab, war einfach zu groß und ihre Chance, den Verfolgern durch Geschwindigkeit zu entkommen, stand sowieso gleich null. Dass sie überhaupt so weit gekommen waren, war ohnehin nur dem schlechten Gewissen einer höheren Macht zu verdanken, die es in letzter Zeit des Öfteren versäumt hatte, ihn mit wenigstens durchschnittlicher Aufmerksamkeit zu beehren und ihm ab und zu unterstützend zur Seite zu stehen, glaubte Sascha.

Jetzt aber schien sich das Blatt wieder zu wenden. Wenn er sich auch kaum etwas vorstellen konnte, was das erlittene, nur knapp überlebte Unheil der vergangenen Wochen in irgendeiner Weise wettmachen könnte, so war der Albtraum doch wenigstens ein für Allemal vorüber. Er kletterte zu seiner Schwester auf die Rückbank zurück, während sich Paul weiterhin – allerdings zunehmend hilflos – als Navigator versuchte, denn eine Menge der Straßen, an die er sich aus Zeiten vor seinem Leben im Kloster erinnerte, gab es schlicht nicht mehr.

Charlotte hatte kein Wort mehr gesprochen, seit sie den Mönch auf seiner Flucht im zugewachsenen Durchgang der Ostmauer abgefangen hatte. Sie kauerte im hintersten Winkel des Wagens auf der zum Bett aufgeklappten Bank und starrte zitternd wie Espenlaub ins Leere.

Salzige Tränen hatten Spuren auf ihren verschmutzten Wangen hinterlassen. Wenn sie ihre Mission schon dreckig und abgerissen angetreten hatte, dann fehlten Sascha nun die passenden Worte, um seinen Gesamteindruck zu beschreiben. Schweigend rutschte er zu ihr hin, legte einen Arm um ihre Schultern und zog sie ein Stück weit zu sich heran, aber Charlotte schwieg weiter und starrte Löcher in die Luft, sodass er nicht sicher war, ob sie ihn überhaupt wahrnahm. Er hätte schon viel dafür gegeben, in den vergangenen Stunden, Tagen und Wochen nicht in seiner eigenen Haut stecken zu müssen. Aber mit Chili tauschen hätte er erst recht nicht gewollt. Was nun in ihrem Kopf vor sich gehen mochte, entzog sich seiner Vorstellungskraft. Der Ausdruck ihrer großen dunklen Augen ließ allerdings nur eine einzige Interpretation zu: Erschütterung.

Charlotte hatte mehr Leid gesehen und erfahren, als ihre sanftmütige Seele ertragen konnte. Menschen hatten einander und ihr offen nach dem Leben getrachtet. Blut war geflossen; menschliches, viel zu leicht vergängliches Blut. Die Schreie der gefallenen Söldner hallten noch immer in ihren Ohren wider. Sie traute sich kaum, ihren brennenden Augen die kurzfristige Erleichterung eines Blinzelns zu gönnen, denn jeder Sekundenbruchteil, den sie die Lider senkte, bedeutete, erneut mit den schrecklichen Bildern konfrontiert zu werden, die sie in den letzten Minuten hatte mit ansehen müssen: Männer, die sich für Geld gedankenlos in eine Schlacht warfen, von der sie wussten, dass sie für viele von ihnen den Tod bedeuten würde. Armlange Klingen, die Arme und Köpfe von Körpern trennten, großkalibrige Geschosse, die menschliche Schädel wie Wassermelonen auseinander sprengten ...

Nein! So war es nicht gewesen! Das heißt: Möglicherweise war es so gewesen, *wahrscheinlich* hatte es sich genau so zugetragen. Aber das hatte sie nicht gesehen, nicht mit ansehen müssen, weil Jeremy und ihr Bruder sie fortgeholt – ihr das Leben gerettet – hatten. Es war nur ihre Fantasie, die diese Bilder schuf. Sie hatte es gehört, nur gehört; doch den Rest konnte sie sich denken und ausmalen. Den Rest und auch den Grund allen Unheils.

Sie war der Grund. Chilis Schuld wog unermesslich schwer. Möglicherweise hatten Dutzende von Männern der Prieuré ihr Leben gelassen, weil sie versagt hatte. Sie wusste nicht, ob Lucrezia ihr das jemals verzeihen könnte – nicht einmal, wenn sie ihr die Kamera aushändigte, mit deren Aufzeichnungen sie, wie Charlotte innig hoffte, womöglich einen weiteren wichtigen Schritt in Richtung des Grals tun konnte. Ihr Gewissen jedenfalls würde es ihr nie verzeihen. Sie hatte das Gefühl, nie wieder schlafen oder essen zu können. Sie war es nicht wert, weiterleben zu dürfen.

»Bringt mich zu Lucrezia«, bat sie flüsternd. Ihre Lippen waren rissig und trocken und es fiel ihr schwer zu sprechen. Nichts und niemand konnte ihre Schuld lindern. Aber es durfte wenigstens nicht alles umsonst gewesen sein.

»Bist du des Wahnsinns?« Sascha schüttelte heftig den Kopf und bedachte seine Schwester mit einem fassungslosen Blick, während sich Jeremy hinterm Steuer an einem Stück kalter Pizza verschluckte, das er noch irgendwo gefunden hatte. »Sieh mich an, Charlotte – schau mir in die Augen und sag das noch mal.«

Chili gehorchte. Sie meinte es vollkommen ernst. Für die Dauer einiger Atemzüge verschlug es Sascha schlicht die Sprache. Dann streichelte er mitfühlend über ihre Wange. »Du hast überhaupt nicht verstanden, was gerade passiert ist«, stellte er ruhig fest. »Woher auch ... Charlotte, diese Leute wollten uns töten. Und dich auch.«

»Du begreifst es einfach immer noch nicht«, erwiderte Chili in hilfloser Wut. »Es war schlimm und gefährlich und grausam und ... und ...« Erneut rannen Tränen über ihre Wangen. Ihr Blick irrte hektisch durch das Wageninnere, während sie mit erstickter Stimme zu formulieren versuchte, was sie selbst längst nicht mehr begriff. »Aber es war ... es *ist* alles so unglaublich wichtig. Es geht um den Heiligen Gral, Sascha. Lucrezia ist eine Urenkelin Christi – du hast es doch gesehen! Du hast Ares praktisch getötet, Sascha, mit deinen eigenen Händen, und trotzdem ist er am Leben und war gerade da, um mich vor diesen Wilden zu retten, trotzdem hat er –«

»Er wollte nur die Kamera«, unterbrach Sascha ihren verzweifelten Redefluss, wobei er auf das kleine Gerät deutete, das sie bei sich getragen hatte und das nun zwischen Federn, Stoff-, Schaumgummi- und Papierfetzen auf der Rückbank ruhte. »Du hast etwas beobachtet, nicht wahr? Irgendetwas, was sie für wichtig halten, was sie unbedingt wissen wollen. Das Licht über der Rotunde? Hat es etwas damit zu tun?«

Chili nickte. »Der Stern, ja ... Aber selbstverständlich wollten sie die Kamera. Und mich. Ich habe ihnen doch geholfen! Ich hätte auch sterben können, Sascha, ich weiß nicht, warum ich überhaupt noch lebe, wie ich da rausgekommen bin, ich ...« Sie hob hilflos die Schultern. »Aber ich habe es gern getan. Aus Überzeugung. Sie sind die Nachkommen von –«

»Das behaupten die anderen auch von sich«, unterbrach Sascha erneut, diesmal in deutlich schärferem Ton. »Und ich würde meine rechte Hand und ein Stück Unterarm darauf verwetten, dass sich dieser ach so schreckliche angebliche Kindesmörder Robert von Metz keineswegs für einen machthungrigen Barbaren hält, sondern ebenfalls und mit gleicher Überzeugung für den Verfechter des Guten schlechthin, ganz genau wie Lucrezia. Vielleicht werden sie einander ewig bekriegen, vielleicht aber hat alles auch irgendwann ein Ende und du kannst dann anhand der Sieger ausmachen, wer die Guten waren – aber das alles entzieht sich deinem Einfluss, du kannst und darfst dich nicht einmischen. Du gehörst nicht zu diesen Verrückten. Wenn du zu Lucrezia zurückgehst, wird sie dich töten. Auf der Stelle. Sie haben uns nicht unter Einsatz aller verfügbaren Kräfte und Waffen verfolgt, um sich bei dir zu bedanken. Sie wollten uns umbringen. Uns alle. Und das ist auch nicht weiter schwierig. Wir haben ja leider kein so sensationelles Heilfleisch.«

»Was macht dich da so sicher?« Chili schüttelte den Kopf. »Sie wollten nur, was ihnen zusteht. Wir hatten ein Abkommen!«

»Wusstest du, dass euer Abkommen beinhaltet, dass dein Bruder unverzüglich um die Ecke gebracht wird, sobald du außer Haus bist?«, mischte sich Jeremy in ihren Streit ein. Charlotte sah irritiert zu ihm hin. »Aber er hatte Glück. Ich war gerade in der Nähe ...«

»Er hat mir geholfen«, bestätigte Sascha ernst. »Ich würde nicht hier sitzen, wenn Jeremy nicht gewesen wäre. Und ich habe nichts getan, was gegen eure Absprache verstoßen hat. Ares wollte mir den Kopf abschlagen, während du wahrscheinlich noch am Bach gesessen hast. Weil er mich nicht mehr *brauchte*. Und sie brauchen auch dich nicht mehr. Sie wollen nur deinen hübschen kleinen Film.«

Charlotte schwieg eine ganze Weile. Ihr fassungsloser Blick bohrte sich in den ihres Bruders und fahndete nach irgendeinem Anlass, an der Ehrlichkeit seiner Worte zu zweifeln. »Das ... glaub ich nicht«, presste sie schließlich hervor.

Sascha seufzte. »Wenn du überleben willst, wirst du es glauben müssen«, stellte er fest. »Vielleicht ist es einfacher, wenn ich dir in Ruhe alles erzählt habe. Jetzt fahren wir erst mal zur Polizei.«

»Was ist dir denn lieber, ein Sarg oder eine Zwangsjacke?«

»Häh?« Verwirrt wandte Sascha sich dem Amerikaner zu.

»Ich meine, wenn du drauf bestehst, werde ich dich nicht davon abhalten. Aber ich für meinen Teil habe keine Lust, den Rest meiner Tage unter Polizeischutz zu verbringen; abgesehen davon, dass Letzterer wohl kaum etwas nützt«, erklärte der ehemalige Söldner. »Wenn du Glück hast, schaffst du es, deine Geschichte zu erzählen, bevor Lucrezias Leute vor der Tür stehen. Wahrscheinlich glaubt man dir die Geschichte eurer Entführung zunächst sogar und ein aufgeschlossener Beamter mag dir auch noch ein paar andere Details abnehmen. Aber wenn du anfängst, von Maria Magdalena zu schwafeln oder von Menschen, denen man schon den Kopf abschlagen muss, um sie umzubringen, stellen sie dich einem freundlichen Polizeipsychologen vor. Sie werden sicher versuchen, Lucrezia und die anderen festzunehmen, doch wenn sie in der Devina ankommen, sind die längst über alle Berge. Hoffentlich – denn sonst wird eine Menge weiteres Blut fließen, bevor sie am Ende dann doch entkommen.«

»Und was schlägst du stattdessen vor?«, fragte Sascha hilflos.

Jeremy lenkte den Bus zwischen zwei um diese Zeit menschenleeren würfelförmigen Lagerhallen eines Industriegebietes hindurch auf einen von der Straße aus nicht einsehbaren, weitläufigen Parkplatz.

»Ausruhen«, schlug er vor und stellte den Motor ab. »Alles, was wir wissen, in einen Topf werfen und nachdenken. Schön scharf nachdenken ...«

Sie grübelten noch im Morgengrauen. Nachdem ein jeder seinen Bericht über seine Erlebnisse in den vergangenen dreißig Stunden beendet hatte und Paul über die vorausgegangenen Wochen aufgeklärt worden war, herrschte eine geraume Weile unbehagliches Schweigen, welches der Mönch schließlich mit einer Zusammenfassung der Dinge aus seiner – verhältnismäßig objektiven – Sicht beendete.

»Sophia, die eigentlich Charlotte heißt«, sagte er, wobei es ihm nicht ganz gelang, einen verletzten Unterton aus seiner Stimme herauszuhalten, was Chili wie eine weitere Ohrfeige traf, unter der sie sacht, aber sichtbar zusammenzuckte, »und du«, sagte er an Sascha gewandt, »habt also gesehen, dass diese seltsamen Leute einen Mann getötet haben.«

»Nein«, korrigierte Sascha. »Sie haben nur geglaubt, dass wir es gesehen haben.«

»Aber der Mord ist tatsächlich geschehen«, wandte Jeremy ein. »Van Dyck ist am selben Abend verschwunden. Jetzt, wo ihr es erzählt, kann ich mir vorstellen, was passiert ist.« Er seufzte betroffen. »Es ist kein Geheimnis, dass Lucrezia Vertrauensbrüche jeglicher Art mit dem Tod ahndet. Jeder weiß das, wenn er der Prieuré beitritt.« Sascha blickte den Riesen fragend an, verzichtete aber auf einen Kommentar. Jeremy verstand ihn trotzdem. »Ich habe es auch gewusst«, bestätigte er mit einem Schulterzucken. »Es hat mir nichts ausgemacht. Ich war jung und ich war allein. Es gab niemanden, der mich hätte vermissen können, und ich hatte außerdem nie vor, Lucrezias Vertrauen zu enttäuschen. Dieses ganze Geheimnis um Maria Magdalena, das Grabtuch und den Gral – das hat mich interessiert, und es war aufregend mit Menschen zusammenzuleben, die praktisch *unsterblich* sind. Das ist so … Ich weiß auch nicht. Als ob ein bisschen von dieser Besonderheit auf einen abfärbt. Und ich habe mich so *sicher* gefühlt …«

»Sicher zwischen Männern, die dich beim geringsten Verdacht umlegen würden, ohne mit der Wimper zu zucken?«, hakte Sascha verständnislos nach.

»Du hättest gemordet, wenn Lucrezia dich dazu aufgefordert hätte?« Chili rückte demonstrativ ein Stück weiter von ihm weg.

Der Hüne hob erneut die Schultern, schüttelte dann aber den Kopf. »Glaub ich nicht. Ich schätze, ich hätte so getan, als ob. Absichtlich schlecht gezielt oder so ... Aber in die Verlegenheit bin ich zum Glück nie geraten. All die Jahre verliefen recht friedlich, fast langweilig. Ab und zu gab es ein paar Einsätze außerhalb, aber ich habe ausschließlich Wachdienst in der Devina gehalten und war zufrieden damit.«

»Jetzt ist er jedenfalls hier«, lenkte Sascha von dem unangenehmen Thema ab. Er sah Jeremy an, dass er sich für diesen Teil seiner Vergangenheit schämte, und bereute, überhaupt nachgehakt zu haben. »Jeder macht mal Fehler. Und ohne seine Fehler wäre ich jetzt nicht mehr am Leben.«

Paul kehrte zu seiner Zusammenfassung zurück. »Sie behaupten also, das Grabtuch Christi zu besitzen und den Heiligen Gral zu suchen. Sophia ... pardon: Charlotte wollte ihnen dabei helfen und hat sich in unseren Orden einschleusen lassen, als der alte Zacharias verunglückte.« Seine Mimik ließ darauf schließen, dass er nach allem, was er gehört und gesehen hatte, nicht unerheblich daran zweifelte, dass der Tod seines Freundes tatsächlich auf ein tragisches Unglück zurückzuführen war, aber er ging nicht weiter darauf ein. Stattdessen rutschte er zu Chili hinüber, die den Blick abgewandt hatte und bereits wieder mit den Tränen kämpfte. »Ich bin sicher, sie hat es nur gut gemeint«, fügte er hinzu, wobei er mit einer Hand nach ihrem Kinn griff und sie mit sanfter Gewalt zwang, ihm ins Gesicht zu sehen. »Sie ist ein gutes Mädchen«, behauptete er fest.

»Keine Frage«, bestätigte Jeremy eifrig nickend. In

Anbetracht der ehrlichen Scham und Erschütterung, die Charlotte nach wie vor wie mit Neonlettern ins Gesicht geschrieben standen, mochte ihr niemand einen Vorwurf machen – abgesehen davon, dass es ohnehin nur eine drastische Verkürzung ihres unfreiwilligen Abenteuers sowie ein tragisches Ende bedeutet hätte, hätte sie sich gegen den Pakt mit dem Teufel entschieden.

»Diese Männer, die Christopher beherbergt hat und über die er sich so stur ausgeschwiegen hat, sind also Tempelritter?«, erkundigte sich Paul zweifelnd. Der Amerikaner nickte bestätigend und Sascha hob hilflos die Schultern. Er wusste nicht, wer sie waren. In seinen Augen waren sie einfach nur Wahnsinnige. »Gestern hätte ich euch noch für verrückt erklärt«, fuhr der Mönch fort. »Ich hätte euch eine Bibel in die Hand gedrückt und vorgeschlagen, ein bisschen darin zu schmökern und zu beten, dass der Herrgott euch euren Verstand zurückgibt. Aber ich habe es mit eigenen Augen gesehen. Nicht nur dieses seltsame Feuerwerk im Rundbau ... Ich bin geflohen, als sie Charlotte verfolgten. Aber kurz vor dem Wohnhaus blieb ich noch einmal stehen, in der Hoffnung, dass sie sie irgendwie abgehängt hätte und sich im richtigen Moment an die Osttür erinnerte. Vor dem Haupttor war schließlich die Hölle los, da konnte keiner raus. Überall Schüsse ... Einer dieser Männer wurde getroffen, mehrfach. Er kippte hintenüber, allein schon die Wucht der Geschosse warf ihn einen guten Meter weit zurück. Und dann stand er wieder auf und warf sich in die Schlacht, als sei überhaupt nichts geschehen ...« Paul schluckte und schüttelte sich, wie um die Erinnerung an die schrecklichen Bilder auf diese Weise loszuwerden. »Ich glaube euch«, schloss er. »Und wenn Jeremy sagt, dass sie euch nie wieder in Frieden leben lassen werden – wenn sie euch überhaupt am Leben lassen –, dann glaube ich ihm das ebenfalls. Er wird schon wissen, wovon er spricht, wenn er zehn Jahre mit ihnen unter einem Dach gelebt hat.«

Damit waren die Gegebenheiten ihrer gegenwärtigen Lage deutlich gemacht.

»Aber was sollen wir denn jetzt machen?«, drängte Chili weinerlich.

Jeremy griff nach der Kamera und drehte sie nachdenklich zwischen den Fingern. »Wir schnappen ihnen ihren blöden Gral vor der Nase weg und zeigen ihnen, was wir alles draufhaben«, schlug er vor.

Charlotte verneinte. »Das zeigt nicht den Weg zum Gral«, berichtigte sie. »Es heißt, nur die Reliquien weisen den Weg zum Grab Christi. René von Anjou hat es so eingerichtet, dass nicht einmal die Tempelritter selbst ohne sie dorthin gelangen können. Vielleicht finden wir damit die Lanze ... oder ganz etwas anderes.«

Sascha entnahm ihrer Stimme, dass sie einen konkreten Verdacht hegte, ihn aber nicht auszusprechen wagte. »Was glaubst du?«, fragte er geradeheraus.

»Ich bin nicht sicher«, druckste sie herum. Nach den folgenschweren Fehleinschätzungen der Vergangenheit hätte sie am liebsten überhaupt nicht geantwortet, aber schließlich gab sie den herausfordernden Blicken ihres Bruders nach. »Es hat irgendwas mit Troyes oder so ähnlich zu tun«, flüsterte sie und nestelte das Amulett aus ihrer Hosentasche, das sie aus der Granitschale entwendet hatte.

Der Mönch nahm es an sich und begutachtete es aufmerksam von allen Seiten. »Sieht alt aus, vielleicht fünfhundert oder sogar tausend Jahre«, stellte er fachkundig fest und versuchte im schwachen Licht des winzigen Innenraumlämpchens, die eingeprägte Inschrift zu entziffern. »Aramäisch«, kommentierte er.

»Dumm, dass niemand von uns Aramäer ist«, bedauerte Jeremy.

»Wohl kaum«, lachte Paul und grinste schließlich verlegen. »Aber du hast ja keine Ahnung, was man alles vor Langeweile lernen kann, wenn man fünfundzwanzig Jahre in einem abgelegenen Kloster darauf wartet, dass endlich jemand vorbeikommt und einen wieder mitnimmt … Das da«, sagte er und tippte mit dem Zeigefinger auf das Obst, das Charlotte schon am Mittag in der Empfangshalle aufgefallen war, »sieht aus wie ein Granatapfel.« Dann fuhr er von links nach rechts über die eingravierte Schrift. »*Der Schlüssel von Troyes*«, entzifferte er. Er überlegte angestrengt, machte aber schließlich eine hilflose Geste. »Troyes ist eine kleine Stadt in Frankreich. Ich wüsste nicht, dass man einen Schlüssel braucht, um hineinzukommen, aber …«

»Was?«, drängte Sascha, als ihr neuer Leidensgenosse nicht von sich aus weitersprach.

»Na ja, es ist ein durchaus sagenumwobenes Städtchen«, antwortete der Mönch. »Und wenn wir es tatsächlich mit den Überresten des Templerordens zu tun haben, dann mag es doch ein wenig Sinn ergeben … Nicht, dass ich wirklich daran glaube, aber gehen wir einfach einmal davon aus, dass es so ist oder dass diese seltsamen Menschen zumindest selber glauben, dass es so ist, was sich doch letztlich gleich bleibt. Eines der Gründungsmitglieder des Templerordens, sein Name war Hugo von Payens, wurde ganz in der Nähe geboren. Troyes galt seinerzeit als Zentrum für Kaufleute und andere kluge Köpfe ... Nun, der gute von Payens reiste ins Heilige Land, zusammen mit seinem Sohn Thibauld. Der wiederum erleichterte später die Mönche von St. Colombe angeblich um zwei Drittel des Klosterschatzes, ehe er verschwand, weshalb die Geschichte bei uns im Kloster überhaupt so oft erzählt wird. Sei's drum ... Als Hugo von Payens aus dem Morgenland heimkehrte, muss er irgendwelche Schriften mitgebracht haben. Schriften, die so wichtig waren, dass man in Dijon auf einmal fleißig Aramäisch lernte und lehrte. Womöglich stammten sie aus einer Zeit, in der Jesus Christus noch am Leben war, vielleicht aus einer Zeit kurz danach, sodass sie Hinweise auf das Grab gaben, das die Templer später, glaubt man dieser Prieuré, wohl in Jerusalem fanden. Möglich ist das schon, denkt nur mal an die berühmten Schriftrollen aus Qumran; ihr wisst schon, die Überreste von mehr als fünfhundert Schriftrollen, die Mitte dieses Jahrhunderts in den Höhlen von Qumran am Toten Meer entdeckt wurden. Die enthalten biblische Handschriften und Kommentare, Loblieder, Informationen über die Apokalypse und jede Menge andere Dokumente.«

Alles, was Sascha darüber wusste, waren ein paar Fragmente aus dem Religionsunterricht eines dürftigen Schulsystems, aber er nickte trotzdem, um die Erzählung des Mönchs nicht zu unterbrechen.

»Der Fund einer einzigartigen Kupferrolle, die ein

gewisser de Vaux und sein Team ebenfalls in diesen Höhlen entdeckten, ging regelrecht unter in diesem unermesslichen Schatz für die Menschheit. Sie enthielt ein Verzeichnis von Orten, an denen höchst wertvolle Gegenstände versteckt sein sollten. Der auf vierundsechzig Plätze verteilte Salomonische Schatz, wie man annahm. Es heißt, dass die Templer diesen Schatz hüteten; vielleicht haben sie ihn gefunden, nachdem die Schriften in Dijon entziffert worden waren. Später haben sie diese Schriftrollen möglicherweise in ihr noch viele Jahrhunderte lang unentdeckt bleibendes Versteck in Qumran zurückgebracht. Und das alles bringt mich nun wieder zurück zu diesem hübschen kleinen Schmuckstück – und nach Troyes.« Er bedachte das Amulett mit einem ehrfürchtigen Blick. »König Salomo hatte eine Vorliebe für Granatäpfel«, wusste er zu berichten. »Dieses Fruchtbarkeitssymbol befand sich angeblich in den verschiedensten Formen und aus den unterschiedlichsten, jedoch nur edelsten Materialien angefertigt unter seinen persönlichen Gütern und damit auch in dem bis heute verschollenen Schatz.«

Sascha hatte seine liebe Not, dem Alten zu folgen. Charlotte hingegen, der wenigstens Teile dieser Geschichte mittlerweile vertraut waren, schaltete etwas schneller, wusste aber nicht, ob sie die richtigen Schlüsse gezogen hatte. »Von Payens hat also den Schatz von Jerusalem nach dem Streit zusammengetragen und ihn gleich vor der Haustür vergraben?«, wunderte sie sich. »Das geht doch gar nicht! Zweihundert Tonnen Gold verbuddelt man nicht einfach so im Garten!«

»Nicht im Garten«, lachte Paul freundlich. »Aber

vielleicht auch nicht allzu weit davon entfernt. Es gibt einen Wald bei Troyes: der so genannte Wald des Orients. Niemand weiß, woher er seinen Namen hat, aber es gibt eine Legende, nach der es dort von unterirdischen Stollen und Gängen nur so wimmeln soll.«

»Die Prieuré hätte doch längst dort gegraben.« Charlotte schüttelte entschieden den Kopf. »Es gibt kaum eine Legende im Zusammenhang mit dem Heiligen Gral oder dem Schatz von Jerusalem, der sie im Lauf der letzten Jahrhunderte nicht schon nachgegangen wären.«

Paul hob die Schultern. »Das kann schon sein«, bestätigte er. »Aber allem Anschein nach fehlten ihnen ein paar entscheidende Hinweise. Hinweise, die wir nun vielleicht in den Händen halten. Was erklärt, wieso beiden Seiten so viel daran gelegen war, uns zu verfolgen und dir die Kamera abzunehmen. Wir sollten uns den Film ansehen, und zwar sehr genau.«

Sascha kaute unschlüssig auf seiner Unterlippe herum. Ihm war ganz und gar nicht wohl bei dem Gedanken, sich gleich wieder kopfüber in ein neues fragwürdiges Abenteuer zu stürzen, nachdem er das letzte gerade erst knapp überlebt hatte. Aber letzten Endes hatte er auch keine bessere Idee. Also stimmte er dem Entschluss zu, den Chili (voller Zuversicht, mit zweihundert Tonnen Gold den Hunger auf der Welt besiegen zu können), Jeremy (in der Hoffnung, irgendwo auf der Welt ein friedliches Plätzchen für ein sorgenfreies Leben ohne Geldsorgen finden zu können) und der Mönch (der einfach nur mitgenommen werden wollte) längst gefällt hatten. Wenn Paul mit seiner These ins Schwarze getroffen hatte, würde Lucrezia sie sowieso nicht in Ruhe lassen, solange sie im Besitz der Kamera und des Amuletts waren. Und wenn sie sie zuvor schon aus dem Weg hatte räumen wollen, dann hatte sie nun einen guten Grund mehr, dieses Ziel erbarmungslos zu verfolgen. Jetzt waren sie nicht mehr »nur« Zeugen eines Mordes, den ihre Männer begangen hatten, sondern weitere Gegner im Kampf um eines der bedeutendsten Geheimnisse der Tempelritter.

Ein winziger, in die Macht der staatlichen Exekutive vertrauender Teil seiner selbst spielte noch einen Augenblick mit dem Gedanken, den einfachsten Weg zu wählen: zur Polizei zu gehen und zu hoffen, dass es möglich war, im Rahmen eines Zeugenschutzprogrammes (das er allerdings auch nur aus amerikanischen Krimis kannte) an eine neue Identität zu gelangen. Doch solange sich die Prieuré in die Computer der Behörden hacken konnten, ohne dabei auch nur bemerkt zu werden, machte dies nicht einmal dann Sinn, wenn die Polizei ihnen tatsächlich Glauben schenken, den Ernst der Lage erkennen und ihnen neue Namen und Papiere gewähren würde. Lucrezia hätte Kopien ihrer neuen Personalausweise, noch ehe sie selbst ihre neuen Dokumente zu Gesicht bekommen hätten. Außerdem war man wohl zwangsläufig Profi in Sachen neue Identitäten, wenn man tatsächlich mehrere Jahrhunderte auf dieser Welt zugebracht hatte. Und mit dem Geld, das Jeremy angespart und mittlerweile von seinem Konto abgehoben hatte, kamen sie vielleicht ein wenig im europäischen Ausland herum, doch eine neue Existenz für insgesamt fünf Personen, schloss man Ella mit ein, würde seinen Etat vermutlich deutlich überschreiten.

Er nickte schwach und nahm die Digitalkamera an sich. »Nur eine Frage noch«, seufzte er an den Mönch gewandt, ehe er das Gerät einschaltete. »Woher weißt du eigentlich so viel über diese Dinge?«

»Das weiß doch jeder«, winkte der Alte ab, aber ein Hauch verräterischer Röte, die seine Wangen überzog, bezichtigte ihn der Lüge.

»Langeweile«, berichtigte Charlotte lächelnd. »Die Bibliothek war fünfundzwanzig Jahre lang dein einziges Freizeit-Event, nicht wahr? Ich meine, neben deinen Abendspaziergängen.«

»So wahr das Pantheon in Rom steht!«, bestätigte Bruder Paul seufzend. »Aber das ist jetzt vorbei. Wie es scheint, könnte ich nicht einmal dann zurückkehren, wenn ich es wollte.« Er blickte in einer widersprüchlichen Mischung aus Bedauern und Erleichterung an seiner Leinentracht hinab. »Hat einer von euch zufällig ein paar Klamotten zum Wechseln dabei?«

als sie zum zweiten Mal bei Chilis filmreifem Sprung vier Meter in die Tiefe aus der Perspektive der (wie durch ein Wunder unversehrt gebliebenen) Kamera in ihrer Hand anlangten, blinkte das Lämpchen der Batterieanzeige dreimal hintereinander auf und der Akku gab den Geist auf, ohne dass einer von ihnen (nicht einmal Paul) aus den mysteriösen Geschehnissen in der Rotunde schlau geworden wäre. Das Einzige, was sie zu erkennen glaubten, war, dass die Anordnung der verschiedenfarbigen Lichter unter der Kuppel vielleicht nicht ganz so willkürlich war, wie es auf den ersten Blick den Anschein hatte. Der Mönch glaubte, dass sie ein Muster bildeten, wenn man sich vorstellte, Flecken oder Punkte mit der gleichen Farbe durch Linien zu verbinden. Doch der Augenblick, in dem die Kamera das gesamte Bild an der Kuppel erfasst hatte, war einfach zu kurz, als dass sie dieses Muster hätten erkennen, geschweige denn abzeichnen können.

Also beschlossen sie, zunächst Ella einzusammeln und sich noch einmal intensiv mit den Aufnahmen auseinander zu setzen, sobald sie ein vorläufiges Dach über dem (dann hoffentlich relativ ausgeruhten) Kopf, sowie vor allen Dingen ein Ladegerät und eine Steckdose für den Akku hatten. Die Sicherheit ihrer Mutter war im Augenblick ohnehin ihr dringlichstes Problem. Weder Sascha noch Charlotte konnten abschätzen, ob sie Wort gehalten und sich tatsächlich in aller Stille auf ihre Reise ins benachbarte Bundesland begeben hatte oder ob sie nicht doch irgendjemandem von der ganzen Geschichte erzählt hatte und die Bluthunde des rachsüchtigen Schwertmeisters ihr nicht längst an den Fersen hafteten oder sie womöglich schon in die Hände bekommen hatten. Charlotte mochte gar nicht daran denken, wie sie sich fühlen würde, wenn dem so wäre. Schließlich hatte sie alles, was sie getan hatte, auch deshalb auf sich genommen, um ihrer Mutter endlich ein sorgenfreies Leben, vielleicht sogar eines ohne diese unerträglichen Stimmungsschwankungen, zu ermöglichen. Es würde sie zerreißen, wenn sich zu der Schuld, die – egal, was die anderen sagten – immer auf ihren Schultern lasten würde, auch noch die Verantwortung dafür, dass Ella etwas zugestoßen war, gesellen würde. Zu gerne hätten sie bei der alten Bekannten in Montabaur angerufen, um sich nach ihrer Mutter zu erkundigen, doch diese war, wie erwähnt, eine *lange vernachlässigte* Freundin, an die sie sich aus Kindertagen lediglich als »Tante Janine« erinnerten, die ein kleines Fachwerkhaus nahe der Feuerwehr bewohnte. Keine Telefonauskunft, und wären ihre Mitarbeiter noch so engagiert, könnte ihnen die Nummer von »Tante Janine in der Nähe der Feuerwehr« heraussuchen. Ihre Chancen, mit dem Weihnachtsmann verbunden zu werden, standen wahrscheinlich besser. So half nur: hinfahren und selbst nachsehen.

Jeremy orderte also ein Taxi, das eine knappe halbe Stunde später auf dem abgelegenen Gelände aufkreuzte. Der türkische Fahrer beklagte sich leidenschaftlich über die unzureichende Ortsangabe, die ihm seine Anfahrt erschwert habe, chauffierte sie aber dann in sonniger Laune zum nächsten Bahnhof, nachdem der Amerikaner ihm eine Pauschale von zweihundert Mark angeboten hatte. Dort brachten sie eine weitere Dreiviertelstunde zu, in der sie auf den Zug warteten und sich – bewusst oder unbewusst – immer wieder unbehaglich nach möglichen Verfolgern in der gut besuchten Bahnhofshalle umblickten.

Zwischenzeitlich erwarb der Riese eine hippe Jeans und ein legeres Hemd mit flottem »Big Adventure«-Schriftzug im Bahnhofsshop. Beides überreichte er mit einem galgenhumorigen Salatgurkengrinsen dem Mönch, der nie Mönch hatte werden wollen. Spätestens nachdem sich der Alte auf der Toilette umgezogen hatte, kamen auch Charlotte und Sascha trotz allen Unwohlseins und zunehmender Erschöpfung nicht mehr umhin, sich ebenfalls ein Grinsen abzuringen. »Bis Hessen hast du einen Vertrag für Ginsengwurzel-Lebenskraft-Produkte in der Tasche«, neckte Jeremy.

Doch das Lachen sollte ihnen im Zug schnell wieder vergehen.

Sascha, Charlotte und Paul quetschten sich nebeneinander auf eine der letzten freien Bänke, während der breitschultrige Ex-Söldner die Blechkiste mit den Waffen, die er aus dem alten VW mitgenommen hatte, auf der Hutablage verstaute und sodann zwei Drittel der gegenüberliegenden Bank einnahm, wobei er einen anderen Passagier, einen älteren Herrn mit Filzhut und Feder im Hutband, durch seine Körperfülle dicht an das mit Graffiti beschmierte Fenster drängte. Der Fremde räusperte sich empört, wandte sich dann aber naserümpfend wieder seiner Lektüre zu, die er für einen Moment auf den Schoß hatte sinken lassen. Es war ein lokales Käseblättchen, hinter dem sein Gesicht verschwand. Als Sascha den in roten Großbuchstaben auf der ersten Seite gedruckten Titel der Topstory entdeckte, unternahm die Thunfischpizza des Vortages einen Kurztrip seine Speiseröhre hinauf. Er vermochte den Brechreiz zwar gerade noch zu unterdrücken, doch Charlotte hatte die Überbleibsel von Kartoffelbrei mit Erbsen, Speck und Magermilch weniger gut unter Kontrolle, was an der Kombination liegen mochte oder einfach daran, dass ihr Gesamtbefinden um einiges schlechter als das Saschas war. Sie sprang auf, kaum dass sie Platz genommen hatte, stürmte zur Toilette am Ende des Waggons, knallte die Tür hinter sich zu und übergab sich.

»*Atelier in Flammen*«, zitierte Sascha, während sein

Blick wie paralysiert auf den Druckbuchstaben haftete.
»War es wirklich nur ein Unfall?«

Ein Farbfoto unter der Überschrift zeigte die Überreste eines Wohnhauses, von dem nach einem Brand kaum mehr übrig war als die Grundmauern. Der Dachstuhl war fast vollkommen verschwunden; wo er sich befinden sollte, ragten nur noch ein paar verkokelte Balken in die Luft wie abgenagte Rippchen. Ein paar Glasbausteine – ebenfalls verrußt und teilweise gar geschmolzen – deuteten auf einen Architekten mit eher dürftigem Geschmack hin. Dennoch ließen eine leicht in Mitleidenschaft gezogene Litfaßsäule links von der Ruine und vor allen Dingen die leicht beschädigten Nachbarhäuser keinen Zweifel: Die Ruine auf dem Bild war einmal das Atelier von Ella Claas gewesen. Das Haus, in dem Sascha und Charlotte aufgewachsen waren, das Haus, in dem sie lebten!

Es kostete Sascha übermenschliche Beherrschung, nicht aufzuspringen und dem Fremden die Zeitung grob aus den Händen zu reißen. Vielleicht hätte er wirklich nicht an sich halten können, wäre Jeremy ihm nicht zuvorgekommen. »Darf ich bitte mal Ihre Zeitung haben?«, bat er den Fremden höflich und streckte herausfordernd eine seiner bärenartigen Pranken nach dem Blatt aus.

Der Fremde stieß empört die Luft zwischen den Zähnen aus und funkelte den Riesen trotzig an. Dann aber stand er mit einem Ruck auf, knüllte die Zeitung verärgert zusammen und warf sie dem Hünen in den Schoß, um sich mit in den Nacken geworfenem Kopf und wehender Feder einen ruhigeren Platz mit mehr Bewegungsfreiheit zu suchen. Jeremy gab Sascha die Zeitung.

Zwei- oder dreimal überflog er den Artikel hastig. Erst als er relativ sicher war, nicht lesen zu müssen, was die Pizza und er befürchtet hatten, studierte er ihn noch einmal aufmerksam, atmete auf und eilte Charlotte hinterher, die sich noch immer in der kleinen Zugtoilette befand und die Schienen ölte.

»Du kannst aufhören, Chili«, sagte er mitfühlend, nachdem er sacht angeklopft hatte. »Mama war schon weg.«

Ella hatte seine dringende Bitte befolgt und war sofort aufgebrochen. Aber sie hatte es sich nicht nehmen lassen, zwischen Tür und Angel den Notruf zu wählen und die Polizei aufzufordern, die Suche nach ihren verschollenen Kindern erneut aufzunehmen. Der Defekt an der Gasleitung hatte sich nur wenige Stunden später bemerkbar gemacht.

Von der Feuerwehrstation aus fanden sie Janines Fachwerkhaus mit dem nicht zu unterschätzenden, sich an Bäckereien, Spielplätzen und Kletterbäumen orientierenden Gedächtnis der sechs- beziehungsweise zehnjährigen Kinder, die sie gewesen waren, als sie Montabaur zuletzt besucht hatten. Nun wären sie in einer größeren Stadt mit diesen Kindheitserinnerungen allein fraglos aufgeschmissen gewesen; sie wussten ja nicht einmal den Namen der Straße, nach der sie suchten. Aber Montabaur hatte sich so gut wie gar nicht verändert, was vor allem auf den Denkmalschutz zurückzuführen war. Viele der Wohn- und Geschäftshäuser hatten zwei Weltkriege unbeschadet überstanden und machten aus der Stadt ein kleines Paradies für Romantiker und Blinde. Selbst die Kaugummiautomaten (übrigens auch ein wichtiges Orientierungsmerkmal) befanden sich noch am gewohnten Platz. Und Janines Klingel war noch immer nicht mit einem Namensschild versehen.

Die Wiedersehensfreude war riesig. Charlotte rannte Janine regelrecht über den Haufen, kaum dass sie die Tür einen Spaltbreit geöffnet hatte, und fiel Ella um den Hals, deren zierliche Gestalt sich im Halbschatten des Flures abzeichnete. Ihre Mutter quietschte vor überraschter Freude und schlang die Arme fest um ihre Tochter, während ihre Freundin beiseite trat und Sascha und den beiden anderen winkte, ebenfalls hereinzukommen. Sie ließen sich nicht zweimal bitten.

Als Ella Sascha durch die Freudentränen, die ihren Blick verschleierten, hindurch erkannte, streckte sie einen Arm nach ihm aus und zog ihn ebenfalls zu sich heran. Heulend, schniefend und bibbernd standen sie eine ganze Weile einfach nur da, hielten sich gegenseitig fest und streichelten einander die Tränen aus dem Gesicht, während sich Stress, Angst und Anspannung der vergangen Wochen in Salzwasser und Wärme auflösten. Nie zuvor waren sie einander so nah gewesen. Sascha verstand mit einem Mal ganz genau, was mit der Redensart gemeint war, dass man manche Dinge erst verlieren musste, um zu wissen, wie sehr man sie liebte. Aber der Gedanke hatte nichts Bitteres. Der Augenblick ließ keinerlei Gefühle außer Erleichterung, Entspannung und herzenswarmer Zuneigung zu.

»Genug geknutscht«, entschied Jeremy, der sich ein bisschen ausgeschlossen fühlte, nach einer Weile und scheuchte den Pulk vor sich her in das angrenzende Wohnzimmer.

»Ja«, setzte Janine hinzu, die noch genauso ausschaute, wie Sascha und Charlotte sie in Erinnerung hatten. Nussbraunes, dickes Haar reichte bis auf ihren runden Po hinab. Fröhliche Sommersprossen scharten sich um ihre kecke Stupsnase und ihre wachen dunkelblauen Augen schienen noch immer frei von Vorurteilen nach stets neuen Ereignissen, Menschen, Geschichten und sonstigen Informationen zu lechzen, mit denen sie ihren kreativen Geist füttern konnte. Nur der Rettungsring um ihre Hüften war ein wenig breiter geworden. »Kommt erst einmal rein und setzt euch. Ihr seht völlig fertig aus. Kaffee könnte Wunder wirken.«

Janines Wohnzimmer hatte sich ebenso wenig verändert wie der Rest der Stadt. Grüne Filzsofas mit Häkeldeckchen auf den Sitzflächen standen im Halbkreis um einen niedrigen gekachelten Eichentisch, der zu einer Schrankwand aus dem gleichen Holz passte. Sie hatte in den vergangenen neun Jahren nicht einmal neu tapeziert, sodass ihnen von der Fototapete zu ihrer Linken noch immer die Sonne Kubas zulächelte, als sie das Zimmer betraten. Und dann waren da vor allem noch immer die Puppen. Hunderte und Aberhunderte von Puppen, denn Janine war Künstlerin wie Ella, nur dass sie ihre Energie ausschließlich auf das Nähen, Gießen und Kneten der unterschiedlichsten Puppen verwandte. Sie füllten jedes noch so winzige Plätzchen auf den Regalen, in den Schränken, auf den Lehnen der Polstermöbel, auf den Fensterbänken, dem Fernseher und den Boxen. Auf dem Plattenteller der Hi-Fi-Anlage warteten zwei handgroße dunkelhäutige Kinder auf die nächste Karussellfahrt. Die meisten ihrer »Kinder«, wie sie sie nannte, waren tatsächlich Kinder und Babys mit allen nur erdenklichen Haut-, Haar- und Augenfarben, Größen und Charakteren, aber so wie Janine selbst war auch ihre Sammlung immer wieder für eine Überraschung gut. Da lauerten grasgrüne Kobolde zwischen rundlichen Babys in bestickten Taufkleidern, hoch gewachsene, hagere Hexen und Zauberer überwachten den sie umringenden Kindergarten mit scharfem Blick und von der Decke baumelte ein langbeiniges, kohlrabenschwarzes Elfenwesen mit rosa Flügeln und von Kupferringen gestrecktem Giraffenhals. Und auf dem Sofa harrte ein lebensgroßes, hübsch gestyltes Teenagerpüppchen mit pechschwarzem Haar und wenig Stoff über viel Bein den Dingen, die da kommen mochten.

»Miriam?!« Sascha riss ungläubig die Augen auf und rang um seine Fassung, wenn er auch nicht sicher war, was geschehen würde, wenn er Letztere verlor. Ex hin oder her, er freute sich, sie zu sehen. Alles, was in irgendeiner Form zu seinem alten, ganz gewöhnlichen Leben gehörte, das nach wenigen Wochen schon Jahre zurückzuliegen schien, erschien ihm jetzt in einem neuen, positiven Licht. Außerdem mochte er sie ja. Sie hatte ihn eben nur zu oft genervt. Aber gleichzeitig empfand er fast Verärgerung über ihre Anwesenheit. Sie gehörte nicht hierher, dachte er. Das hier war sein Abenteuer. Seines, Charlottes, Jeremys und Pauls, und spätestens jetzt, da er wusste, dass Jeremy nicht übertrieben hatte, als er von der Rachsucht des Schwertmeisters sprach, leider Gottes auch Ellas. Miriam hingegen befand sich bis jetzt noch nicht in der Schusslinie der Prieuré und das sollte auch so bleiben. Sie hatte hier nichts verloren.

Miriam stand auf und machte einen verlegenen Schritt in seine Richtung. Zwei, drei Atemzüge lang standen sie sich hilflos und unentschlossen gegenüber. Dann fielen sie sich in die Arme. Sascha drückte Miriam fest an sich, strich mit den Fingern durch ihr samtiges Haar und schnupperte den süßen Duft ihrer weichen Haut. Es tat ungemein gut.

Chili ließ sich auf eines der Sofas fallen und beobachtete das Schauspiel eine kleine Weile. »Miriam«, meldete sie sich schließlich vorsichtig zu Wort. Eigentlich wollte sie nicht stören, aber es gab eine wichtige Frage, die ihr auf den Nägeln brannte, seit sie ihre Freundin erblickt hatte. »Kann ich dich was fragen?«

»Mmmh«, machte Miriam und löste sich eher widerwillig aus Saschas Umarmung. »Hast du gerade schon getan.«

»Du hattest doch die Adresse«, stellte Charlotte fest und versuchte vergeblich, nicht vorwurfsvoll zu klingen.

»Wie bitte?!«, entfuhr es Sascha ungläubig.

»Sie hat mir Shareefs Adresse besorgt«, bestätigte seine Schwester ein wenig zögernd. »Ich wollte einfach nur wissen, wer dieser Mann war, und danke sagen ...« Sie winkte ab und wandte sich wieder Miriam zu. »Du wusstest also, wohin ich wollte.«

Miriam nickte betroffen. »Aber ich wusste nicht, dass du weg bist«, behauptete sie. »Kurzschluss, weißt du.«

Sie tippte sich mit dem Zeigefinger an die Stirn. »Musste mal raus nach dem ganzen Zirkus, klare Gedanken fassen und so. Ich bin für ein paar Tage zu meiner Schwester nach Italien geflogen. Als ich wieder da war, hat Nathalie mir erzählt, dass ihr beide verschwunden seid, und da bin ich sofort zu eurer Mutter hin und habe nachgefragt. Aber Ella sagte, es sei alles wieder in Ordnung. Ihr hättet 'ne Menge Geld geschickt und Briefe aus dem Ausland geschrieben; total verrücktes Zeug, aber sie hat es geglaubt, und nachdem ich die Briefe gelesen habe, habe ich es auch geglaubt. Es klang alles so überzeugend. Man konnte regelrecht hören, wie ihr zwischen den Zeilen lacht ...« Sie hob hilflos die Schultern. »Ich bin die meiste Zeit bei eurer Mutter geblieben, auch vorgestern Nacht, als du angerufen hast. Irgendeiner musste sich doch um Ella kümmern, wenn ihr einfach abhaut.«

Ella – von Miriam geradezu freiheraus als Pflegefall bezeichnet – blickte gekränkt drein.

»Du hast gewusst, wohin Charlotte gehen wollte«, beharrte Sascha unbeirrt. Mit großer Wahrscheinlichkeit hätte die Polizei zwar ohnehin nur eine verlassene Villa vorgefunden, selbst wenn Miriam logisch und vernünftig gehandelt hätte, aber das konnte sie schließlich nicht wissen. »Du hattest die Adresse.«

»Ja, verdammt noch mal. Aber irgendwie habe ich sie gar nicht mit der ganzen Sache in Verbindung gebracht. Und ehrlich gesagt weiß ich immer noch nicht, was das alles miteinander zu tun hat. Vielleicht erzählt ihr erst mal, wo ihr eigentlich wart und was passiert ist.«

»Gute Idee«, stimmte Janine zu, während sie ein Tablett mit einer Thermoskanne, sieben Tassen, Zucker und

Milch neben dem überquellenden Aschenbecher auf dem Tisch ablud. Sie zündete sich eine Zigarette an, ehe sie begann, die Tassen auszuteilen. Paul half ihr dabei.

Sascha musterte seine Ex-Freundin einen weiteren Moment, in dem sie unbehaglich neben Chili auf dem Sofa herumrutschte, mit unverhohlenem Vorwurf, seufzte aber schließlich tief und ließ sich neben sie sinken. »Okay«, sagte er.

»Nun, die Sache war wohl so –«, begann Paul, während er Kaffee ausschenkte, wurde aber noch einmal von Jeremy unterbrochen, ehe er tatsächlich zu erzählen beginnen konnte.

»Na, das kann ja 'ne Weile dauern«, gähnte der Riese und schwang seine Füße auf die Tischkante. »Nehmt es mir nicht übel, wenn ich einschlafe, während er redet. Ich sehe nämlich nicht nur fertig aus. Ich *bin* es auch.«

In der Tat untermalte sein (diesmal zum Glück recht leises) Schnarchen Pauls Bericht ab dem Punkt, an dem sie in den Keller der Devina hinabstiegen und das vorgebliche Grabtuch Christi betrachteten. Nach einer kleinen Auseinandersetzung über das Für und Wider der Echtheit der Reliquie entschuldigten sich die Geschwister, zogen sich in Janines Schlafzimmer zurück und überließen Ella, Miriam und Janine vertrauensvoll dem redseligen Klosterbruder im »Big Adventure«-T-Shirt.

Sascha erwachte bereits wenige Stunden später wieder, fühlte sich jedoch frisch und ausgeruht wie schon lange nicht mehr. Dabei war wohl weniger die körperliche Entspannung ausschlaggebend als vielmehr die beruhigende Gewissheit, bei Janine wenigstens für den Moment in Sicherheit zu sein. Selbst wenn die Prieuré Ellas Telefon abgehört hatte, wäre es ihnen doch unmöglich, dem Gespräch zwischen ihm und seiner Mutter zu entnehmen, wohin ihre Reise ging, denn der Kontakt zwischen den beiden Künstlerinnen war bereits vor Jahren abgebrochen. Selbst wenn Ares eine Wache am Atelier aufgestellt hatte, hatte er es im Chaos nach Saschas spektakulärer Flucht offenbar versäumt, seine Männer unverzüglich über die unvorhergesehene Änderung der Lage zu informieren, sodass sie Ella und Miriam nicht verfolgt hatten; anderenfalls hätten sie zweifellos längst zugeschlagen. Lucrezia dürfte nun eine Weile benötigen, um sie aufzuspüren. Eine Weile, die sie nutzen konnten und mussten, um zu Kräften zu kommen und weitere Schritte zu beschließen.

Dieses Gefühl von Sicherheit gab Sascha seinen Optimismus zurück. Zwar waren sie noch immer auf der Flucht und ihm war klar, dass die augenblickliche Ruhe bloß die berüchtigte Ruhe vor dem Sturm war. Aber wenn es ihnen gelungen war, einer Armee bewaffneter Söldner, einem Rudel scharfer Rottweiler und insgesamt fünfzehn praktisch unüberwindbaren Wahnsinnigen zu entrinnen, ohne auch nur ein einziges Körperteil einzubüßen, dann würden sie alles andere, was noch kommen mochte, auch meistern. Den Punkt, an dem es nicht mehr schlimmer kommen konnte, hatte er ganz eindeutig und für alle Zeiten hinter sich gelassen.

Um seine Schwester nicht zu wecken, schlich er auf Zehenspitzen aus dem Raum und die steile Holztreppe in den Flur hinab, trat dort angelangt aber nicht gleich ins Wohnzimmer, sondern verharrte einen Moment auf der Schwelle und lauschte, worüber gerade gesprochen wurde. Janine hatte eine Flasche Wein geöffnet und offenbar großzügig ausgeschenkt, denn sie war vollkommen leer, während die Gläser der Frauen halb voll waren und jenes in Pauls Hand nur noch den Verdacht eines Restes enthielt. Miriam schlief mit dem Kopf in Ellas Schoß. Jeremy war hingegen wieder wach und rührte in einer Kaffeetasse.

»Ich kann kaum glauben, junge Frau, dass sie das wirklich so kalt lässt«, bemerkte Paul gerade.

Sascha zog die Stirn kraus und vermutete das Schlimmste. Niemand wusste besser um Ellas Unberechenbarkeit als seine Schwester und er. Er traute ihr ebenso gut zu, dass sie die durch und durch verrückte Geschichte, die Paul ihr hatte erzählen sollen, prompt glaubte und sich voller Enthusiasmus am Schmieden neuer Pläne beteiligte, wie dass sie einfach in Tränen ausbrach und sich die Schuld an allem gab, besonders am verwirrten Geisteszustand ihrer Kinder. Das war nämlich noch etwas, das Ella und Charlotte gemeinsam hatten. Sie suchten ständig die Schuld für alles, was schief ging, bei sich, doch gegen ihre Mutter war Chili vergleichsweise harmlos: Es war durchaus schon vorgekommen, dass sich Ella höchstpersönlich für das in ihren Augen dürftige kulturelle Niveau ihrer Heimat verantwortlich gefühlt hatte. Dass irgendetwas sie einfach *kalt ließ*, war übrigens eher selten der Fall.

»Immerhin haben Sie ihr halbes Leben in diesem Haus zugebracht«, fügte der Mönch in Jeans hinzu und

Sascha begriff, dass es gar nicht um die Geschichte ging, die er ihr erzählt hatte.

Ella hob die Schultern. »Im ersten Moment war ich erschüttert«, gestand sie. Sie verzog ihre hübschen, noch immer jugendlich vollen Lippen zu einem gequälten Lächeln. »Und auch traurig, sicher ... Sie müssen wissen, es war ja nicht nur mein Zuhause, sondern auch meine Werkstatt, mein Atelier. Meine ganzen Bilder und Skulpturen waren doch da drinnen. Aber jetzt ...« Sie schüttelte den Kopf. »Ehrlich gesagt bin ich gar nicht so unglücklich darüber, dass alles weg ist. Ich habe das Gefühl, ich kann endlich mit der Vergangenheit abschließen und etwas hinter mir lassen, was mir eigentlich nie gut getan hat. Mein Mann hat mich auf den Raten für das Haus und allem anderen sitzen lassen, als Charlotte gerade geboren war, doch insgeheim hatte ich die Hoffnung nie verloren, dass er irgendwann plötzlich wieder in der Tür steht und zu mir zurückkommt.« Sie seufzte. »Aber damit ist es nun endgültig vorbei. Ich denke, ich kann mich endlich von alldem lösen.«

»Um es mit Goethe zu sagen«, Paul nickte verständnisvoll, »*Er aber, sag's ihm, er kann mich im Arsch lecken.*«

Sascha lachte auf und trat über die Schwelle. »Echt von Goethe?«, vergewisserte er sich. Auch seine Mutter kicherte amüsiert, aber verhalten, um das schlafende Mädchen in ihrem Schoß nicht aufzuwecken.

»So wahr das Pantheon in Rom steht«, bestätigte der Mönch.

Sascha ließ sich neben Janine auf dem Zweisitzer nieder. Charlottes Kamera lag neben der Weinflasche auf dem Tisch; offenbar war der Akku mittlerweile aufgeladen worden, denn er entdeckte außerdem einen Zettel mit einer ausgesprochen ordentlichen, mehrfarbigen Zeichnung, die, wie er gleich auf den ersten Blick erkannte, eine nahezu perfekte Kopie des Lichtmusters unter der Kuppel darstellte. Er nahm das Papier staunend an sich. »Wow!«, machte er anerkennend. »Warst du das, Jeremy?«

»Ihm gebühren die Lorbeeren.« Der Amerikaner nickte in Pauls Richtung. »Ich habe nur die Pausetaste gefunden«.

»Ohne die meine Arbeit nicht möglich gewesen wäre«, ergänzte der Mönch bescheiden.

Er hatte nicht nur eine Kopie erstellt, sondern bereits alle gleichfarbigen Lichter auf die wahrscheinlich einzig sinnvolle Weise mit Linien verbunden. So wurde Sascha zwar noch immer nicht schlau aus dem, was er sah, aber immerhin erkannte er, dass die miteinander verbundene Anordnung orangefarbener Lichtpunkte einen ununterbrochenen Weg durch das Gesamtchaos bildete. Anfangs- und Endpunkt hatte der Mönch mit zwei Kreuzchen markiert.

»*So geheim, dass die Templer selbst nicht wissen, wo er versteckt ist ...*«, flüsterte Charlotte dicht hinter ihm. Sascha schrak zusammen, denn er hatte sie nicht kommen hören, entspannte sich aber schnell wieder. Nun, ganz der Alte war er wohl doch noch nicht, schloss er aus seiner übertriebenen Schreckhaftigkeit. Aber ganz der Alte würde er vermutlich ohnehin nie wieder sein.

»Was meinst du?«, fragte er irritiert.

»Lucrezia wusste selbst nicht mit Sicherheit, was die

Templer in den Kultraum zog, als sie mich losgeschickt hat«, erläuterte Charlotte nachdenklich. »Ob es um eine der Reliquien ging, um den Kopf Maria Magdalenas, den sie noch immer irgendwo verehren sollen, oder aber um den Salomonischen Schatz, wie Paul glaubt und was auch wirklich nahe liegt. Aber von einem war Lucrezia felsenfest überzeugt: *Der Stern weist ihnen den Weg.* Es geht um einen Weg, der so geheim ist, dass sie sich nicht trauen, ihn zu Papier zu bringen. Jeder merkt sich einen Teil des Weges und nur gemeinsam können sie ihn beschreiben.«

»Die Stollen unter Troyes«, vermutete Sascha.

»Unter dem Wald bei Troyes«, verbesserte Paul. »Wenigstens der Sage nach. Aber du hast Recht, daran habe ich auch schon gedacht. Vielleicht gibt es ein Labyrinth. Ein gewaltiges Labyrinth.« Er stand auf und tippte mit dem Zeigefinger auf ein paar vereinzelte Punkte. »Wenn das ein Wegweiser sein soll, dann steht jeder einzelne Sternensplitter für einen Eck- oder Endpunkt. Die Abstände zwischen den gelben Punkten sind ganz unterschiedlich. Ich denke, es gibt eine Menge Sackgassen in diesem Komplex. Aber die orangefarbenen bilden einen durchgehenden, gleichmäßigen Weg.«

»Das klingt logisch«, sagte Sascha, verbesserte sich dann aber schnell: »Oder sieht zumindest logisch aus, so wie du die Skizze bearbeitet hast. Nur ...«

»Du überlegst wohl gerade, ob du daran glauben sollst, dass von einem Amulett in einer Wasserschale gebrochenes und an die Decke reflektiertes Sternenlicht auf magische Weise Wege durch unterirdische Komplexe verraten kann«, riet Paul und traf damit voll ins

Schwarze. Sascha hatte sich schon schwer damit getan, zu glauben, dass es Wesen geben konnte, die zwar aussahen wie ganz gewöhnliche Menschen (sah man von der schier übermenschlichen makellosen Schönheit der Saintclairs ab), sich aber in ihrer Lebensweise und vor allem -dauer aus irgendeinem Grund drastisch von solchen unterschieden. Doch auch wenn er dies nicht verstand, war er doch davon überzeugt, dass es dafür eine wissenschaftliche Erklärung gab. Aber ein Stern verfügte nicht über die nötige Intelligenz, um sich Strecken zu merken und diese kraft gebrochenen Lichtes weiterzugeben. Das klang doch verdächtig nach Magie und Hokuspokus. Aber vielleicht würde ein genialer Physiker auch für die mysteriösen Geschehnisse in der Rotunde einmal eine Formel finden.

»Denk andersrum«, schlug Paul vor. »Vielleicht haben die Tempelritter irgendwann festgestellt, dass eine Münze oder ein Stück Metall in einer Wasserschale an einem bestimmten Platz zu einer bestimmten Zeit des Jahres das Licht eines Sternes auf eigentümliche Weise zu brechen vermag. Sie haben das Labyrinth entsprechend diesem Muster angelegt, nicht umgekehrt.«

Sascha nickte. Manchmal sah man eben vor lauter Bäumen den Wald nicht mehr. Er war froh, dass der Mönch bei ihnen war. Seiner Mutter schien er auch gut zu tun; er hatte Ella selten so entspannt erlebt. »Okay«, sagte er und drehte den Zettel nachdenklich um die eigene Achse. »Und woher wissen wir, wo vorne und hinten ist?«

»Zwei Lichter waren deutlich heller als die anderen«, erklärte Paul geduldig. »Wie du siehst, habe ich die

Punkte angekreuzt. Ich kann nicht sagen, welcher von beiden der Startpunkt ist, aber wenn wir erst einmal da sind, werden wir das schnell merken. Hier ...« Er fuhr mit dem Finger über das Blatt. »Auf einer Seite gibt es eine Auffälligkeit. Eine ziemlich weite Strecke zwischen End- oder Anfangspunkt und Labyrinth. Wahrscheinlich ein besonders langer Gang.«

»Ihr wollt also tatsächlich nach dem Schatz von Jerusalem suchen«, stellte Janine, die sich den ganzen Abend lang vornehm zurückgehalten hatte, kopfschüttelnd fest. »Das ist völlig verrückt. Diese ganze Geschichte ist vollkommen ... *unmöglich*!«

Sie warf Ella einen zweifelnden Blick zu, wohl in der Hoffnung auf deren Zustimmung. Aber die zierliche Frau zuckte nur mit den Schultern. »Mein Ex-Mann schafft es seit anderthalb Jahrzehnten, mit meinen Kindern in Kontakt zu bleiben, ohne auch nur einen einzigen Beweis für seine Existenz zu hinterlassen«, behauptete sie. »Was soll in so einer Welt schon unmöglich sein?«

»Von Wollen kann gar nicht die Rede sein«, lenkte Sascha ein und verzog das Gesicht. »Viel lieber wollen wir, denke ich, alle bei dir wohnen bleiben. Anonym und für immer, wenn es geht.«

»Ich fürchte, das wird schwierig. Aber für ein paar Tage oder meinetwegen auch Wochen könnt ihr gerne bleiben.«

Jeremy schüttelte entschieden den Kopf. »Bis morgen vielleicht, schlimmstenfalls bis übermorgen«, entschied er. »Man sagt, die Mühlen des Gesetzes mahlen langsam, aber gründlich. Lucrezias Mühlen mahlen nicht nur weitaus gründlicher, sondern noch dazu verdammt schnell. Wir müssen nicht auch noch gänzlich Unbeteiligte in diesen Schlamassel hineinziehen.«

»Dann brechen wir morgen auf«, entschied Ella.

»Übermorgen«, bat Sascha, dem der Gedanke, Janines sichere vier Wände in wenigen Stunden schon wieder zu verlassen, überhaupt nicht gefiel. Ein bisschen mehr Regenerationszeit konnte ihnen allen nicht schaden. »Und außerdem gehen wir allein. Nur Jeremy und ich.«

»Aber –«, fuhr Charlotte auf, wurde jedoch schnell und streng von Jeremy unterbrochen.

»Dein Bruder hat Recht«, entschied er. »Es ist zu gefährlich. Wir können gemeinsam nach Frankreich reisen, aber spätestens in Paris werdet ihr euch in ein nettes Hotel verziehen. Sie wissen, dass wir den Film haben, und müssen damit rechnen, dass wir versuchen, uns den Schatz unter den Nagel zu reißen. Und weil Charlotte verwanzt war, als sie in der Rotunde auf der Lauer lag, werden nicht nur die Templer in Troyes auf uns warten. Die Stadt wurde namentlich erwähnt.«

Chili sperrte den Mund auf, um noch einmal zu widersprechen, verkniff sich ihre Einwände aber, als sie die unerschütterliche Entschiedenheit in den Blicken ihres Bruders und des Amerikaners bemerkte.

»Wenn sie ahnen, dass wir das Versteck kennen, werden sie zusehen, dass sie ihren Schatz schnell verschiffen«, gab Ella zu bedenken.

»Zweihundert Tonnen Gold und Edelsteine lassen sich nicht von heute auf morgen *verschiffen*«, winkte Paul ab. »Ohne direkten Hafenzugang und sicher und unbemerkt schon gar nicht. Ich denke, es muss einmal einen Tunnel gegeben haben, der direkt in das Versteck führte; vielleicht sogar mehrere. Aber die werden sie zugeschüttet und nur noch diesen einen, vermeintlich absolut sicheren Weg übrig gelassen haben.«

»Hat einer von euch zufällig Erfahrung in der Bergung Salomonischer Schätze?«, erkundigte sich Ella zweifelnd. »Ich meine: Habt ihr schon mal darüber nachgedacht, wie ihr zweihundert Tonnen Gold bergen wollt?«

»Wir nehmen nur mit, was wir tragen können«, erklärte Sascha ihr Vorhaben.

»Ich kann *sehr viel* tragen«, betonte Jeremy. »Und ich habe auch eine konkrete Vorstellung davon, wie man so etwas in aktuelle Währungen umtauscht. Wenn wir weit genug weg und wirklich in Sicherheit sind.«

»Ella«, versuchte Janine es wieder. »Du solltest wirklich die Polizei einschalten.«

Aber ihre Freundin schüttelte nur noch einmal den Kopf.

Manchmal, dachte Sascha erleichtert, konnten komplizierte Menschen eben auch ganz besonders unkompliziert sein. Am Morgen des übernächsten Tages brachen sie gemeinsam auf.

Lucrezia machte ihren Bruder für alles Unheil, das diese Kinder über sie gebracht hatten, gnadenlos allein verantwortlich. Es war nicht fair. Tatsächlich war es doch *ihre* Fehleinschätzung gewesen, die dazu geführt hatte, dass sie nun wieder so weit entfernt vom Versteck der Templer und dem Heiligen Gral waren wie eh und je. Eine äußerst ärgerliche und deprimierende

Erkenntnis, bedachte man die Größe der Chance, die sie verpatzt hatten. Der Schwertmeister wünschte, er könnte die Zeit zurückdrehen und noch einmal ganz von vorne anfangen. Er hätte Sascha und Charlotte überhaupt nicht erst in die Devina bringen, sondern an Ort und Stelle ins Jenseits befördern sollen, und alles wäre gut gewesen. Dann hätten sie zwar auch nie von Cedrics Besuch im Kloster erfahren, aber dadurch auch nicht so viele Verluste erlitten, wie es nun der Fall war. Die Schäden durch die Explosion waren zwar inzwischen fast nicht mehr zu sehen, aber er hatte eine Menge guter Leute verloren und es würde eine ganze Weile dauern, bis dieser Verlust wieder ausgeglichen war.

Außerdem müsste er sich, hätte er die Gefahr durch die Kinder gleich im Keim erstickt, nun nicht bis aufs Mark darüber ärgern, dass ihm nicht nur alle Templer lebend und ohne Spuren zu hinterlassen durch die Lappen gegangen waren, sondern auch der legendäre Schatz von Jerusalem. Er hätte sich wenigstens gegen Lucrezias naive Pläne durchsetzen müssen. Natürlich hatte niemand ahnen können, dass die Dinge derart eskalieren würden, nicht einmal sie. Aber es war ja durchaus zu befürchten gewesen, dass sich das Mädchen erwischen ließ. Seine Schwester hatte Charlotte ebenso überschätzt wie er, Ares, deren Bruder im falschen Augenblick unterschätzt hatte, und so lastete die Verantwortung dafür, dass sie nun nicht mehr besaßen als einen einzigen dürftigen Hinweis, seiner Meinung nach gleichermaßen auf ihnen beiden.

Troyes.

Dieser jämmerliche Hinweis war alles, was sie hatten,

und das war weiß Gott nichts Neues. Sie wussten genug über die Geschichte der Stadt und ihre nähere Umgebung, um sie schon längst auf Herz und Nieren überprüft zu haben, ohne jedoch nennenswerte Entdeckungen zu machen. Sie waren zu dem Ergebnis gekommen, dass es sich bei der Legende um den Wald des Orients um ebendies handelte: eine Legende, deren einziger Wert darin bestand, Touristen anzulocken. Die Prieuré hatte jeden verfluchten Stein in diesem Forst gleich mehrfach umgedreht, vielerorts metertief gegraben und immer wieder Taucher in die Weiten und Tiefen der Seen in der Nähe der Stadt geschickt, ohne etwas zu entdecken, was auf einen Zugang zu etwaigen unterirdischen Stollen, Tempeln oder gar einem ganzen Labyrinth hingedeutet hätte. Im Schatten der Herausforderung, etwas zu finden, von dem man nicht einmal wusste, wie es eigentlich aussah, verkam die Suche nach der Nadel im Heuhaufen zum albernen Kinderspiel. Davon abgesehen war der Gedanke, dass Payens den Salomonischen Schatz hier versteckt haben sollte, vollkommen absurd.

Der Schwertmeister wischte den Gedanken verärgert beiseite und starrte wieder durch das Fenster des kleinen Appartements, das er angemietet hatte, auf die friedlichen Straßen des malerischen Städtchens in der Champagne hinaus. Von den einhundertzwanzig Kirchtürmen, die hier zur Zeit der Französischen Revolution noch in den Himmel ragten, war nicht mehr viel übrig, was aber nichts daran änderte, dass man nirgendwo sonst in Frankreich eine so harmonische Ansammlung alter Gebäude aus ein und derselben Epoche fand wie hier in Troyes. Für einen Moment fühlte er sich beinahe in das sechzehnte Jahrhundert zurückversetzt, obgleich das nun doch ein gutes Stück vor seiner Zeit gewesen war.

Doch der Augenblick hielt nicht lange an. Er war nicht in der Stimmung, sich von der Schönheit seiner Umgebung berauschen zu lassen. Der Grund seiner Anwesenheit verschleierte seinen Blick für das Schöne binnen kürzester Zeit mit hässlichen schwefelgelben Wolken. Wieder überschätzte Lucrezia die Kinder, die sich längst als sein persönlicher kleiner Fluch etabliert hatten. Es bedurfte schon einer krankhaften Portion blanken Wahnsinns, sich als Normalsterblicher mit einem knappen Dutzend Tempelritter anzulegen und sich einzubilden, ihnen den Salomonischen Schatz stibitzen zu können. Selbst wenn sie die richtigen Schlüsse aus den Anhaltspunkten zogen, die Lucrezia dem Mädchen im festen Glauben gegeben hatte, ihr so viel von der Wahrheit erzählen zu können, weil Charlotte ihr Wissen nach Erfüllung ihrer Aufgabe ohnehin mit in einen frühen Tod nehmen würde, wären sie niemals so dumm, hierher zu kommen. Er hätte es vorgezogen, alle verfügbaren Kräfte für eine Suche in ihrer Heimat einzusetzen; schließlich wurden vier Menschen – oder fünf, schloss man die Mutter der Kinder mit ein – nicht einfach so vom Erdboden verschluckt, sondern mussten über kurz oder lang in irgendeiner Datenbank wieder auftauchen. Aber Lucrezia hatte ihre Entscheidung getroffen. Wieder einmal hatte er sich nicht gegen seine Schwester durchsetzen können.

Von Metz hingegen schien dieselbe Meinung wie er zu vertreten, denn er verzichtete darauf, auch nur einen einzigen seiner Männer in der Hoffnung, die Spione hier abfangen zu können, nach Troyes zu schicken. Von den fünfundzwanzig Leuten, die Ares und Kemal auf Lucrezias Kommando hin begleitet hatten und die nun als harmlose Touristen getarnt durch die Straßen und den Wald in der Nähe von Troyes streiften, hatte in den vergangenen beiden Tagen jedenfalls noch niemand einen Templer gesichtet.

Ares bereitete sich darauf vor, noch ein paar Wochen damit zuzubringen, sich schlicht die Beine in den Bauch zu stehen und verpassten Gelegenheiten nachzutrauern. Aber vielleicht war es nicht einmal das Schlechteste, ein wenig Zwangsurlaub zu genießen, bis Gras über die ganze Sache gewachsen war. Im Augenblick legte er trotz aller geschwisterlichen Zuneigung nämlich absolut keinen Wert darauf, Lucrezia zu begegnen. Seine Schwester schäumte vor Wut.

Die Reise erwies sich als umständlicher als erwartet. Im Reisebüro des nächsten größeren Bahnhofes ließen sie sich einen Routenplan ausdrucken, der ihnen verkündete, dass sie insgesamt fünfmal umsteigen mussten und, wenn alles glatt lief, mehr als sieben Stunden unterwegs sein würden. Jeremy verfügte noch immer über ausreichend Kleingeld, um einen Flug für alle bezahlen zu können, stimmte aber wie Paul, Sascha und Chili – und keineswegs aus Geiz – gegen diesen Vorschlag Miriams. Sie alle tauschten die Bequemlichkeit eines Fluges gern gegen die Anonymität einer langwierigen Zugfahrt, denn jede Ausweiskontrolle, der sie sich aussetzten, erhöhte das Risiko, von den Hackern der Prieuré de Sion aufgespürt zu werden.

Miriam, die sich standhaft geweigert hatte, bei Janine zu bleiben oder nach Hause zurückzukehren, nutzte die Zeit, um Charlottes mitgenommene Lockenpracht mit Kamm und Nagelschere wieder auf Vordermann zu bringen. Ella und Paul unterhielten sich hervorragend, so als befänden sie sich nicht auf einer gefährlichen Reise in eine vollkommen ungewisse Zukunft, sondern auf einer Kaffeefahrt. Es schien, als hätte Saschas Mutter in dem Greis etwas gefunden, was sie all die Jahre vergeblich gesucht hatte. Paul war ein Mensch, der reden und zuhören konnte, der sich für alles interessierte und andere begeistern konnte. Er nahm sie ernst, wenn sie traurige Anekdoten aus der Vergangenheit erzählte, schaffte es aber immer wieder, zur rechten Zeit etwas Unerwartetes, oft Fröhlich-Freches einzuschieben, sodass sie gar nicht erst dazu kam, sich in Trauer oder Wut hineinzusteigern, was in der Vergangenheit immer wieder zu den fürchterlichen Depressionen geführt hatte, die ihren Kindern das Leben oft schwer gemacht hatten. Und da war noch etwas, was er ihr in weniger als drei Tagen beigebracht hatte: die Fähigkeit, über sich selbst zu lachen.

Dennoch war derjenige, dem die langwierige und anstrengende Reise wohl am wenigsten ausmachte, ausgerechnet Jeremy. Am Vortag war er für eine Weile aus Janines Haus verschwunden, um Stadtpläne von Troyes und Umgebung zu besorgen. Das hatte er auch getan, aber er hatte noch etwas anderes mitgebracht: ein neues Exemplar des Romans, mit dem sie im VW die Zeit totgeschlagen hatten. Und so verschwand sein markantes Gesicht stets sofort hinter dem »Lächeln der Fortuna«, sobald sie sich in einem Abteil niedergelassen hatten. Er war von seinem ersten großen Leseabenteuer dermaßen gefesselt, dass man ihn fortan schon anstoßen musste, um seine Aufmerksamkeit für einen Augenblick von seiner Lektüre abzulenken.

Sascha beteiligte sich eine geraume Weile an den lebhaften Gesprächen seiner Mutter und des Mönchs, doch so groß die Erleichterung auch gewesen war, als sie Frankreich ohne jegliche Zwischenfälle erreicht hatten, so stetig wuchs die Anspannung nun wieder, je näher das Ziel im Süden der Champagne rückte. Als sie am Bahnhof Paris Nord ausstiegen, war er längst nicht mehr sicher, dass sie die richtige Entscheidung getroffen hatten. Außer den Kleidern, die sie am Leibe trugen, und ihrem blanken Leben hatten sie zwar nichts mehr zu verlieren – aber das war doch schon eine ganze Menge, oder? Sie waren an ein Leben in Bescheidenheit gewöhnt und brauchten keine Rucksäcke voller Gold und Diamanten, um glücklich zu werden, sondern bloß ein paar Mark für Tickets in irgendeinen möglichst chaotischen Staat, in dem sie untertauchen und ein neues Leben beginnen konnten; und dafür reichten Jeremys Rücklagen locker aus. Wenn denn bloß alles tatsächlich so einfach wäre ... Und konnten sie nicht ebenso gut hier bleiben und sich bis ans Ende ihrer Tage vor Lucrezias Häschern fürchten, wenn sie anderenorts immerfort damit rechnen mussten, als illegale Einwanderer enttarnt und ausgewiesen oder gar eingesperrt zu werden? Doch so hatte er sich seine Zukunft eigentlich nicht unbedingt vorgestellt. Eine neue, sichere Existenz, und sei sie noch so bescheiden, kostete allerdings mehr als ein paar tausend Mark. Sie brauchten neue Papiere, eine Bleibe und genügend Rücklagen, um die Zeit zu überbrücken, bis einer oder mehrere von ihnen Arbeit fanden.

»Bist du noch da?« Miriam, die neben ihm ging, während sie den kurzen Fußweg zwischen den Bahnhöfen Paris Nord und Paris Ost zurücklegten, knuffte ihn sachte in die Seite und betrachtete ihn besorgt.

Sascha sah nur knapp zu ihr hin. »Mmmh ...«

»Hast du mir überhaupt zugehört?«

Ehrlich gesagt hatte er gar nicht bemerkt, dass sie mit ihm geredet hatte. »Nicht richtig«, gab er zu.

»Auch gut«, seufzte Miriam und verdrehte die Augen. »Du hast dich kein bisschen verändert.«

»Schön wär's. Was hast du denn gesagt?«

»Ich wollte dir nur Glück wünschen«, antwortete Miriam. Sorge schwang in ihrer Stimme mit; *sie* hatte sich anscheinend auch ein bisschen verändert. »Wir begleiten Jeremy und dich jetzt nur noch zum anderen Bahnhof und bleiben dann hier, genau, wie ihr geplant habt. Wenn ihr zurückkommt, kannst du mich über mein Handy erreichen.«

»*Wenn*«, wiederholte Sascha düster.

»Ich wäre wirklich böse, wenn nicht.« Miriam stemmte mit gespielter Empörung die Fäuste in die Hüften und reckte herausfordernd das Kinn in die Höhe. »Ich krieg schließlich noch Geld von dir«, sagte sie.

Sascha lächelte verlegen. »Jeremy ...«

Der Hüne blickte über die Schulter zu ihnen zurück

und hob abwehrend die Hände. »Was hab ich damit zu tun?«

»Okay, okay.« Sie hatten ihr Zwischenziel erreicht. Sascha hielt inne und drückte seine alte neue Freundin fest an sich. »Ich bin bald wieder da. Ganz sicher«, versprach er, küsste auch Charlotte und Ella zum Abschied und klopfte Paul freundschaftlich auf die Schulter. »Charlotte passt auf euch auf«, fügte er mit einem tapferen Lächeln hinzu, ehe er Seite an Seite mit Jeremy im geschäftigen Treiben der Bahnhofshalle verschwand und sich beeilte, um den Schnellzug nicht zu verpassen.

Während der letzten beiden Stunden ihrer Reise tat er etwas, was er sonst nur selten tat: Er betete. Wenn es den Gott, an den Charlotte und Paul so felsenfest glaubten, tatsächlich gab, dann musste er ihnen jetzt mit aller Macht zur Seite stehen. Sascha tastete nervös nach dem Amulett in seiner Jackentasche. *Der Schlüssel von Troyes ...*

Er bemühte sich aufrichtig darum, die Dinge von der positiven Seite zu betrachten. Aber es fiel ihm schwer. Sie wussten ja noch nicht einmal, wo der Eingang zu dem Labyrinth war, falls ein solches tatsächlich existierte.

Die riesige Uhr an der Front des prachtvollen, mit reichlich Glas, Stuck und Schnörkeln ausgestatteten Gebäudes zeigte bereits halb acht abends, als sie ihren Zielbahnhof verließen. Vielleicht wäre es sinnvoller gewesen, diese Nacht noch mit den anderen in Paris zu verbringen. Doch sie hatten entschieden, in Montabaur genug Zeit untätig vergeudet zu haben – Zeit, die Lucrezia vielleicht nutzte, um ihre Spur wieder aufzunehmen.

Außerdem konnte Sascha der Dunkelheit durchaus auch etwas Positives abgewinnen. Sie erschwerte es ihren Häschern, falls diese tatsächlich bereits in der Stadt lauerten, sie zu erkennen und abzufangen.

»Wohin?«, wandte er sich an Jeremy, nachdem er sich eine Weile unschlüssig, in welche Richtung sie sich wenden sollten, auf dem großen Parkplatz vor dem Bahnhof umgeblickt hatte.

»Ich weiß nicht. Vielleicht …«, begann der Amerikaner und tastete nach dem Stadtplan in der Tasche seines Jacketts. Doch in diesem Moment fuhr ein Taxi heran und blieb genau vor ihrer Nase mit laufendem Motor stehen. »Nehmen wir uns einfach ein Taxi«, schlug er fröhlich vor.

»Eine hervorragende Idee«, bestätigte eine dunkle Stimme hinter Sascha. Er fuhr erschrocken zusammen, doch ehe er sich umdrehen konnte, um nachzusehen, wer da gesprochen hatte, fühlte er kalten Stahl an seiner Halsschlagader. »Es ist ein ziemlich weiter Weg bis zum Schatz von Jerusalem«, flüsterte der Fremde, während der Taxifahrer ausstieg und einladend die hintere Tür der Beifahrerseite öffnete.

»Cedric Charney!«, fluchte Jeremy entsetzt und wollte wohl noch etwas hinzufügen, verstummte aber abrupt, als er bemerkte, dass sich die Mündung einer Pistole zwischen seine Schulterblätter bohrte.

»Die Hände hinter den Kopf«, forderte Charney den Riesen gelassen auf und tastete sie beide schnell und gründlich nach Waffen ab. »Und einsteigen«, fügte er hinzu, nachdem er ihnen Letztere aus Taschen und Hosenbund gezogen hatte.

Sie gehorchten widerstandslos. Montgomery Bruce quetschte sich zu ihnen auf die Rückbank, während Philipe Moray – der Mann mit der dunklen Stimme – auf dem Beifahrersitz Platz nahm, das Messer unter seinem Mantel verschwinden ließ und stattdessen eine vollautomatische Waffe zu Tage förderte, die er zwischen den Kopfstützen hindurch auf Sascha und den Ex-Söldner richtete.

Cedric fuhr ohne Eile los.

Also waren sie doch hier! Ares griff eilig nach seinem Schwert, stürzte aus dem Appartement und sprang in seinen nagelneuen tiefschwarzen Porsche. Zumindest der Verräter und der Junge waren tatsächlich gerade angekommen. Sie mussten völlig wahnsinnig oder furchtbar dumm sein, es auf diesen lächerlichen Versuch ankommen zu lassen, aber sie waren da, und nun galt es, sie zu ergreifen und ihnen ihr gestohlenes Geheimnis zu entlocken, um danach endlich Würmerfutter aus ihnen zu machen. Die am Bahnhof aufgestellten Posten hatten sie erkannt und sofort gemeldet, doch zugleich war noch etwas anderes Unerwartetes geschehen: Charney, Molay und Bruce hatten sich anscheinend einfach aus der lauen Frühlingsluft materialisiert und waren ihnen zuvorgekommen. Lucrezia und Robert hatten also doch ein bisschen mehr gemein als nur ein totes Kind; der Templermeister hatte doch genau wie sie vorsorglich ein paar seiner Leute in Troyes stationiert. Aber die Vorsorgemaßnahmen der Prieuré reichten deutlich weiter und Ares' Groll gegen die Entscheidung seiner Schwester war verschwunden.

Die Söldner Braun und Strassmann folgten dem Taxi unauffällig, denn es machte keinen Sinn, zwei Normalsterbliche in einen offenen Kampf mit drei Templern zu schicken. Der Schwertmeister wollte nicht noch mehr Männer verlieren. Er wollte den Jungen lebend und den Verräter sowie zwei beliebige der drei Templer tot, notfalls auch alle. Kemal und ein Großteil der übrigen Söldner waren bereits unterwegs und ein Fünkchen der längst endgültig erloschen geglaubten Hoffnung war zu einer leidenschaftlichen Stichflamme aufgeflackert. Er würde die Schande, die er über sich gebracht hatte, noch an diesem Tag wieder wettmachen. Ein weiteres Mal hatten sie die Chance, beides in die Hände zu bekommen: den Schatz und die entscheidende Spur zum Heiligen Gral. Diesmal würden sie nicht versagen.

Charlotte hatte nicht den Bruchteil einer Sekunde daran gedacht, sich dem Entschluss des Riesen und ihres Bruders zu beugen und bei Mutter und Miriam in Paris auszuharren. Immerhin war sie diejenige gewesen, die den Stein ins Rollen gebracht hatte, denn es waren ihre Detektivspiele gewesen, durch die sie auf die Prieuré de Sion gestoßen waren. Es war ihr enthusiastischer Einsatz für Lucrezia, die sie so lange irrtümlicherweise für den Inbegriff des Guten und Gottgewollten schlechthin gehalten hatte, der sie so dicht an den Schatz herangebracht hatte, dass sie sich möglicherweise selbst dann verpflichtet gefühlt hätte, ihn zu heben, wenn sie nicht so dringend einer neuen Existenzgrundlage bedurft hätten. Sie würde nie wieder ruhigen Gewissens einschlafen können, wenn sie es nun einfach Sascha und Jeremy überließ, mit den Konsequenzen ihres Tuns fertig zu werden. Außerdem war sie kein schwächliches, kleines Mädchen; nicht nach allem, was sie durchgemacht hatte.

Pauls genaue Beweggründe durchschaute sie nicht ganz. Vielleicht hing es mit seiner eigenwilligen Lebensphilosophie zusammen oder es war die reine Abenteuerlust nach fünfundzwanzig Jahren tristem Mönchsdasein. Jedenfalls bedurfte es nur eines einzigen Blickes zwischen ihnen beiden, nachdem Sascha und Jeremy im Gewühl des Pariser Bahnhofs verschwunden waren, damit sie wusste, dass sie nicht allein gehen würde.

»Gott schütze euch!«, rief der Alte Miriam und Ella zu, ehe Chili und er sich an die Fersen der beiden Weiterreisenden hefteten.

»Was –«, entfuhr es Ella überrascht.

»Tragen helfen!«, antwortete Paul knapp, ehe die Menschenmenge sie beide unauffindbar verschluckte.

Sie schafften es in buchstäblich letzter Sekunde, in das hinterste Abteil zu schlüpfen. An dieser Stelle hatte der Routenplaner die Zeit ausgesprochen knapp kalkuliert. Jemand, der auch nur zwei Minuten länger für den Fußweg zwischen den beiden Bahnhöfen benötigte als der errechnete Durchschnitt, hätte diesen Zug auf jeden Fall nicht mehr erwischt.

Nachdem der Schnellzug eine halbe Ewigkeit später endlich in Troyes angekommen war, warteten sie noch in ihrem Abteil, bis sie Jeremy und Sascha über den

Bahnsteig laufen sahen, ehe sie ebenfalls ausstiegen. Sie hatten nicht vor, den beiden bis zum Schatz Salomos heimlich zu folgen, aber wenn sie sich ihnen zeigten, wollten sie weit genug vom Bahnhof entfernt sein, damit sich eine Diskussion über eine mögliche Umkehr nach Paris erübrigte.

Kurz nachdem sie die Unterführung verlassen und die Halle erreicht hatten, erspähte Charlotte Montgomery Bruce. Wie hätte er ihr auch entgehen können – sein Antlitz hatte sich schließlich regelrecht in ihre Netzhäute gebrannt. Philipe Moray begleitete ihn und gemeinsam folgten sie Sascha und dem Amerikaner dicht auf dem Fuß, während diese auf den Ausgang zusteuerten. Sie holte tief Luft, um zu schreien und die beiden zu warnen, doch in diesem Moment erblickte sie ein weiteres ihr bekanntes Gesicht: Robert von Metz! Der Templermeister, der menschenverachtende Kindesmörder – ein weiteres Mal stand er ihr direkt gegenüber.

Der Ansatz ihres Schreies verkam zu einem kläglichen keuchenden Laut des Entsetzens und es wäre dem Templermeister sicher ein Leichtes gewesen, ihre Schreckensstarre dazu zu nutzen, einfach beide Hände nach ihr auszustrecken und ihr kurzerhand den Hals umzudrehen, hätte nicht auch der Mönch den Bärtigen sofort wiedererkannt. Paul packte Charlotte am Oberarm und riss sie mit erstaunlicher Kraft und noch bemerkenswerterer Geschwindigkeit einfach mit sich, während er auf dem Absatz herumfuhr und zurück durch die Unterführung stürmte. Sie hatte alle Mühe, mit ihm Schritt zu halten.

»Zurück in den Zug!«, rief der Alte atemlos, während

sie auf den Bahnsteig zurückkehrten und auf den vordersten Waggon zustürzten. »Wir können es noch schaffen!«

In der Tat sah es bis zur letzten Sekunde so aus, als wären sie gerettet. Von Metz folgte ihnen zwar mit raschen Schritten, verzichtete aber darauf zu rennen. Chili erkannte schließlich mit einem weiteren Anflug von Entsetzen, warum: Von der anderen Seite des Bahnsteigs sprintete bereits ein vierter Templer, Raimund von Antin, auf sie zu. Wartende Passagiere sprangen erschrocken beiseite oder wichen empört zurück; einige bemerkten ihn zu spät und bildeten so unfreiwillig kleine Hindernisse zwischen ihm und den beiden Verfolgten, die gezwungen waren, ihm einige quälende Meter entgegenzulaufen, wenn sie nicht umkehren und sich von Metz und den beiden anderen Templern damit praktisch an den Hals werfen wollten. Nur noch sechs lächerliche Schritte trennten sie vom vielleicht rettenden Waggon. Fünf, vier ...

Dann glitten die elektronischen Schiebetüren vor ihrer Nase zu. Der Zug fuhr an.

Charlotte verharrte einen Moment hilf- und fassungslos und blickte hektisch umher, wie ein von hungrigen Wölfen umringtes Reh. Doch dann nahm sie sich zusammen und stürmte kurz entschlossen auf Raimund zu. Es hatte schon einmal geklappt – sie erinnerte sich an die wesentlich aussichtslosere Situation in der Nacht des Sterns und das beflügelte ihren Mut. Aber dieses Mal unterschätzte der Templer sie nicht. Er reagierte ebenso schnell wie sie. Als sie ihn beinahe erreicht hatte und einen plötzlichen Haken nach links schlug, streckte er beide Arme nach ihr aus und erwischte sie am Ärmel. Chili riss sich los, geriet dabei aber ins Taumeln und verlor plötzlich den Boden unter den Füßen. Sie stürzte hintenüber vom Bahnsteig auf die Gleise.

Als ihr Hinterkopf derbe gegen die Schienen schlug, hüllte verlockende, warme Dunkelheit sie für einen winzigen Moment ein. Doch der Reiz einer befreienden Ohnmacht kam nicht gegen ihre übermächtige Angst an und nach einer weiteren Sekunde, in der grellbunte Punkte vor ihren Augen flimmerten, war sie wieder vollkommen bei sich. Sie hörte Menschen schreien und durcheinander reden, verstand aber nicht, was sie sagten. Ihr Französisch war hundsmiserabel. Zwei, drei Oberkörper beugten sich vom Bahnsteig schräg über ihr zu ihr hinab. Sie sah Hilflosigkeit und Angst in fremde Gesichter geschrieben, während sie stöhnend versuchte, sich aufzurappeln. Aber es gelang ihr nicht. Ihr Pulsschlag hallte wie Donnerschlag in ihren Ohren wider, ihr Kopf schmerzte, als wollte er augenblicklich zerspringen, und ihr Magen schien sich eigenständig auf links umzustülpen. Ihr Hinterkopf fühlte sich heiß an. Sie blutete.

Und dann vernahm sie über das Dröhnen ihres Schädels hinweg, was der Grund für die hilflose Angst in den fremden Gesichtern dort oben, so furchtbar weit weg von ihr, war: Der nächste Zug rollte ein.

Noch einmal und nun mit der Kraft blanker Todesangst versuchte Charlotte vergeblich, sich aufzurichten. Eine Frau kreischte schrill. Und dann fühlte sie, wie jemand sie unter den Achseln packte und in die Höhe riss. Mit einem gewaltigen Ruck wurde sie zurück auf den

Bahnsteig geschleudert, doch ihr Retter schaffte es nicht mehr rechtzeitig hinauf.

Raimund von Antin verschwand unter dem tonnenschweren Gefährt.

»Mein Amulett!« Montgomery Bruce hielt Sascha fordernd die offene Linke unter die Nase, nachdem sie ein paar Mal abgebogen waren. Im Augenblick steuerten sie geradewegs auf den Stadtrand zu und Sascha fragte sich mit zunehmender Verzweiflung, wohin Charney fuhr, was man mit ihnen vorhatte und warum sie nicht längst erschossen worden waren. Sie hatten verloren, waren den drei Templern hilflos ausgeliefert. Wenn die Erzfeinde der Prieuré de Sion überhaupt je etwas von ihnen zu befürchten gehabt hatten, dann höchstens, dass sie durch unerwartetes Glück oder die plötzliche Eingebung, um die er Gott so eindringlich gebeten hatte, auf den Zugang ihres sagenhaften unterirdischen Komplexes stießen. Wenn sie ihnen nun einfach die Kehlen durchtrennten, wäre alles vorbei und sie könnten gelassen einem neuen Jahrtausend ihres Krieges gegen die Prieuré de Sion und um das Grab Christi entgegensehen, ohne befürchten zu müssen, dass ihnen ein paar dahergelaufene, unfreiwillige Abenteurer heimlich an die Ressourcen gingen.

»Gib mir mein Amulett«, wiederholte der rotblonde Ritter mit Nachdruck.

Sascha verspürte ein Kribbeln in den Fingerspitzen. Wenn es nur das war, was die Männer von ihnen wollten, dann sollten sie es haben und sie beide gehen lassen.

Doch er beherrschte sich und unterdrückte den Drang, die Kette aus seiner Hosentasche zu ziehen. So einfach war es ganz bestimmt nicht. Diese Bestien hatten in ihrem seit Jahrhunderten andauernden Leben mit Sicherheit genügend Menschen getötet, um keinerlei Skrupel zu haben, leichthin jeden aus dem Weg zu schaffen, der sie auch nur schief ansah. Ob Ritter der Prieuré oder Templer – es war genau, wie er Charlotte gesagt hatte: Sie alle waren kaltblütige Verbrecher mit Größenwahn; von einer krankhaften Ideologie besessene Ungeheuer, die mit grausamer Verbissenheit für irgendein völlig absurdes Ziel kämpften. Um dieses Ziel – ewiges Leben, Weltfrieden, ein glückliches Leben für alle Menschen und was sie sich in ihren verwirrten Gehirnen noch so ausgedacht hatten – zu erreichen, benötigten sie nichts weiter als den Heiligen Gral, um dessen Besitz sie seit fast tausend Jahren kämpften, ohne sich von der Kleinigkeit stören zu lassen, dass seine Existenz mehr als unwahrscheinlich war. Und dabei fühlten sie sich auch noch vollkommen im Recht, ja, sie glaubten gar, ihren Auftrag von Gott persönlich erhalten zu haben. Es war kaum zu begreifen, dass sie ihnen nicht gleich an Ort und Stelle den Garaus gemacht hatten. Vielleicht deshalb, weil sie sich an ihrer Furcht ergötzen oder ihnen einen ganz besonders scheußlichen Tod bereiten wollten, der einen Ortswechsel voraussetzte. Aber sie würden sie garantiert nicht einfach zurück zum Bahnhof fahren, wenn er Montgomery jetzt brav seinen geliebten Anhänger zurückgab.

»Ich habe es nicht«, behauptete Sascha trotzig und dachte fieberhaft über einen möglichen Ausweg nach.

Er hatte doch in den vergangenen Wochen nicht so tapfer um sein Leben gekämpft, um sich nun, vielleicht nur ein paar Kilometer von der wohlverdienten Belohnung für all die Strapazen und dem Ende aller Entbehrungen entfernt, in sein Schicksal zu ergeben. Noch bildete sein Geist eine Einheit mit seinem Körper, und so lange das so war, gab es eine Chance, zu entkommen und ihren verrückten Traum vom Salomonischen Schatz wahr werden zu lassen. So leicht würde er es ihnen nicht machen. Möglicherweise erfüllte das Amulett ja noch einen ganz anderen Zweck, als ihnen nur den Weg zu weisen, den er nur noch nicht kannte. *Der Schlüssel von Troyes...*

Montgomery jedenfalls war es wichtig. Wichtig genug, um Saschas Hals mit einer seiner Pranken zu umklammern und so dicht an ihn heranzurücken, dass sich ihre Nasenspitzen fast berührten. »Besser, dir fällt schnell ein, wo es ist«, zischte er drohend. »Ich habe zwar keine große Lust, euch einen nach dem anderen in Scheiben zu schneiden, um es zu finden. Aber ich bin durchaus *fähig* dazu.«

Das nahm Sascha ihm sofort ab. Er rutschte ein Stück tiefer in seinen Sitz hinein und rang nach Luft, obwohl Montgomery nicht einmal besonders fest zudrückte. Er hatte das Gefühl, als schlummerte in jedem einzelnen Finger des Templers mehr Kraft als im Oberarm eines mittelstarken Erwachsenen.

»Montgomery, du sollst ihn nicht ...«, begann Charney am Steuer, brach aber ab, als er über den Innenspiegel etwas entdeckte, das ihn offenbar irritierte. »Verdammt, was ist das?«

Bruce ließ von Saschas Kehle ab und blickte sich irritiert um.

»Prieuré«, fluchte Philipe mit einem Blick in den Seitenspiegel. »Beaucéant!«

Kaum hatte er dieses Wort ausgerufen, zersplitterte die Heckscheibe des Taxis und verwandelte sich in einen gefährlichen Glashagel. Sascha beugte sich instinktiv vornüber und schlang die Hände um den Hinterkopf, was ihm wahrscheinlich das Leben rettete, denn auf den ersten folgte unverzüglich ein zweiter Schuss, der einen Teil der Innenverkleidung aus der Decke des Taxis riss.

»Drei, vier ...!«, zählte Moray, hörbar um seine Fassung ringend. »Verflucht, wo kommen die denn auf einmal alle her?!«

»Fünf«, grollte Cedric und riss das Lenkrad herum, um einem schwarzen Renault auszuweichen, der in diesem Moment aus einer Seitenstraße schoss und direkt auf sie zuhielt. »Aber weißt du was? Das werden die sich umgekehrt auch gleich fragen.« Er hatte eine Taste des Autotelefons gedrückt und wartete auf das Freisignal. »Robert!«, brüllte er. »Wir haben ein Problem!«

Cedric fuhr einen weiteren halsbrecherischen Bogen, um einen unbeteiligten Citroën zu überholen, schaffte es, streifte dafür aber einen Rollerfahrer auf der Gegenspur und fegte ihn von seinem Gefährt. »Verflucht!«, entfuhr es ihm.

»Raus aus der Stadt!«, rief Philipe auf dem Beifahrersitz.

Sascha hob vorsichtig den Blick und sah über die Schulter zurück aus dem zertrümmerten Fenster. Der fahrerlose Roller schlitterte einige Meter weit über die

Straße und verkeilte sich in der Vorderachse eines dunklen BMWs, der sich mit quietschenden Reifen einmal um die eigene Achse drehte. Doch die Fahrbahn war an dieser Stelle breit genug, sodass es den drei Wagen, die dicht hinter dem BMW fuhren, möglich war, an ihm vorbeizugelangen, ohne ihr Tempo auch nur nennenswert zu verringern. Der Renault beschleunigte, setzte sich an ihre Seite und rammte ihren rechten Kotflügel, um sie von der Straße zu drängen.

Mit einem zornigen Fluch stieg der silberhaarige Templer auf die Bremse und riss gleichzeitig das Lenkrad herum. Die Reifen des Taxis radierten über den Asphalt, während der Wagen eine Dreivierteldrehung machte und in eine schmale Gasse einbog. Er erfasste mit der Stoßstange ein paar Blechtonnen am Straßenrand und wirbelte sie durch die Luft.

»Halt dich links!«, drängte Moray erneut, während er gehetzt über seine Schulter zurückblickte. »Wir müssen raus aus der Stadt! Schnell!«

Charney gehorchte und Sascha blickte erneut mit schmerzhaft pochendem Herzen durch den Rahmen, der vor wenigen Augenblicken noch die Heckscheibe gefasst hatte. Cedric hatte ihnen einen kleinen Vorsprung verschafft. Aber die Wagen der Prieuré holten unerbittlich zu ihnen auf. Als sie am östlichen Stadtrand auf eine Landstraße jagten, klebte der erste der Verfolger bereits wieder regelrecht an der Kofferraumklappe des Taxis. Weitere Schüsse hallten durch den Abend und noch einmal gelang es Sascha gerade noch rechtzeitig, seinen Kopf zwischen Fahrersitz und Rückbank in Sicherheit zu bringen – dieses Mal vor einer ganzen Salve von

Kugeln, die von hinten in das Taxi hineinregneten. Jeremy dagegen reagierte nicht schnell genug – oder seine Körperfülle machte es ihm schlicht unmöglich, sich tief genug zu ducken. Er schrie vor Schmerz und Schreck auf, als eines der Geschosse seinen Nacken streifte.

Noch einmal bremste der Templer abrupt ab; dieses Mal jedoch nur für einen winzigen Augenblick, sodass Sascha zwar heftig zurück- und wieder nach vorn geschleudert wurde, der befürchtete neuerliche Schleudergang aber ausblieb. Doch der Renault, aus dem gleich drei Prieuré-Söldner abwechselnd durch die heruntergekurbelten Seitenfenster auf sie zielten, fiel auf seine Täuschung herein und bremste so plötzlich, dass er ins Schlingern geriet und von der Straße flog.

Erst jetzt machten auch die Templer von ihren Waffen Gebrauch. Montgomery Bruce duckte sich so tief hinter die Lehne der Rückbank, wie seine Statur es gerade noch zuließ, und zielte mit einer Magnum durch den leeren Rahmen des Hecks, während Philipe Moray kurz entschlossen den elektronischen Fensterheber betätigte und sich furchtlos mit dem Oberkörper ins Freie zwängte, um die Reifen der Verfolger unter Beschuss zu nehmen.

Einer der beiden traf jedenfalls. Ihre Verfolger mussten plötzlich feststellen, dass sie auf den Felgen fuhren, und versuchten vergeblich, den Wagen an den Straßenrand zu lenken. Ein weiterer Verfolger stellte sich bei dem Versuch, das unkontrolliert herumschlingernde Fahrzeug vor sich zu überholen, quer und so gewann das Taxi wieder ein paar Sekunden Vorsprung auf der schnurgerade an einem See entlangführenden Straße.

»In die Wälder«, entschied Moray, während er seinen muskulösen Oberkörper wieder ins Innere des Wagens zwängte und sich in seinen Sitz zurücksinken ließ.

Charney gab die Information via Autotelefon an die anderen Ritter weiter, die, wie Sascha aus seinen Worten schließen konnte, irgendwo in der Stadt lauerten. Die Finger des Silberhaarigen krampften sich um das Lenkrad. Sein Unterkiefer arbeitete nervös, während er auf den Wald des Orients zuhielt.

Das schaffen sie nie!, wurde Sascha entsetzt klar, als er einen dunklen Streifen erspähte, der sich am Horizont schwach gegen den Abendhimmel abzeichnete. Vom Schutz bietenden Waldrand trennten sie noch mehrere Kilometer. Und selbst wenn sie es schafften – was bedeutete das für Jeremy und ihn?

Eine Chance, redete er im Stillen ermutigend auf sich ein. Vielleicht war das die Chance, nach der er gerade noch gesucht hatte.

Die Templer gaben wirklich ihr Bestes. Aber dieses Mal würde das nicht ausreichen. Fünf der sieben verfügbaren PKW waren ihnen dicht auf den Fersen, der Schwertmeister bildete das Schlusslicht des Konvois. Und die beiden noch fehlenden würden Cedric gleich eine böse Überraschung bereiten.

Ares grinste triumphierend. Er würde seiner Schwester bald drei Templerköpfe auf einem Tablett servieren, von dem seinerzeit der gute alte Salomo gespeist hatte.

Charlotte hatte nicht gesehen, woher Vicomte Montville und Jacob de Loyolla auf einmal gekommen waren. Doch noch während sie sich schwankend auf Hände und Knie aufgerichtet und eher staunend denn erschrocken zur Kenntnis genommen hatte, dass dickflüssiges Blut in einem Rinnsal ihren Nacken hinabrann und schnell eine kleine Pfütze auf dem Bahnsteig dicht vor ihrem Gesicht bildete, hatten die beiden Tempelritter sie von hinten unter den Armen gepackt und in die Höhe gezogen. Sie hatte noch längst nicht begriffen, was gerade geschehen war – und vor allem, warum –, als sie im festen Griff der Männer und auf Beinen, die sie kaum noch spürte, Unterführung und Halle durchquert und den Parkplatz vor dem Bahnhof erreicht hatten, während Robert von Metz, den Mönch am Unterarm mit sich schleifend, vor ihnen her schritt. William Blanchefort und der langhaarige Papal Menache schlossen sich ihnen wortlos an und drängten Paul in einen grünen BMW, der sie mit laufendem Motor und Armand de Bures hinter dem Steuer erwartete.

Einige Augenblicke später kauerte Charlotte auf der Rückbank eines Jeeps, den Vicomte nahe dem Eingang geparkt hatte und nun steuerte. Sie wusste noch immer nicht, wie ihr geschah. Robert von Metz saß neben ihr und blickte desinteressiert aus dem Fenster. Wenn er überhaupt eine Waffe bei sich trug, dann glaubte er wohl nicht, sie in absehbarer Zeit benutzen zu müssen. Seine Hände ruhten entspannt in seinem Schoß.

Chili streckte die Finger nach dem Türgriff aus. Die Wunde an ihrem Hinterkopf blutete noch immer und ihr war schwindelig. Trotzdem hätte sie keine Sekunde gezögert, auch in diesem geschwächten Zustand aus dem fahrenden Auto zu springen, doch noch ehe ihre Fingerspitzen den Griff berührten, seufzte von Metz tief.

»Kindersicherung«, klärte er sie auf, ohne sie anzublicken.

Charlotte versuchte es dennoch und rüttelte einen Moment in neu entfachter Panik am Türgriff, bis sie das fast schon mitleidige Kopfschütteln bemerkte, mit dem der Templermeister sie nun doch betrachtete. »Schon dich lieber ein bisschen«, empfahl er. »Das ist albern.«

»Was wollen Sie überhaupt von mir?!« Chili schrie fast. »Ich …«

… habe nichts mehr mit Lucrezia zu tun, hatte sie sagen wollen. Oder aber: *Ich habe nichts, was euch gehört.* Vielleicht auch: *Es tut mir Leid – das mit Ihrem Freund habe ich nicht gewollt.* Doch bevor sie sich für eine dieser allesamt weder heldenhaften noch zufrieden stellenden, teils sogar recht dämlichen Aussagen entscheiden konnte, klingelte ein Telefon und Robert von Metz nahm das Gespräch entgegen. Sie verstand nicht, was am anderen Ende gesprochen wurde, aber die bislang nahezu beleidigend gelassenen Züge des Templermeisters verhärteten sich, ehe er plötzlich hektisch mit der Linken wedelte und Montville anwies, schneller zu fahren.

»Söldner«, erklärte er verärgert und blickte wieder aus dem Fenster, während Vicomte Montville einen Gang höher schaltete und gleichzeitig etwas in ein kleines Mikrophon sprach, das unauffällig am Ärmel seines Mantels klemmte. »Sie verfolgen deinen Komplizen.«

Sascha bekam seine Chance – wenn auch früher, als er gedacht hatte. Und auf brutalere Weise.

Sie erreichten den Waldrand nicht ganz. Fünfzig, vielleicht auch hundert Meter, bevor sie eine Stelle erreichten, an der die Straße einen scharfen Knick nach rechts machte, um den See weiter zu umrunden, schnellten plötzlich zu ihrer Linken zwei weitere Wagen aus dem Schatten einer kleinen Baumgruppe und blieben mitten auf der Straße stehen. Mit einem Aufschrei trat Cedric die Bremse bis zum Anschlag durch, schaffte es aber trotzdem nicht ganz: Das Taxi schmetterte mit Wucht in den Kotflügel des vorderen Fahrzeugs. Glas splitterte, Blech kreischte. Ein Reifen platzte und die verbogene Motorhaube des Taxis klappte auf und versperrte ihnen den Blick auf die Straße – sofern sie überhaupt noch in der Lage waren, etwas sehen zu können. Der Aufprall hatte die Wageninsassen nach vorn und teils übereinander geschleudert. Staub und winzige Glaspartikel behinderten ihre Sicht, und beißender Qualm wehte durch die zerstörte Front zu ihnen hinein und reizte ihre Atemwege.

Sascha hustete, keuchte und versuchte einen schrecklich langen Moment, sich von der gewichtigen Gestalt Montgomerys zu befreien, die auf seinem Rücken lastete. Er hätte wohl noch ewig vergeblich mit dessen enormem Gewicht kämpfen können, doch zu seinem Glück rappelte sich der Templer von selbst wieder auf. Charney und Philip Moray sprangen aus dem Wagen, bevor der Motor begriff, dass er längst klinisch tot war, und endlich verstummte. Jeremy schien für die Dauer eines Atemzugs um sein Bewusstsein zu ringen und versuchte dann ebenfalls, aus dem Wrack zu gelangen, doch die Tür klemmte. Offenbar war nicht nur die Motorhaube dahin, sondern der ganze Rahmen verzogen.

Bruce kam ihm zu Hilfe, indem er sich seitlich über Jeremy und dann gegen die Tür warf. Sie gab nach und der Templer stürzte kopfüber auf den Asphalt, rollte sich jedoch geschickt ab und stand fast augenblicklich wieder fest auf beiden Beinen.

»Nichts wie raus und weg von hier!«, keuchte Jeremy. Da stand Sascha schon längst auf der Straße und zögerte einen winzigen Moment, weil er nicht wusste, in welche Richtung er sich wenden sollte.

Eine Sekunde, die ihn fast das Leben kostete.

Die Prieuré-Söldner, die sie bis hierher gejagt hatten, holten auf. Sie hatten die kurze Unterbrechung der Schießerei anscheinend dazu genutzt, um nachzusehen, was sich in ihrem Wagen wohl noch so fand – jedenfalls blickte Sascha auf einmal aus einer Distanz von weniger als zwanzig Metern in die Mündung einer Maschinenpistole. Zwar erleichterte ihm dies die Entscheidung, in welche Richtung er seine Flucht fortsetzen sollte, zugleich bereitete es dieser Flucht aber auch ein jähes Ende. Der Söldner feuerte. Vier Neunmillimeterpatronen pro Sekunde sausten nahezu mit Schallgeschwindigkeit durch die Luft. Drei davon trafen Saschas linke Schulter und schleuderten ihn im hohen Bogen auf den harten Asphalt. Der Schmerz war grauenhaft. Mit einem letzten, verschleierten Blick vergewisserte er sich, dass die Kugeln seine Schultern nicht schlicht gesprengt hatten, dann verlor er kurz die Besinnung.

Als sich die Rauchwolken wieder lichteten, schleifte

ihn jemand zum vordersten der Wagen, die die Straße verbarrikadierten. Noch immer fielen Schüsse. Stahl krachte auf Stahl. Rufe, Schreie, das Geräusch von sich nähernden Motoren, mehr und mehr Motoren ... Sascha war noch zu benommen, um zu begreifen, was um ihn herum vor sich ging, geschweige denn um sich gegen den Griff des Söldners zur Wehr zu setzen, der nun die hintere Wagentür aufriss und ihm einen derben Stoß versetzte, der ihn wohl ins Fahrzeuginnere befördern sollte. Stattdessen schlug jedoch Saschas Stirn mit voller Wucht gegen den Türrahmen und er sackte augenblicklich wieder in sich zusammen wie ein nasser Sack. Aber es waren nur seine Knie, die nachgaben. Immerhin verlor er nicht wieder das Bewusstsein, obgleich er noch immer nicht richtig klar sehen konnte.

Wie durch eine zähe Flüssigkeit hindurch erkannte er eine Gestalt, die hinter dem Söldner erschien. Der Mann ließ von Sascha ab und wirbelte herum, aber es war zu spät: Jeremy streckte ihn mit einem gezielten Handkantenschlag nieder, schob Sascha in den Wagen und sprang auf den Fahrersitz. Der Schlüssel steckte.

Der Hüne gab sich nicht einmal die Mühe, die Tür hinter sich zu schließen, ehe er den Motor startete und losraste. Die kaum wahrnehmbare Erleichterung in seinem Blick verschwand jedoch sofort wieder, als er in den Rückspiegel sah. Die zuletzt angekommenen Wagen drosselten ihr Tempo nur geringfügig, als sie das Schlachtfeld erreichten, jagten dann von der Straße in das freie Feld und schlugen einen großzügigen Bogen um den Ort des Geschehens, um die Verfolgung der gerade Entkommenen aufzunehmen.

»Ares!«, stieß Jeremy atemlos hervor, während sie sich der Kurve näherten. »So einen Wagen fährt garantiert nur der Schwertmeister. Und vor allem so *gut*.«

»Du fährst auch gut«, versuchte sich Sascha eher selbst zu beruhigen als den Riesen. Er blickte durch die Heckscheibe zurück und sah Jeremys Verdacht bestätigt. Die Gestalt, die sich hinter dem Steuer des nachtschwarzen Porsche kaum fünfzig Meter weit entfernt von ihnen abzeichnete, war eindeutig die des Schwertmeisters. Und er erkannte noch etwas ganz und gar nicht Ermutigendes, ehe Jeremy den Wagen in die nächste Kurve lenkte: Es waren weit mehr als nur die sieben Fahrzeuge, die er zwischenzeitlich gezählt hatte. Weniger als einen Kilometer die Landstraße hinab schloss bereits die nächste Einheit zu den Templern auf.

Sie hatten nie eine Chance gehabt, begriff Sascha. Nicht zu Hause, nicht hier und auch an keinem anderen Platz der Welt konnten sie Lucrezias Häschern auf Dauer entrinnen. Wie zur Bestätigung pochte der Schmerz in seiner Schulter erneut auf. Trotzdem ...

»Querfeldein! Los!«, entschied er und deutete gehetzt zum Waldrand hin. Es war eher Trotz als Mut oder Hoffnung, der aus seiner Stimme klang. Jeremy fuhr gut, aber Ares beherrschte sein Gefährt ebenso gut wie sein Schwert und hatte zudem das schnellere Auto. Bei diesem Fang-mich-Spiel würden sie binnen weniger Minuten den Kürzeren ziehen.

»Wir brauchen ein Versteck«, stöhnte Sascha. »Und zwar verdammt schnell.«

Die ersten, den Waldrand säumenden Sträucher jätete Jeremy einfach nieder. Doch bereits nach wenigen Metern standen die jahrhundertealten Stämme so dicht beieinander, dass auch der geschickteste Fahrer niemals ein ganzes Auto zwischen ihnen hätte hindurchlenken können. Gleichzeitig rissen sie die Türen auf und rannten in die Dunkelheit hinein.

Der Jeep raste in halsbrecherischem Tempo zu den Wagen, die die Landstraße zwischen Troyes und dem Lac Amance blockierten. Sie waren noch ein gutes Stück weit entfernt gewesen, als das Taxi in einen der quer stehenden Prieuré-Wagen gekracht war. Dennoch hatten sie beobachten können, wie der Porsche, der vorausschauenderweise einen Sicherheitsabstand zu den anderen gehalten hatte, kurzerhand von der Straße abwich, um das Schlachtfeld, in das sich dieser Straßenabschnitt plötzlich verwandelt hatte, zu umfahren. Ein weiteres Fahrzeug setzte zurück und schloss sich ihm an.

»Irgendjemand ist ihnen durch die Lappen gegangen«, entschlüsselte Montville die Situation.

»Hinterher!«, entschied Robert. »Blanchefort, Menache und Bures sollen Charney helfen«, setzte er hinzu, als sie das Chaos auf demselben Wege wie zuvor der Porsche und das andere Fahrzeug passierten und den Silberhaarigen im Vorbeifahren kurz im Kampfgetümmel ausmachten. Voller tödlich entschlossener Wut drosch er mit seinem Schwert auf Kemal ein, den Chili in der Masse der Söldner ebenfalls erkannte.

»Hast du Montgomery oder Philip gesehen?«, erkundigte sich Vicomte besorgt.

»Beide«, bejahte Robert.

Montville nahm den Fuß vom Gas. »Dann bleiben ja nicht mehr viele übrig«, seufzte er.

»Mein Bruder!« Chili riss die Augen auf. »Das heißt, sie folgen meinem Bruder!«

»Fahr weiter!«, entschied der Templermeister scharf.

Eine Sekunde lang sah es ganz so aus, als wollte Vicomte Montville protestieren, doch dann gehorchte er und trat das Gaspedal wieder voll durch. Charlotte klammerte sich an der Lehne des Fahrersitzes fest, als der Jeep regelrecht um die Kurve flog, und krallte schließlich die Finger in die Polster der Rückbank, als sie über eine Wiese auf den Waldrand zuholperten. Im Gegensatz zu den beiden Wagen vor ihnen brachen sie nicht einfach durch das Dickicht, sondern hielten vorher an und rannten die letzten Schritte in den Wald hinein, nachdem Montville – wusste der Teufel, warum – die hintere Tür der Beifahrerseite von außen geöffnet hatte. Kaum war Charlotte ausgestiegen, schrie sie nach ihrem Bruder, doch zur Antwort hallte nur ein Schuss durch die Finsternis, und gleich darauf ein zweiter.

»Sascha!«, kreischte Chili erneut. Blanke Hysterie nahm von ihr Besitz. Sie stürmte auf gut Glück durch die Dunkelheit, brüllte immer wieder den Namen ihres Bruders, stolperte. Von Metz riss sie zurück auf die Füße, ohne sein Lauftempo zu verringern, und zog sie mit sich.

»Da vorne!«

Charlotte sah nicht, was er meinte, wehrte sich aber nicht gegen seinen Griff, sondern lief mit. Sie wusste nicht, was den plötzlichen Stimmungswandel des Templermeisters verursacht hatte, aber das spielte jetzt auch keine Rolle. »Sascha!«, brüllte sie wieder. »Wo bist du? Komm hierher! Komm, wenn du mich hörst!«

Er hörte sie nicht, aber wenigstens sah sie ihn nun. In der Dunkelheit konnte sie nur Konturen ausmachen, aber sie erkannte ihn trotzdem. Sascha und Jeremy waren gar nicht so weit weg, näherten sich ihnen und dem Waldrand sogar langsam wieder, wahrscheinlich ohne sich dessen bewusst zu sein. Charlotte ignorierte das erneut aufkommende Schwindelgefühl und das Stechen in ihrer Seite. Sie rannte, so schnell ihre Beine sie trugen.

Für einen Moment verlor sie sie aus den Augen, erspähte sie dann aber wieder. Jeremy und Sascha wechselten die Richtung und einen halben Atemzug später sah sie auch, warum: Drei, vielleicht sogar vier nur als Schatten erkennbare, dafür aber umso deutlicher hörbare Söldner waren ihnen auf den Fersen. Wieder fielen Schüsse.

Dann verschluckten die Nachtschatten Verfolger wie Verfolgte. Charlotte und die beiden Templer irrten weiter durch die Dunkelheit.

Es war naiv gewesen, zu glauben, nur ein Stück weit in den Wald des Orients laufen und sich hinter einem Johannisbeerstrauch ducken zu müssen, um Ares und seine Bluthunde loszuwerden. Anfangs hatte es zwar kurz den Anschein gehabt, als könnten sie sie abhängen, aber ihre Verfolger waren schnell. Verdammt schnell. Immer wieder schlossen sie dicht zu ihnen auf, schossen auf sie und verfehlten sie einige Male nur knapp. Sascha und Jeremy schlugen Haken, änderten abrupt die Richtung, stolperten, rafften sich immer wieder auf, hängten ihre Verfolger aber nie weit genug ab, um endgültig verschwinden zu können. Mit einem atemlosen Blick über die schmerzende Schulter stellte Sascha entsetzt fest, dass sie sich nun auch noch aufteilten.

Er wusste längst nicht mehr, wie weit er gelaufen war, in welche Richtung sie rannten, wo in etwa er sich befand, aber das war jetzt wahrscheinlich ohnehin nicht mehr von Bedeutung. Er sah nur noch zwei der Männer zehn, zwanzig Meter weit hinter sich und hatte nicht die geringste Ahnung, wo die anderen waren. Jede Sekunde konnte er einem der Söldner geradewegs in die Arme laufen und es war endgültig vorbei. Sascha fühlte, wie mit dem Blut, das aus seinen Schussverletzungen tropfte und sein Hemd oberhalb der Brust längst durchtränkt hatte, auch die Kraft aus seinem Körper strömte. Er würde sterben. Hier und gleich. Hoffentlich wussten Chili und Ella, dass er sie geliebt hatte. Hoffentlich schafften sie es auch ohne ihn und diesen verfluchten Schatz, der vielleicht nicht einmal existierte, sich irgendwo in der großen weiten Welt ein neues, freies, sorgloses Leben aufzubauen.

»Schneller!«, drängte Jeremy, doch auch seine Stimme klang zunehmend kraftlos.

Dann kam ihnen tatsächlich einer der Söldner unerwartet entgegen. Sie fuhren herum, sahen, wie zwei andere zu ihnen aufschlossen, wandten sich nach links und registrierten, dass irgendetwas Stählernes im bleichen Mondschein aufblitzte.

»Rechts!«, keuchte Sascha, stürmte einige Meter weiter und stolperte Robert von Metz vor die Füße. Und er war nicht allein. Ein zweiter Templer, der in diesem Moment eine MP unter seinem knöchellangen Mantel hervorzog und die Söldner mit einem Kugelhagel zurücktrieb, der einen von ihnen sofort zu Fall brachte, begleitete ihn. Erst die Prieuré, dann Jeremy und er, schlussfolgerte Sascha. Ihr Schicksal war besiegelt.

Er robbte rücklings ein Stück weit von dem Templermeister weg, schaffte es noch, sich in eine kniende Position aufzurappeln, nicht aber, sich ganz zu erheben.

Montville warf seine Maschinenpistole beiseite, zog stattdessen ein Schwert und warf sich Ares entgegen.

»Sascha!« Er blickte auf, als die vertraute Stimme erklang. Charlotte drängte sich zwischen den Templer und ihn und rüttelte an seiner unversehrten Schulter. »Steh auf! Nun mach schon!«

Verdammt, was machte sie denn hier? Sie sollte mit den anderen in Sicherheit sein!, schoss es Sascha durch den Kopf.

Jeremy vergeudete keine Zeit darauf, sich zu wundern, sondern half Sascha, dem Drängen seiner Schwester zu folgen und auf die Füße zu kommen. Doch in dem Moment, in dem er mithilfe des Amerikaners und seiner Schwester weitertaumeln wollte, blitzte etwas auf dem Boden vor ihnen golden auf. Sascha hatte das Amulett verloren.

Der Templermeister las es auf, blickte einen Moment besorgt zu Vicomte Montville, während er einen auf die Geschwister zustürzenden Söldner mit einem beiläufigen Tritt in einen Brombeerstrauch beförderte, und trieb Chili, Sascha und den Riesen schließlich eilig vor sich her durch das Unterholz.

»Was geht hier vor?« Sascha stützte sich schwer auf den Hünen, während er vor Robert her torkelte. »Charlotte, was passiert hier? Was soll das alles?«

»Ich glaube, er bringt uns in Sicherheit«, antwortete seine Schwester hilflos. Erschrocken stellte er fest, dass ihre Schritte ebenfalls unsicher wirkten. War sie verletzt? »Ich weiß nicht, warum, aber sie sind extra hierher gekommen, um –«

Wieder blitzte das Amulett golden auf, aber dieses Mal so hell, dass sie erschrocken herumfuhren und auf das Schmuckstück in der Hand des Templermeisters starrten, der ihnen bedeutete, stehen zu bleiben. Die Münze glänzte nun nicht mehr einfach nur, sondern leuchtete geradezu von innen heraus. Es war, als umfassten seine Finger fließendes, heißes Gold, das ihn jedoch nicht verbrannte und auch nicht seine Form verlor, sondern nur ... *seine Konturen einbüßte*? Sascha fand keine zutreffendere Formulierung für das, wovon er seinen staunenden Blick nicht mehr abwenden konnte, während der Templermeister mit den Schuhspitzen Laub und Geäst auseinander schob, bis er fand, wonach er gesucht hatte. Er ließ sich in die Hocke sinken, legte das Amulett auf einem augenscheinlich stinknormalen flachen Stein ab, den er vom lockeren Waldboden befreit hatte, und trat zwei, drei Schritte zurück.

Zunächst glaubte Sascha, das wundersame Schmuckstück leuchte schlicht weiter und erhelle so seine nächste Umgebung, was an sich schon sonderbarer und faszinierender war als alles, was er je gesehen hatte. Doch dann erkannte er seinen Irrtum: Das Amulett verflüssigte sich mehr und mehr, lief über den Stein hinab wie flüssiges Licht und ... *schmolz ihn regelrecht dahin!*

In dem Moment, in dem er diesen Eindruck erlangte, beschleunigte sich der bislang fast schleichende Vorgang um ein Hundertfaches. Charlotte und er stolperten erschrocken einige Schritte rückwärts, vermochten sich aber noch immer nicht von dem faszinierenden Schauspiel abzuwenden, das sich ihnen bot. Aus der handtellergroßen Mulde wurde ein Loch und aus dem Loch ein kleiner Krater, der den Durchmesser des Steines längst um ein Vielfaches übertraf. Das flüssige Licht sickerte weiter in die Tiefe, aber nicht einfach nur in einer geraden Bahn, sondern in Form von Stufen.

Sascha japste nach Luft, Charlotte stotterte ein paar zusammenhanglose Silben; nur Jeremy blieb vergleichsweise ruhig und staunte mit offenem Mund.

Schüsse hallten durch die Nacht und brachen den Bann, aber nicht den Zauber.

»Los!« Der Templermeister trieb sie mit sanfter Gewalt vor sich her die Stufen hinab, die sich entgegen ihres augenscheinlichen Aggregatzustandes als vollkommen solide erwiesen. »Keine Angst. Wir bleiben nicht lange unten.«

Der Wald des Orients verschluckte sie alle. Zehn, vielleicht fünfzehn Meter weit rannten, hechteten, stolperten sie in die Tiefe hinunter, während sich der Zugang über ihnen wieder schloss und die Stufen aus flüssigem Licht nach und nach in solche aus gewöhnlichem Stein übergingen. Das Leuchten verblasste und erlosch schließlich ganz, sodass vollkommene Schwärze sie einhüllte, kaum dass der Templermeister die letzte der steilen Stufen hinter sich ließ. Ein leises helles Klappern ertönte und hallte von den Felswänden, oder was auch immer sie hier unten umgab und das Echo verursachte, wider.

Robert beförderte ein handelsübliches Plastikfeuerzeug aus der Manteltasche, entzündete eine der Pechfackeln, die links des Treppenabsatzes angehäuft waren, nahm das Amulett wieder an sich, das vor seinen Zehenspitzen liegen geblieben war, und lächelte mild.

»Willkommen in den Katakomben des Waldes«, sagte er. »Willkommen im Labyrinth Salomos.«

Das ist doch kein Labyrinth!«
Charlotte, die sich am unteren Ende der Treppe um Atem ringend in die Hocke hatte sinken lassen, richtete sich langsam auf und blickte sich ehrfürchtig um. Der Schein der rußenden Fackel schälte flackernd orangefarbene Konturen aus der absoluten Finsternis, die sie tief unter dem Wald des Orients empfangen hatte. Doch er ließ bestenfalls erahnen, wie gewaltig die Höhle, in der sie angelangt waren, tatsächlich war. In ihrem Rücken ragte rauer pechschwarzer Fels mehrere Meter weit empor. Der Vorsprung, den sie betreten hatten, hätte auf beiden Seiten ein Frachtschiff der Länge nach fassen können. Aber das war es nicht, was Sascha schlicht die Sprache verschlug.

Es war die Schlucht, die vor ihnen klaffte. Nicht bloß ein Felsspalt, sondern ein ausgewachsener Abgrund, aus dem eine kalte Brise herauspfiff, die einen eisigen Schauer in seinem Nacken auslöste. Charlotte tastete sich vorsichtig an die Kluft heran und beugte sich leicht vor, um über die Felskante zu spähen. Sascha wurde schwindelig, als er ihr mit zitternden Knien und nun erst recht jagendem Herzen folgte. Seine Schwester griff nach seiner Hand, ohne sich zu ihm umzudrehen, und beugte sich noch weiter vor. Ungläubiges Staunen und ehrfürchtige Faszination, aber auch Furcht standen in ihrem bleichen, im Fackelschein gespenstisch glühenden Gesicht geschrieben.

Sascha riskierte nur einen einzigen kurzen Blick über die Kante, der bestätigte, was er bisher nur geahnt hatte: Der steil abfallende Abhang schien bis in die Unendlichkeit hinabzureichen. Auch als Robert von Metz an ihre Seite trat und die Fackel am ausgestreckten Arm über die Schlucht hielt, konnte er ihren Grund nicht einmal erahnen. Der Wind schien einen Hauch von Schwefel aus den unergründlichen Tiefen emporzuwehen, aber das war vielleicht doch bloß Einbildung. Es hätte ihn jedenfalls nicht gewundert, wenn er am Grund des Abhangs, der dort unten irgendwo sein musste, glühende Lavaströme erblickt hätte.

»Wenn euch das Schatzfieber noch immer quält, bitte«, sagte der Templermeister lächelnd und machte mit seiner linken Hand eine einladende Geste. Sascha folgte ihr mit Blicken und erkannte eine nicht allzu straff gespannte, geländerlose Hängebrücke über dem Abgrund, die tief in die Dunkelheit vor ihnen führte. Ihr Ende entzog sich seiner Sicht. »Ich nehme an, ihr kennt den Weg.«

»Und der führt durchgehend ... *durch das Nichts*?«

Sascha wich einen Schritt von dem Abgrund zurück und zog seine Schwester mit.

Der Templermeister lachte kurz auf und verneinte. »Es gibt Tunnel und Stollen«, antwortete er, »aber eben auch ein paar unwegsamere Strecken wie diese hier. Also?«

Es war eine rein rhetorische Frage. Von Metz erwartete ganz sicher nicht, dass jemand mit einem fröhlichen Ja antwortete. Trotzdem setzte Jeremy tatsächlich einen Fuß auf die Brücke. Sascha rief ihn zurück. »Bist du lebensmüde?!«

»Ein bisschen«, gestand Jeremy, zog seinen Fuß aber gehorsam zurück. »Ob ich nun in diesen Abgrund falle oder sonst wie hier verrecke oder draußen von meinen ehemaligen Kollegen in Stücke gerissen werde ...« Er hob die Schultern und suchte den Blick des Templermeisters. »Oder ob *er* uns gleich nacheinander runterschubst. Was macht das schon für einen Unterschied? Tot ist tot.«

»Warum sollte ich euch erst in Sicherheit bringen, wenn ich euch sowieso töten will?« Der Bärtige kräuselte die Stirn. Seine Verwunderung klang echt.

»Warum haben Sie uns überhaupt geholfen?« Sascha legte den Kopf schräg und maß den Tempelritter mit unverhohlenem Misstrauen. Es war noch nicht so lange her, dass die Templer seine Schwester mit gezückten Schwertern und aus diversen Waffen auf sie schießend verfolgt hatten.

Von Metz zuckte die Schultern. »Ich bin schließlich kein Unmensch«, antwortete er und drehte das Amulett zwischen den Fingern. »Wir wollten zurückhaben, was uns gehört. Nur dieser Schlüssel führt hierher. Nur er vermag das Tor zu öffnen.«

»Aber –«, setzte Charlotte an, die sich ebenfalls lebhaft an scharfe Geschosse seitens der Templer erinnerte, die sie nur knapp verfehlt hatten.

»Wenn wir dich hätten umbringen wollen, hätten wir das getan«, fiel von Metz ein. »Wir wollten dich nur aufhalten. Aber du warst schnell. Und verdammt zäh«, setzte er anerkennend hinzu. »Vielleicht hätten wir dich ernsthaft verletzt, um dich zu stoppen«, gestand er. »Aber mehr auch nicht. Mit dem Angriff der Prieuré hatten wir nicht gerechnet. Das war dein Glück. Nur so konntest du entkommen. Und erkennen, mit wem du dich verbündet hast – aus welchen Gründen auch immer.«

Chili wandte betreten den Blick ab.

»Und woher wusstet ihr, dass wir herkommen?«, fragte Sascha, um Charlotte die Verlegenheit langwieriger, unangenehmer Erklärungen zu ersparen.

»Kein Mensch der Welt vermag dem Reiz zu widerstehen, den zweihundert Tonnen Gold ausüben«, lächelte der Templermeister. »Wir haben gehofft, dass ihr die richtigen Schlüsse aus den Informationen zieht, die ihr habt, und dass wir euch in Troyes abfangen können. Ihr hättet den Schatz nie erreicht, würdet ihn nicht einmal jetzt erreichen, da ihr ihm näher seid, als je zuvor ein Normalsterblicher war. Aber es gibt keinen Zweitschlüssel, wisst ihr.«

Sascha schluckte. Er schmeckte Blut und in seiner Schulter klopfte noch immer dieser erbärmliche Schmerz. »Das ist alles ... unglaublich«, stöhnte er, während er sich kraftlos in die Hocke sinken ließ.

»Sicherlich fällt es schwer, dies zu glauben«, erwiderte Robert, »aber es ist längst nicht unglaublich. Das ist ein Unterschied. Gott hat eben auch Dinge erschaffen, die wir nicht verstehen, und er ist uns keine Erklärung dafür schuldig.«

»Dann ist das alles hier … von Gott gemacht«, stellte Charlotte ehrfürchtig fest.

»Der größte Teil«, bestätigte der Templermeister. »Dieser wunderbare Zugang vor allen Dingen, das Amulett und auch das«, er deutete auf die unterirdische Schlucht, »was man als Naturwunder bezeichnen könnte. Das alles ist zigtausende von Jahren alt, älter als die Menschheit, vielleicht so alt wie dieser Planet. Von Payens geriet in den Besitz des Schlüssels. Niemand weiß, woher er ursprünglich stammt. Er wurde weitergegeben, von Generation zu Generation. Unzählige Runen, Symbole, Muster und Inschriften haben sich im Lauf der Jahrhunderte schon auf dem Amulett gezeigt. Es veränderte sich, passte sich seinem Hüter und dessen Umgebung an. Und vielleicht auch dessen Willen.« Er fuhr mit den Fingerspitzen über die Prägung, die nun wieder fest wie eh und je in die Münze gestanzt war, und ließ sie schließlich in seine Manteltasche gleiten. »Hugo von Payens wusste von dieser Schlucht und dem natürlichen Labyrinth dahinter. Er ließ diese Brücke bauen und seine Nachfahren und er bearbeiteten den Komplex nach Vorlage eines weiteren kleinen Wunders.«

»Dem Wunder des Sterns«, flüsterte Charlotte.

»Ein physikalisch durchaus erklärliches Phänomen, wie wir mittlerweile wissen«, nickte von Metz. »Als sie fertig waren, brachten sie den Schatz hierher. Nirgendwo auf der Welt war er besser vor der Gier der Prieuré und anderer Menschen geschützt.«

»Über *diese* Brücke?« Charlotte schüttelte ungläubig den Kopf.

»Nein.« Der Templermeister lachte erneut auf. »Sie hatten ein paar andere, leichter zugängliche Wege geschaffen, die sie wieder verschütteten, nachdem sie ihre Schuldigkeit getan hatten. Letztlich blieb nur der Weg durch das Tor des Amuletts übrig.«

Eine geraume Weile herrschte Schweigen. Sascha spürte, dass er nicht mehr lange durchhalten würde. Die Erschöpfung und vor allem der Schmerz in seiner Schulter stellten alle anderen widersprüchlichen Empfindungen – Ehrfurcht, Unglauben, Respekt, Skepsis, Staunen, Angst – in den Schatten.

»Ganz schön egoistisch«, bemerkte Jeremy schließlich. »So viel Gold für so wenig Leute.«

»Kein Templer hat sich je unrechtmäßig daran bereichert«, widersprach der Bärtige entschieden. »Es ist unsere Aufgabe, den Schatz zu hüten, und wir haben lediglich auf einen winzigen Teil des Goldes zurückgegriffen, um diese Aufgabe zu erfüllen. Wir leben noch heute von den Zinsen dieses Kapitals, das ist wahr. Doch wir leben so bescheiden, wie wir es Gott gelobt haben.«

»Aber man könnte so viel Gutes damit tun!«, stimmte Chili dem Amerikaner erregt zu.

Der Templermeister lächelte und schüttelte sanft den Kopf. »Das Problem ist nicht das Geld, was den Armen fehlt«, behauptete er, »sondern das, was die Reichen zu viel haben. Du kannst die Welt nicht verbessern, indem du Flugzeugladungen voll Gold über Afrika abwirfst.

Du würdest viele Menschen damit erschlagen und die, die überleben, würden von wieder anderen, die immer mehr und noch mehr wollen, in Stücke gerissen werden. Wenn du unbedingt Gutes tun willst, dann tu es mit deinem Herzen. Mit deiner Kraft, deiner Liebe und den Mitteln, die Gott dir gegeben hat. Ich bin sicher, du wirst noch viel bewegen in deinem Leben. Du bist eine wirklich bemerkenswerte junge Frau.«

»Wir haben kein Leben mehr«, grollte Jeremy und ballte die Hände zu Fäusten. »Wir werden bis ans Ende unserer Tage auf der Flucht vor der Prieuré sein. Lucrezia versteht nämlich auch etwas von Kapitalvermehrung. Ihre Leute werden hinter jedem Strauch auf uns lauern. Vor allem Ares wird keine Ruhe finden, ehe er auf unsere Leichen spucken kann.«

»Wenn er diese Nacht überlebt.« Von Metz hob gleichgültig die Schultern. »Er hat wohl nicht damit gerechnet, hier auf uns zu treffen. Wir warten noch eine kleine Weile ab, um sicher zu sein, dass meine Gefährten sie in die Flucht geschlagen haben, und versorgen dann erst einmal eure Wunden, sobald wir wieder draußen sind. Danach sehe ich, was ich weiter für euch tun kann.«

»Mein Bruder wird verbluten, wenn wir noch lange warten müssen«, flüsterte Chili besorgt, der erst jetzt das Ausmaß der Verletzung auffiel, die Sascha erlitten hatte. Auch ihre eigene Platzwunde tröpfelte noch immer vor sich hin.

»Dann gehen wir jetzt gleich und hoffen das Beste.« Robert nickte und zog das Amulett wieder aus der Tasche hervor. »Folgt mir.«

Charlotte half ihrem Bruder, sich aufzurichten, und stützte ihn, während er kurz darauf den ersten, schwankenden Schritt auf die erste Stufe aus gleißend hellem, fließendem Licht setzte. Doch als sie zwei weitere Stufen erklommen hatten, hielt sie noch einmal inne und wandte sich halb um, um einen letzten Blick in die Finsternis hinter der Schlucht zu werfen. Für einen winzigen Moment war ihr, als zwinkerte ihr aus der Ferne etwas zu: etwas, das fast wie ein Auge aussah. Ein Auge aus reinstem Gold.

Tatsächlich jedoch war das, was sie für den Bruchteil einer Sekunde erblickt hatte, winzig klein und bestand keineswegs aus Gold. Es war nur ein wackeres Insekt, das ihnen in den Untergrund gefolgt war. Der goldene Schein des fantastischen Aufstiegs spiegelte sich in den Flügeln der Fliege wider, ehe sie sich aufmachte, das erste lebendige Wesen seit Hunderten von Jahren zu werden, das echtes salomonisches Gold berührte.

Troyes lag friedlich und still vor ihnen, als sie in die ehemalige Hauptstadt zurückkehrten. Sie fuhren nur ein kleines Stück zwischen den malerischen Bauten des 16. Jahrhunderts hindurch, ehe Montville, der sie bereits im Jeep erwartet hatte, in eine schmale Gasse einbog und den Wagen vor einem Fachwerkhaus zum Stehen brachte. Charlotte erkannte einen grünen BMW ganz in ihrer Nähe, den sie als jenen identifizierte, in dem Menache und Blanchefort den Mönch entführt hatten.

»Paul«, flüsterte sie bekümmert und schämte sich im

Stillen dafür, dass sie erst jetzt darüber nachdachte, wie es ihm in der Zwischenzeit ergangen sein mochte.

»Euer Freund ist unversehrt«, beschwichtigte Montville sie, während er einen ganz gewöhnlichen, handelsüblichen Schlüssel aus der Manteltasche kramte, mit dessen Hilfe er die Tür aufsperrte. »Ich habe die anderen bereits verständigt. Ihr seid ja schließlich lange genug weggewesen. Nicht, dass wir dich alten Sack wirklich gebraucht hätten«, neckte er den Templermeister. »Papal sagt, als Armand, William und er ankamen, wurde Kemal ziemlich schnell der Boden zu heiß unter den Füßen und er hat Reißaus genommen.«

»Sie haben ihn doch erwischt, oder?«, vergewisserte sich Robert.

»Leider nicht«, verneinte Vicomte. »Ganz allein war er ja schließlich nicht. Lucrezias bezahlte Killer haben sie schon eine kleine Weile aufgehalten. Der Mistkerl hat sich über einen Zaun in den Lac Amance gerettet und ist seitdem verschwunden.«

»Und der Schwertmeister?«

Der Ritter hob die Schultern. Er fühlte sich sichtbar unwohl, als er zugab: »Nachdem er allein zurückgeblieben war und gemerkt hat, dass seine Chancen eher begrenzt sind, ist er abgehauen. Wahrscheinlich irrt er noch immer orientierungslos durch den Wald. Ohne Kompass sollte man sich gar nicht erst hineinwagen, wenn man sich nicht auskennt.«

Der Templermeister seufzte, trat allen voran über die Schwelle und klopfte höflich an, ehe er den Wohnraum des Gebäudes betrat. Charlotte überließ es Jeremy, ihren Bruder zu stützen, als sie Paul inmitten der wartenden Templer ausmachte, und stürzte an Robert und Vicomte vorbei, um ihm erleichtert um den Hals zu fallen.

»Ist alles in Ordnung?«, erkundigte sie sich und maß den Mönch prüfend von den Ohrläppchen bis zu den Zehenspitzen.

»Könnte nicht besser sein«, behauptete der Alte nicht minder erleichtert, seine Gefährten zwar nicht unversehrt, aber lebend wieder zu sehen. »Wo wart ihr bloß so lange?«

»Wir haben uns ein bisschen verirrt«, log der Templermeister, ehe Charlotte zu einer ausgiebigen ehrlichen Antwort ansetzen konnte. Er schenkte ihr einen kurzen, aber unmissverständlich verschwörerischen Blick, der von Antin jedoch keineswegs entging.

»Du kennst dich hier besser aus als der Bürgermeister, Robert«, wandte er misstrauisch ein.

»Freut mich, dich in einem Stück wiederzusehen«, seufzte der bärtige Ritter und klopfte seinem Gefährten ein wenig Schmutz von den Schultern. »Was hat deine Inspektion der Bahn ergeben?«

»Das ist überhaupt nicht witzig«, schmollte der Ritter und schien nicht zu bemerken oder resignierend zu übergehen, dass Robert sein offenkundiges Ziel, rasch das Thema zu wechseln, damit erreichte. »Ich hatte einige Mühe, da halbwegs heil wieder rauszukommen, das hätte auch ins Auge gehen können.«

»Dein Amulett.« Der Templermeister wandte sich an Montgomery Bruce und gab ihm das Schmuckstück zurück, das Chili ihm in der Nacht des Sterns entwendet hatte.

De Loyolla und der langhaarige Menache traten auf Sascha zu, halfen ihm, sich vorsichtig in einen Sessel sinken zu lassen, und begutachteten seine Schussverletzungen. »Sieht nicht gut aus ...«, kommentierte Menache mitfühlend, was er sah.

»Aber auch nicht lebensgefährlich«, winkte Jakob ab und überließ es Papal, sich um Sascha zu kümmern. »Nicht mal für einen Normalsterblichen wie ihn.«

»Was hattet ihr eigentlich vorhin vor?«, hakte Sascha nach, der sich mittlerweile nicht mehr nur elend und entkräftet fühlte, sondern sich inmitten der zehn gestandenen Ritter noch dazu wie ein jammernder Hypochonder vorkam. »Ich meine, ihr hättet es doch dabei belassen können, uns euer Amulett abzunehmen. Und die Karte. Aber ihr habt uns gekidnappt.«

»Wir wollten euch hierher bringen und den Schlüssel umdrehen, bis ihr wieder bei Verstand seid«, antwortete von Metz freimütig.

»Das kommt mir bekannt vor«, flüsterte Sascha düster.

»Ich bin jedenfalls im Vollbesitz meiner geistigen Kräfte«, entschied Jeremy, der sich im Kreise jener, die zu töten er seiner Herrin geschworen hatte, alles andere als wohl fühlte, und wollte auf dem Absatz kehrtmachen, doch drei der Männer traten ihm in den Weg.

»Immer mit der Ruhe«, bestimmte der Templermeister. »Kemal und der Schwertmeister können durchaus noch in der Nähe sein – wenn ich auch nicht glaube, dass sie lange in Troyes verweilen werden. Sie werden heimkehren und eine geraume Zeit damit beschäftigt sein, ihre Wunden zu lecken.«

»Ihr könntet sie überraschen«, bot Charlotte ungeachtet der Tatsache an, dass sie sich schon wieder in Dinge einmischte, die definitiv eine Nummer zu groß für sie waren. »Ich weiß, wo sie sind. Sie –«

»Sprich es nicht aus«, warnte von Metz.

Einige der anderen wandten sich ihm sichtlich verständnislos zu.

»Warum nicht, Robert?«, entfuhr es Montgomery kopfschüttelnd.

»Aus Prinzip«, antwortete der Templermeister. »Im Gegensatz zu Lucrezia sind wir nicht auf die Hilfe von Kindern angewiesen. Unter keinen Umständen.«

»Aber sie haben das Grabtuch.« Charlotte konnte kaum glauben, dass der Herr der Templer sich tatsächlich weigerte, auch nur eine einfache Adresse von ihr entgegenzunehmen. »Und wenn ihr die anderen Reliquien habt, dann könnt ihr den Heiligen Gral holen. Das wollt ihr doch, oder? Darum bekriegt ihr einander doch seit tausend Jahren!«

»Wie kommst du denn darauf?« Robert schüttelte entschieden den Kopf. »Lucrezia will den Gral. Sie und die Prieuré. Aber das Tuch allein nützt ihnen nichts. Solange wir die übrigen Reliquien bewahren, ist er ebenso sicher aufgehoben wie der Schatz von Jerusalem. Er wird niemals in menschliche Hände gelangen.«

»Aber wenn er doch so viel Macht verheißt und wenn ihr doch nur Gutes tun wollt ...«

»Charlotte«, fiel Sascha schwach, aber bestimmt ein, »erinnerst du dich daran, was passiert ist, als *du* das letzte Mal nur Gutes tun wolltest?«

Chili verstummte verletzt und betroffen. »Dann werden wir euch helfen, die Reliquien zu schützen«, schlug sie dennoch einen Moment später vor.

»Sehr heldenmütig«, lobte Montgomery herablassend. Er machte keinen Hehl daraus, dass ihm die Gäste nicht sonderlich willkommen waren.

»Ich werde euch helfen, euch selbst zu schützen«, versprach von Metz. »Ihr seid in eine Sache hineingeraten, die euch nichts angeht. Mach dir keine Sorgen – was tausend Jahre ohne dich funktioniert hat, wird auch in den nächsten tausend Jahren gut gehen. Bist du sicher, dass du davon genug verstehst?«, wandte er sich auf einmal von ihr ab und Papal Menache zu, der in der rechten Hand eine lange Pinzette hielt.

Sascha keuchte erschrocken auf.

»Das will ich doch hoffen.« Der Langhaarige zog eine Grimasse, während de Bures hinter den Sessel trat und Sascha, der seinen Oberkörper zwischenzeitlich auf einen auffordernden Blick Menaches hin entblößt hatte, festhielt. Ehe er protestieren oder sich gar zur Wehr setzen konnte, packte der Ritter ihn von hinten und hielt ihn erbarmungslos fest. Sascha schrie auf, als sich die Pinzette in die erste Wunde bohrte.

»Hier wendet sich der Gast mit Grausen.« Paul wandte den Blick ab, um die Prozedur nicht mit ansehen zu müssen.

Papal Menache hatte in der Tat etwas von seinem Handwerk verstanden. Sascha schritt unruhig im Flughafenfoyer auf und ab. Immer wieder tastete sein Blick die Menge der teils gelangweilt, teils hektisch durch die Halle ziehenden Passagiere und wartenden Angehörigen ab. Seine Wunden waren noch lange nicht verheilt, schmerzten aber zum Glück nicht mehr. Auch die Verletzungen seiner Schwester und Jeremys, derer sich Menache gleich nach den seinen angenommen hatte, wären von einem ausgebildeten Chirurgen kaum besser behandelt worden.

Dennoch beschlichen ihn Zweifel, ob der Templermeister sein Wort halten würde, nachdem dieser sich immer mehr verspätete, während Sascha und der Mönch im Flughafen umherirrten und die Übrigen in einem Café neben einem Dutyfreeshop warteten. Was war, wenn er es sich anders überlegt und der Meinung Montgomerys angeschlossen hatte, der darauf beharrte, dass ihre selbst verschuldeten Probleme die Templer schlicht nichts angingen? Damit wären sie wieder genauso weit – und hilflos – wie vor einer Woche, als sie Chili aus dem Kloster befreit hatten.

Aber seine Angst war unbegründet.

»Spät kommt ihr, doch ihr kommt«, grüßte Paul auf einmal fröhlich. Sascha erblickte Robert erst, als dieser ihm schon direkt gegenüberstand.

»Wenn ihr jetzt sagt, dass ihr etwas anderes erwartet habt, bin ich sofort wieder weg«, entgegnete der Templer. Er vergeudete keine Zeit mit Förmlichkeiten, sondern zog sofort eine Mappe unter seinem knöchellangen Mantel hervor, die er Sascha überreichte.

»Danke.« Er klappte sie auf und erblickte erleichtert die versprochenen Papiere sowie sechs Flugtickets und einige andere Unterlagen. »Wohin geht es?«

»Irland«, erläuterte der Templermeister. »Dein Name

ist Jamie O'Connor und ihr bewohnt eine kleine Farm irgendwo im Süden. Eine Karte ist dabei.«

Sascha versuchte sich sein neues Leben vorzustellen, aber es gelang ihm nicht. Sie alle würden Monate brauchen, um sich an ihre neuen Namen zu gewöhnen, und wahrscheinlich viele Jahre, um mit ihrer neuen Identität, die der Templer ihm in Form einer schlichten Ledermappe in die Hand gedrückt hatte, zurechtzukommen. Aber jetzt hatten sie wenigstens die Chance, ein neues Leben zu beginnen. »Vielen Dank«, sagte er noch einmal.

»Ist schon in Ordnung«, winkte der Templer ab und trieb sie mit der linken Hand zur Eile an. »Geht jetzt besser zu den anderen zurück. Euer Flug startet in zwanzig Minuten.«

Sascha nickte dankbar und wandte sich um, doch Robert rief ihn noch einmal zurück. »Sascha?«

»Ja?«

»Gib auf deine Schwester Acht. Sie ist ein wunderbares Mädchen«, sagte der Templermeister, ehe die Menschenmenge ihn wieder verschluckte. »Gott wird dir dabei behilflich sein.«

ENDE

Das Blut der Templer

ISBN 3-8025-3436-0

www.vgs.de

Fantasy hat einen Namen:
WOLFGANG HOHLBEIN

Wolfgang Hohlbein

Die Chronik der Unsterblichen
Am Abgrund
Band I

ISBN 3-8025-2608-2

Wolfgang Hohlbein

Die Chronik der Unsterblichen
Der Vampyr
Band II

ISBN 3-8025-2667-8

www.vgs.de

Wolfgang Hohlbein

Die Chronik der Unsterblichen
Der Todesstoß
Band III

ISBN 3-8025-2771-2

Wolfgang Hohlbein

Die Chronik der Unsterblichen
Der Untergang
Band IV

ISBN 3-8025-2798-4

Wolfgang Hohlbein

Die Chronik der Unsterblichen
Die Wiederkehr
Band V

ISBN 3-8025-2934-0

www.vgs.de

Wolfgang Hohlbein

Die Chronik der Unsterblichen
Die Blutgräfin
Band VI

ISBN 3-8025-2935-9

Wolfgang Hohlbein

Die Chronik der Unsterblichen
Der Gejagte
Band VII

ISBN 3-8025-3372-0

Wolfgang Hohlbein

Die Chronik der Unsterblichen
Die Verfluchten
Band VIII

ISBN 3-8025-3459-X

www.vgs.de

REBECCA HOHLBEIN

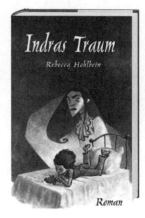

Rebecca Hohlbein
Indras Traum
ISBN 3-8025-3328-3

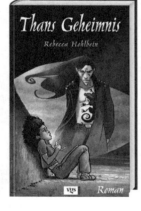

Rebecca Hohlbein
Thans Geheimnis
ISBN 3-8025-3329-1

Rebecca Hohlbein
Laurins Schatten
ISBN 3-8025-3451-4

www.vgs.de